cocon

Erschienen im CoCon-Verlag
In den Türkischen Gärten 13, 63450 Hanau
Tel 06181 17700 Fax 06181 181333
E-Mail: kontakt@cocon-verlag.de
www.cocon-verlag.de
ISBN 978-3-86314-237-7
Hanau 2013

Ute Riegel

TOTE DRIFT

Kriminalroman

Für Vater

Dir verdanke ich den Wunsch, täglich Neues zu lernen, und die Erkenntnis, dass es unzählige Wege gibt.

Es hätte dir Freude gemacht, mich schreiben zu sehen.

Prolog

Das Fest war noch im Gange. Die Gäste saßen in kleinen Grüppchen beisammen, lachten, tranken und diskutierten. Es war feiner als vor fünfundzwanzig Jahren. Der Champagner schmeckte. Cornelia hatte auch ihre Silberhochzeit perfekt organisiert. Richard prostete ihr zu und widmete sich wieder seinem Gesprächspartner. Es klingelte an der Tür, und Cornelia eilte die Treppe hinunter. Erst vierzig Minuten später fiel auf, dass die Silberbraut verschwunden war, und das Fest hatte ein jähes Ende.

Sonntag, 17. April

1.

Er konnte den Räuber im Wasser stehen sehen. Klar und deutlich waren die Konturen zu erkennen. Mal bewegte er sich ein Stück nach links, mal nach rechts. Dann ließ er sich wieder ein Stück zurückfallen. Vorsichtig kam Kommissar Peter Scheuermann näher. Jetzt nur keine unnötigen Bewegungen machen, die den großen Räuber vielleicht warnen würden. Langsam hob Peter den Arm und holte dann mit Schwung aus: Ein guter Wurf, seine Fliege setzte perfekt auf dem Wasser auf, und die große Forelle kam nach vorne geschossen und schnappte nach dem Kunstinsekt.

Peter setzte den Anhieb, und die Forelle war am Haken – für genau drei Sekunden. Dann riss die Schnur, und das große Tier verabschiedete sich mit einer kräftigen Drehung. Er konnte noch die vielen kleinen, dunklen Punkte und die rosafarbene Flanke der Regenbogenforelle sehen. Er schätzte sie auf knapp 50 Zentimeter.

Der Kommissar ärgerte sich über sich selbst. Er hatte den kleinen Knoten in der Schnur zuvor gesehen und nicht neu montiert, weil er nur noch ein paar Würfe machen wollte. Ein Knoten war immer eine Sollbruchstelle, und bei einem so großen Tier musste die Schnur ja reißen. Schade, er hätte die Forelle gerne im Kescher gehabt und mit seiner Kamera fotografiert, bevor er sie wieder schwimmen ließ. Um den Fisch machte er sich keine Sorgen: Der Haken hatte keinen Widerhaken und würde sich schnell im Wasser lösen.

Peter trat den Rückzug an: Dieser Fisch würde so schnell nicht noch einmal beißen, und außerdem fing Peter an zu frieren. Jetzt am Abend waren es gerade mal sechs Grad, und die Kälte kroch ihm langsam durch die Wathose, der Fluss war noch eiskalt. Vorsichtig watete Peter durch das Wasser bis zur Brücke. Hier gab es einen schmalen Trampelpfad, der wieder hoch auf den Weg führte. Die Kinzig lag gut drei Meter tiefer als der Waldweg, das Ufer war sehr steil, und es war nicht immer einfach, aus dem Wasser zu kommen. Dafür waren die Bäume weit genug entfernt, um beim Werfen der Schnur nicht in den Ästen hängen zu bleiben. Der Kommissar hatte schon einige Male mehr Material im Baum hängen, als dass er es dem Fisch kunstvoll im Wasser präsentiert hätte. Oben angekommen, sah Peter die ersten Spitzen von Bärlauch aus dem Waldboden sprießen. In zwei Wochen würde hier der ganze Boden bedeckt und der Geruch so intensiv sein, dass man ihn auf der nahe gelegenen A 66 noch wahrnahm. Peter beschloss, in vierzehn Tagen hier noch einmal zu fischen und danach frischen Bärlauch mitzunehmen, um ein Pesto daraus zu machen. Seine Tochter Marlene liebte Spaghetti mit Bärlauch-Pesto.

Fünf Minuten später hatte er sein Auto erreicht und zog sich um.

Die nassen Watschuhe und Hosen verstaute er in seiner Tasche, die extra aus wasserdichtem Material war. Kurz überlegte er, ob er seine Jeans über die langen Unterhosen ziehen sollte, entschied sich dann aber dagegen, zog die Unterhosen schnell noch aus und die Jeans an. Im Auto drehte er die Heizung voll auf. Er freute sich auf eine warme Dusche, ein Glas Wein und ein gutes Essen. Er würde mit seiner Frau Marion zusammen kochen, und sie wollten den Urlaub besprechen. Vielleicht war Marlene sogar zu Hause, und sie würden mal wieder zu dritt essen.

Sein Handy klingelte. Ein kurzer Blick auf das Display sagte ihm, dass es das Kommissariat in Frankfurt war. Mist! Wenn die am Sonntagabend anriefen, gab es etwas Wichtiges. Vermutlich konnte er sein gemütliches Abendessen erst einmal abschreiben.

Er drückte die Lautsprechertaste und hörte die Stimme seiner Kollegin Regina Kolb.

„Sorry, wenn ich deinen Sonntag durcheinanderbringe. Aber es geht um die Entführung einer zweiundfünfzigjährigen Geschäftsfrau. Sie ist gestern Abend bei ihrer eigenen Silberhochzeit verschwunden und vermutlich wird Lösegeld gefordert werden."

„Gestern Abend? Warum wurden wir erst jetzt informiert?"

„Das Übliche: *Schalten Sie keine Polizei ein, oder Ihre Frau muss sterben!* Da sich die Entführer aber bis jetzt nicht gemeldet haben, hat sich der Ehemann doch entschlossen, auf dem Zweiten Polizeirevier anzurufen. Die haben dann uns verständigt."

„Wo muss ich hinkommen?"

„Humboldtstraße 83, bei Mainl."

„Wo ist die Humboldtstraße?"

„Sie geht von der Glauburgstraße ab."

„Okay, ist Stefan schon informiert? Wir brauchen ihn und sein Laptop für die Telefonüberwachung, er soll die Telefongespräche mitschneiden. Wenn du ihn nicht erreichst, ruf Ralph an, und komm gleich auch in die Humboldtstraße."

„Ich werde jemanden finden. Wann kannst du da sein?"

„Ich bin gerade auf der A 66 bei Hanau. Ich denke, ich bin in knapp dreißig Minuten da, bis gleich!"

Peter legte auf und drückte die Kurzwahltaste für seine Nummer zu Hause. Marlene hob ab.

„Hi, Papa, mach schnell, ich hab noch ein Gespräch auf der anderen Leitung."

Er ließ das unkommentiert. „Gib mir bitte mal Mama, wenn sie da ist."

„Mama! Papa am Telefon für dich!" Dann war sie wieder weg.

Es wäre wahrscheinlich zu viel verlangt gewesen, wenn sie sich kurz mit ihm unterhalten hätte, dachte Peter. Er konnte Marion die Treppe rauflaufen hören. Bestimmt war Marlene wieder in ihr Zimmer gegangen und hatte das zweite Telefon, das sie auch immer in Beschlag nahm und das eigentlich nach unten gehörte, einfach oben an die Treppe gelegt.

„Na, bist du auf dem Rückweg?“ Marion hatte den Hörer endlich am Ohr.

„Ja, aber leider muss ich gleich nach Frankfurt durchfahren. Eine Frau wurde entführt, und wahrscheinlich wird bald eine Lösegeldforderung gestellt. Keine Ahnung, wann ich nach Hause kommen kann.“

„Tja, da kann man wohl nichts dran ändern. Dann werde ich dir was vom Essen in den Kühlschrank stellen. Ich will heute um zehn ins Bett.“

Er konnte die Enttäuschung in ihrer Stimme hören.

„Ich melde mich noch mal kurz, wenn ich absehen kann, wie lange es in etwa dauert“, versprach er und legte auf.

Er war am Autobahnende angelangt, fuhr die Borsigallee entlang, durch den Riederwald, vorbei an der Eissporthalle. Flüchtig musste er an das Eishockeyspiel der Frankfurt Lions gegen die Mannheimer Adler denken, das er mit seinen Kollegen vor ein paar Jahren besucht hatte. Ein sensationelles Spiel mit vielen Emotionen, das die Lions hoch gewonnen hatten. Er fuhr die Saalburgallee entlang, dann die Rohrbachstraße und kam von dort in die Glauburgstraße. Die Humboldtstraße war eine Einbahnstraße, und er musste sie von der Schwarzburgstraße aus anfahren.

Parkplätze waren nicht gerade in rauen Mengen vorhanden, und so stellte er sich kurzerhand auf die schraffierte Ecke.

2.

Das Haus Nummer 83 war ein vierstöckiges Haus aus der Gründerzeit, reich verziert mit Ornamenten. Es sah auch heute noch sehr repräsentativ aus.

Regina erwartete ihn mit einer Beamtin vom Zweiten Polizeirevier an der Haustür.

„Wir müssen in den zweiten Stock. Richard und Cornelia Mainl haben gestern hier zu Hause ihre Silberhochzeit gefeiert. Gegen zweiundzwanzig Uhr ist Frau Mainl verschwunden. Der oder die Entführer haben eine Nachricht, einen Zettel, hinterlassen, sie würden sich in Kürze mit einer Lösegeldforderung melden. Bis jetzt haben sie das noch nicht getan. Deswegen hat sich Herr Mainl dann doch vor knapp zwei Stunden an unser Polizeirevier gewandt, woraufhin wir Sie informiert haben. Dieses Bild von Cornelia Mainl haben wir in die Fahndung gegeben."

Die Beamtin hielt dem Kommissar ein Foto hin, auf dem eine lachende Frau mit roten, kurzen Haaren und auffallend blauen Augen zu sehen war.

Sie waren im zweiten Stock angekommen. Die Wohnungstür war angelehnt. Der Kommissar klopfte trotzdem an, und ein junger Mann öffnete die Tür. Die Anspannung, die von ihm ausging, war deutlich zu spüren, er sah sie fragend an. Peter stellte sich und Regina kurz vor.

„Ich bin Moritz Mainl, einer der beiden Söhne. Bitte kommen Sie mit ins Wohnzimmer. Da sind alle versammelt."

Sie folgten dem jungen Mann durch den langen Gang, an dessen Ende das geräumige Wohnzimmer lag. In der Mitte des Raums führte eine Wendeltreppe nach oben. Das Zimmer war voll mit Menschen.

Moritz Mainl ging zu einem Mann, der auf der Couch saß, und sprach kurz mit ihm. Der Mann erhob sich und kam den Beamten entgegen. Er war circa 1,85 m groß, hatte hellbraune, kurze Haare und eine sportliche Figur. Er trug einen dunkelgrauen Anzug und ein fliederfarbenes

Hemd. Beides sah aus, als habe er darin übernachtet. Er war unrasiert, und unter seinen Augen waren deutlich dunkle Schatten zu sehen.

„Richard Mainl", stellte er sich den Beamten vor. „Meine Frau wurde entführt, Sie müssen mir helfen, bitte!"

„Können wir irgendwo ungestört sprechen?"

„Das sind unsere engsten Freunde und Verwandten, sie waren alle bei der Feier. Ich hatte versprochen, dass ich gleich Bescheid geben würde, wenn ich etwas gehört hätte. Da es aber nichts Neues gab, haben sich alle im Laufe des Tages wieder eingefunden."

In diesem Moment kam Peters Kollege Stefan mit seiner Ausrüstung zur Tür herein. Peter nickte ihm kurz zu.

„Herr Mainl, bis jetzt weiß ich nur, dass Ihre Frau verschwunden ist und dass es vielleicht eine Lösegeldforderung geben wird. Da wir nicht wissen, wie und wann die Entführer sich melden, möchte ich gerne, dass mein Kollege Stefan Meier an Ihrem Telefon einen Recorder anschließt und mit seinem Laptop verbindet. So können wir jeden Anruf gleich aufzeichnen."

„Ja, natürlich. Moritz, zeig bitte Herrn Meier, wo das Telefon steht."

„Wenn das Telefon klingelt, gehen bitte nur Sie oder Ihre Söhne an den Apparat. Sollten die Entführer sich melden, bitten Sie sie unbedingt um ein Lebenszeichen Ihrer Frau. Sagen Sie, dass Sie mit ihr sprechen möchten."

Mainl nickte wortlos.

„Stefan, wenn du hier alles eingerichtet hast, schaust du dich bitte gründlich im Haus um, kontrollierst Fenster und Türen. Ich möchte auch die Spurensicherung hier haben, vielleicht kommt dabei noch irgendetwas heraus."

Dann wandte er sich an Mainl: „Bitte stellen Sie uns jetzt Ihre Gäste kurz vor, und danach möchten wir gerne mit allen einzeln reden."

Richard Mainl nickte zustimmend und ging auf einen Sessel zu, in dem in aufrechter Haltung eine ältere Dame saß. Sie trug ein dunkelblaues, elegantes Kostüm, und eine zweireihige Perlenkette zierte ihren Hals. Ihre dunkelbraunen Haare waren hochgesteckt, und sie war dezent geschminkt.

„Das ist meine Mutter, Beatrice Mainl."

Frau Mainl musterte die Beamten kritisch und nickte ihnen dann ganz leicht zu. Hinter ihrem Sessel stand ein Mann, vielleicht Mitte vierzig, der den gleichen kritischen Blick zeigte.

Herr Mainl stellte ihn als seinen Bruder Andreas vor. Wieder ein kurzes Nicken.

„Hier", Mainl deutete auf den Hocker zur Linken seiner Mutter, „sitzt unser Sohn Benjamin."

Benjamin erhob sich zögernd und gab Peter und Regina wortlos die Hand. Der Kommissar schätze ihn auf höchstens zwanzig.

Richard Mainl deutete auf den Viersitzer. „Das hier ist das Ehepaar Miriam und Walter Schuler, unsere Trauzeugen, und daneben das Ehepaar Martin und Karin Richter, auch gute Freunde." Die vier nickten kurz.

„Hier drüben", Richard drehte sich zu dem Dreisitzer um, auf dem er eben auch noch gesessen hatte, „haben wir Angelika März, die beste Freundin meiner Frau."

„Guten Abend!" Frau März war die Einzige, die sprach.

„Ich möchte Sie bitten, alle hierzubleiben, bis meine Kollegin und ich mit Ihnen gesprochen haben", verkündete Peter in die Runde. „Wo können wir uns ungestört unterhalten, Herr Mainl?"

„Wir gehen am besten in mein Arbeitszimmer, kommen Sie!" Richard Mainl ging voran und öffnete eine andere Tür des langen Ganges. „Bitte setzen Sie sich!"

Sie waren in einen fast quadratischen Raum eingetreten. Seitlich zur großen Fensterfront befand sich ein Schreibtisch, auf dem ein Laptop und ein Stapel Papiere zu sehen waren. Auf der anderen Seite des Raums befand sich ein kleiner Couchtisch mit drei Sesseln. Sie nahmen Platz. An der Wand war ein Sideboard mit einem kleinen Fernseher platziert. Richard Mainl war Peters Blick gefolgt: „Ab und zu schaue ich hier die Sportschau oder einfach mal zwischendurch die Nachrichten."

„Bitte erzählen Sie uns genau, was gestern passiert ist!", begann der Kommissar.

„Cornelia und ich haben gestern unsere Silberhochzeit gefeiert. Wir hatten um elf Uhr einen Gottesdienst und waren anschließend mit unseren Gästen in Neu Isenburg essen. Am Spätnachmittag sind wir im engeren Kreis noch hierher zu uns gegangen und haben weitergefeiert. Cornelia hatte für den Abend kleine Kanapees vorbereitet, und da nicht alles zusammen mit den Getränken hier bei uns in den Kühlschrank gepasst hat, hatten wir einen Teil unten in der Küche der Jungen und den Rest im Erdgeschoss bei meiner Mutter."

„Bewohnt Ihre Familie das komplette Haus?", unterbrach ihn Regina.

Richard Mainl nickte müde. „Fast, meine Mutter wohnt im Erdgeschoss, die Jungen im ersten Stock. Wir haben die zweite und dritte Etage. Nur die zwei kleinen Mansardenwohnungen oben sind vermietet."

„Okay, was ist also gestern Abend passiert?"

„Die Gäste haben sich auf Wohn- und Esszimmer verteilt. Meine Frau und ich sind mal hier, mal dort gewesen. Ich nahm an, dass Cornelia bei den anderen im Esszimmer sitzen würde. Ich hatte gerade unten noch eine Flasche Champagner geholt. Beim Hochkommen sah ich, dass ein Zettel in der Türangel steckte. Ich hielt das für einen Scherz, nahm ihn weg und habe ihn zuerst gar nicht gelesen. Ich machte mich auf die Suche nach Cornelia und wollte sie fragen, ob sie mir einen Liebesbrief geschrieben hatte. Doch ich konnte sie nirgends finden. Bald suchten alle mit. Andreas machte noch Spaß und meinte, sie sei wohl nach fünfundzwanzig Jahren Ehe abgehauen. Wir suchten vom Keller bis zum Dach das ganze Haus ab. Ich versuchte sie auf ihrem Handy zu erreichen, doch es war abgeschaltet. Ihre Handtasche, ihr Mantel hingen in der

Garderobe. Und dann fiel mir plötzlich der Zettel wieder ein, und ich las ihn endlich." Richard Mainls Stimme war nur noch ein heiseres Flüstern. Er versuchte sich zu räuspern.

„Was stand auf dem Zettel?", fragte Peter.

Wortlos griff Richard Mainl in die Innentasche seines Sakkos und holte ein völlig zerknittertes Stück Papier heraus, das er dem Kommissar reichte. Dieser zog ein sauberes Taschentuch aus seiner Hosentasche und vermied es, das Papier beim Auseinanderfalten mit den Fingern anzufassen, obwohl es dem Aussehen nach bestimmt schon durch viele Hände gegangen war. Gemeinsam mit Regina las er: *Wir haben Ihre Frau. Melden uns in Kürze wegen Lösegeld. Keine Polizei, oder Ihre Frau muss sterben.* Ein einfaches Din-A4-Blatt, vermutlich ein Ausdruck von irgendeinem Computer, kein auffälliges Schriftbild.

„Wir werden das der Spurensicherung geben. Wer hat diesen Zettel bis jetzt gesehen oder angefasst?", fragte Peter Scheuermann.

Mainl zuckte die Schultern. „Vermutlich alle, die gestern noch da waren. Ich war viel zu aufgeregt, als dass ich darauf besonders geachtet hätte."

„Was haben Sie nach dem Lesen der Nachricht gemacht?"

„Wir haben uns alle im Wohnzimmer zusammengesetzt. Es war, als hätte jemand kaltes Wasser über uns ausgeschüttet. Plötzlich waren wir wieder ganz nüchtern. Mein Bruder Andreas meinte, wir sollten sofort die Polizei einschalten. Ich war dagegen. Ich hatte gehofft, dass sich die Entführer schnell melden würden wegen dem Lösegeld, und wollte Cornelias Leben auf gar keinen Fall gefährden."

„Jetzt haben Sie aber doch die Polizei eingeschaltet."

„Ja, weil sich noch niemand gemeldet hat. Ich habe das Mobilteil vom Telefon immer einstecken. Kein Anruf. Ich weiß nicht, was ich tun soll." Mainls Stimme klang verzweifelt.

„Als Sie unten die Flasche Champagner holten, ist Ihnen da irgendetwas aufgefallen? War die Wohnungstür angelehnt, die Haustür oder ein Fenster offen?"

„Die Wohnungstür war den ganzen Tag angelehnt, wir sind ja ständig hin und her gelaufen. Nach der Haustür habe ich nicht geschaut. Kurz zuvor hatte es geklingelt, und Cornelia hat ihrer Freundin Angelika März aufgemacht, vielleicht kann sie etwas zur Haustür sagen."

„Und Ihren anderen Gästen ist auch nichts aufgefallen, als Sie alle nach Ihrer Frau gesucht haben?"

„Nein!" Herr Mainl hatte den Kopf in die Hände gestützt. „Wir haben wieder und wieder überlegt. Es war alles wie immer."

„Was machen Sie beruflich, Herr Mainl?", schaltete sich nun Regina ein.

Irritiert blickte Richard Mainl auf. „Wir haben eine Firma, die Sportartikel vertreibt. In der Innenstadt haben wir einen Laden. Das Meiste wird aber übers Internet verkauft. Vor ein paar Jahren habe ich noch isotonische Getränke und speziellen Bedarf für Fitnessstudios ins Programm aufgenommen. Um die Akquise und den Vertrieb kümmere ich mich persönlich und bin deswegen viel auf Reisen. Außerdem habe ich zwei Fitnessstudios gegründet, in denen begabte Sportler gefördert werden."

„Wo sind die und wie heißen die?"

„Sie heißen *Mainl-Sport*. Eines ist hier in Sachsenhausen und eins in Traunstein."

„Traunstein?"

„Ja, im Chiemgau. Grob gesagt zwischen dem Chiemsee und Salzburg."

„Verdient man damit genug, um ein Lösegeld zahlen zu können?"

Richard Mainl lachte trocken. „Das kommt vermutlich auf die Höhe des Lösegeldes an."

„Haben Sie sich Feinde gemacht?"

„Feinde? Was sind Feinde? Die Konkurrenz ist groß, aber deswegen hat man doch keine Feinde."

„Wie groß ist Ihre Firma?"

„Wir sind zu zwölft. Cornelia kümmert sich zusammen mit mir um den Einkauf. Sie hat ein sehr gutes Gespür dafür, welche Modelle gefragt sind. Herr Bono ist für die Finanzen zuständig. Mein Bruder Andreas beaufsichtigt das Internetgeschäft, er hat zwei Studentinnen, die ihm dabei helfen. Ich kümmere mich auch noch um den Vertrieb in Süddeutschland, Heide Lochmann betreut Norddeutschland. Im Laden haben wir insgesamt vier Angestellte, die sich mit der Schicht abwechseln. Meine Mutter hat noch immer die Aufsicht darüber."

„Das heißt, die halbe Familie ist bei Ihnen beschäftigt. Wer ist Eigentümer der Firma?"

„Meiner Mutter gehören 25 Prozent und mir 75. Früher hatten meine Eltern nur den Laden in der Innenstadt. Nach meinem BWL-Studium bin ich in das Geschäft eingestiegen und habe es Stück für Stück erweitert und übernommen. Die Geschäfte mit den Fitnessstudios wickle ich über eine separate Firma ab, die nur mir gehört."

„Und Ihr Bruder? Hat der keine Anteile an dem Geschäft der Eltern?"

„Nein, er hatte kein Interesse an der Firma und hat sich vor mehreren Jahren seinen Anteil auszahlen lassen, als er gebaut hat."

„Aber jetzt arbeitet er doch für die Firma?"

„Wie das Leben eben so spielt. Trennung von der Frau, Haus weg, Job weg. Jetzt ist er froh, dass er erst mal bei uns arbeiten kann."

„Herr Mainl, wer war gestern Abend noch alles da, als Ihre Frau verschwand?"

„Die gleichen Leute, die jetzt auch da sind."

„Bitte denken Sie noch einmal darüber nach, ob es jemanden geben könnte, der Ihnen, Ihrer Frau oder Ihrer Familie Schaden zufügen möchte", schaltete sich Regina wieder ein.

„Ich habe schon die ganze Zeit hin und her überlegt. Ich wüsste niemanden."

Es entstand eine Pause, die Peter schließlich unterbrach.

„Okay, wir müssen auf eine Nachricht der Entführer warten. In der Zwischenzeit sprechen wir mit Ihrer Familie und den Gästen. Wie alt sind Ihre Söhne, und was machen sie beruflich?"

„Moritz ist vierundzwanzig und im letzten Semester seines Sportstudiums. Benjamin ist neunzehn und hat gerade sein schriftliches Abitur abgelegt, der mündliche Teil steht noch bevor."

„Gut, dann habe ich jetzt erst einmal keine Fragen mehr an Sie. Können Sie uns als Nächstes bitte Ihre beiden Söhne hereinschicken?"

Richard Mainl erhob sich schwerfällig aus seinem Sessel und verließ kommentarlos den Raum.

Moritz und Benjamin Mainl hatten beide eine muskulöse, drahtige Figur. Ansonsten glichen sie sich vom Aussehen her nicht sehr. Moritz hatte die braunen Haare seines Vaters geerbt, die er genauso kurz geschnitten trug. Er mochte circa 1,75 m groß sein. Benjamin hingegen hatte die auffallend roten Haare seiner Mutter, die lang und lockig auf seine Schultern fielen. Seine Augen waren grün, und er war bestimmt zehn Zentimeter größer als sein älterer Bruder.

Der Kommissar zog den Schreibtischstuhl heran und bat die Brüder, Platz zu nehmen.

„Ist Ihnen gestern irgendetwas Besonderes aufgefallen?"

Beide schüttelten den Kopf.

„Wann haben Sie Ihre Mutter bewusst das letzte Mal gesehen?"

Moritz schaute Benjamin an und antwortete: „Wir sind gegen 21 Uhr nach unten in unsere Wohnung gegangen. Da war unsere Mutter, glaube ich, im Esszimmer. Aber sie lief ja dauernd hin und her."

Benjamin nickte bestätigend: „Erst als Papa an unsere Tür geklopft hat, um zu fragen, ob Mama bei uns wäre, haben wir mitbekommen, dass sie gesucht wird. Wir haben dann alle zusammen das ganze Haus abgesucht, aber sie war einfach weg." Seine Stimme zitterte leicht.

Mehr fiel ihnen dazu im Moment nicht ein. Äußerlich schienen sie sehr gefasst zu sein. Peter wunderte sich etwas darüber. Aber vielleicht trog der Schein auch, und sie nahmen sich sehr zusammen, schließlich waren sie die erwachsenen Söhne der Familie.

Als nächstes sprachen sie mit Beatrice Mainl. Auch sie war schon unten in ihrer Wohnung gewesen, als die Suche nach ihrer Schwiegertochter begann.

„Es war ein langer Tag, und ich hatte den Eindruck, dass die jungen Leute nun auch mal unter sich sein wollten."

„Und Sie haben nichts Ungewöhnliches bemerkt? Irgendetwas gehört?"

Frau Mainl schüttelte den Kopf. „Ich hatte den Fernseher an." Sie musste sich räuspern, weil ihr die Stimme versagte. „Es muss sich hier bestimmt um eine Verwechslung handeln. Unsere Firma läuft gut, aber wir sind doch keine Millionäre." Sie schluckte hörbar.

„Wie stehen Sie zu Ihrer Schwiegertochter?", fragte Regina.

Beatrice Mainl holte tief Luft: „Ich mag sie sehr. Sie passt gut zu meinem Sohn, ist eine liebevolle Mutter und kümmert sich um die Firma. Mein Sohn ist beruflich viel unterwegs, sie hält die Firma und die Familie zusammen."

„Ihr Sohn Richard hat uns erzählt, dass sein Bruder auch in der Firma arbeitet, aber nicht beteiligt ist. Wie kommt das?"

Etwas irritiert sah Beatrice Mainl Peter und Regina an. „Das hat familiäre Gründe und ganz sicher nichts mit dem Verschwinden meiner Schwiegertochter zu tun."

„Frau Mainl, das können wir momentan noch nicht beurteilen. Je mehr wir aber über die Familie wissen, umso besser ist das Bild, das wir uns machen können."

Beatrice Mainl schien nach den passenden Worten zu suchen: „Andreas ist der Jüngere und hat sich nie für die Firma interessiert. Für Richard dagegen war es ganz selbstverständlich, in die Firma einzusteigen. Ein bisschen haben wir das natürlich auch gehofft, aber unsere beiden Söhne konnten das selbst entscheiden. Andreas ist ein großer Kunstliebhaber. Er hat gemalt und damit recht gut Geld verdient. Seit seiner Scheidung tut er sich aber schwer, irgendwie gelingt ihm künstlerisch nichts mehr. Hinzu kommt, dass er monatlich Unterhalt für seine Frau bezahlen muss. Also hatte Richard die Idee, dass Andreas sich vielleicht um den Internethandel kümmern könnte. Das klappt sehr gut, auch wenn Andreas daran nicht richtig Spaß hat."

Sie machte eine kleine Pause: „Dafür ist die Familie da, nicht wahr? Um sich gegenseitig aufzufangen", fügte sie dann leise hinzu.

„Ja, dafür sollte sie da sein", stimmte Peter zu. „Ich danke Ihnen für Ihre Offenheit."

Er erhob sich und signalisierte so das Ende ihres Gesprächs.

Regina begleitete Frau Mainl hinaus und kam mit Andreas Mainl zurück.

Peter bedeutete ihm, Platz zu nehmen. Auch der Bruder Richards hatte nichts Außergewöhnliches bemerkt.

„Es ist mir peinlich, dass ich noch blöde Witze gerissen habe."

„Blöde Witze?"

„Ja, so nach dem Motto: Cornelia wird nach fünfundzwanzig Jahren einfach genug von dir gehabt haben und ist weggelaufen."

„Und", fragte Regina, „könnte das der Fall sein?"

Verblüfft schaute Andreas Mainl auf: „Jetzt haben Sie aber merkwürdige Ideen. Sie haben doch den Zettel gelesen: Cornelia wurde entführt, und es soll ein Lösegeld gezahlt werden."

„Davon gehen wir auch aus", erklärte der Kommissar. „Nach allem, was wir bis jetzt gehört haben, hatte Ihre Schwägerin auch keinen Grund wegzulaufen, oder?"

„Bestimmt nicht!“ Andreas Mainl blies die Luft kurz aus. „Sie hat einen Mann, der sie liebt, zwei wohlgeratene Söhne und einen Job, der ihr Spaß macht. Zumindest hat sie das immer wieder betont. Finanziell geht es ihr gut, sie hat eine schöne Wohnung, und sie und Richard können sich einiges leisten.“

„Vielen Dank, fürs Erste haben wir keine weiteren Fragen an Sie“, verabschiedete Peter ihn.

Regina hatte sich eifrig Notizen gemacht und blickte auf, als Andreas Mainl den Raum verlassen hatte. „Bis jetzt ist das Ganze ja noch nicht sehr ergiebig.“

„Ja, es bleibt uns nichts anderes übrig, als weiter zu fragen.“

Sie sprachen noch mit den beiden befreundeten Ehepaaren, ohne neue Erkenntnisse zu gewinnen.

Zuletzt trat Angelika März, die beste Freundin von Frau Mainl, ins Zimmer.

„Frau März, glauben Sie, dass Herr und Frau Mainl eine gute Ehe führen?“ Peter fing diesmal bewusst ganz anders an.

Angelika März schien nur einen kurzen Augenblick lang verblüfft, bevor sie antwortete: „Die beiden haben gestern ihre Silberhochzeit gefeiert.“

„Tja, das heißt, dass sie seit fünfundzwanzig Jahren verheiratet sind. Es sagt aber nichts über die Qualität der Ehe aus. Da Sie uns als die beste Freundin von Frau Mainl vorgestellt wurden, können Sie uns vielleicht zu diesem Thema weiterhelfen.“

Angelika März überlegte kurz. „Ich denke, es ist eine gute Ehe. Für Cornelia ist die Familie der Mittelpunkt. Sie kümmert sich auch heute noch sehr um die erwachsenen Söhne. Gleichzeitig hält sie Richard den Rücken frei. In der Firma hat sie den Einkauf übernommen und ist für die ganze Organisation zuständig. Richard und Cornelia gehen sehr liebevoll miteinander um.“

„Was für ein Typ ist Ihre Freundin?“, fragte Regina.

Frau März ließ sich kurz Zeit mit der Antwort: „Sie ist

aufgeschlossen, freundlich und sehr verantwortungsbewusst, die perfekte Ehefrau."

Perfekt ist vielleicht manchmal auch langweilig, schoss es Scheuermann durch den Kopf.

„Und Richard Mainl, ist er der perfekte Ehemann?"

Sie zögerte einige Sekunden lang. „Was soll ich Ihnen darauf antworten? Ich denke schon. Die beiden passen einfach zueinander. Vielleicht ist Richard etwas zu häufig unterwegs. Das fällt Cornelia jetzt, wo die Kinder sie nicht mehr so brauchen, natürlich mehr auf. Aber seine Firma bringt das halt so mit sich. Er ist oft die halbe Woche in Süddeutschland. Aber was hat das alles mit der Entführung zu tun?"

„Wir versuchen uns ein Bild von Ihrer Freundin und ihrem Umfeld zu machen. Für uns ist erst einmal alles wichtig."

Es entstand eine kurze Pause.

„Herr Mainl sagte uns, dass seine Frau am Abend nach unten lief, als es klingelte, um Ihnen aufzumachen?"

Angelika März schüttelte den Kopf. „Sie hatte auf den Türöffner gedrückt, und ich bin nach oben gelaufen. Sie kam mir nicht entgegen."

„Haben Sie es danach noch mal klingeln gehört?"

„Ich bin mir da nicht sicher. Ja, doch natürlich! Cornelia hat ja noch auf Richards Überraschung gewartet."

„Und was war das für eine Überraschung? Wissen Sie das?"

„Nein!" Bedauernd schüttelte Frau März den Kopf. „Sie hat ein großes Geheimnis darum gemacht, nur gesagt, dass sie gegen 22 Uhr gebracht wird."

„Haben Sie danach Ihre Freundin noch mal gesehen?"

„Ich weiß nicht!" Angelika März überlegte eine Weile. „Es war ja ein ständiges Hin und Her. Cornelia war in der Küche, dann im Wohnzimmer und später wieder im Esszimmer. Ich kann es leider nicht mit Bestimmtheit sagen."

„Danke, dann haben wir erst einmal keine weiteren Fragen."

Nachdem Frau März das Zimmer verlassen hatte, stand Peter auf und trat ans Fenster. Inzwischen war es draußen ganz dunkel geworden. Er schaute auf die Uhr und stellte verblüfft fest, dass es schon nach 21 Uhr war.

„Okay, Schluss für heute. Ich rede noch mal mit den Kollegen von der Spurensicherung und organisiere eine Ablösung für Stefan, damit er nicht die ganze Nacht am Laptop sitzen muss."

„Ralph hat schon seine Bereitschaft signalisiert", erwiderte Regina.

„Gut, dann ruf ihn bitte an. Er soll Stefan um zwei heute Nacht ablösen, und morgen früh um acht schicken wir dann Beate hin. Während sie da rumsitzen und warten, sollen sie bitte mal Internetrecherchen betreiben und versuchen, mehr über die Familie Mainl herauszufinden. Hoffentlich hat noch niemand von den Gästen etwas von der Entführung ausgeplaudert. Ich möchte gerne so lange wie möglich die Presse da raushalten. Wir sehen uns dann morgen früh um halb acht auf dem Revier. Schaffst du es, die Ermittlungsakte bis zehn Uhr anzulegen mit allem, was wir bis jetzt gehört haben?"

„Ja, ich denke schon."

„Dann werde ich für zehn Uhr unsere erste Besprechung zu diesem Fall ansetzen. Vielleicht haben sich der oder die Entführer bis dahin auch gemeldet, und wir wissen mehr."

Der Kommissar hielt seiner Kollegin die Tür auf, und gemeinsam verließen sie den Raum.

3.

Als Peter Scheuermann die Haustür aufschloss, fiel ihm ein, dass er vergessen hatte, Marion Bescheid zu geben, wie lange es in etwa dauern würde. Das hatte sich jetzt erledigt.

In Küche und Wohnzimmer brannte kein Licht mehr, aber er hörte im oberen Stockwerk die Dusche laufen. Das konnte natürlich auch Marlene sein, die abends gerne stundenlang das Bad blockierte.

Er hängte seine Jacke über einen der Stühle am Esstisch. Marion konnte das nicht leiden, zumal manchmal bis zum Ende der Woche jeder Stuhl vollhing, aber er hatte keine Lust, sich in der Garderobe noch einen Platz zu suchen: Garantiert kamen ihm dann zwei Jacken und drei Pullover von Marlene entgegen. Er ließ seine Tasche mit dem Angelzeug erst einmal im Flur stehen und machte sich auf die Suche nach seiner Frau.

Marion lag schon im Bett und schmökerte im „Städel-Führer". Sie wollte diese Woche zusammen mit Marlene die Kunstausstellung besuchen.

„Na, ist es doch spät geworden? Ich habe dir dein Essen auf einen Teller im Kühlschrank gestellt. Du musst es nur kurz in die Mikrowelle tun", begrüßte sie ihn.

„Ja, danke, das mach ich dann. Kommst du noch mal mit runter, mir bei einem Glas Wein Gesellschaft leisten?"

„Sei nicht böse", sie schüttelte den Kopf. „Ich habe morgen einen superanstrengenden Tag vor mir und will gleich das Licht ausmachen und schlafen. Wenn ich jetzt mit nach unten komme, wird es wieder so spät."

Enttäuscht trat er den Rückzug an. An der Badezimmertür blieb er stehen und rief: „Marlene? Wie lange brauchst du da noch?"

Keine Antwort.

„Marlene, ich will auch noch duschen!" Diesmal noch lauter und mit Klopfen an der Tür.

Er hörte, wie das Wasser abgedreht wurde. „Papa?"

„Ja, wer sonst! Wann kann ich ins Bad?“

„Wenn ich fertig bin.“

„Und WANN ist das?“

„Weiß nicht, vielleicht so in 'ner halben Stunde? Iss doch erst mal! Ich mach das Wasser wieder an, mir wird kalt.“

Damit war er verabschiedet und trat den Rückzug an.

Im Kühlschrank fand er Hackbraten gefüllt mit Schafskäse, dazu Lauch und Reis.

Er verfrachtete den Teller in die Mikrowelle, stellte ein Glas und die Wasserflasche auf den Tisch und goss sich einen Schluck Riesling ein. Die Flasche war noch vom Vortag angebrochen.

Dann machte er sich auf den Weg in den Keller, um seine nassen Wathosen zum Trocknen aufzuhängen.

Endlich saß er am Tisch und konnte essen. Er schaltete mit der Fernbedienung das Radio ein. Doch dann hätte er fast die Gabel fallen lassen.

„Im Frankfurter Nordend kam es am gestrigen Abend zu einer spektakulären Entführung. Eine zweiundfünfzigjährige Frau wurde während ihrer eigenen Silberhochzeitsfeier gekidnappt. Bislang fehlt von ihr jedes Lebenszeichen. Wir halten Sie auf dem Laufenden.“

Scheiße, jetzt hatte die Presse doch Wind von der Sache bekommen. Das würde die Wahrscheinlichkeit, dass die Entführer sich bald meldeten, verringern. Es war sowieso schon kein gutes Zeichen, dass sie bislang nicht mit der Familie in Verbindung getreten waren. Wenn wirklich eine Lösegeldforderung gestellt wurde, passierte das meistens sehr schnell. Je länger man die Geisel behalten musste, umso größer war das Risiko, entdeckt zu werden. Und je mehr Zeit verstrich, umso eher würde die Polizei eingeschaltet werden. Vielleicht war für die Entführer irgendetwas schiefgegangen? Vielleicht war Frau Mainl gar nicht mehr am Leben?

Hoffentlich hatte die Spurensicherung etwas Brauchbares herausgefunden. Ansonsten würden sie morgen alle Nachbarhäuser abklappern und die Bewohner fragen, ob ihnen etwas aufgefallen war. Da die Presse nun schon eingeweiht war, konnte man auch Flugblätter drucken und verteilen. Jeder noch so kleinste Hinweis war wichtig. Und ansonsten musste man darauf warten, dass die Entführer sich meldeten.

Marlene hatte das Bad verlassen und kam die Treppe heruntergeturnt.

„Hi, Papa!“ Sie schnappte sich die Wasserflasche vom Tisch, tätschelte ihm die Schulter, ließ ein „Nacht“ ertönen und machte Anstalten, wieder nach oben zu verschwinden.

„Stopp! Willst du mir jetzt einfach das Wasser wegnehmen? Wie wäre es, wenn du mal selbst in den Keller gehst und ein paar Flaschen nach oben holst?“

„Ich dachte, du gehst jetzt eh ins Bad.“

„Und selbst wenn, kannst du doch auch mal für den Getränkenachschub sorgen, oder? Außerdem bleibe ich noch einen kleinen Moment sitzen.“

Marlene machte wortlos kehrt, stellte die Wasserflasche zurück und verschwand im Keller.

Als sie wieder hochkam, meldete sich der Radiosprecher erneut und Peter stellte etwas lauter: „Inzwischen hat die Polizei im mysteriösen Entführungsfall einer Frankfurter Geschäftsfrau mitten im Frankfurter Nordend die Ermittlungen aufgenommen. Bislang gibt es aber noch keine Lösegeldforderung und keine heiße Spur.“

Peter stöhnte und schaltete das Radio wieder auf die gewohnte Lautstärke, als die Musik fortgesetzt wurde.

Marlene stand ihm gegenüber: „Dein neuer Fall?“

„Ja. Ich weiß nicht, wie es an die Presse gelangt ist, aber das werden wir mit Sicherheit herausbekommen.“

„Sollte es denn nicht bekannt werden?“

„Erst mal nicht. Vielleicht meldet sich der Entführer nicht, wenn er merkt, dass der Fall schon so viel Aufmerksamkeit hat.“

Marlene hatte sich ihm gegenüber gesetzt:

„Hoffentlich lebt die Frau überhaupt noch! Manchmal

wird doch auch Lösegeld gefordert und das Opfer vorher umgebracht."

„Ich hoffe sehr, dass das nicht der Fall ist."

„So war es doch bei dem kleinen Jungen, der vor ein paar Jahren entführt wurde."

Peter nickte niedergeschlagen: „Ja, die Polizei war so dicht dran, aber der Junge war schon tot."

„Damals hat doch der Polizeipräsident gehen müssen, und dem Kommissar wurde der Prozess gemacht, weil er dem Verdächtigen Prügel angedroht hat, oder?"

„Ja, so ähnlich."

„Wieso ist das nicht erlaubt? Es ging doch um das Leben des Jungen, oder?"

„Marlene, das kann man nicht so schwarz-weiß sehen. Was wäre denn gewesen, wenn der Verdächtige nicht der Mörder gewesen wäre? Und selbst einem Mörder darf man in Deutschland keine Folter androhen. Es gibt Länder, in denen immer noch gefoltert wird und viele Unschuldige dann etwas gestehen, was sie nie getan haben. Das darf auf gar keinen Fall sein. So etwas haben wir erst Anfang des 19. Jahrhunderts abgeschafft. Dann gab es unter den Nationalsozialisten wieder grausame Verhöre. Jetzt ist das Verbot im Grundgesetz verankert."

„Aber ist denn das Androhen von Strafen schon Folter?"

„Tja, wenn du damit jemand so richtig Angst machst ..."

„Das hätte er aber verdient, oder? Wie viel Angst muss der kleine Junge gehabt haben?"

„Ja, das habe ich mich auch oft gefragt. Und wie muss das erst für die Familie sein?"

Es entstand eine kleine Pause. Beide hingen ihren Gedanken nach.

„Papa, was hättest du gemacht, wenn du der Kommissar gewesen wärst?"

„Oh Gott, Marlene. Ich weiß es nicht!" Peter atmete tief durch und versuchte, seine Gedanken in Worte zu fassen. „Ich habe es Hunderte Male überlegt. Ich weiß nicht, was in diesem Moment in mir vorgegangen wäre. Sicherlich hätte ich auch versucht, das Leben des Jungen um jeden Preis zu retten. Aber wo ist hier die Grenze? Wo ist meine Grenze? Ich glaube, alles, was ich jetzt sage, ist falsch. Und zu Hause am Küchentisch mit viel Abstand sieht die Sache sowieso viel einfacher aus."

Er machte eine Pause, dann sah er Marlene an. „Aber ja, ja, ich denke, ich hätte es genauso gemacht."

„Ich finde, dass man mit Kindermördern genau das machen sollte, was sie mit dem Kind angestellt haben. Das wäre doch gerecht, oder?"

„Dann macht sich aber das Gericht zum Herrscher über Leben und Tod. Dann bist du wieder bei der Todesstrafe. Ich finde nicht, dass einem als Mensch das Urteil über das Leben eines anderen Menschen zusteht. Wenn man ihn wegsperrt, hat er bestimmt auch im Gefängnis kein so schönes Leben mehr."

„Ich bin eigentlich auch gegen die Todesstrafe. Vielleicht wäre das mal ein interessantes Diskussionsthema für die Schule. Aber wie kann es ein, dass der Mörder dann im Gefängnis ausgerechnet Jura studieren kann?"

„Soweit ich weiß, kann er den Beruf aber niemals ausüben."

„Was soll das? Wofür studiert er es denn dann? Und schließt sich das nicht irgendwie aus?"

„Tja, auch dafür wird es ein Gesetz geben. Ich habe keine Erklärung und finde auch, dass es völlig falsch ist, wenn ein Verbrecher Jura studieren darf."

„Jetzt kennt er alle Tricks und setzt sie für sich ein."

„Ja, und macht so dauernd wieder von sich reden. Wie schlimm muss das für die Familie des toten Jungen sein? Immer wieder wird der Fall diskutiert und aufgerollt."

„Ich glaube, ich möchte später mal Jura studieren und Richterin werden. Du fängst die Mörder, und ich verurteile sie."

„Das ist bestimmt ein sehr interessanter und verantwortungsvoller Beruf, aber auch ganz schön anstrengend.

Und bestimmt etwas, wo man nicht immer so leicht abschalten kann."

„Tja, aber das kannst du auch nicht. Ich glaube, das ist in vielen Berufen so. Naja, noch hab ich ja ein bisschen Zeit. Erst mal muss ich in zwei Jahren mein Abi machen. Ich mach mich jetzt ins Bett. Nacht, Papa, und viel Erfolg bei deinem neuen Fall!"

„Nacht, Marlene! Schlaf gut! Und vielen Dank!"

Peter blieb noch ein paar Minuten sitzen. Marlene und Richterin. Sie hatte einen ausgeprägten Gerechtigkeitssinn. Ob das eine gute Voraussetzung war? Wahrscheinlich würde sie ihre Meinung noch zigmal ändern. Das war mit 17 so, wenn man noch auf der Schule war und nicht vor der Notwendigkeit stand, die eigenen Brötchen zu verdienen. Morgen würde er Marion von dem interessanten Gespräch erzählen. Ganz überraschend hatte er in aller Ruhe mit seiner Tochter diskutiert und ihre Ansichten kennengelernt. Er hoffte auf baldige Wiederholung, stellte noch das Geschirr für das Frühstück auf den Tisch und machte sich dann auf den Weg ins Bad.

Montag, 18. April

1.

Peters ganzes Gesicht juckte. Irgendetwas stach ihm in die Schulter. Er hatte Schwierigkeiten, Luft zu bekommen. Es war unerträglich warm, und er fühlte sich, als hätte er einen dicken Stein auf der Brust sitzen. Mühsam öffnete er die Augen und blickte direkt in zwei gelbe, leuchtende Schlitze. Erschreckt fuhr er hoch. Paule krallte sich durch die Bettdecke an seinem Bein fest, was Peter empfindlich zu spüren bekam. Dann verließ Marlenes roter Kater unter Protest das Schlafzimmer.

Er hatte es schon wieder getan. Er war ins Schlafzimmer geschlichen und hatte es sich im Bett und dann sogar auf Peters Brustkorb gemütlich gemacht – nicht ohne seine Krallen in Peters Schulter zu bohren. Er blickte kurz zu Marion rüber. Sie hatte vom Angriff des Katers nichts mitbekommen und schlief fest. Marion und Marlene liebten Paule und ließen ihm alles durchgehen.

Peter mochte Paule auch, hatte aber ein etwas zwiespältiges Verhältnis zu ihm. Seit der Kater vor vier Wochen in ihre Familie gekommen war, schien noch nicht genau geklärt zu sein, wer von ihnen beiden denn nun der Chef war. Marlene und Marion spielten bei diesem Spiel nicht mit. Mit ihnen schmuste er immer ausgiebig.

Kaum sah er aber Peter auf der Couch liegen, sprang er mit einem riesen Satz auf dessen Bauch, bohrte ihm die Krallen durch das T-Shirt und verschwand dann wieder. Oder er machte es sich im Kleiderschrank auf seinen Pullovern bequem – vorzugsweise den dunklen, auf denen man alle Katzenhaare gut sehen konnte.

„Du solltest eben immer deine Schranktür zumachen, wenn du etwas herausgenommen hast. Dann kann das gar nicht passieren“, war Marions einziger Kommentar gewesen.

Und nur in seinen Schuhen lag morgens eine tote Maus.

Marlene meinte, das sei ein besonderer Liebesbeweis. Peter war sich da noch nicht so sicher.

Jedenfalls hatte Paule absolutes Schlafzimmerverbot. Der Kater konnte jederzeit bei Marlene schlafen. Vielleicht hatte Peter gestern Nacht vergessen, die Tür richtig zu schließen, und Paule hatte sich hineingeschlichen.

Der Kommissar sah auf seinen Wecker: 5.15 Uhr. Er beschloss aufzustehen und, da er eh schon so wach war, eine Runde zu joggen.

Marion legte er einen Zettel auf den Küchentisch: „Bin joggen, bringe Brötchen mit."

Ihr Wecker würde in einer halben Stunde klingeln, dann konnten sie noch zusammen frühstücken, bevor die Arbeit begann.

Leise zog er die Haustür hinter sich zu. Es war noch nicht hell, die Dämmerung hatte aber bereits eingesetzt. Ohne das Umstellen auf die Sommerzeit hätte er jetzt schon im Hellen laufen können. Er begab sich auf seine übliche Runde und dachte an seinen neuen Fall: Wo mochte Cornelia Mainl jetzt sein? Welche Ängste musste sie ausstehen? War sie überhaupt noch am Leben? Würde Lösegeld gefordert werden? Wieso hatten der oder die Täter sich gerade diese Frau ausgesucht? Wie reich war die Familie wirklich? So reich, dass sich das Risiko, Frau Mainl zu entführen, lohnte? Oder ging es vielleicht gar nicht um Geld?

Sie mussten heute mehr über die Familie erfahren, vielleicht hatten Stefan oder Ralph schon etwas herausgefunden während ihres Nachtdienstes. Heute Morgen konnten sie auch die Nachbarn befragen. Und es musste Spuren geben. Eine erwachsene Frau konnte doch nicht einfach so verschwinden, noch dazu aus ihrem eigenen Haus, ohne dass irgendjemand etwas mitbekam. Und an die Mansarden hatten sie gestern Abend gar nicht mehr gedacht. Richard Mainl hatte erwähnt, dass die Wohnungen unter dem Dach vermietet seien. Sie mussten heute erfahren, an wen und ob die Mieter im Haus gewesen waren. Er hatte es versäumt, ganz nach oben zu gehen und nachzusehen. Vielleicht hatten das die Kollegen vom anderen Revier gemacht? Er musste sich unbedingt danach erkundigen. Der Kommissar ärgerte sich über sich selbst. Das hätte er nicht vergessen dürfen.

Er war an der Gründau angelangt. Der kleine Forellenbach schlängelte sich durchs hohe Gras. Peter blieb ein paar Minuten stehen und beobachtete das munter plätschernde Wasser. Jetzt im Frühjahr war der Bach oft noch voll mit Wasser vom Regen und der Schneeschmelze. Nur Mitglieder des Angelvereins durften hier fischen. Inzwischen war es hell genug, um die Steine im Bach ausmachen zu können. Er hatte Glück, heute war das Wasser klar. Der Kommissar hatte einen geübten Blick – Marlene sagte, es sei sein Fisch-Spürsinn –, und so entdeckte er eine kleine Forelle, die gerade zu nymphen anfing, also auf der Suche nach Futter war: Sie stand entgegen der Strömung und ließ sich ein bisschen von rechts nach links treiben, immer auf der gleichen Höhe, jederzeit bereit, nach vorne zu schießen, wenn sie eine Larve oder etwas Ähnliches entdecken würde.

Peter riss sich schweren Herzens von dem kleinen Bächlein los. Er musste den Rückweg etwas schneller zurücklegen und kam außer Atem beim Bäcker an.

Er erstand drei Körnerbrötchen und zwei Laugencroissants und kam gerade zur Haustür herein, als Marion die Treppe hinunterkam.

„Guten Morgen, der Brötchenservice ist da“, begrüßte er seine Frau.

„Oh, wie schön, du bist aber schon früh auf.“

„Ja, dank Paule, der sich meine Brust zum Schlafen und Kratzen ausgesucht hat.“

„Echt? Ich habe gar nicht mitbekommen, dass er bei uns war, der Süße.“

„Süß? Naja, ich fand es nicht ganz so niedlich.“

„Er scheint dich wirklich zu lieben.“ Marion grinste ihn an.

„Ich möchte von dir und Marlene geliebt werden und nicht von einem Kater!“

„Also Marlenes Liebe wirst du dir bestimmt auch ein kleines Stück über Paule erarbeiten müssen.“ Sie gab ihm einen Kuss. „Ich liebe dich natürlich auch, ohne dass Paule dir seine Liebe beweist, wenigstens meistens.“

„Na, da bin ich aber froh.“ Peter umarmte Marion, und sie legte kurz ihren Kopf an seine Schulter.

„Geh schnell duschen, dann können wir noch zusammen frühstücken!“

Als er zehn Minuten später in Jeans und Hemd die Treppe herunterkam, hatte Marion den Rest des Frühstückstischs gedeckt und drückte den Knopf für Cappuccino auf der Kaffeemaschine.

„Was für einen neuen Fall hast du?“

„Eine Geschäftsfrau wurde mitten aus Frankfurt bei ihrer Silberhochzeitsfeier am Samstagabend entführt.“

„Oh je. Und jetzt? Gibt es eine Lösegeldforderung?“

„Bislang noch nicht!“

„Das ist aber komisch, oder?“

„Tja, ich weiß auch noch nicht, was ich davon halten soll. Dummerweise kam es gestern schon im Radio. Die Öffentlichkeit hätte ich da gerne noch etwas herausgehalten. Apropos Radio.“ Er drehte sich um, griff nach der Fernbedienung und schaltete das Radio ein. Musik ertönte.

„Mit Marlene hatte ich gestern noch ein interessantes Gespräch über ihre Ansichten, muss ich dir heute Abend erzählen. Jedenfalls zieht sie in Erwägung, Jura zu studieren und dann Richterin zu werden. Ich soll die Mörder fangen, und sie will sie dann ins Gefängnis schicken.“

„Aha, interessant. Aber ich glaube, Jura würde zu ihr passen. Sie ist sehr redegewandt und gerechtigkeitsliebend. Na, ein bisschen Zeit hat sie ja noch.“ Marion biss in ihr Brötchen, das sie dick mit Butter und Nutella bestrichen hatte.

Etwas undeutlich sagte sie dann: „Vielleicht schaffen wir es ja heute Abend auch, kurz über den Sommerurlaub zu reden. Ob überhaupt und wenn ja, wohin? Mit Marlene, ohne Marlene?"

„Ob Marlene mitfährt, hängt sicherlich davon ab, was wir für ein Urlaubsziel anbieten und was ihre Freundinnen so machen."

„Klar, das war ja bei uns damals nicht anders."

„Lass es uns wirklich auf heute Abend verschieben, ich mache mich jetzt auf den Weg ins Kommissariat. Ich will um halb acht da sein, und montags ist der Verkehr nach Frankfurt hinein immer am schlimmsten."

Er stellte seinen Teller und die Tasse auf die Spülmaschine, gab Marion noch einen Kuss, fischte seine Jacke vom Stuhl und verließ das Haus.

Marion überlegte kurz, warum er das Geschirr nie in die Maschine räumte. Irgendwie fand er den Weg nicht. Sie kam zu dem Schluss, dass es auf das Geschirr nicht ankam. Ihr Mann tat tausend andere Sachen, die ihr mehr am Herzen lagen.

2.

Regina war schon da, als Peter Scheuermann das Kommissariat betrat.

„Und, gibt es schon etwas Neues von Stefan?"

Regina nickte zögernd: „Er hat ein paar Informationen über die Familie Mainl zusammengetragen und hierher gemailt. Er ist um zehn Uhr hier, pünktlich zu unserer Besprechung. Lösegeldforderung gibt es bis jetzt noch nicht. Ralph meldet sich noch kurz, wenn Beate ihn um acht Uhr ablöst. Und", sie machte eine bedeutungsvolle Pause und überreichte ihm die Bild-Zeitung, „du solltest vielleicht die erste Seite lesen!"

Er nahm die Zeitung und schlug sie auf.

ENTFÜHRT!, daneben ein Bild von Cornelia Mainl, das gleiche Bild, das sie gestern in die Fahndung gegeben hatten. Darunter dann: *Die 52-jährige Cornelia Mainl, Gattin des Inhabers von „Sport-Mainl", wurde während ihrer Silberhochzeit entführt. Noch wartet die Familie auf irgendein Lebenszeichen!*

Peter las auch den Rest noch durch. Das Wenige, das bekannt war, wurde ausgeschmückt und breitgetreten.

„Ganz klasse! Das war auch gestern schon in den Radio-Nachrichten. Jetzt wird die Presse die Familie und uns belagern."

„Ich weiß auch schon, wo das Ganze herkommt", meinte Regina. „Angelika März, die beste Freundin von Frau Mainl, hat es unter dem Siegel der Verschwiegenheit einem Freund erzählt und der hat es ausgeplaudert."

„Unglaublich! Warum ist sie so blöd?"

„Vielleicht hat sie geglaubt, er hält den Mund, und musste sich irgendwo aussprechen …"

„Wie dem auch sei, nachdem es öffentlich ist, können wir auch Flugblätter drucken lassen und heute Morgen die Nachbarschaft befragen. Ich schaue mir jetzt Stefans Mail an und lasse dich die Ermittlungsakte anlegen, damit wir um zehn Uhr auch etwas zu besprechen haben."

Der Kommissar ging in sein Büro und schloss die Tür hinter sich. Er fuhr den PC hoch, und das derzeitige Hintergrundbild tauchte auf: ein schöner Saibling, den er in der letzten Saison in der Hafenlohr gefangen hatte.

Das Telefon klingelte.

„Scheuermann!"

„Ralph hier. Also, bis jetzt gibt es nichts Neues. Niemand hat angerufen und Lösegeld gefordert."

„Was ist mit der Familie und den Freunden, die gestern Abend noch da waren?"

„Also von den Freunden habe ich niemanden mehr gesehen. Die Söhne und die Mutter waren schon in ihren Wohnungen, als ich kam. Herrn Mainl konnte ich dazu überreden, wenigstens auf der Couch zu schlafen – da hätte er ja auch sofort jeden Anruf mitbekommen. Jetzt ist Beate gekommen, um mich abzulösen."

„Gut, danke. Dann geh dich erst mal ausschlafen! Wir sehen uns dann hier um 16 Uhr!" Der Kommissar legte auf.

Er öffnete Stefans Mail und druckte sie aus.

Das Sportgeschäft Mainl war 1970 von Richard Mainl Senior und seiner Frau Beatrice gegründet worden. Damals mussten die Söhne Richard Junior und Andreas dreizehn und zehn Jahre alt gewesen sein.

1976 hatte Richard Mainl Abitur gemacht und war dann bei der Bundeswehr gewesen. 1983 hatte er sein Betriebswirtschaftsstudium abgeschlossen und 1984 Cornelia, eine geborene Fischer, geheiratet.

Cornelia Fischer hatte im Sportgeschäft der Mainl-Eltern eine kaufmännische Ausbildung zur Einkäuferin absolviert und dabei wohl den Sohn Richard kennengelernt. 1987 wurde dann Moritz und 1992 Benjamin geboren.

Moritz hatte 2006 sein Abitur bestanden, war dann für ein Jahr beim Bund gewesen und nun im letzten Jahr seines Sportstudiums.

Dass Benjamin gerade mitten im Abitur steckte, wusste der Kommissar ja bereits. Allerdings würde er vielleicht nicht mehr zur Bundeswehr müssen. Das hatte sich geändert.

Das Mainl-Fitnessstudio war dafür bekannt, dass hier begabte Sportler trainierten. Sportler, die auf Hessen- oder Deutschlandebene einen der ersten drei Plätze belegten, bekamen eine Mitgliedschaft umsonst. Ebenso in Traunstein, wo man mindestens auf Bayernebene zu den ersten Drei gehören musste. Auf der Referenzliste standen in Frankfurt Ruderer, Schwimmerinnen und Leichtathleten. In Traunstein gab es Radfahrer und Biathleten. Sicherlich eine gute Werbung.

Er machte sich noch ein paar Notizen und ging dann mit dem Bild von Cornelia Mainl zu Selin Cipa. Die jüngste Kollegin war erst seit einem Jahr in seiner Truppe, aber sie war die Beste am PC, wenn es darum ging, Grafiken, Plakate oder Flyer zu entwerfen oder irgendwelche Informationen zu beschaffen. Sie hatte nicht nur ihr Abitur, sondern auch ihre Ausbildung bei der Polizei mit den besten Noten abgeschlossen. Zu Peter hatte sie einmal gesagt: „Als Frau musst du schon doppelt so gut sein wie ein Mann, um ernst genommen zu werden. Als Türkin aber musst du dreimal so gut sein, selbst wenn du in Deutschland groß geworden bist."

Selin blickte vom PC auf, als er den Raum betrat, in dem sie normalerweise mit Beate saß. Die war jetzt bei den Mainls.

„Guten Morgen!" Peter erzählte ihr, worum es ging, und bat sie, ein Flugblatt zu entwerfen mit dem Bild von Frau Mainl.

„Ich schick dir die Datei in fünfzehn Minuten rüber", versprach Selin.

Das hatte er nicht anders erwartet und nickte: „Danke, wir sehen uns dann um zehn Uhr in Reginas und Stefans Büro zur Besprechung."

Zurück in seinem Büro sah er auf die Uhr: halb zehn, mal sehen, vielleicht hatte ja die Spurensicherung schon etwas für ihn. Er wählte die Nummer.

„Scheuermann hier, guten Morgen. Es geht um den Entführungsfall in der Humboldtstraße im Frankfurter Nordend."

„Ich wollte Sie auch gerade anrufen", sagte Oliver Krieger, einer der zuständigen Beamten. „Also, wir haben keinerlei Spuren von Gewalteinwirkung oder einem Kampf gefunden. Allerdings lag im Rinnstein der Fetzen eines Taschentuchs, auf dem sich eindeutig Chloroform befand. Es wäre also möglich, dass das Opfer betäubt und dann mit einem Auto weggebracht wurde."

„Und der Zettel, die Nachricht der Entführer?"

„Hat von neun verschieden Leuten Fingerabdrücke, aber keinen, der irgendwie bekannt ist. Das Papier ist ein 80 Gramm schweres, weißes Blatt, wie es fast in jedem Büro verwendet wird. Die Schrift ist Arial 14 – das kann jeder PC und bringt uns nicht weiter. Ausgedruckt wurde das Ganze auf einem Laserdrucker. Mehr kann man dazu nicht sagen."

Peter bedankte sich und legte auf. Das Taschentuch war zumindest eine kleine Spur.

In den nächsten zwanzig Minuten bekam er drei Anrufe der Presse, die er mit dem Hinweis auf die Gefährdung des Opfers abwimmelte.

Um zehn Uhr hatten sich Peter, Regina, Stefan und Selin zusammengefunden. Der Kommissar fasste zusammen, was sie bis jetzt an Informationen hatten.

Stefan berichtete, dass die Freunde der Familie sich gegen 22 Uhr verabschiedet hätten und Herr Mainl auch seine Söhne und seine Mutter in ihre Wohnungen geschickt hätte. Dann habe er sich in sein Arbeitszimmer zurückgezogen. Als er gegen ein Uhr nachts wieder aufgetaucht sei, hatten sie gemeinsam gewartet, bis Ralph zur Ablösung kam.

„Also, was fällt euch dazu ein? Irgendjemand hier mit einer brauchbaren Idee?", fragte der Kommissar in die Runde.

Regina begann: „Wenn man jemanden entführen will, muss man das doch genau planen. Man spioniert die Gewohnheiten der Familie aus, weiß in der Regel, wann wer kommt und wann wer geht. Aber während der Silberhochzeit? Das war doch so vorher gar nicht planbar?"

Selin schaltete sich ein: „Da muss doch jemand gewusst haben, dass die Familie zu Hause feiert. Und selbst wenn es klingelt: Wer sagt denn, dass gerade Cornelia Mainl die Treppe herunterläuft? Das hört sich vielmehr nach einem Zufall an … Zur falschen Zeit am falschen Ort."

„Ja, aber aus einem Wohnhaus heraus wird man ja nicht zufällig entführt, oder?", meinte Stefan.

„Die Überraschung!" Plötzlich fiel es Regina wieder ein.

„Natürlich!" Peter fasste sich an die Stirn.

Selin und Stefan schauten noch etwas ratlos drein.

„Angelika März hat uns erzählt, dass es noch einmal geklingelt hat und Cornelia nach unten lief, weil sie eine Überraschung für ihren Mann erwartete. Frau März konnte nicht mit Bestimmtheit sagen, ob sie ihre Freundin Cornelia danach noch mal gesehen hat. Wir müssen herausfinden, was für eine Überraschung da geplant war."

„Und wer alles davon wusste", warf Regina ein. „Frau März wusste auf jeden Fall Bescheid, dass jemand um 22 Uhr diese Überraschung bringen wollte. Offensichtlich hat Frau Mainl nur ein Geheimnis daraus gemacht, um was für eine Überraschung es sich handelte, und nicht darum, dass und wann es eine geben würde."

Der Kommissar fuhr fort: „Das wäre zumindest eine Gelegenheit gewesen. Frau Mainl geht nach unten, weil sie die Überraschung erwartet. Stattdessen stehen ihre Entführer vor der Tür, drücken ihr das Taschentuch mit dem Chloroform auf die Nase, stecken sie in ein bereitstehendes Auto und fahren weg."

„Und vorher klemmen sie noch schnell den Zettel mit der Nachricht in die Tür", bemerkte Selin. „Trotzdem ist es merkwürdig, dass sich die Entführer noch nicht mit ihrer Forderung gemeldet haben, oder?"

„Ja, das bereitet mir Sorgen."

Eine Weile hing jeder seinen Gedanken nach.

„Okay", meinte Peter. „Dann fahren Regina und Stefan mit den Flugblättern in die Humboldtstraße und befragen die Nachbarn. Vielleicht war jemand gerade mit seinem Hund spazieren oder hat am offenen Fenster eine geraucht und irgendetwas gesehen. Ich fahre mit meinem eigenen Wagen und werde Herrn Mainl nochmals befragen. Ich möchte auch wissen, an wen die beiden Mansarden oben vermietet sind. Selin, du …"

Das erneute Klingeln des Telefons unterbrach ihn.

Regina hatte abgenommen, lauschte kurz in den Hörer und gab diesen dann an Peter Scheuermann weiter. Der Kommissar hörte kurz zu und bedeutete den anderen, dass er einen Zettel und Stift bräuchte.

„Wo genau? Sachsenhäuser Berg? Bei Doktor Hentschel."

Er schrieb noch ein paar Wörter mit. „Ja, wir fahren sofort los." Er legte auf.

Stefan, Regina und Selin schauten ihn fragend an.

„Eine junge Frau wurde tot im Swimmingpool ihrer Eltern aufgefunden. Sie war angeblich eine sehr gute Schwimmerin. Ein Fremdverschulden kann nicht ausgeschlossen werden. Selin, du begleitest mich bitte zum Sachsenhäuser Berg. Ihr zwei", der Kommissar deutete auf Stefan und Regina, „fahrt wie abgesprochen in die Humboldtstraße. Wir treffen uns dort später. Ich lasse mein Handy angeschaltet."

Damit waren sie entlassen.

3.

Dreißig Minuten später hielt der Kommissar mit seiner Kollegin vor der Villa von Dr. Hentschel am Sachsenhäuser Berg. Ein Notarztwagen stand am Straßenrand. Ein paar Passanten waren auf der gegenüberliegenden Straßenseite stehen geblieben, um das Geschehen mit neugierigen Blicken zu verfolgen.

Peter drückte die Klingel. Durch das schmiedeeiserne, große Tor und den Zaun konnte man eine breite Auffahrt und eine Art Park erkennen, das Haus aber noch nicht sehen.

„Ja, bitte?“ Die Gegensprechanlage summte.

„Kriminalpolizei Frankfurt, wir werden erwartet“, antwortete Peter.

Das Tor schwang auf. Gerade lange genug, um den Kommissar und seine Kollegin durchzulassen. Selin und Peter gingen die von Rhododendronbüschen gesäumte Auffahrt entlang. In ein paar Wochen würden sich die dicken Knospen öffnen und den Weg in ein Blütenmeer verwandeln. Nach einer Biegung war die Villa zu sehen.

Groß und imposant, mit einer breiten Freitreppe und Balustraden in strahlendem Weiß, erinnerte sie an einen Gutshof von vor hundert Jahren.

Auf der Treppe stand ein junger Mann, schwarze Hose, weißes Hemd, und blickte ihnen mit feuchten Haaren wartend entgegen. Auf seinem Gesicht war keinerlei Regung zu erkennen.

„Scheuermann, guten Tag, und das ist meine Kollegin Frau Cipa.“

„Ich bin Lennart, die Herrschaften sind im Haus, wenn Sie mir bitte folgen möchten!“

Damit hatte er sich umgedreht und schritt auf der Treppe voran.

Peters und Selins Blicke trafen sich kurz, dann folgten sie eilig.

Lennart führte sie durch eine große Eingangstür in eine

Halle, von der mehrere Türen abgingen. Eine davon öffnete er.

„Herr Scheuermann und Frau Cipa von der Kriminalpolizei Frankfurt sind jetzt hier."

„Ja, bitte, lassen Sie sie eintreten!" Eine Männerstimme hatte geantwortet, im Hintergrund war leises Schluchzen zu hören.

Lennart trat zur Seite, bedeutete den Beamten einzutreten und schloss dann, den Raum verlassend, hinter ihnen kaum hörbar die Tür. Der Mann, der auf sie zukam war groß und leicht untersetzt. Er hatte schüttere hellbraune Haare, seine Gesichtszüge waren strarr.

„Ich bin Isidor Hentschel, meine Frau Ramona." Dr. Hentschel brach ab und ging zu einem Sessel, auf dem Ramona Hentschel saß, das Gesicht schluchzend in den Armen vergraben. Hilflos tätschelte er ihr den Rücken und blickte dann wieder auf.

„Unsere Tochter Saskia, sie hatte, sie ist, sie war schwimmen, sie ..." Er schüttelte den Kopf und zeigte mit der Hand auf die Terrassentür, die nach draußen führte und offenstand.

Noch bevor Peter etwas erwidern konnte, kam ein Mann in weißer Hose und roter Jacke mit der Aufschrift *Notarzt* durch den Garten herein und stellte sich ihnen als der diensthabende Arzt Dr. Öltze vor. „Am besten kommen Sie mit in den Garten, dort erkläre ich Ihnen alles."

Dann wandte er sich an Herrn Hentschel. „Pfarrer Siemens ist nun hier. Er ist der Notfallseelsorger."

Ein junger Mann trat ein. Er trug Jeans und eine blaue Jacke mit silbernen Leuchtstreifen. Auf dem oberen war *Notfallseelsorge* zu lesen.

Peter und Selin folgten dem Notarzt nach draußen. Es war noch frisch, das Außenthermometer zeigte dreizehn Grad an. In diesem Teil des Gartens befand sich ein überdachter Swimmingpool. Der Kommissar schätzte ihn auf zehn mal sechs Meter. Dampf stieg aus dem Wasser auf, sicherlich war es bei diesen Temperaturen noch beheizt.

Ein Rettungssanitäter stand am Rand des Beckens. Zu seinen Füßen befand sich eine dunkle Plane, die wohl den Körper der jungen Frau bedeckte.

„Wir wurden vor circa 50 Minuten gerufen. Die Tochter des Hauses, Saskia Hentschel, ist leblos im Schwimmbecken aufgefunden worden. Als wir eintrafen, versuchte der Vater Wiederbelebungsmaßnahmen, vergebens, auch wir konnten für die junge Frau nichts mehr tun. Ich konnte nur noch den Tod feststellen", erklärte Dr. Öltze.

Peter hob die Plane etwas an. Saskia Hentschel hatte hellblonde, halblange Haare, die um ihr blasses, aufgedunsenes Gesicht klebten. Ein Gesicht voller Sommersprossen. Sie trug einen schwarzen Sportbadeanzug. Er ließ die Plane wieder sinken.

„Kann sie einen Krampf bekommen haben?"

„Möglich wäre es. Aber sagt Ihnen der Name Saskia Hentschel etwas?"

„Nein." Peter schüttelte den Kopf.

Selin schaltete sich ein: „Ist sie nicht die hessische Schwimmmeisterin?"

„Richtig." Dr. Öltze bestätigte es. „Und das ist auch der Grund, warum ich Sie gerufen habe. Saskia Hentschel war eine ausgezeichnete Schwimmerin. Sie hat sich gerade auf die Deutschen Meisterschaften vorbereitet. Dass sie in einem Schwimmbad von sechzig Quadratmetern ertrunken ist, kommt mir sehr merkwürdig vor."

Sie gingen noch mal zur Leiche hinüber. Selin zog die Plane zur Seite, und alle drei beugten sich über das tote Mädchen.

„Ich konnte bei meiner Untersuchung einen Bluterguss an beiden Handgelenken feststellen." Öltze drehte die Arme des Mädchens so, dass man es sehen konnte. Am linken Handgelenk trug sie eine Stoppuhr, die den Bluterguss halb verdeckte. „Ansonsten habe ich weder Schrammen noch Kratzer oder vielleicht Haut unter ihren Fingernägeln gesehen. Ich hoffe, die Obduktion gibt eine paar Aufschlüsse darüber, was passiert ist."

Peter nickte bestätigend. „Ich werde den Staatsanwalt anrufen, er muss die Obduktion anordnen."

Peter tätigte die nötigen Anrufe, auch die Spurensicherung würde bald da sein.

Selin war wieder aufgestanden und lief langsam um das Schwimmbecken herum. Als sie ihre Runde beendet hatte, stellte sich der Kommissar neben sie, und beide schauten ins Wasser.

„Zumindest hier sieht alles völlig normal aus", meinte Selin.

In dem Moment sahen sie Dr. Hentschel in der Terrassentür stehen. Langsam setzte er sich in Bewegung und kam auf sie zu. Peter schätzte ihn auf Mitte fünfzig, doch jetzt hatte er den Gang eines alten Mannes.

Sie gingen ihm entgegen. Dr. Hentschel machte eine hilflos wirkende Handbewegung: „Der Pfarrer und der Mann vom Roten Kreuz kümmern sich um meine Frau. Sie will nicht, dass ich sie in den Arm nehme. Sie stößt mich zurück."

Tränen liefen ihm über das Gesicht.

„Was mit Ihrer Tochter passiert ist, tut uns sehr leid, Herr Doktor Hentschel. Wir werden sie mit in die Gerichtsmedizin nehmen, um die genaue Ursache für das Ertrinken zu finden." Peter hatte dem weinenden Mann die Hand auf den Arm gelegt.

Dieser nickte: „Sie kann doch so gut schwimmen. Sie ist doch die Beste! Ich habe sie gefunden. Ich dachte, sie will mich erschrecken. Treibt da einfach so im Pool. Ich hab sie mit Lennart zusammen rausgezogen. Aber sie hat schon nicht mehr geatmet, sie war schon ganz blau. Ich habe alles versucht. Und dann stand Ramona da und hat nur noch geschrien." Jetzt zitterte er am ganzen Körper.

Selin nahm ihn vorsichtig beim Arm. „Kommen Sie, wir gehen hinein, da können Sie sich hinsetzen!"

Widerspruchslos ging er mit ihr. An der Tür drehte er sich noch einmal um und blickte zur Plane hinüber: „Bitte, Sie müssen mir mein Mädchen wiedergeben!" Dann sackte er zusammen. Peter sprang gerade noch rechtzeitig zu ihm, um den leblosen Körper aufzufangen.

Sie übergaben Dr. Hentschel dem Notarzt.

„Wie schnell aus einer heilen Welt ein Albtraum werden kann." Selin hatte die Arme wie zum Schutz um ihren Körper geschlungen.

Peter blickte sie an. Saskia Hentschel war nur wenige Jahre älter geworden, als Marlene jetzt war, und sie war nur wenige Jahre jünger gewesen als Selin Cipa.

„Ja, von einer auf die andere Sekunde kann das ganze Leben aus den Fugen geraten." Er atmete tief durch. „Besonders schlimm ist es immer, wenn es junge Menschen trifft. Das zeigt uns, dass nichts selbstverständlich ist, dass wir nicht selbst alle Fäden in der Hand haben, auch wenn wir das oft glauben. Jetzt können wir nur noch alles daran setzen, eine Erklärung zu finden."

Während sie auf das Eintreffen der Spurensicherung und des Leichenwagens warteten, kam Lennart zu ihnen auf die Terrasse und fragte: „Gibt es irgendetwas, was ich für Sie tun kann?"

„Sie sind hier im Haus angestellt?", startete der Kommissar mit einer Gegenfrage.

„Ja, richtig. Ich bin seit drei Jahren der Butler, der Chauffeur, der Sekretär. Je nachdem, was gerade gebraucht wird."

„Was ist heute Vormittag passiert?"

„Herr Dr. Hentschel fand seine Tochter leblos im Pool. Er rief mich zur Hilfe. Ich sprang sofort in den Pool, und wir zogen gemeinsam die junge Frau Hentschel aus dem Wasser. Während Dr. Hentschel Wiederbelebungsversuche machte, alarmierte ich den Notarzt. Frau Ramona Hentschel kam gerade vom Einkaufen zurück, als der Rettungsdienst eintraf."

„Haben Sie mitbekommen, wann Saskia Hentschel heute Morgen anfing zu schwimmen?"

Lennart schüttelte den Kopf. „Nicht genau. Sie war um halb neun beim Frühstück. Sie sagte noch: ‚Heute schwimme ich Bestzeit, Sie werden sehen!' Sie ist oft eine ganze Stunde lang geschwommen. Ich hatte im Haus zu tun und bin erst in den Garten gekommen, als Dr. Hentschel mich gerufen hat."

Wie alt mochte Lennart sein? Peter schätzte ihn auf Ende zwanzig. Noch immer zeigte sein Gesicht keine Regung.

„Mochten Sie die junge Frau Hentschel?"

„Sie war immer höflich und nett, wie die ganze Familie. Im Übrigen steht mir darüber kein Urteil zu."

Ganz Contenance, dachte Peter.

„Könnten Sie uns bitte das Zimmer von Saskia Hentschel zeigen?"

Falls Lennart erstaunt war, zeigte er es nicht.

„Ich weiß nicht, ob das den Herrschaften recht ist."

„Und ich möchte sie nur ungern gerade jetzt fragen. Es gehört aber zu unseren Ermittlungen", antwortete der Kommissar.

„Ermittlungen?"

„Saskia Hentschel war eine hervorragende Schwimmerin. Finden Sie es nicht merkwürdig, dass sie im Pool ertrinkt?"

„Sie könnte einen Krampf gehabt haben."

„Und dann nicht mal mehr den so nahen Beckenrand erreicht haben?"

Lennart schien kurz zu überlegen, dann nickte er: „Natürlich, das ist ungewöhnlich. Ich darf vorangehen?"

Natürlich, sonst würden wir ja den Weg nicht finden, du Witzbold, dachte Peter, erwiderte aber nichts, sondern machte nur eine zustimmende Geste in Lennarts Richtung, froh, dass dieser sich jetzt dazu bereitfand, ihnen das Zimmer zu zeigen.

„Ich werde Sie außen herum führen, vielleicht sollten wir im Salon jetzt besser nicht stören." Damit ging er gemessenen Schrittes voran.

Peter und Selin folgten ihm durch den Garten, an den Fenstern des Salons vorbei und um die Ecke des Hauses. Durch eine Seitentür betraten sie die geräumige Küche.

Die sah aus wie aus einem Katalog. Keine Spur deutete darauf hin, dass sie jemals benutzt wurde.

Von der Küche aus kamen sie wieder in die Eingangshalle.

Lennart drehte sich zu ihnen um: „Frau Saskia Hentschels Zimmer befinden sich im ersten Stock." Er schritt, gehen konnte man das nicht nennen, eine breite Treppe empor. Oben angekommen, liefen sie durch einen langen Gang, bevor der Butler stehen blieb und auf zwei nebeneinanderliegende Türen deutete.

„Das erste hier ist der Wohn- und Arbeitssalon und das zweite Zimmer das Schlafzimmer." Er öffnete die erste Tür und ließ den Kommissar und seine Kollegin eintreten. Er selbst blieb respektvoll in der Tür stehen.

Peter wusste nicht genau, was er erwartet hatte. Das jedoch nicht. Der Raum maß schätzungsweise fünfzig Quadratmeter und hatte einen schwarzen Granitfußboden, weiße Wände und vier große Fenster. Unter der Fensterfront stand ein großer Schreibtisch mit Glasplatte, die Schränke an den Wänden waren grau, ebenso wie das Ledersofa gegenüber. In einer Vitrine konnte er Pokale stehen sehen. Alles war peinlichst sauber und aufgeräumt. Sehr bewohnt sah es nicht aus.

Selin hatte ihren Rundgang beendet und flüsterte dem Kommissar zu: „So groß ist meine gesamte Wohnung."

Auf der linken Seite gab es in der Wand eine Tür. Peter ging darauf zu. „Kommen wir hier in den Schlafraum?", wandte er sich dann an Lennart.

„Ja, das ist die Verbindungstür."

Peter öffnete sie und konnte nun das Schlafzimmer sehen. Das komplette Kontrastprogramm. Während der Wohn- und Arbeitssalon, wie Lennart ihn nannte, geradezu kalt wirkte, strahlte das Schlafzimmer Wärme aus. Die Wände waren in einen leuchtend orange-gelben Ton getaucht, ebenso die dicken Flauschteppiche, die den schwarzen Granitboden nur an wenigen Stellen herausschauen ließen. Am auffälligsten war das große schmiedeeiserne

Bett. Peter schätzte es auf zwei mal zwei Meter. Dicke Kissen zierten das Kopfende, und die dunkelrote Satinbettwäsche glänzte. Der Kommissar und seine Kollegin traten näher. Auf dem Nachtisch lagen ein Nasenspray, Papiertaschentücher und ein Buch. Neugierig las Peter den Titel: *Die Tochter des Fotografen*. Er war sich fast sicher, dass seine Frau Marion das Buch auch schon gelesen hatte, er würde sie fragen, worum es ging.

Unter dem Fenster stand ein Sessel, darauf waren achtlos ein paar Kleider geworfen: eine Jeans, Unterwäsche und ein dunkelblauer Pullover – sicherlich hatte Saskia sich hier schnell vor dem Schwimmen umgezogen. Der Kleiderschrank war riesig und begehbar.

Peter schaute Selin fragend an: „Fertig? Ich denke, einen kurzen Überblick haben wir bekommen."

Selin nickte zustimmend.

„Hat Saskia Hentschel noch Geschwister?", wollte Peter beim Runtergehen wissen.

„Ja." Lennart nickte. „Einen Zwillingsbruder. Dorian besucht zurzeit in England ein Internat. Er spielt Polo."

Als zwanzig Minuten später die Spurensicherung und der Leichenwagen eintrafen, machten Selin und Peter sich wieder auf den Rückweg zum Revier.

4.

Kaum im Auto, klingelte Peters Handy. Peter drückte den Knopf, und über die Freisprechanlage konnten sie Beates Stimme hören:

„Es gibt ein Lebenszeichen von Frau Mainl!"

„Gott sei Dank! Erzähl!"

„Die Entführer haben vor fünf Minuten angerufen. Herr Mainl soll 200 000 Euro in kleinen Scheinen bereithalten, sie würden sich wieder melden. Frau Mainl selbst war auch ganz kurz am Telefon. Sie hat gesagt, es gehe ihr soweit gut und sie sehne sich nach Mann und Kindern. Dann wurde aufgelegt."

„Können wir den Anruf zurückverfolgen?"

„Leider nicht", bedauerte Beate, „die Zeit war zu kurz. Wir brauchen mindestens drei Minuten."

„Okay, Selin und ich kommen sofort in die Humboldtstraße."

Er drückte das Gespräch weg und rief seine Kollegin Regina auf dem Handy an.

„Regina? Wo seid ihr gerade?"

„Wir klappern gerade das letzte Haus hier in der Straße ab und fragen nach, ob jemand irgendetwas Auffälliges bemerkt hat."

„Okay, macht das Haus noch fertig und dann kommt bitte in die Wohnung von Mainls. Es gibt ein Lebenszeichen von Frau Mainl und eine Lösegeldforderung. Selin und ich sind in circa zehn Minuten da."

Er legte auf und wandte sich Selin zu: „Jetzt kommt Bewegung in die Sache. Gut, dass Frau Mainl am Telefon war, sie lebt!"

„Ja, Gott sei Dank! Ich hatte auch schon gefürchtet, dass man gar nichts mehr hört."

Den Rest der Fahrt schwiegen sie. Peter konzentrierte sich wieder auf den Entführungsfall. Saskia Hentschel schob er in Gedanken weit weg. Nur der Fernsehkommissar konnte sich in aller Ruhe um EINEN Fall kümmern, die Realität sah anders aus. Entführungen, Morde, Raub und Vergewaltigung hielten sich nicht an irgendwelche Reihenfolgen.

Peter fand einen Parkplatz gegenüber der Hausnummer 83. Sie stiegen aus und klingelten. Die Gegensprechanlage knackte, und sie meldeten sich an. Fast sofort ertönte der Summer, und die Haustür sprang auf.

Peter ging voran, hinauf in den zweiten Stock. In der Tür stand Beatrice Mainl, diesmal in einem grauen Kostüm mit weißer Bluse. Der Kommissar stellte seine Kollegin vor.

„Ich habe schon gefürchtet, es wäre wieder jemand von der Presse. Bitte kommen Sie herein! Mein Sohn telefoniert gerade in seinem Arbeitszimmer."

Sie ging voran ins Wohnzimmer. „Kann ich Ihnen etwas anbieten? Einen Kaffee vielleicht?"

„Ja, ein Kaffee wäre prima, vielen Dank!"

Selin schloss sich an.

Benjamin und Moritz standen am Fenster und nickten dem Kommissar und seiner Kollegin kurz zu. Beate hatte sich erhoben und begrüßte sie.

„Wollt ihr die Aufnahme gleich hören oder warten, bis Regina und Stefan hier sind?"

„Lass es uns schon mal anhören, je öfter, desto besser", antwortete der Kommissar.

Beate hatte alles vorbereitet, und auf Knopfdruck konnten sie das Gespräch zwischen Herrn Mainl, dem Entführer und Cornelia Mainl hören:

„Richard Mainl" Seine Stimme klang heiser und angestrengt.

„Sie werden 200 000 Euro in kleinen Scheinen bereithalten, wenn Sie Ihre Frau lebend wiedersehen wollen." Zu hören war eine Micky-Maus-Stimme.

Dann die bedrückt wirkende Stimme einer Frau: „Richard? Ich bin´s!"

„Cornelia!" Richard Mainl hatte es fast geschrien.

„Es geht mir soweit gut. Ich werde gut behandelt. Bitte

mach, was man dir sagt. In Bonn ist heute Morgen ein Haus explodiert."

Dann wieder die Micky-Maus-Stimme: „Sie haben das Geld bis heute Abend um zwanzig Uhr. Wir melden uns."

„Das war´s. Mehr gab es nicht", erklärte Beate. „In Bonn ist heute Morgen um sieben Uhr wirklich ein Haus explodiert. Das beweist zumindest, dass dies keine Aufnahme war und Frau Mainl noch lebt."

„Ja, und es könnte noch eine zweite Bedeutung haben. Man kann es auch als Drohung verstehen, falls Herr Mainl nicht tut, was verlangt wird", meinte Selin.

Peter schaute zu den beiden Söhnen, die stumm zugehört hatten. Moritz biss sich auf die Lippen, und Benjamin hatte die Hände in den Hosentaschen zu Fäusten geballt. Aber wieder sprachen beide kein Wort.

Beatrice Mainl kam mit einem Tablett zur Tür herein und stellte zwei Tassen Kaffee, Zucker und Milch vor ihnen ab.

„Vielen Dank! Könnten Sie dann bitte Ihrem Sohn Bescheid sagen, dass wir hier sind und mit ihm sprechen möchten?", bat der Kommissar.

„Ich bin gerade fertig mit Telefonieren. Kommen Sie doch mit ins Arbeitszimmer." Richard Mainl war unversehens in der Tür zum Wohnzimmer aufgetaucht. Er trug dunkelbraune Cordhosen und ein sandfarbenes Hemd und wirkte bis auf die Tatsache, dass er nicht rasiert war, sehr gepflegt.

Der Kommissar stellte Herrn Mainl Selin vor.

„Frau Kolb und Herr Meier werden auch gleich hier sein und sich die Aufnahme anhören. Bis dahin hätte ich noch ein paar Fragen an Sie."

„Bitte …" Herr Mainl wies mit der Hand zum Arbeitszimmer.

Peter hatte seine Kaffeetasse mitgenommen und stellte sie nun auf dem kleinen Tisch ab, bevor er sich setzte. Richard Mainl nahm ihm gegenüber auf dem Sessel Platz.

„Ich habe gerade mit der Bank telefoniert. 200 000 Euro habe ich ja auch nicht einfach so auf dem Girokonto herumliegen."

„Und? Werden Sie das Geld bis heute Abend haben?"

„Ja, nach der Unterzeichnung der entsprechenden Papiere."

„Was für Papiere?"

„Ich habe nicht so viel Bargeld. Mein Kapital ist gebunden. Die Gewinne haben wir immer gleich wieder investiert. Letztes Jahr haben wir das Ladengeschäft in der Innenstadt komplett umgebaut. Die Gewinne aus meiner Firma gingen in die Fitnessstudios. Aber wir haben Immobilienbesitz. Da muss ich jetzt eine Grundschuld über 200 000 Euro eintragen lassen und die Rückzahlungsmodalitäten vereinbaren. In zwei Stunden wird Herr Hesse mit dem Vertrag hier sein."

„Er kommt zu Ihnen ins Haus?"

„Ja, das ist der Vorteil, wenn man nicht alles online erledigt, sondern noch Kontakt zu seinen Bankberatern hat. Herr Hesse betreut die Familie seit mehr als zwanzig Jahren, auch eine Seltenheit in einer Zeit,in der dauernd die Zuständigkeiten wechseln."

„Und das Geld?"

„Kommt um 17 Uhr direkt hierher. Ich möchte niemand anderen ans Telefon setzen." Die letzten Stunden hatten Spuren in Richard Mainls Gesicht hinterlassen. Er sah müde aus.

Peter nickte. „Jetzt kommt es darauf an, welchen Ort die Entführer für die Übergabe wählen."

Richard Mainl stützte seinen Kopf in die Hände. „Hoffentlich geht das alles gut aus! Das Geld ist mir scheißegal. Wenn nur Cornelia nichts passiert!" Er hielt gequält inne.

„Es ist schon mal ein gutes Zeichen, dass wir heute Ihre Frau gehört haben. Sie schien ziemlich gefasst."

„Ja, das ist typisch für Cornelia. Sie wird immer versuchen, Haltung zu bewahren."

„Wir werden jedenfalls alles daransetzen, Ihre Frau zu

finden und heil nach Hause zu bringen. Und danach werden wir uns an die Fersen der Entführer heften."

„Bitte, Sie dürfen nichts tun, was Cornelia irgendwie gefährden könnte!"

„Natürlich nicht!"

Der Kommissar machte eine kleine Pause. „An wen sind die beiden oberen Mansarden vermietet?"

Irritiert hob Herr Mainl den Kopf und sah den Kommissar an. Es dauerte eine Weile, bis er antwortete: „An zwei Studenten, wieso?"

„Weil wir sie noch nicht befragt haben. Vielleicht ist Ihnen am Samstagabend irgendetwas aufgefallen."

„Ich habe keine Ahnung, ob sie momentan zu Hause sind. Es sind Semesterferien."

„Wie heißen die zwei?"

„Miguel Antón und Pawel Klein. Wir vermieten die Mansarden immer an Studenten oder Studentinnen von außerhalb. Es ist schwer, in Frankfurt ein bezahlbares Zimmer zu finden."

„Für welchen Betrag vermieten Sie die Zimmer?"

„Für 250 Euro warm. Ein großer Raum mit kleiner Kochnische und ein separates Bad. Und die U-Bahn hält direkt um die Ecke. Man ist in zehn Minuten in der Uni. Moritz und Benjamin wissen bestimmt, ob die beiden da sind."

Trotz der recht ausgiebigen Antwort war ihm anzumerken, dass er sich momentan nicht für seine Mieter und deren Aufenthaltsort interessierte.

„Wenn sich der Entführer später meldet und mir den Übergabeort und all das nennt, was tut dann die Polizei?"

„Das kommt darauf an, wo sich dieser Ort befindet. Vielleicht ist es möglich, die Übergabe zu beobachten und die oder den Entführer zu verfolgen."

„Aber können Sie nicht einfach warten, bis Cornelia wieder da ist? Wenn der Entführer irgendetwas merkt, dann bringen Sie Cornelia doch nur noch mehr in Gefahr."

„Herr Mainl, damit werden speziell geschulte Kollegen beauftragt, wir gehen sehr, sehr vorsichtig vor. Es wäre doch auch denkbar, dass diejenigen, die Ihre Frau verschleppt haben, einfach mit dem Lösegeld verschwinden und Ihnen nicht sagen, wo sie sich befindet. Wir werden nichts tun, was die Sicherheit Ihrer Gattin aufs Spiel setzt, doch wir werden alles tun, um so viel wie möglich zu erfahren."

Richard Mainl nickte resigniert. „Und ich kann nichts weiter tun, als warten und warten. Es ist wie ein Albtraum, aus dem man nicht aufwacht." Er stand auf, ging zum Fenster und blickte hinaus. Wie zu sich selbst sprach er weiter: „Als Kind habe ich mir oft vorgestellt, ich hätte eine magische Glaskugel, mit deren Hilfe ich in die Zukunft schauen könnte. Als angehender Geschäftsmann wünscht man sich das dann wieder. Werde ich erfolgreich sein? Habe ich die richtigen Ideen? Später war ich überzeugt, dass ich meine Zukunft selbst in der Hand halte, indem ich nur die richtigen Dinge tun und die richtigen Weichen stellen muss, und deswegen keine Glaskugel mehr brauche. Kennen Sie diese ganzen tollen Ratgeber? Wie werde ich erfolgreich? Wie werde ich glücklich? Alles eine Einstellung zum eigenen Leben, alles hat man selbst in der Hand. Wer nicht glücklich und erfolgreich ist, denkt falsch, ist selbst daran schuld! Aber das Konzept schließt keine Entführungen mit ein. Ich wüsste nicht mal, ob ich einen Blick in die Glaskugel riskieren sollte, wenn es sie gäbe … Ich fühle mich so hilflos."

„Das verstehe ich, doch es sieht Gott sei Dank nicht hoffnungslos aus. Die Lösegeldforderung ist da, wir haben Ihre Frau am Telefon gehört, und ich versichere Ihnen, wir werden alles in unserer Macht Stehende tun, um Ihnen zu helfen", erwiderte Peter. „Dazu müssen wir aber auch so viel wie möglich Informationen sammeln. Herr Mainl, lassen Sie uns bitte noch einmal auf den Samstagabend zurückkommen."

Richard Mainl wandte sich vom Fenster ab und setzte sich wieder auf seinen Sessel.

„Bitte, dann fragen Sie!"

„Wussten Sie, dass Ihre Frau auf eine Überraschung für Sie wartete, die an dem Abend nach Hause geliefert werden sollte?“

Erstaunt sah Herr Mainl den Kommissar an: „Nein, das wusste ich nicht. Aber wenn es eine Überraschung sein sollte, durfte ich ja wohl auch nichts davon ahnen. Woher wissen Sie das denn?“

„Von Frau März. Von ihr wissen wir, dass Ihre Frau noch auf eine Überraschung gewartet hat, die um 22 Uhr gebracht werden sollte. Vielleicht war das das Klingeln, das Sie gehört haben, bevor Ihre Frau nach unten lief. Frau März sagte uns nämlich, dass Ihre Frau ihr nicht unten entgegengekommen sei, sondern nur den Türöffner betätigt hätte.“

„Und was hat diese Überraschung mit dem Verschwinden von Cornelia zu tun?“

„Das versuchen wir gerade herauszubekommen. Es ist ja nicht unbedingt leicht, jemanden auf einer privaten Feier zu verschleppen. Woher weiß der oder die Entführer, dass gerade Ihre Frau ihm aufmachen wird, wenn er klingelt? Ich denke nicht, dass jeder, der aufgemacht hätte, verschleppt worden wäre.“

Richard Mainl sah den Kommissar verblüfft an: „Das habe ich mich noch gar nicht gefragt. Stimmt, der Täter muss gewusst haben, dass Cornelia ihm öffnet.“

„Und deshalb liegt es nahe, dass das Ganze mit der Überraschung zusammenhängt. Es ist ja möglich, dass Ihre Frau nicht nur Frau März, sondern auch anderen Freunden und Bekannten von der Überraschung berichtet hat.“

„Halten Sie es wirklich für möglich, dass einer unserer Bekannten und Freunde etwas mit der Entführung zu tun hat?“, fragte Mainl entsetzt.

„Ich halte alles für möglich, bis ich die Wahrheit kenne. Es muss aber nicht unbedingt etwas mit Ihren Freunden zu tun haben. Derjenige, bei dem Ihre Frau die Überraschung gekauft oder bestellt hat, weiß ja auch Bescheid.

Und seine Angestellten auch. Deswegen werden wir alle Gäste vom Samstag noch einmal fragen, ob und was sie von der Überraschung wussten."

„Ja natürlich, tun Sie das bitte!"

Es klopfte an der Tür. Richard Mainl öffnete, seine Mutter stand davor.

„Die beiden Kollegen des Kommissars sind eingetroffen, und ich habe für dich und die Kinder eine Suppe vorbereitet, Richard!"

„Mutter, ich kann jetzt nichts essen, wirklich nicht."

„Du solltest aber etwas essen. Die Entführer werden sich wieder melden, und wenn du zusammenbrichst, kannst du Cornelia nicht helfen."

„Sie sollten es wirklich versuchen", sprach auch Peter Herrn Mainl zu. „Ich werde mal zu meinen Kollegen gehen."

Im Wohnzimmer hörten Regina und Stefan sich gerade die Aufnahme an. Als sie zu Ende war, wandte sich Regina an den Kommissar: „Bei dieser komischen Micky-Maus-Stimme kann man nicht hören, ob es sich um einen Mann oder eine Frau handelt."

„Tja, genau das ist ja vermutlich auch beabsichtigt."

„Wie bekommt man das denn hin?", wollte Benjamin wissen.

„Am ehesten mit einem Computerprogramm", antwortete Stefan.

„Oder mit Helium. Man muss Helium einatmen", meinte Moritz Mainl.

„Das ist dann aber sehr gefährlich. Ein lebensbedrohlicher Party-Spaß!"

„Wieso lebensbedrohlich? Ich kenne das wirklich von Partys. Man pustet Luftballons mit diesem Helium-Spray auf, und dann nimmt man sie in den Mund und atmet das Gas ein. Danach hat man so eine Stimme."

„Das stimmt. Aber das Helium verdrängt den Sauerstoff, und schon zwei Lungenzüge reichen aus, um allen Sauerstoff zu resorbieren. Man erstickt."

„Moritz, Benjamin! Kommt ihr bitte auch?“ Beatrice Mainl stand in der Tür, und die beiden Söhne des Hauses folgten ihr wortlos.

Der Kommissar bat Beate, weiter die Telefonüberwachung zu übernehmen. Die anderen kehrten aufs Revier zurück.

5.

Peter schloss die Tür zu seinem Büro. Er wollte einen Moment alleine sein, um Ordnung in seine Gedanken zu bringen. Kaum saß er, überfiel ihn die Müdigkeit. Seit er heute Morgen um kurz nach fünf aufgestanden war, hatte es keine Pause gegeben. Er stand wieder auf, öffnete das Fenster und ließ die kühle Aprilluft herein. Die Bilder des Vormittags ließen ihn nicht los. Wo mochte Cornelia Mainl jetzt wohl sein? Wie fühlte sie sich? Und dann die Familie Hentschel. Welches Leid durch den Tod der Tochter über diese Familie gekommen war. Er mochte sich kaum vorstellen, wie es den Eltern nun ging. In solchen Momenten war er dankbar für seine kleine Familie, dankbar, dass sie bislang von den großen Katastrophen verschont geblieben waren. Bei all dem, was er in seinem Beruf erlebte, kam ihm das manchmal fast unwirklich vor, so als seien sie eine Ausnahme. Was machte es schon, dass Marlene nicht immer so gesprächig war, dass Marion sich immer mehr auch um ihre eigenen Interessen kümmerte. Alles Dinge, mit denen man leben konnte, an den Problemen seiner Familie konnte man arbeiten. Diese Wahl hatten Hentschels und zurzeit auch Mainls nicht.

Peter gab sich einen Ruck, schloss das Fenster, kehrte zum Schreibtisch zurück und setzte sich wieder an den PC. Für Hentschels konnte er momentan nichts tun, wohl aber für die Familie Mainl, indem er sich Gedanken zu dieser Entführung machte.

Wie immer freute er sich über den Saibling, der auf dem Bildschirm auftauchte. Der Fisch schwamm weiter durch die Hafenlohr, zumindest hatte er ihn wieder zurückgesetzt.

In ihrem gemeinsamen Ordner auf dem Laufwerk F hatte er Zugriff auf die von Regina angelegte Ermittlungsakte. Er ging nochmals alles in Ruhe durch und machte sich Notizen. Dann beschloss er, einen kleinen Spaziergang zu machen und unterwegs eine Kleinigkeit zu essen.

Wenn er kein Gewässer in der Nähe hatte, dann musste das Zweitbeste herhalten: Beim Gehen kamen ihm auch oft gute Ideen.

Er lief knapp zwei Kilometer die Adickesallee entlang, bis er zu dem Griechen an der Ecke kam. Dort bestellte er sich einen Vorspeisenteller und holte seine Notizen heraus.

Wer hatte alles von der Überraschung für Richard Mainl gewusst? Vielleicht hatte Selin dazu schon etwas erfahren, er hatte sie beauftragt, herumzutelefonieren.

Was war mit dem Lösegeld? Natürlich waren 200 000 Euro sehr viel Geld. Aber ganz so mittellos waren die Mainls nicht, und eine Entführung stellte ein sehr großes Risiko dar. Man hatte eine Geisel, die man verstecken und versorgen musste. Eine Geisel, die vielleicht hinterher doch noch etwas verraten konnte. Und das alles für 200 000 Euro? Der oder die Entführer mussten ja die Familie oder zumindest deren Lebensumstände kennen. Sicherlich hatten sie nicht einfach spontan an der nächstbesten Haustür geklingelt, der Person, die öffnete, ein Taschentuch mit Chloroform auf die Nase gedrückt und sie dann verschleppt.

Das führte zur nächsten Frage: Wer hatte ein Interesse daran, Cornelia Mainl zu entführen? Ging es um das Geld oder ging es darum, der Familie zu schaden?

Die Entführer hatten ziemlich lange gewartet, bis sie mit der Lösegeldforderung kamen. Das hieß, dass sie sich mit dem Versteck für Cornelia Mainl sehr sicher waren. Oder es waren blutige Anfänger. Jemand, der einfach drauflosstürmte, ohne viel nachzudenken. Das war oft noch gefährlicher, als einen Profi vor sich zu haben. Gefährlich auch deswegen, weil man überhaupt nicht einschätzen konnte, was als Nächstes passieren würde. Das wussten diese Verbrecher ja nicht einmal selbst, sie hatten keinen festen Plan und handelten sehr impulsiv.

Es half nichts, sie brauchten mehr Fakten. Peter hatte schon Reginas Bericht vom Morgen gelesen. Eine Nachbarin hatte nur bemerkt, dass bei Mainls wohl eine Feier stattfand, aber nichts gesehen, was ihnen weiterhelfen konnte. Die meisten Befragten waren schockiert, dass in ihrer Straße eine Entführung stattgefunden hatte, und wollten neugierig alle Details wissen. Aber wer weiß, vielleicht fiel ja dem einen oder anderen noch etwas ein und er würde sich beim Kommissariat melden.

Der Vorspeisenteller kam und unterbrach seine Gedanken. Peter widmete sich dem gebackenen Schafskäse, den Oliven, dem Auberginenmus und dem Oktopus-Salat. Auf Tsatsiki hatte er vorsichtshalber wegen des Knoblauchs verzichtet. Zum Schluss wischte er den Teller mit Weißbrot aus und bestellte sich noch einen Kaffee.

Welchen Ort würden die Entführer zur Übergabe wählen? Ein einsames Waldstück oder eine belebte Einkaufsstraße? Vielleicht wussten sie heute Abend mehr. Herr Mainl sollte das Geld bis 20 Uhr haben, und hoffentlich würden die Entführer sich dann auch melden.

Peter bezahlte und machte sich wieder auf den Rückweg.

6.

Auch Ralph war bei der Besprechung um 16 Uhr dabei.

Der Kommissar erzählte zuerst von seinem und Selins morgendlichen Einsatz bei der Familie Hentschel.

„Schlimm, was da passiert ist. Morgen werden wir Ergebnisse aus der Gerichtsmedizin bekommen. Irgendwie glaube ich nicht, dass Saskia Hentschel einen Krampf hatte und nicht mehr an den Beckenrand kam. Es sieht aber auch nicht nach äußerer Gewalteinwirkung aus. Die Spurensicherung hat nichts gefunden, was in irgendeiner Weise darauf hindeutet."

„Da standen am Bett ja Nasenspray und Taschentücher", mischte sich Selin ein. „Vielleicht hatte sie eine Erkältung, war einfach gesundheitlich nicht so auf der Höhe und hat Kreislaufprobleme bekommen."

„Das wäre eine naheliegende Erklärung, ein tragischer Unfall. Wenn das Mädchen nicht so eine hervorragende Schwimmerin gewesen wäre, hätte uns der Notarzt vermutlich auch gar nicht alarmiert."

„Was ist von den Blutergüssen an den Handgelenken zu halten?", fragte Regina in die Runde.

Einen Augenblick schien jeder in Gedanken versunken.

„Wie sahen sie denn genau aus?", fragte Stefan schließlich. „Schmale Streifen oder dicke, runde Flecken? Wie groß? Schon am Abheilen oder ganz frisch? Innen- und Außenseite oder nur eine Seite?"

„Tja, dazu wird uns Schreier, der Gerichtsmediziner, bestimmt Genaueres sagen können. Für mich sah es eher nach schmalen Streifen aus. So als hätte sie ein zu enges Armband getragen", meinte Scheuermann.

„Ein Armband an beiden Armen, das so eng ist, dass es Blutergüsse verursacht? So etwas zieht man doch sofort aus, oder?" Ralph schüttelte den Kopf.

„Vielleicht hatte sie sexuelle Vorlieben, die in Richtung Fesselspiele gingen?", gab Regina zu bedenken.

„Ich schlage vor, wir warten ab, was die Obduktion ergibt, und stellen diesen Fall so lange zurück."

Da keine Gegenstimmen kamen, fuhr Peter fort: „Jetzt der Fall Mainl. Der Einfachheit halber werden wir jetzt einfach *der Entführer* sagen. Wir wissen, dass es auch die Entführer oder die Entführerin heißen kann. Regina, ich habe deinen Bericht gelesen über die Befragung der Nachbarn. Setzt bitte die anderen noch mal schnell über eure Arbeit in Kenntnis. Ist euch irgendetwas Besonders aufgefallen oder im Gedächtnis hängen geblieben?" Peter schaute Regina und Stefan fragend an.

Stefan berichtete, wie sie Haus für Haus die Leute, die sie antrafen, befragt hatten. Die direkten Nachbarn wussten schon Bescheid, denn auch die Presse war auf die Idee gekommen, sich umzuhören. Manche Straßenbewohner waren schlichtweg entsetzt, andere eher neugierig und versuchten, den Beamten Informationen zu entlocken. Niemand hatte etwas Auffälliges bemerkt. Stefan hatte eine Liste der Nachbarn angelegt, die sie am Vormittag noch nicht angetroffen hatten.

„Okay, dann müssen wir wohl noch ein paar Überstunden schieben. Stefan und Ralph, ihr fahrt nach unserer Besprechung bitte in die Humboldtstraße. Ralph löst Beate bei Mainls wieder ab, und du, Stefan, kannst dann mit Beate bitte noch ein paar Nachbarn abklappern. Gegen Abend trefft ihr vielleicht noch ein paar Leute von der Liste an. Und jetzt zu Selin. Konntest du noch ein paar Silberhochzeitsgäste erreichen und herausbekommen, wer alles von der Überraschung wusste?"

Selin zog ihre Notizen hervor. „Ich habe zuerst mit Moritz und Benjamin Mainl gesprochen. Beide wussten, dass ihre Mutter noch eine Überraschung geplant hatte. Benjamin meinte, sie habe eine große Torte bestellt, die im Aussehen genauso sein sollte wie die Hochzeitstorte vor 25 Jahren. In der Mitte hätte wohl ein Gutschein versteckt sein sollen, da war er sich aber nicht ganz sicher. Er konnte jedoch nicht sagen, bei welcher Bäckerei das

Kunstwerk bestellt worden ist. Moritz wusste auch nicht mehr. Dann habe ich Andreas Mainl, den Schwager von Cornelia Mainl, erreicht. Auch er wusste von einer großen Überraschungstorte, aber nichts von dem Gutschein und auch nicht, von wem sie geliefert werden sollte. Frau März hatte von einer Überraschung gehört, aber nicht, dass es eine Torte sein sollte. Die Mutter Beatrice Mainl wusste von alldem gar nichts. Die Freunde, die Ehepaare Schuler und Richter, habe ich noch nicht erreicht."

„Okay, nun wissen wir zumindest, was die Überraschung sein sollte", meinte Peter. „Gibst du deine Notizen bitte Regina, damit sie sie in die Ermittlungsakte aufnehmen kann?"

„Liegt alles schon auf Laufwerk F, kannst du direkt so übernehmen", wandte sich Selin an Regina.

Natürlich, das hätte sich der Kommissar gleich denken können.

„Was mich wundert, ist", schaltete sich Stefan ein, „wo ist denn dann diese Überraschung überhaupt geblieben?"

„Natürlich! Oh Gott, wie blöd ist das denn! Das hätten wir ja gleich fragen müssen." Peter hatte sich an die Stirn gefasst. „Nehmen wir mal an, der Entführer weiß, dass Cornelia Mainl auf eine Überraschung wartet, die sie persönlich entgegennehmen will. Und nehmen wir weiter an, dass er der Überraschung ein paar Minuten zuvorgekommen ist. Dann hätte aber wenig später die Überraschung noch kommen müssen."

„Es sei denn, der Entführer hat die Überraschung abgefangen oder abbestellt", meinte Regina.

„Und das sollten wir als Nächstes herausbekommen. Selin, ruf bitte noch mal Beatrice Mainl an! Vielleicht weiß sie, wo die Torte vor fünfundzwanzig Jahren her war oder bei wem die Familie üblicherweise bestellt. Ansonsten fangen wir an, alle Konditoreien und jeden Partyservice abzutelefonieren. Die meisten werden bald schließen, dann holen wir den Rest morgen nach. Regina, du komplettierst die Akte! Meldet euch dann bitte alle noch mal bei mir! Ich kümmere mich noch um Ralphs Ablösung heute Nacht um zwei Uhr und bin auf jeden Fall noch bis 21 Uhr hier. Ich möchte euch bitten, heute Nacht die Handys eingeschaltet zu lassen. Falls es noch zur Lösegeldübergabe kommen sollte, werden wir alle zu tun haben. Vielen Dank!"

Damit war die Besprechung beendet.

7.

In seinem Büro griff Peter zum Telefon. Er wollte Marion Bescheid sagen, dass es heute wieder spät werden würde.

„Mama ist gerade noch einkaufen. Ruf sie am besten auf dem Handy an!“ Marlene war ans Telefon gegangen.

„Ich versuch's. Sei aber so lieb und sag Mama Bescheid, dass es heute später wird. Ihr braucht nicht mit dem Essen auf mich zu warten.“

„Ich bin eh nicht da. Ich geh doch heute auf die Dippemess.“

„Mit wem gehst du denn?“

„Mit ein paar Leuten aus meiner Klasse. Papa, ich muss mich jetzt fertig machen, sonst verpasse ich den Zug.“

„Moment noch kurz, Marlene. Leg Mama bitte einen Zettel hin, sie hat ihr Handy ja meistens auf lautlos gestellt. Und wie kommt ihr heute Abend dann heim?“

„Wieder mit dem Zug, falls ich überhaupt hinkomme. Papa, ich bin siebzehn, und wir sind mindestens zu dritt!“

Als ob man, wenn man zu dritt war, noch dazu jung und weiblich, vor jeder Gefahr geschützt wäre. Aber vielleicht war er aufgrund seines Berufs auch einfach übervorsichtig.

„Okay, viel Spaß! Und Marlene, sieh zu, dass es nicht so spät wird, und bitte pass auf dich auf!“ Er hörte sich ja schon wie eine Oberglucke an.

„Ja, klar! Und nur zu deiner Info: ICH HABE OSTERFERIEN und muss nicht früh raus. Tschüss!“ Sie hatte aufgelegt.

Er versuchte es umgehend mit Marions Handy und hatte sie erstaunlicherweise sofort dran.

„Hi, wenn du anrufst, bist du eher noch nicht auf dem Weg nach Hause, oder?“, begrüßte Marion ihn.

„Ja, leider. Bis neun muss ich mindestens hier bleiben und falls die Lösegeldübergabe noch heute Nacht stattfinden soll, auch länger.“

„Okay, dann müssen wir wohl unsere Urlaubsbesprechung noch ein bisschen verschieben." Ihrer Stimme war die Enttäuschung anzuhören. „Dann gehe ich jetzt doch mit Inge essen. Sie hat einen Lieblingsitaliener in Offenbach und hatte vorhin spontan gefragt."

„Ja, mach das, ich beneide dich."

Sie verabschiedeten sich. Peter bemerkte, wie er Hunger bekam. Jetzt hätte er auch viel lieber mit Marion beim Italiener gesessen als hier in seinem Büro. Zumindest sollte er sich irgendwo noch ein Brötchen holen, das konnte ein langer Abend werden.

Er öffnete die Tür. Das Büro von Regina und Stefan bildete den Vorraum zu seinem Refugium. Regina telefonierte gerade, und er hörte zwangsläufig zu.

„Dann wartet nicht mit dem Essen auf mich, es kann später werden, tut mir leid! Und danke, Juan!" Sie legte auf und schaute sich nach Peter um. „Jetzt bekomme ich mal ein Abendessen gekocht und bin nicht da."

„Kann der heilige Juan auch kochen?"

„Er kann, und das für seine 24 Jahre richtig gut. Dabei hätte er heute Abend frei. Aber er hat mich und Lukas zum selbst gekochten spanischen Essen eingeladen. Scheißjob!"

Regina war alleinerziehende Mutter, ihr Sohn Lukas inzwischen zwölf Jahre alt. Juan war als Au-pair vor zwei Jahren aus Barcelona zu ihr gekommen. Jetzt studierte er in Frankfurt und war froh, ein Zimmer bei Regina zu haben und nebenbei noch Geld zu verdienen, indem er sich, soweit es sein Studium zuließ, um Lukas kümmerte.

Regina verschaffte das die nötige Bewegungsfreiheit für ihren Beruf, bei dem es leider oft keine geregelten Arbeitszeiten gab. Ganz nebenbei lernte Lukas so auch noch Spanisch, ein rundum befriedigendes Arrangement.

„Dann haben wir beide heute kein richtiges Abendessen. Ich verpasse unsere Urlaubsbesprechung und stattdessen geht Marion nun mit einer Freundin zum Italiener."

„Wie wäre es mit einer Pizza? Wir könnten sie hierher bestellen“, schlug Regina vor.

„Gut, machen wir. Ich nehm die Nummer 17, mit allem. Ich schau mal bei Selin vorbei und frag, wie weit sie ist und ob sie auch etwas möchte.“

Selin streckte den Daumen siegesgewiss in die Luft, als er zur Tür hereinsah. Sie war gerade noch am Telefonieren, legte aber ein paar Sekunden später auf.

„Ich hab sie!“, verkündete sie dann triumphierend.

„Aha. Wen hast du? Die Entführer?“, fragte Peter, wohl wissend, dass es etwas anderes sein musste.

„Ich hab die Torte!“

„Komm mit zu Regina!“ Peter lief schon im Laufschritt voran. Bei seinen 1,85 m hatte er eine ganz andere Schrittlänge als Selin, die fast hinter ihm herrannte.

„Sie hat die Torte“, teilte er Regina mit.

„Hey, super, es geht voran! Erzähl schon!“

„Café Laumer, im Westend. Eine historische Konditorei, die Pralinen herstellt und natürlich auch Torten macht. Hier hatte Cornelia Mainl die Torte bestellt. Ursprünglich sollte sie gegen 22 Uhr geliefert werden. Frau Mainl hat auch schon im Voraus bezahlt. Dann hat aber am frühen Nachmittag dort eine Frau angerufen, sich für Cornelia Mainl ausgegeben und behauptet, dass das Fest wegen einer akuten Krankheit abgebrochen worden sei. Man solle die Torte doch bitte irgendeiner Einrichtung schenken. Die Anruferin wusste über alles genau Bescheid, trotzdem ließ die Chefin vom Café Laumer noch mal zu Hause bei Mainls anrufen. Da ging aber niemand ans Telefon, und so dachte sie, dass die Geschichte stimmen müsste. Vorsichtshalber hat sie die Torte aber erst am Sonntag an ein Altenheim verschenkt.“

„Wir wissen ja, dass die Familie in Neu-Isenburg essen war, und wahrscheinlich wusste das die ominöse Anruferin auch. Wenn bei Laumers aber jemand versucht hätte, auf Frau Mainls Handy anzurufen, wäre das Ganze aufgeflogen“, meinte Peter.

„Aber ganz ehrlich, wenn ich meine Silberhochzeit feiere und gerade aus dem Gottesdienst komme, hätte ich mein Handy gar nicht an. Ich würde auch meine Festnetznummer angeben, damit das Café zu Hause anrufen kann, wenn sie am Abend den Lieferort nicht finden oder sonst irgendetwas dazwischen kommt", erwiderte Regina.

„Kann sein. Jedenfalls brauchte es bei diesem Fall schon ein bisschen Glück, damit das alles so läuft. Sieht mir nicht unbedingt nach Profis aus."

Eine Weile hing jeder seinen Gedanken nach.

„Wie sieht es bei dir mit Pizza aus, Selin? Regina wollte gerade für uns bestellen."

„Türkisch oder italienisch?"

„Eigentlich italienisch."

„Dann nicht, da bin ich mir nie so sicher, neulich hatten sie auf die vegetarische Pizza Schinken gepackt!"

Peter wusste, dass Selin kein Schweinefleisch aß.

„Von mir aus auch türkische Pizza." Regina zuckte mit den Schultern als Zeichen dafür, dass ihr das genauso recht war.

„Also türkisch. Für mich aber bitte ohne Knoblauch heute. Bestell du!", wandte sich Peter wieder an Selin. „Und danach fahre ich in die Humboldtstraße und leiste Ralph noch ein wenig Gesellschaft. Vielleicht kann ich auch noch mal mit den Söhnen der Familie reden, sie scheinen mir sehr gefasst zu sein."

„Ich glaube, dass diese ganze Familie sehr diszipliniert ist. Hast du gesehen, dass sowohl Oma Mainl als auch Vater Mainl sehr korrekt gekleidet waren und auch die Söhne, trotz der Sorge um die Mutter, kein bisschen nachlässig aussahen?", wunderte sich Regina.

„Mir hilft schicke Kleidung immer in schwierigen Situationen. Es steigert mein Selbstwertgefühl, es macht mich sicherer, als ich es in Wirklichkeit bin", bekannte Selin. „Vielleicht geben ihnen diese Äußerlichkeiten Halt. Vielleicht hilft es ihnen, wenn sie so normal wie möglich weitermachen."

„Ja, mag sein. Ich fahre auf jeden Fall noch mal hin. Regina, begleitest du mich?“

„Ja, mach ich!“

Als eineinhalb Stunden später Stefan und Beate von ihrer Befragung der Nachbarn ohne nennenswerte Neuigkeiten zurückkehrten, schickte Peter die beiden erst mal nach Hause.

8.

Der Kommissar und Regina Kolb trafen um Viertel vor acht bei der Familie Mainl ein.

Richard Mainl nickte ihnen nur kurz zu. Er saß angespannt im Wohnzimmer, direkt neben dem Telefon, und wartete auf den Anruf.

„Ich habe das Geld hier liegen." Er deutete auf den Koffer neben sich und schwieg wieder.

Moritz, Benjamin und Beatrice Mainl saßen auf der Couch. Man konnte die Anspannung geradezu greifen.

Alle zuckten zusammen, als um Punkt acht das Telefon läutete.

„Richard Mainl?" Seine Stimme war mehr ein Krächzen.

„Sie nehmen das Geld und packen es in eine Mainl-Sporttasche." Das war die Micky-Maus-Stimme. „In vierzig Minuten sind Sie und Ihr ältester Sohn damit auf der Dippemess. Dort gehen Sie in die Aral-Tankstelle und warten auf meinen Anruf."

„Aber, bitte, nicht mein Sohn", begann Herr Mainl, doch er wurde unterbrochen.

„Richard!" Das war Cornelia Mainls Stimme. „Bitte, mach genau das!" Sie hatte es ins Telefon geschrien, dann wurde aufgelegt.

Die gesamte Familie Mainl war aufgesprungen.

„Papa, es ist okay. Natürlich komme ich mit", sagte Moritz Mainl mit fester Stimme.

„Ich hole meine Sporttasche." Das war Benjamin.

„Ich rufe ein Taxi", verkündete Beatrice Mainl.

Dem Kommissar kam es so vor, als seien sie geradezu erleichtert, etwas tun zu können.

Er verließ den Raum und ging vor die Tür zum Telefonieren. Zwei Minuten später war er zurück. Er hatte genaue Personenbeschreibungen von Richard und Moritz Mainl durchgegeben. Eine Zivilstreife würde an der Tankstelle Posten beziehen. Dort standen immer Autos, es würde nicht auffallen. Trotzdem hatte er jedes Eingreifen untersagt. Noch war Cornelia Mainl nicht in Sicherheit.

Im Wohnzimmer herrschte hektische Betriebsamkeit. Benjamin kam mit seiner Sporttasche, davon gab es Tausende in der Stadt. Jeder Jugendliche, der etwas auf sich hielt, lief mit einer Mainl-Sporttasche durch die Gegend. Das würde auf der Dippemess kein bisschen auffallen. Eilig wurden die Banknoten in die Tasche gestopft, der Reißverschluss zugezogen. Richard und Moritz umarmten den Rest der Familie, und dann war auch schon das Taxi da.

„Wir warten hier auf Sie beide“, entschied Peter. „Bitte benachrichtigen Sie uns, sobald es möglich ist. Und viel Glück!“

Herr Mainl nickte, und dann rannte er fast mit seinem Sohn zusammen die Stufen hinunter.

Ach, du Scheiße! Jetzt erst realisierte der Kommissar, dass ja auch seine Tochter Marlene heute Abend auf der Dippemess war. Naja, da war viel los, und garantiert hatte der Entführer sein Augenmerk nur auf das Geld gerichtet. Lieber wäre es ihm aber gewesen, sie wäre heute ganz woanders.

Er ging zu Ralph, doch auch dieser Anruf war zu kurz gewesen, um ihn orten zu können. Die Minuten verstrichen zäh, immer wieder sah Benjamin auf seine Uhr, und den übrigen Anwesenden ging es nicht anders.

„Ich werde uns jetzt allen eine Tasse Tee machen.“ Beatrice Mainl war aufgestanden und lief in Richtung Küche. Benjamin folgte ihr.

Ralph wandte sich an den Kommissar und seine Kollegin. „Ich hatte vorhin noch ein bisschen Zeit, mit der ersten Aufnahme zu spielen, natürlich über Kopfhörer, damit Familie Mainl nicht dauernd mithören muss. Es gibt da ein Programm, mit dem man die Micky Maus aus der Stimme etwas herausfiltern kann. Hört es euch mal an!“ Er hielt Peter auffordernd die Kopfhörer entgegen und drückte dann die Wiedergabetaste.

Peter lauschte aufmerksam.

„Was denkst du?“, fragte Ralph ihn drängend.

„Warte, wir lassen es erst Regina hören“, entschied Peter.

Nachdem Regina die Aufnahme gehört hatte, meinte sie: „Hört sich für mich eindeutig wie eine Männerstimme an, mehr kann ich nicht sagen.“

„Ja“, der Kommissar nickte zustimmend. „Das denke ich auch.“

„Das Labor wird das bestimmt noch besser hinbekommen. Ich hatte noch nicht genügend Zeit. Wir sollten die Aufnahme gleich morgen dort vorbeibringen. Vielleicht erkennt Herr Mainl die Stimme.“

Beatrice Mainl kam mit dem Teetablett ins Zimmer zurück und schenkte ungefragt ein. Peter konnte sich nicht erinnern, wann er das letzte Mal abends Tee getrunken hatte. Als Kind vielleicht, wenn er Bauchweh hatte? Doch er musste zugeben, dass der Tee etwas Tröstliches hatte. Er wärmte von innen und außen und schmeckte gar nicht schlecht.

Stumm saßen sie alle zusammen. Peter glaubte, das Ticken seiner Armbanduhr hören zu können, während die Minuten verstrichen.

Als das Handy des Kommissars vibrierte, den Ton hatte er extra ausgeschaltet, ging er damit nach draußen in den Flur.

Er nahm das Gespräch an und hörte aufmerksam zu. „Versucht, dran zu bleiben, bei dem Gewimmel dort wird das nicht auffallen. Ihr müsst unbedingt versuchen, in eine Gondel hinter den beiden einzusteigen. Gebt das verliebte Paar oder sonst was, irgendetwas wird euch schon einfallen.“

Er beendete das Gespräch und kehrte ins Wohnzimmer zurück.

Drei Augenpaare schauten ihn fragend an.

„Sie haben wohl einen Anruf an der Tankstelle entgegengenommen und sind dann zur Geisterbahn marschiert. Vermutlich sollen sie damit fahren und warten, was passiert. Mehr konnten mir unsere Beamten nicht sagen. Ich hoffe, unser Pärchen in Zivil kann eine Gondel hinter den Mainls bekommen und vielleicht doch irgendetwas sehen."

„Wann bist du das letzte Mal mit der Geisterbahn gefahren?", fragte Regina den Kommissar.

„Ist schon länger her."

„Also, ich musste letztes Jahr mit Lukas zusammen fahren. Da hat sich Einiges geändert, seit wir Kinder waren. Es gibt Strecken, die so stockduster sind, dass du nicht einmal die Hand vor Augen siehst."

„Aber dann sieht derjenige, der sich das Lösegeld schnappen möchte, auch nichts", wandte Ralph ein.

Regina schüttelte den Kopf. „Wenn er da schon eine Weile im Dunkeln steht, haben sich seine Augen daran gewöhnt, während die Gondel natürlich direkt aus dem hellen Licht kommt. Letztes Jahr gab es auch zwei Stellen, an denen ein Pirat auf die Gondel springt und kurz mitfährt, und eine Stelle, an der man mit einem Scheinwerfer geblendet wird. Also Möglichkeiten gibt es da genug! Und durch die vielen Kurven kannst du in der Gondel dahinter überhaupt nichts sehen. Ist ja logisch, du sollst in der Geisterbahn nicht schon vorher wissen, was auf dich zukommt."

„Man darf aber nicht vergessen, dass derjenige, der das Geld holen will, wohl kaum zum Personal gehört. Es muss doch auffallen, wenn da jemand Fremdes herumspringt", meinte Peter.

„Tja, das sollte es, aber ich glaube, für ein gutes Trinkgeld werden da auch mal beide Augen zugedrückt."

Das Gespräch verstummte wieder. Sie konnten im wahrsten Sinne des Wortes nur abwarten und Tee trinken.

Peters Handy vibrierte wieder. Die Beamten hatten wirklich eine Gondel hinter Vater und Sohn gesessen, aber überhaupt nichts sehen können. Die Mainls waren zwei Runden gefahren und dann ohne Tasche ausgestiegen. Peter bat die Beamten, vor Ort zu bleiben und zu beobachten, ob einer der Fahrgäste mit einer Mainl-Tasche herauskam. Mehr konnten sie jetzt nicht tun.

Um halb zehn klingelte es, und wenige Minuten später traten Vater und Sohn ins Wohnzimmer. Beide wirkten erschöpft.

Beatrice Mainl drückte beiden eine Tasse Tee in die Hand.

„Wir haben die Anweisung bekommen, uns eine Fünferkarte von der Geisterbahn zu holen und in die Gondel zu steigen. Ich sollte außen, Moritz innen sitzen. Auf Moritz' Schoß sollte sich die Tasche befinden. Genauso haben wir es auch gemacht. Irgendwann in der zweiten Runde war die Tasche weg, und wir sind wieder ausgestiegen. Das war's“, berichtete Richard Mainl.

„Und haben Sie bemerkt, dass die Tasche vom Schoß genommen wurde?“, wandte sich der Kommissar an Moritz Mainl.

Dieser schüttelte den Kopf. „Nicht wirklich. Ich dachte schon bei der ersten Fahrt, ich hätte etwas gespürt. Aber da gibt es eine ganz dunkle Stelle mit sehr viel Wind, und die Gondel ruckelt und schwankt. Ich hatte schon Angst, dass die Tasche einfach runterfallen würde. Aber ich glaube, ich hätte es bemerkt, wenn die Tasche ins Rutschen gekommen wäre. Nach der zweiten Runde war die Tasche dann plötzlich weg.“

„Wo ist eigentlich Benjamin?“, fragte Richard Mainl.

„Er ist noch kurz zu Mareike gefahren. Er konnte das Warten nicht mehr ertragen. Er wollte gegen zehn Uhr wieder da sein“, antwortete ihm seine Mutter.

Unten konnte man eine Wohnungstür hören. Kurze Zeit später kam Benjamin nach oben. Er wirkte bedrückt. Moritz erzählte ihm von der Übergabe.

„Und jetzt, wann kommt Mama frei?“

„Hoffentlich bald. Wir haben alles getan, was von uns verlangt wurde. Jetzt bleibt uns wieder nichts anderes übrig, als zu warten.“ Richard Mainls Stimme hörte sich resigniert an.

„Bis jetzt ist alles gut verlaufen. Unser Beamter hier wird weiterhin das Telefon überwachen, und um zwei Uhr heute Nacht abgelöst werden. Versuchen Sie ein bisschen zu schlafen, alle. Meine Kollegin Frau Kolb und ich werden jetzt nach Hause fahren. Ich lege Ihnen meine Karte hierhin, ich bin auf dem Handy auch nachts jederzeit zu erreichen", verabschiedete sich der Kommissar.

Herr Mainl nickte ihnen nur noch müde zu, und Peter verließ mit Regina im Schlepptau die Wohnung.

9.

Als der Kommissar zu Hause die Wohnungstür aufschloss, kam ihm ein laut maunzender Paule entgegen. Der Kater strich ihm ein paarmal um die Beine, holte sich seine Streicheleinheiten ab und schoss dann mit hoch erhobenem Schwanz ab in den Garten. Sicherlich ging er jetzt auf Mäusefang.

Peter nahm sich ein kleines, eiskaltes Bier aus dem Kühlschrank und ließ sich auf die Couch fallen. Er war müde, wusste aber genau, dass er nicht sofort würde schlafen können. Zuviel ging ihm noch im Kopf herum.

Wie schön wäre es jetzt gewesen, wenn er sich mit Marion hätte austauschen können. Mit ihr zu reden, verschaffte ihm oft einen anderen Blickwinkel oder einfach den nötigen Abstand. Aber Marion saß nun mit ihrer Freundin beim Italiener und hatte bestimmt mehr Spaß heute Abend, als er ihn gehabt hatte.

Komisch, gestern musste sie unbedingt um zehn Uhr im Bett sein, und heute schien es ihr gar nichts auszumachen, wenn es später wurde. Und Marlene trieb sich auf der Dippemess rum. Was da für ein Gesocks herumlief, wusste er auch ohne den heutigen Abend. Jetzt wurde ihm auch noch kalt. Aha, keine seiner beiden Damen hatten es für nötig befunden, den Kaminofen anzumachen. Sie waren ja diesen Abend nicht zu Hause, sie mussten nicht frieren, weil die Heizung ab zehn auf Nachtbetrieb programmiert war. Als seine Gedanken an dieser Stelle angekommen waren, musste er dann doch über sich selbst lachen: Er hatte die Zeitschaltuhr für den Betrieb der Heizung so eingestellt. Und selbst wenn Marlene oder Marion den Ofen angemacht hätten, wäre er inzwischen schon wieder ausgegangen, weil keiner Holz nachgelegt hatte. Marlene war mit ein paar Klassenkameraden auf der Dippemess, so wie er das früher auch gemacht hatte, und Marion hätte eigentlich mit ihm heute den Urlaub besprechen wollen, aber er musste ihr – wie so oft – wegen eines Falls absagen.

Und sie hatte einfach das Beste daraus gemacht. Und noch einmal: Verglichen mit seinen Fällen hatte er überhaupt keine Probleme, er jammerte auf hohem Niveau.

Er beschloss, aktiv zu werden, stand auf, ging zu dem Korb mit Anzündholz, den Marion sehr wohl aufgefüllt hatte, schichtete das Holz im Ofen, legte einen Anzünder dazwischen und hielt das Feuerzeug daran. Sekunden später knisterte das Holz in einem lebhaften Feuer. Er legte zwei große Buchenstücke nach, schloss die Ofentür und beobachtet das Feuer. Nach einer Weile war das Anzündholz verbrannt, und die Flammen hatten die Buche entfacht. Jetzt loderte das Feuer nicht mehr so hoch, die Flamme wurde ruhiger, und schon konnte er spüren, wie die Wärme sich ausbreitete.

Peter stellte zwei Rotweingläser auf den kleinen Tisch zwischen Couch und Ofen, dann holte er eine Flasche Bàrbara Forés aus dem Keller und öffnete sie, damit der Wein schon etwas atmen konnte. Vielleicht würde Marion noch ein Glas mit ihm trinken, wenn sie nicht allzu spät nach Hause käme.

Er beschloss, noch schnell zu duschen, das Feuer bedurfte momentan nicht seiner Aufsicht, alles war vorbereitet.

Normalerweise war er in zwei Minuten fertig mit dem Duschen. Heute Abend genoss er es aber, den Wasserstrahl erst vom Nacken über die linke Seite des Körpers prasseln zu lassen und dann langsam über die rechte Seite. Dabei stellte er das Wasser nach und nach heißer und hatte endlich das Gefühl, diesen Tag von sich abzuspülen. Vielleicht wurde er langsam alt? Solche Tage hatte es in ähnlicher Art und Weise doch schon oft in seinem Beruf gegeben. Warum fühlte er sich heute so ausgelaugt? Mit jeder Sekunde, die er länger unter der Dusche stand, spürte er, wie es besser wurde. Plötzlich musste er an die Affäre denken, die er zwei Jahre zuvor gehabt hatte. Wenn man das überhaupt Affäre nennen konnte. Sie war eine starke und begehrenswerte Frau, er hatte eine Nacht mit ihr verbracht und bedauerte es nicht. Marion wusste davon nichts. Er hatte sich damals gefragt, ob sie vielleicht selbst eine Affäre mit Achim, dem Leiter ihrer Theatergruppe, hatte. Vielleicht war es so gewesen, vielleicht hatten die beiden auch eine solche Nacht geteilt. Damals wäre es ihm sogar recht gewesen, denn das hätte sein schlechtes Gewissen beruhigt. Trotzdem hatte er immer gewusst, dass er mit Marion alt werden wollte, dass Marion und er zusammengehörten, dass sie mit Marlene ein Team bildeten, für das es sich lohnte, sich einzusetzen. Eine Aussprache hatte es zu diesem Thema nicht gegeben.

Und das war auch gar nicht nötig gewesen. Beide, Marion und er, hatten gemerkt, dass sie aufpassen mussten, dass sie wieder achtsamer miteinander umgehen sollten und dass man eine Beziehung nicht als selbstverständlich betrachten durfte, sondern sie immer wieder neu definieren musste. Bisher war ihnen das ganz gut geglückt, nicht immer perfekt, aber die Erkenntnis hatte ihre Beziehung stärker werden lassen.

Peter drehte den Wasserhahn zu und trocknete sich ab. Dann schlüpfte er in bequeme Jeans und ein Flanellhemd – er liebte diese breitkarierten Holzfällerhemden – und machte sich auf den Weg nach unten.

Da er keine Lust auf das Radio hatte, legte er eine CD von Larkin Gayl ein, probierte schon mal ein Glas Rotwein und blätterte in dem neuesten Fliegenfisch-Magazin. Nach Österreich musste er einmal fahren, an die Torrener Ache, oder ins Chiemgau an die deutsche Traun.

Als Marion zwanzig Minuten später nach Hause kam, fand sie einen völlig entspannten Ehemann vor. Sie war total begeistert von dem Italiener in der Frankfurter Straße und hatte nichts gegen ein gemeinsames Glas Rotwein zum Abschluss einzuwenden. Seinen Fall ließ er ruhen, und als kurz nach Mitternacht dann auch Marlene heil nach Hause gekommen war, machten sich alle auf den Weg ins Bett.

Dienstag, 19. April

1.

Der Kommissar hatte tief und traumlos geschlafen. Kein Telefonklingeln hatte ihn in der Nacht gestört. Er überlegte, ob das ein gutes Zeichen war. Kein Anruf bedeutete auch keine Nachricht von Cornelia Mainl. Ralph oder Daniel, der Ralph um zwei Uhr heute Nacht abgelöst haben sollte, hätte ihn sofort informiert, wenn Frau Mainl wieder aufgetaucht wäre oder es einen erneuten Anruf gegeben hätte.

Ein ungutes Gefühl bemächtigte sich seiner und breitete sich in seiner Magengegend aus. Vielleicht war er auch einfach nur zu ungeduldig. Wer weiß, wo Cornelia Mainl versteckt gehalten wurde. Vielleicht hatte man sie auch einfach mitten im Wald ausgesetzt, und sie musste alleine nach Hause finden. Auf jeden Fall würden sie heute eine bundesweite Suche starten, mit allen Mitteln, die ihnen zur Verfügung standen. Alle Bedingungen der Entführer waren erfüllt worden, jetzt mussten sie die Gattin des Unternehmers finden.

Beim Bäcker wurde er mit dem Tod Saskia Hentschels konfrontiert:

„Hessische Schwimmmeisterin tot im Pool der elterlichen Villa“ stand da in dicken Blockbuchstaben auf der Titelseite des Boulevardblattes. Und etwas kleiner darunter: „Wie konnte die hübsche Saskia ertrinken?“

Tja, das war eine Frage, der er sich heute auch stellen musste. Es war Zeit, dass er aufs Kommissariat kam.

Regina und Selin waren schon da, als er um acht Uhr dort eintraf. Stefan war eher der Langschläfer. Wenn er nicht unbedingt musste, war er vor neun Uhr nicht da. Und heute hatten sie ihre erste Besprechung erst auf neun Uhr festgelegt.

Beide Kolleginnen fragten gleichzeitig: „Gibt es was Neues?“

„Nein, zumindest hatte ich keinen Anruf heute Nacht. Ich werde mich jetzt zuerst bei Daniel erkundigen, bevor er um neun wieder von Beate abgelöst wird." Peter verschwand in seinem Büro.

Daniel bestätigte ihm, dass es nichts Neues gäbe. Peter bat ihn, Herrn Mainl auszurichten, dass er gegen elf Uhr noch mal vorbeikommen würde.

Dann wählte er die Telefonnummer von Jochen Schreier, dem Gerichtsmediziner. Er bekam aber nur die Sekretärin an den Apparat, die ihm mitteilte, dass Dr. Schreier schon in einer Vorlesung sei. Sie versprach, dass er danach gleich zurückrufen würde.

Peter öffnete seine Tür und bat Regina, Selin zu holen und kurz zu ihm ins Büro zu kommen.

Beide Frauen setzten sich erwartungsvoll hin.

„Ich habe leider noch überhaupt keine Neuigkeiten. Bei Mainls hat sich in der Nacht niemand mehr gemeldet, und Dr. Schreier ruft wegen des Obduktionsergebnisses von Saskia Hentschel zurück. Habt ihr die Zeitung gesehen?" Er hatte ein Exemplar beim Bäcker gekauft und schlug die Titelseite auf.

Regina nickte. „Ich bin gespannt, was bei der Obduktion herausgekommen ist."

„Tja, da können wir erst einmal nur abwarten. Ich möchte gerne, dass ihr zwei euch jetzt kurz zusammensetzt." Der Kommissar warf einen Blick auf seine Uhr. „In zwanzig Minuten haben wir unsere Besprechung. Bitte stellt bis dahin eine Liste zusammen, wen wir jetzt alles aktivieren können, um Cornelia Mainl zu finden. Ich meine das ganze Tamtam: Presse, Rundfunk, Fernsehen, Flugblätter, alles, was euch einfällt. Herr Mainl ist auf alle Forderungen eingegangen, das Lösegeld wurde übergeben, nur von Frau Mainl fehlt noch jede Spur."

„Wir sollten vielleicht mal nachschauen, ob das Geld auch wirklich weg ist", meinte Selin.

Verblüfft schwiegen Peter und Regina. Manchmal kam man nicht auf die einfachsten Dinge!

„Gute Idee! Vielleicht hat sich Moritz Mainl ja auch getäuscht, und die Tasche ist einfach rausgeflogen bei der Fahrt. Vielleicht hat die Übergabe gar nicht geklappt", erwiderte der Kommissar. „Regina, wir zwei fahren nachher auf dem Weg zu Herrn Mainl bei der Dippemess vorbei", entschied er.

Regina und Selin gingen an die Arbeit, und Peter rief die Kollegen der zivilen Streife an, die gestern Abend Herrn Mainl und seinem Sohn gefolgt waren.

Die Besprechung um neun Uhr war nur dünn besetzt. Beate war wieder bei Mainls, Ralph noch am Schlafen, Daniel auf dem Heimweg. Aber Stefan war pünktlich zur Stelle, und zu viert gingen sie alle Fakten noch einmal durch.

Warum gab es immer noch keine Spur von Frau Mainl? Was konnten sie nun tun? Peter würde zuerst mit Herrn Mainl sprechen und dann die ganze Maschinerie in Gang setzen. Jetzt wollten sie massiv, das hieß, mit allen ihnen zur Verfügung stehenden Mitteln, an die Öffentlichkeit gehen.

Die Kollegen von der Streife hatten noch bis Geschäftsschluss vor der Geisterbahn ausgeharrt. Sie hatten einige Leute mit Mainl-Sporttaschen gesehen, aber niemanden, der damit aus der Geisterbahn herausgekommen wäre.

„Macht es vielleicht Sinn, noch mehr Informationen über das Sportgeschäft, den Internetshop und die Fitnessstudios einzuholen?", wollte Selin wissen.

„Ja, unbedingt. Wir müssen jetzt alles überprüfen. Ich werde Herrn Mainl bitten, uns das Geschäft und die Büros zu zeigen. Du und Stefan, ihr macht nachher mal einen Abstecher zum Laden in der Innenstadt und zu den Büros", entschied der Kommissar.

Der Rückruf von Dr. Schreier unterbrach ihre Besprechung.

„Haben Sie etwas Interessantes für mich?", wollte Scheuermann wissen.

„Das kommt darauf an, was für Sie interessant ist", erwiderte der Gerichtsmediziner, immer zu einem Späßchen aufgelegt.

Peter kannte das schon und ging darauf ein.

„Vielleicht könnten Sie uns mit der Todesursache schon ein wenig glücklich machen?“

„Sie ist ertrunken.“

„Ja, den Eindruck hatten wir auch schon.“ Peter machte eine Pause.

„Sie möchten nun von mir erfahren, wie es kommen kann, dass die hessische Schwimmmeisterin in einem relativ kleinen Pool ertrinkt, stimmt's?“

„Ja, wenn Sie mit solchen Informationen dienen können?“

„Ich kann!“ Schreier kicherte etwas. „Habe gerade meine Studenten damit ein bisschen gequält. Schönes, neues Thema.“

„Mensch, Schreier! Dann spannen Sie uns nicht so lange auf die Folter! Ich habe Sie auf Lautsprecher gestellt. Alle Kollegen warten nur auf Ihre Antworten.“

„Okay, okay. Saskia Hentschel muss total erschöpft gewesen sein. Ich vermute, dass sie in letzter Zeit eine starke Erkältung hatte, ihre Bronchien sahen sehr danach aus, und es würde zu den Blutwerten passen. Außerdem habe ich eine erhöhte Menge an Ephedrinen in ihrem Blut feststellen können.“

„Was bedeutet das?“

„Ephedrine sind in Erkältungsmitteln enthalten. Sie bewirken ein Erschlaffen der Bronchien und ein Abschwellen der Nasenschleimhaut. Es gibt ephedrinhaltige Nasensprays, Schlafsäfte für die Nacht und so weiter.“

„Aber was ist daran so gefährlich?“

„Sie sind in der Kombination mit Leistungssport sehr gefährlich. Ephedrine wirken stimulierend. Das bedeutet, dass bei überhöhter Einnahme das körpereigene Warnsystem nicht mehr reagiert. Saskia Hentschel wird nicht bemerkt haben, dass sie alle restlichen Körperreserven komplett verbraucht hatte, so vollgepumpt hatte sie sich mit Erkältungsmitteln. Deswegen ist sie ohnmächtig geworden, und da das wohl nicht gleich bemerkt wurde, ist sie ertrunken. Sehr tragisch, aber nicht der erste Fall dieser Art. Grippe und Sport vertragen sich nicht. Fragen Sie mal die Angehörigen, ob Frau Hentschel krank war."

Peter ließ das einen Moment auf sich wirken.

„Was ist mit den Blutergüssen an beiden Handgelenken?"

„Tja, da kann ich nur raten. Beide Stellen sahen so aus, als seien sie nicht ganz frisch. Die linke Seite war schon etwas besser verheilt als die rechte, beide zeigen aber fast identische Abdrücke. Ich tippe auf einen Leder- oder Plastikriemen. Mehr kann ich dazu nicht sagen."

„Haben Sie solche Abdrücke schon einmal gesehen?"

„Ja, des Öfteren. Aber dann waren die Leichen mit einem Riemen gefesselt."

„Vielleicht waren es ja auch irgendwelche Fesselspiele?"

„Wenn Sie dabei an sexuelle Fesselspiele denken, hilft es Ihnen vielleicht weiter, wenn ich Ihnen sage, dass die Tote noch Jungfrau war und außer an den Handgelenken keinerlei Blutergüsse oder Schrammen aufweist. Haben Sie noch weitere Fragen?"

„Erst mal nicht, danke! Ich melde mich bei Ihnen, wenn mir noch etwas einfällt."

„Stets zu Ihren Diensten, Herr Kommissar. Dann gehe ich mir jetzt die Stichwunden meines nächsten Kandidaten mal genauer anschauen." Schreier hatte aufgelegt.

Einen kurzen Moment war es still.

„Also war das Ganze ein tragischer Unfall. Saskia Hentschel wurde bei ihrem Training ohnmächtig und ertrank", fasste Stefan zusammen.

„Und es sieht so aus, als hätten die Blutergüsse an den Handgelenken damit nichts zu tun", meinte Regina.

„Es sind ja auch keinerlei Spuren von einer Fremdeinwirkung festgestellt worden, nicht der kleinste Hinweis darauf, dass Saskia Hentschel nicht die ganze Zeit alleine im Becken war", warf Selin ein.

„Ich denke, wir fahren heute Mittag auf jeden Fall noch einmal bei den Hentschels vorbei und teilen Ihnen das Obduktionsergebnis mit. Sicherlich wollen sie ja auch wissen, wann sie alles für die Beerdigung vorbereiten können. Dabei fragen wir dann auch, ob die junge Frau erkältet war. Und vielleicht weiß ihr Vater etwas über die Blutergüsse. Ich kann mir nicht vorstellen, dass sie unbemerkt blieben. Selbst wenn man einen langärmeligen Pullover trägt, kann man so etwas sehen. Und Isidor Hentschel schätze ich so ein, dass er seine Tochter fragt, was sie da hat." Peter machte eine kurze Pause. „Weiß jeder, was er zu tun hat?"

Alle nickten. „Dann los! Regina, wir starten in fünf Minuten. Die Ermittlungsakte kannst du ergänzen, wenn ich heute Nachmittag mit Selin zu Hentschels fahre."

2.

Um halb elf Uhr morgens war auf der Dippemess noch kein Betrieb. Peter und Regina fanden die Geisterbahn und fragten sich zu dem Betreiber durch.

Der Wohnwagen des Schaustellers war groß, an den Fenstern waren sogar Blumenkästen angebracht. Ein Kinderwagen und ein Kinderfahrrad waren mit einem Schloss an einer Strebe des Vorzeltes befestigt. Davor stand ein fetter Mercedes.

Man scheint ja nicht schlecht zu verdienen als Schausteller, dachte Peter. Trotzdem hätte er nicht tauschen wollen: ständig umherziehen, sich auf neue Orte einstellen, nicht wissen, was auf einen zukam, Kinder, die dauernd die Schule wechseln mussten und keine dauerhaften sozialen Kontakte vor Ort knüpfen konnten – dafür musste man schon irgendwie geboren sein.

Regina hatte an die Tür des Wohnwagens geklopft. Eine Frau in Jeans und Sweatshirt, ein Kleinkind auf dem Arm, öffnete ihnen und musterte sie kritisch.

Peter und Regina stellten sich vor, zeigten ihren Ausweis und baten, sich die Geisterbahn anschauen zu dürfen.

„Mein Mann ist gerade einkaufen, was wollen Sie denn da?"

„Ein junger Mann hat gestern Abend während der Fahrt seine Sporttasche verloren."

Selbst in Peters eigenen Ohren hörte sich das irgendwie lahm an. „Wurde vielleicht eine Tasche abgegeben?"

„Nicht, dass ich wüsste. Joey macht abends als Letztes die Runde. Hey, Joey, hast du gestern eine Tasche in der Bahn gefunden?", brüllte sie in den Wagen hinein.

Ein vielleicht sechzehnjähriger Junge schaute zur Tür heraus.

„Nein, wer will das denn wissen?"

„Die Bullen sind da."

„Naja, selbst dran schuld, wenn jemand mit 'ner Tasche Geisterbahn fährt."

„Können wir uns bitte mal umschauen?“

„Was immer sie dort wirklich suchen, wir haben damit bestimmt nichts zu tun. Das Leben ist auch ohne Polizei schon kompliziert genug“, erwiderte die Frau. Sie wandte sich zu dem Jungen: „Lauf schnell mit den Herrschaften rüber zur Bahn! Wir haben nichts zu verheimlichen.“

Joey sprang aus dem Wagen, und die Frau mit dem Kind verschwand wieder im Inneren und schloss energisch die Tür hinter sich.

Peter und Regina folgten dem Jungen.

„Was soll ich Ihnen denn zeigen?“

„Kann man den Weg ablaufen, den die Gondeln nehmen?“, wollte Peter wissen.

„Nicht ganz, da müssten Sie schon fahren. Aber man kommt zu jeder Stelle hin.“

„Kannst du uns zeigen, wie du deinen abendlichen Kontrollgang machst?“

Joey hatte eine Seitentür aufgeschlossen.

„Na, dann folgen Sie mir mal ins Gruselkabinett!“

Er drehte das Licht an, und Regina und Peter liefen hinter ihm her. Ohne die Licht- und Soundeffekte sah der Raum eher wie eine kuriose Sammlung von Gegenständen aus. Rechts von ihnen befanden sich die Schienen mit den Gondeln, die sich jetzt natürlich nicht bewegten.

„Es muss eine Stelle geben, wo es steil nach unten geht, windig ist und die Gondel ziemlich geschüttelt wird. Und kurz vorher steigt wohl jemand auf die Gondel.“

„Ja, das mach ich mit ein paar Klassenkameraden, die sich ein bisschen Geld verdienen wollen. Die Weiber kreischen immer am meisten, besonders, wenn man ihnen in die Haare fasst.“

„Ist euch gestern Abend jemand aufgefallen, der mit einer Sporttasche auf dem Schoß durch die Bahn gefahren ist?“, wollte Peter wissen.

„Nee, mir nicht. Man hat auch gar nicht viel Zeit zum Gucken. Man springt auf und ein paar Sekunden später wieder ab. Ich hab auch um 20 Uhr Schluss gemacht.“

„Könnte sich jemand hier unbemerkt hereinschleichen?“

Joey überlegte. „Springt denn was für mich dabei raus, wenn ich Ihnen das hier alles erzähle?“

Jetzt überlegte der Kommissar, wie viel er preisgeben sollte. „Wir sind von der Kriminalpolizei, und hier geht es um das Leben einer Frau. Wir brauchen alle nur möglichen Informationen, um sie zu retten.“

„Aha. Dass Sie hier nicht Fußballklamotten suchen, habe ich mir schon fast gedacht. Also enthält diese Tasche wichtige Hinweise, wo diese Frau zu finden ist. Oder in der Tasche ist Geld. Geld, um sie auszulösen?“

„Du solltest dich mal für einen Job bei der Polizei bewerben“, meinte Peter trocken.

Der Junge lachte. „Ja, mal sehen, vielleicht mach ich das irgendwann. Ich kann mich ja dann bestimmt vertrauensvoll an Sie wenden.“

Dann fuhr er ernster fort: „Wir sind hier als Pirat verkleidet und fahren immer ein kurzes Stück mit. Dafür brauchen Sie im laufenden Betrieb vier Leute. Aber manchmal sind wir auch nur zu zweit, dann bekommt halt nicht jede Gondel Besuch. Wer sich verkleidet hier einschleicht, fällt nicht weiter auf. Nur wenn er länger im Weg rumstehen würde, käm es raus.“

Sie waren weitergelaufen. „Hier ist die Stelle, wo man aufspringt.“

Peter und Regina hatten trotz des Gesprächs aufmerksam um sich geschaut und bis jetzt noch keine Tasche entdecken können. Sie kamen zu einer Treppe.

„Hier führen die Schienen nach unten.“

Sie stiegen langsam die Eisentreppe hinunter. Wenn hier jemand gestanden hätte, wäre er leicht an die Tasche auf Moritz Mainls Schoß herangekommen und hätte dann damit verschwinden können.

Stück für Stück suchten sie die Geisterbahn ab. Doch finden konnten sie nichts.

„Kannst du mir bitte die Namen und Telefonnummern

von den Leuten geben, die gestern Abend zwischen halb neun und halb zehn hier Dienst gemacht haben?"

„Hm, das waren gestern glaub ich drei aus meiner Schule. Ich kann Ihnen die Namen aufschreiben, die Adressen kenn ich nicht. Ich sprech die Leute auf dem Schulhof an. Wer kommt, ist gut. Meistens haben wir mehr, als wir brauchen."

„Und du hast um 20 Uhr aufgehört? "

„Ob Sie es glauben oder nicht. Ich hab für eine Mathearbeit gelernt. Ist nämlich nicht ganz leicht, wenn man alle zehn Wochen die Schule wechseln muss."

„Und heute? Ist da keine Schule?"

„Ich war nur die beiden ersten Stunden dort. Englisch und Sport hab ich mir geschenkt, um Mathe zu lernen."

Sie waren wieder nach draußen gelangt.

„Haben Sie Stift und Papier?"

Regina reichte Joey das Gewünschte.

Der Junge notierte drei Namen und den Namen der Schule, und die Beamten verabschiedeten sich.

3.

Wieder im Auto, ergriff zuerst Regina das Wort: „Wie kommt man wohl auf die Idee, die Lösegeldübergabe in einer Geisterbahn stattfinden zu lassen?"

„Man muss sich wohl ziemlich gut mit solchen Fahrgeschäften auskennen. Ich hätte nicht einmal gewusst, dass man da Strecken mitlaufen kann."

„Ich wusste es zumindest seit meinem letzten Besuch mit Lukas. Ich habe mich nicht wenig erschreckt, als ein Pirat plötzlich auf die Gondel sprang und mitfuhr."

„Also muss es jemand gewesen sein, der erst vor Kurzem selbst mit der Bahn gefahren ist oder sich sehr gut damit auskennt."

Es entstand eine Pause, dann fuhr Peter fort: „Ich finde es immer wahrscheinlicher, dass wir es hier nicht mit einem Profi zu tun haben, der das Ganze schon Wochen vorher geplant hat. Die Dippemess ist nur zehn Tage hier."

„Aber planbar ist das schon", widersprach seine Kollegin. „Die Termine stehen doch schon ewig vorher fest. Und wenn es nicht die Geisterbahn gewesen wäre, dann vielleicht ein anderes Fahrgeschäft. Wobei es natürlich eine gewisse Originalität hat, die Übergabe dort stattfinden zu lassen."

„Hoffen wir mal, dass es auch wirklich eine Übergabe gegeben hat! Stell dir vor, dass der Täter als Pirat verkleidet von der Seite aus beobachtet, wie Vater und Sohn mit der Tasche einsteigen! Dann schlüpft er schnell in die Bahn, spaziert an die bewusste Stelle und greift in der zweiten Runde nach der Tasche. Dann geht er nach hinten wieder hinaus. Das Risiko, die zwei zu verfehlen oder entdeckt zu werden oder dass Moritz die Tasche schon vorher vom Schoß rutscht, ist doch ziemlich groß."

„Aber ohne Risiko geht es ja nie. Bei der kurzen Zeitspanne zwischen Ankündigung und Übergabe hat der Täter bestimmt einkalkuliert, dass die Polizei nicht wirklich vorbereitet war."

„Ich hoffe nur, dass nicht der Falsche die Tasche erwischt und sich mit dem Geld aus dem Staub gemacht hat. Auf jeden Fall werden wir die Schüler, die gestern Dienst in der Geisterbahn hatten, befragen. Auf welche Schule geht eigentlich Benjamin Mainl?"

„Auf das Gagern-Gymnasium, nicht auf die Helmholtzschule wie Joey."

„Es beunruhigt mich, dass wir überhaupt nichts mehr gehört haben. Weder von dem Entführer noch von Cornelia Mainl."

„Ja, das macht mir auch ziemliche Sorgen. Mal sehen, in was für einer Verfassung die Familie jetzt ist."

Sie waren in der Humboldtstraße angekommen.

Wieder machte ihnen Beatrice Mainl auf. Wieder perfekt gekleidet und frisiert, doch dunkle Schatten lagen unter ihren Augen.

„Bitte kommen Sie herein ins Wohnzimmer. Wir sitzen gerade alle beisammen", wurden sie aufgefordert.

Beate schüttelte leicht den Kopf, als Peter und Regina den Raum betraten, was heißen sollte, dass es noch keinen Anruf gegeben hatte.

Richard Mainl saß auf dem Sessel neben dem Telefon. Er schaute nur kurz auf und nickte den Beamten zu.

Das Telefon klingelte, und alle fuhren auf. Mit zitternder Hand drückte Mainl auf die Sprechtaste. „Richard Mainl! "

„Richard, hier ist Andreas, habt ihr was von Cornelia gehört?" Beate schaltete das Band wieder aus.

„Nein, nichts. Wir warten noch."

Richard Mainl sprach noch kurz mit seinem Bruder, dann legte er wieder auf.

„Er wird gleich vorbeikommen. Angelika wird auch bald da sein", wandte er sich an seine Mutter.

„Herr Mainl, können wir bitte noch einmal in Ihrem Arbeitszimmer miteinander sprechen?", bat der Kommissar.

Richard Mainl erhob sich schwerfällig und ging voran. Peter und Regina folgten ihm.

Sie nahmen in der gleichen Konstellation Platz wie am Sonntagabend.

Peter berichtete von ihrem Besuch in der Geisterbahn.

„Da sich bis jetzt weder der Entführer noch Ihre Frau gemeldet haben, sollten wir die Zeit nicht ungenutzt lassen und die Öffentlichkeit einschalten. In der Presse ist der Fall eh schon breitgetreten worden. Ich möchte gerne eine bundesweite Fahndung starten und auch das Fernsehen mit einbeziehen."

„Aber gefährden wir dann nicht Cornelia?"

„Herr Mainl, Sie haben alle Bedingungen der Entführer erfüllt. Wir müssen Ihre Frau so schnell wie möglich finden. Womöglich sind die Verbrecher einfach mit dem Geld abgehauen, ohne sich weiter um Ihre Frau zu kümmern."

„Vielleicht ist auch ein Aufruf der Familie im Fernsehen hilfreich", schaltete sich Regina ein.

Herr Mainl zuckte zusammen. „Um Gottes Willen, wissen Sie, was dann in meinen Fitnessstudios und im Laden los ist?"

„Das ist doch völlig egal, es geht um Ihre Frau!", entfuhr es Regina.

Richard Mainl war aufgestanden und lief aufgeregt hin und her. Es war das erste Mal, dass er sich kaum noch beherrschen konnte. Zuviel war wohl in den letzten Stunden passiert, zu viele Ängste hatte er ausstehen müssen.

„Herr Mainl, wir möchten Sie auch um die Erlaubnis bitten, uns Ihren Laden und Ihre Büros genauer anzusehen, und wir werden auch Ihre sämtlichen Mitarbeiter befragen. Sowohl in den Büros und im Laden als auch in den Studios", erklärte der Kommissar.

Schwer ließ sich Richard Mainl wieder in den Sessel fallen. Sein Gesicht war grau.

Einen kurzen Moment lang fürchtet Peter, dass er gleich zusammenbrechen würde. Regina hatte das wohl auch vermutet, ging zum Fenster und öffnete es weit. Dann nahm sie ungefragt eine Flasche Wasser und ein Glas vom Sideboard, schenkte ein und stellte es Herrn Mainl hin.

Er nahm es und trank es in gierigen Zügen aus.

„Besser?“, fragte Regina.

„Ja, danke, es geht wieder.“

Regina schloss das Fenster.

„Ich glaube“, begann Richard Mainl dann mit leiser Stimme, „dass jetzt der Zeitpunkt gekommen ist, wo ich Ihnen von Hannah berichten muss. Ich möchte Sie aber bitten, diese Informationen diskret zu behandeln. Es wäre furchtbar, wenn meine Familie hier etwas erfahren würde.“

Peter und Regina sahen Richard Mainl fragend an. Beide schwiegen. Jahrelange Erfahrung hatte ihnen gezeigt, dass Geständnisse, gleich welcher Art, am leichtesten gemacht wurden, wenn man sein Gegenüber nicht unterbrach.

Richard Mainl räusperte sich. „Mein Beruf bringt es mit sich, dass ich viel in Süddeutschland unterwegs bin. Meistens von mittwochs bis samstags. In Traunstein habe ich ja mein zweites Fitnessstudio, und von Traunstein aus kümmere ich mich um den Vertrieb der Getränke und des Zubehörs für andere Studios.

In Traunstein leitet Felix Bauer das Studio. Ich habe ihn eingestellt, weil er sehr viel vom Sport versteht und ein Trainer ist, der die Menschen begeistern kann. Sein Konzept passt, die Mitgliederzahlen sind gewachsen, und er ist nun auch zwei Tage in der Woche in Frankfurt im Studio, um meine Leute hier einzuarbeiten. Das dritte Studio wollen wir demnächst eröffnen. Felix hat eine Schwester. Hannah ist 28 Jahre alt, und ich habe sie vor fünf Jahren kennengelernt.“

Er machte eine Pause und holte tief Luft.

„Es ist nicht so, wie Sie jetzt sicherlich denken. Hannah ist nicht einfach eine Affäre. Wir lagen von Anfang an auf einer Wellenlänge, trotz des Altersunterschieds. Sie könnte fast meine Tochter sein, doch sie hat in mir nie eine Vaterfigur gesehen. Wir haben uns heftig ineinander verliebt. Zuerst dachte ich, jetzt passiert dir dieser ganze Scheiß mit Midlife-Crisis, und hatte ein furchtbar schlechtes Gewissen Cornelia und meinen Söhnen gegenüber. Doch ich war nicht mutig genug, Nein zu sagen. Ich habe es in vollen Zügen genossen. Unsere Liebe wurde tiefer, vielleicht war es auch so besonders, weil wir immer nur diese drei Tage hatten. Hannah wusste von Anfang an über meine Familie Bescheid. Nie habe ich sie darüber im Unklaren gelassen, dass ich zu Cornelia und den Kindern gehöre. So komisch es klingt, ich liebe wirklich beide Frauen. Und ich möchte weder auf die eine noch auf die andere verzichten.

Ich fing an, eine Parallelwelt aufzubauen. Eine Frankfurt-Welt und eine Traunstein-Welt. Nach einem Jahr wurde Hannah schwanger. Ich wusste, dass sie die Pille abgesetzt hatte. Ich war einverstanden. Ich hatte mich schon so in meinen beiden Welten eingelebt, dass ich mir auch noch ein Kind zutraute. Franziska ist nun dreieinhalb Jahre alt. Für sie ist es ganz normal, dass ich von Sonntag bis Mittwoch beruflich unterwegs bin. Aber von Mittwochabend bis Samstag hat sie einen ganz normalen Papa, wie andere Kinder auch. Und auch Hannah wusste vorher, worauf sie sich eingelassen hat. Wir führen ein ganz normales Familienleben, so wie ich es hier in der anderen Hälfte der Woche eben auch führe."

Peter und Regina waren wie vor den Kopf geschlagen.

„Und Ihre Frau? Cornelia? Glauben Sie, dass sie von alldem nichts weiß?", fragte der Kommissar.

„Ich bin mir sicher, dass sie nichts weiß. Cornelia ist nicht misstrauisch, und ich verhalte mich nicht anders als vorher. Ich bin für sie immer auf dem Handy erreichbar, wir führen nach wie vor eine gute Ehe. Ich liebe sie sehr."

Oder was immer Sie für eine gute Ehe und Liebe halten, dachte Regina.

Laut sagte sie: „Was macht Sie da so sicher?"

„Cornelia hätte mich zur Rede gestellt, wenn sie nur den kleinsten Verdacht hegen würde."

„Aber es muss doch auffallen. Sie haben doch auch Kosten für Ihre zweite Familie, Verpflichtungen, Unterhaltsleistungen!", entgegnete Regina.

„Hier weiß niemand so genau, was ich mit meinen Studios verdiene."

„Machen Sie eine gemeinsame Steuererklärung mit Ihrer Frau?", fragte Peter trocken. „Und schaut Sie da auch drauf, bevor Sie unterschreibt?"

„Nein. Das Studio in Traunstein läuft auf Hannah. Ich habe es ihr verpachtet und bekomme die Miete. Natürlich kommt das ganze Konzept von mir, aber das weiß hier niemand. Offiziell mache ich ja von dort aus auch nur den Vertrieb des Zubehörs."

„Es muss doch sehr anstrengend sein, diese zwei Welten immer zu trennen, oder?"

Richard Mainl war wieder aufgestanden. Müde lehnte er mit dem Rücken am Fenster. „Es erfordert eine gewisse Übung, aber glauben Sie mir: Irgendwann geht es einem in Fleisch und Blut über. Ich hätte es Ihnen auch nicht erzählt. Wenn wir aber jetzt ans Fernsehen gehen, werden sich vielleicht auch Menschen aus Traunstein melden. Da ist es mir lieber, ich kläre sie selbst darüber auf."

„Und Ihre Familie hier, wann weihen Sie die ein?", konnte Peter sich nicht verkneifen zu fragen.

„So spät wie möglich, wenn es irgendwie geht, gar nicht! Nur Andreas weiß davon!"

„Und er hält dicht?"

„Ja, das tut er. Er ist mein Bruder."

„Herr Mainl, bitte geben Sie mir Ihre Adresse in Traunstein. Es ist Ihnen hoffentlich klar, dass wir dringend mit Hannah Bauer sprechen müssen. Sie hätte nur Vorteile, wenn Ihre Frau verschwinden würde. Sie hätte ein starkes Motiv, ebenso wie Sie selbst."

„Meine Traunsteiner Adresse, kein Problem! A ber das mit dem Motiv ist völliger Unsinn! Hannah und ich wollen an der Situation gar nichts verändern. Wir lieben es so, wie es ist!"

Wenn du dich da mal nicht täuschst, dachte Peter. Jedenfalls galt es jetzt, den Fall in einem völlig neuen Licht zu betrachten.

Herr Mainl reichte ihnen eine Visitenkarte mit seiner Traunsteiner Adresse.

„Haben Ihre Frau oder Ihre Söhne Sie nie in Traunstein besucht?“, wollte Peter noch wissen.

„Nein, bis jetzt konnte ich das immer verhindern. Moritz hat sich dort einmal das Studio angesehen. Ich habe noch mein Einzimmerappartement in Eisenärzt, das ist circa acht Kilometer von Traunstein entfernt. Dort hat er übernachtet, als ich hier war. Es bringt ihn ja niemand mit mir in Verbindung, wenn man uns nicht zusammen sieht.“

„Das muss aber ein ganz schöner Kraftakt sein“, meinte Regina.

Richard Mainl ließ das unkommentiert.

„Falls Ihr Bruder schon da ist, schicken Sie ihn kurz zu uns herein!“, bat Peter. „Ich nehme an, dass es Ihnen lieber ist, wenn wir ihn nicht im Wohnzimmer zu dieser Geschichte befragen“, konnte er sich nicht verkneifen zu sagen.

Richard Mainl verließ wortlos sein Arbeitszimmer.

Zwei Minuten später stand Andreas in der Tür.

„Sie wollten mich sprechen?“

Der Kommissar ging gleich in medias res.

„Herr Mainl hat uns gerade von seiner zweiten Familie in Traunstein erzählt.“

Sofort musterte Andreas Mainl die beiden Beamten aufmerksam. Irgendwie schien er auf der Hut zu sein.

„Und, was habe ich damit zu tun?“

„Sie sind der Einzige aus der Familie hier, der darüber Bescheid weiß?“, fragte Peter.

„Mein Bruder hat mich ins Vertrauen gezogen, als Hannah schwanger war.“

„Wie stehen Sie zu dieser Sache?“

„Das ist ganz allein die Sache meines Bruders. Ich mische mich da nicht ein.“

„Mögen Sie Cornelia, Ihre Schwägerin?“

„Jeder mag Cornelia. Aber deswegen habe ich nicht das Recht, ihr die Augen zu öffnen. Sie macht mir auch keinen unglücklichen Eindruck. Sie ist damit zufrieden, wie es ist. Warum sollte ich derjenige sein, der ihr wehtut? Das ist ganz allein Richards Entscheidung!"

„Und glauben Sie, dass hier niemand etwas von Hannah und Franziska ahnt?"

„Warum sollten sie? Hannah und Franziska leben völlig unabhängig in einer von Richards Parallelwelten. So nennt er das. Und es funktioniert."

„Eine richtige Antwort auf meine Frage war das eigentlich nicht!"

„Ich glaube nicht, dass jemand hier über Hannah und Franziska Bescheid weiß, zufrieden?"

„Ja." Peter machte eine Pause. „Noch eine letzte Frage: Wo befinden sich die Büros der Firma Mainl?"

„Im gleichen Haus wie der Laden. Im Erdgeschoss und Keller ist das Geschäft, und im ersten Stock sind die Büros."

„Danke!"

„Dann darf ich mich jetzt empfehlen." Andreas Mainl verließ das Zimmer, und der Kommissar und seine Kollegin schauten sich stumm an.

Schließlich erhob sich Peter. „Auf, wir fahren ins Kommissariat! Ich glaube, wir haben jede Menge Arbeit vor uns."

4.

„Unfassbar! Hättest du das gedacht?“ Peter saß kopfschüttelnd im Auto.

„Nein, das hab ich nicht erwartet“, stimmte Regina zu.

„Ich kann mir gar nicht vorstellen, dass so etwas funktioniert?“

„Ich habe mal eine Reportage gelesen, in der ein ganz ähnlicher Fall beschrieben wurde. Ein Mann hatte in einer anderen Stadt Frau und Kind, und als seine Ehefrau an einem Wochenende mit einer Freundin einen Ausflug gemacht hat, hat sie die beiden im Kino gesehen und Nachforschungen angestellt. Ohne diesen Zufall hätte sie nichts bemerkt.“

„Und wie ging's aus?“

„Ich glaube, seine Frau ist bei ihm geblieben. Niemand konnte es verstehen, aber sie haben so weitergemacht wie vorher.“

Den Rest der Fahrt schwiegen sie, und jeder hing seinen eigenen Gedanken nach.

„Bringst du mir bitte gleich die Liste, die ihr erstellt habt, um die Öffentlichkeit zu informieren?“, bat Peter Regina im Kommissariat.

Zwei Minuten später stand sie mit einem Computerausdruck vor ihm.

Peter las sich alles in Ruhe durch, zog dann in der Mitte eine Linie.

„Arbeite du bitte den oberen Teil ab, ich nehme mir den unteren vor!“

Die nächste Stunde verging mit Telefonieren. Jetzt wussten Fernsehen und Rundfunk immerhin in groben Zügen Bescheid. Für 16 Uhr hatte der Kommissar eine Pressekonferenz angesetzt, Regina lud die Journalisten ein.

Selin und Stefan kamen aus der Innenstadt zurück, und Peter erzählte ihnen von Richard Mainls Zweitfamilie.

„Wir werden unsere heutige Besprechung auf 17 Uhr

verschieben, also nach der Pressekonferenz", entschied er dann. „Sagt bitte Ralph und Daniel Bescheid, ich will sie dabei haben, ebenso wie Beate. Zum Abhören des Telefons nehmen wir jemanden von der anderen Abteilung. Stefan, kümmere dich bitte mal darum. Ich fahre jetzt mit Selin hinüber nach Sachsenhausen zu Hentschels, und dann machen wir einen Abstecher zum Fitnessstudio Mainl.

Regina, du aktualisierst bitte die Akte. Wenn wir nichts weiter von Beate hören, sehen wir uns pünktlich alle hier um 16 Uhr zur Pressekonferenz wieder."

Dann machten er und Selin sich auf den Weg.

Sie hatten sich bei Hentschels nicht angemeldet. Nach ihrem Klingeln ertönte fast unmittelbar Lennarts Stimme: „Ja bitte?"

„Kommissar Scheuermann und Kollegin Cipa, wir möchten gerne noch einmal mit Dr. Hentschel sprechen."

Das Tor ging auf, und wieder gingen sie die imposante Auffahrt entlang.

Auf den Stufen stand Lennart und begrüßte sie: „Herr Dr. Hentschel ist mit dem jungen Herrn Hentschel in seinem Arbeitszimmer, ich werde fragen, ob er Sie empfangen kann. Wenn Sie bitte in der Halle warten möchten?" Dabei deutete er auf zwei bequeme Sessel.

Peter und Selin blieben jedoch stehen, während Lennart sich auf den Weg zu Dr. Hentschel machte. Die ganze Halle war voller Blumen, die meisten weiß oder cremefarben, Sträuße und Gestecke, an denen Kärtchen und Briefe mit schwarzer Umrandung hingen. Der überwältigende Duft von weißen Lilien erfüllte die Halle. Peter mochte den Duft von Lilien sehr, aber hier war er so intensiv, dass man davon Kopfschmerzen bekam.

Nach einer Weile kam Lennart zurück und bedeutete ihnen zu folgen.

Dr. Hentschel saß hinter einem großen Schreibtisch mit Glasplatte, ähnlich wie der, der im Zimmer seiner Tochter stand. Er schien um Jahre gealtert. Seine Haare waren zerzaust, und Ringe hatten sich unter seinen Augen gebildet. Neben ihm stand ein junger Mann. Peter vermutete, dass das Saskia Hentschels Zwillingsbruder Dorian war. Er hatte geschwollene, rote Augen, die den Kommissar und seine Kollegin aus einem blassen Gesicht heraus ernst anschauten. Dr. Hentschel erhob sich schwerfällig und gab ihnen die Hand zur Begrüßung.

„Das ist unser Sohn Dorian“, stellte er den jungen Mann vor und bestätigte damit Peters Vermutung. „Eigentlich ist er für ein Jahr in England auf der Schule …“ Etwas hilflos brach er ab.

„Ich bin sofort nach Hause gekommen, nachdem ich gehört habe, was mit meiner Schwester passiert ist“, ergriff Dorian das Wort. „Ich kann es immer noch nicht glauben. Ich, wir stehen uns sehr nah. Saskia ist meine Zwillingsschwester.“ Dorian schluchzte auf und schüttelte den Kopf. Er rang sichtlich um Fassung

„Was führt Sie hierher?“, fragte sein Vater mit brüchiger Stimme und deutete auf die beiden Stühle, die vor seinem Schreibtisch standen. Der Kommissar und seine Kollegin nahmen Platz.

„Wir haben das Obduktionsergebnis nun vorliegen, Herr Dr. Hentschel“, begann Peter.

„Das wird mir mein Mädchen auch nicht wieder zurückbringen.“

„Nein, leider nicht. Es tut uns sehr leid, was mit Ihrer Tochter und deiner Schwester passiert ist.“ Peter machte eine Pause und sah beide Hentschels an. „Darf ich Sie noch etwas fragen?“ Er hatte sich wieder Dr. Hentschel zugewandt und wartete die Antwort nicht ab, sondern sprach gleich weiter: „War Ihre Tochter erkältet?“

„Die Erkältung war eigentlich schon vorbei. Sie hatte letzte Woche noch Husten und Schnupfen, aber nichts Weltbewegendes.“

„Es sieht so aus, als wäre Ihre Tochter im Pool ohnmächtig geworden und dann ertrunken.“

„Ohnmächtig?“

„Bei der Obduktion wurde eine erhöhte Menge Ephedrine nachgewiesen. Wir haben am Bett Ihrer Tochter Nasenspray stehen sehen. Einige Erkältungsmittel enthalten Ephedrine. Sie bewirken ein Abschwellen der Nasenschleimhaut und ein Erschlaffen der Bronchien. Das hilft, wenn man eine verstopfte Nase hat oder nachts vor Husten nicht schlafen kann. Wenn man davon aber zu viel nimmt, wirken diese Medikamente wie ein Aufputschmittel. Man merkt nicht, dass der Körper erschöpft ist, alle Kraftreserven verbraucht hat. Dann kann es zu einer Ohnmacht kommen."

„Und niemand hat das bemerkt. Mein armes Mädchen!" Dr. Hentschel hatte sein Gesicht in den Händen vergraben. Dorian Hentschel stand völlig bewegungslos da. Sein starrer Blick schien auf einen Punkt an der Wand irgendwo über ihren Köpfen gerichtet zu sein.

Peter und Selin ließen Vater und Sohn Zeit, damit sie sich fassen konnten.

„Vielleicht können Sie uns aber noch in einer Sache etwas Klarheit verschaffen."

Isidor Hentschel sah sie stumm an.

„An beiden Handgelenken Ihrer Tochter befanden sich Blutergüsse, die aussehen, als stammten sie von einem Leder- oder Plastikband. Wissen Sie, woher die kommen können?"

Dr. Hentschel nickte, dann sagte er leise: „Wir haben oft darüber gestritten, Saskia und ich."

Dann stand er auf, öffnete die Schublade und holte eine Uhr mit einem schmalen Plastikarmband hervor. Er zeigte sie Peter und Regina und erklärte dann: „Das ist keine gewöhnliche Uhr. Es ist eine Sportler-Stoppuhr, mit der sie auf ein Hundertstel genau die Zeiten ablesen können. Saskia hat das Band immer viel zu fest gezurrt. Sie meinte, wenn sie den Druck am Handgelenk spüren würde, dann würde sie auch dauernd an die Zeit erinnert und ihr Bestes geben. Saskia war sehr ehrgeizig und hatte manchmal ein bisschen eigene Vorstellungen. Sie behauptete auch, dass so der Wasserwiderstand am geringsten wäre und ihr das wieder ein paar Hundertstelsekunden bringen würde. Letzte Woche hatten wir darüber eine richtige Auseinandersetzung, und erst danach hat sie sich bereiterklärt, diese Woche eine andere Uhr, eine mit weichem Band, auszuprobieren. Es war doch sowieso nur fürs Training."

Selin erinnerte sich wieder, dass die Tote am linken Handgelenk eine breite Stoppuhr getragen hatte. Das musste dann wohl die neue gewesen sein.

„Vielen Dank für Ihre Hilfe, Herr Dr. Hentschel! Die Polizei hat keine weiteren Fragen mehr. Sie können dann alles für die Beerdigung veranlassen. Nochmals unser tief empfundenes Beileid!" Peter hatte sich erhoben, und sowohl er als auch Selin gaben Dr. Hentschel und seinem Sohn die Hand.

Vor der Tür stand Lennart schon bereit und nahm sie in Empfang. Ob er gewartet und vielleicht sogar Gesprächsfetzen aufgeschnappt hatte oder aus Zufall den richtigen Zeitpunkt erwischt hatte? Eigentlich war es auch egal.

Im Auto war Selin ungewöhnlich schweigsam.

„Schlimm, wenn so etwas passiert", unterbrach der Kommissar die Stille.

„Ja, und so unnötig. Wegen einer blöden Erkältung. Ich weiß noch vom Radsport, dass man besser nicht trainiert, wenn man nicht so fit ist und außerdem noch Medikamente nehmen muss."

„Radsport?"

Selin winkte ab: „Das war vor meiner Zeit bei der Polizei. Ich bin ziemlich viel Rad gefahren, auch Rennen, und war gar nicht mal so schlecht. Aber das intensive Training hätte mit keiner Ausbildung zusammengepasst, schon gar nicht mit der Ausbildung bei der Polizei."

„Und als Profi?"

Selin zuckte die Schultern. „Meine Eltern waren strikt dagegen, ich sollte lieber etwas lernen. Heute denke ich, sie haben recht gehabt, ich wäre nicht gut genug gewesen, um an der Spitze mitzumischen. Also fahre ich jetzt nur noch in meiner Freizeit."

„Und bist Gott sei Dank als Kollegin bei uns gelandet!"

„Danke!" Selin machte eine kurze Pause und fuhr dann fort: „Ob Saskias Bruder Dorian es schafft, die Eltern auf Dauer zu trösten?"

„Ich weiß nicht, ob es für den Tod eines Kindes einen wirklichen Trost gibt." Peter fühlte sich plötzlich an sein Gespräch mit Marlene am Sonntagabend erinnert.

Und das lenkte seine Gedanken wieder in Richtung der Entführung.

„Für Saskia Hentschel können wir leider nichts mehr tun. Lass uns nun unsere ganze Energie darauf richten, Cornelia Mainl zu finden!"

„Ja, du hast recht. Auf zu Mainl-Sports!"

Fünf Minuten später hatten sie das Studio erreicht.

Hinter dem Empfangstresen stand eine junge Frau, die sie sofort duzte.

„Hallo, herzlich willkommen. Ich bin Dani, euch habe ich hier noch nicht gesehen. Was kann ich für euch tun?"

Selin übernahm die Führung. „Hi, mein Name ist Selin Cipa, und das hier ist mein Kollege Peter Scheuermann." Sie zeigten ihre Ausweise vor. „Wir möchten uns das Studio gerne ansehen, wer könnte uns denn mal alles zeigen?"

Noch bevor Dani antworten konnte, hörten sie eine Stimme in ihrem Rücken: „Ich selbst werde mit Kommissar Scheuermann und seiner Kollegin Frau Cipa einen Rundgang machen."

Sie drehten sich um und standen nun etwas erstaunt vor Moritz Mainl.

„Kommen Sie, wir gehen zuerst hier in das kleine Büro!", forderte er die Beamten auf.

Sorgfältig schloss er dann die Tür. „Ich habe es zu Hause nicht mehr ausgehalten, es gibt nichts, was ich im Moment tun kann. Also arbeite ich, so wie es vorgesehen war. In den Semesterferien bin ich immer hier, schließlich wird das nach dem Studium mein Aufgabengebiet. Dani und die anderen Mitarbeiter habe ich kurz eingeweiht, die Entführung kommt heute Abend ja auch im Fernsehen."

Er machte eine kurze Pause und fuhr dann fort: „Ich will hier gerade noch schnell den Plan ändern, wir haben einen grippebedingten Ausfall eines Trainers, dann führe ich Sie herum, einverstanden?"

Peter nickte zustimmend, und Moriz nahm handschriftlich ein paar Änderungen im Stundenplan vor. Da er mit links und mit Füller schrieb, legte er das Blatt schräg, um seine Schrift nicht gleich wieder zu verwischen.

„So, fertig, wir können starten."

Peter nickte zustimmend, und sie verließen das kleine Büro.

Es gab einen großen Raum mit Laufbändern und Geräten, in dem man auch seinen Zirkel ablaufen konnte, und noch zwei weitere Räume. In einem fand gerade Power-Yoga statt, im anderen Spinning. Beide Kurse waren recht gut besucht.

„Viele benutzen ihre Mittagspause, um Sport zu machen", erläuterte Moritz Mainl.

Dann gab es noch einen kleinen Seminarraum.

„Hier halten wir Vorträge über Sportgesundheit, die richtige Ernährung, Muskelaufbau, Fettverbrennung, Stabilisierung, Sport im Alter, Anti Aging – eben alles, was gefragt ist."

„Und wer hält die Vorträge?"

„Manchmal haben wir einen Sportmediziner hier oder eine Ernährungsberaterin. Den Rest machen wir intern. Ich halte zum Beispiel Vorträge zum Thema Muskelaufbau, Fettverbrennung und so weiter. Einige Kurse gibt auch Felix Bauer. Er leitet das Studio in Traunstein, ist aber zweimal in der Woche hier. Er kümmert sich um unsere Leistungssportler."

Sie waren weitergegangen und kamen jetzt zu den Umkleiden. Daneben gab es noch eine Sauna und einen Ruheraum.

„Arbeitet Ihr jüngerer Bruder auch gelegentlich hier?“, fragte Peter.

„Benjamin? Nein, er baut gerade sein Abitur. Er ist bei uns das musische Talent. Malt und spielt Geige. Er wird aufs Konservatorium gehen. Sport treibt er nur, um sich fit zu halten.“ Nach kurzer Zeit fuhr er fort: „Nur mein Vater lässt sich hier ab und zu blicken, aber er gibt immer mehr an mich ab. Mutter kümmert sich ja um den Einkauf der Sportartikel für den Laden, so hat jeder sein eigenes Betätigungsfeld.“

„Ganz schön viel Verantwortung für einen Vierundzwanzigjährigen“, meinte Peter.

„Das mag stimmen, aber Sie dürfen nicht vergessen, dass ich mit dem Geschäft aufgewachsen bin und es für mich auch eine großartige Chance ist. Manche meiner Studienkollegen würden viel darum geben, wenn sie an meiner Stelle wären.“

„Haben Sie eine Freundin?“ Selin mischte sich in das Gespräch ein.

„Wieso, haben Sie Interesse?“

„Ich bin in festen Händen, danke der Nachfrage!“

„Sorry, war nicht so gemeint!“ Moritz schnitt eine komische Grimasse, dann antwortete er: „Leider konnte ich die noch nicht in meinem Terminplan unterbringen.“

Sie waren wieder an der Anmeldung angelangt und verabschiedeten sich.

Peter schaute auf die Uhr: „Wir haben noch eine Stunde Zeit bis zur Pressekonferenz, wie wäre es mit einem Kaffee?“

Selin nickte. „Eine Kleinigkeit zu essen würde auch guttun!“

So landeten sie bei Starbucks. Während Peter seinen Kaffee schwarz trank und einen Blaubeermuffin dazu aß, entschied Selin sich für einen Latte Macchiato Karamell und einen dicken Schokoladenmuffin.

„Haben Sie sich über Moritz Mainl eben geärgert?“, wollte der Kommissar wissen.

„Weil er gefragt hat, ob ich Interesse an ihm hätte?" Lächelnd schüttelte Selin den Kopf. „Nein, ich habe es vielleicht ein bisschen provoziert. Aber ich wollte gerne wissen, wer hier noch alles zur Familie gehört, mit wem wir vielleicht noch sprechen sollten."

„Benjamin Mainl war gestern Abend wohl noch kurz bei einer Mareike, da sollten wir auch noch einmal nachfragen. Kommen Sie, wir fahren! Ich möchte mich gerne noch kurz auf die Pressekonferenz vorbereiten."

5.

Die Pressekonferenz ging professionell über die Bühne. Es war ja auch nicht Peters erste, aber er würde an diesen Konferenzen nie so richtig Gefallen finden: Manchmal waren ihm die Fragen der Journalisten einfach zu penetrant. Sicher, sie wollten ihre Leser und Zuschauer bestmöglich informieren und taten auch nur ihren Job. Er wiederum hatte seine Gründe, nicht gleich alles bekannt zu geben.

In diesem Fall verschwieg er die Existenz der Zweitfamilie. Es ging darum, Cornelia Mainl zu finden, und mit Hannah Bauer wollte er sprechen, bevor eine Horde von Journalisten über sie herfiel. Die Öffentlichkeit sollte sich nicht vorab schon eine Meinung zu der Rolle Richard Mainls und Hannah Bauers in diesem Fall bilden. Auf der anderen Seite musste er natürlich auch die Arbeit der Journalisten anerkennen. Gerade jetzt, auf der Suche nach der Verschwundenen, konnten Pressemeldungen eine unschätzbare Hilfe sein. Journalisten schwärmten aus, hatten Kontakte, und oft meldeten sich Leute, die irgendetwas bemerkt hatten, lieber bei der Zeitung als bei der Polizei.

Sie mussten jetzt alle Register ziehen. Je länger Cornelia Mainl verschwunden blieb, um so mehr bestand Grund zur Sorge um sie. Würden sie sie überhaupt noch lebend finden? Die Entführer hatten sich nicht mehr gemeldet, auch Cornelia Mainl nicht, und das Geld war weg.

Bei der Besprechung um 17 Uhr war Peters Team vollzählig: Regina, Selin, Beate, Stefan, Ralph und Daniel.

„Stefan und ich haben uns den Laden und die Büros angesehen“, berichtete Selin und nahm ihre Notizen zur Hand. „Wir haben nur zwei der vier Angestellten angetroffen. Die anderen beiden waren gerade in ihrer Pause. Es war viel los, weswegen wir auch nur kurz mit einer Frau Meerbaum gesprochen haben. Sie ist seit fünf Jahren dort angestellt und hatte nur lobende Worte für ihren Chef und seine Frau. Sie hat dann oben in den Büros angerufen, und ratet mal, wer uns dann abgeholt hat?“ Sie machte eine kleine Pause, erwartete aber nicht wirklich eine Antwort. „Andreas Mainl hat uns durch die Büros geführt. Ich war etwas erstaunt, ihn da zu sehen. Er war ja noch kurz vorher in der Humboldtstraße gewesen, aber er meinte, er könnte die Arbeit nicht so lange liegen lassen, und außerdem würde sie ihn ablenken.“

Das haben wir heute schon mal gehört, dachte Peter.

„Es gibt vier Büroräume, eine Toilette und eine kleine Teeküche. Andreas Mainl teilt sich sein Büro mit zwei Studentinnen. Sie arbeiten zwanzig Stunden in der Woche, ihre Arbeitszeiten sind aber flexibel. Dort wird das gesamte Internetgeschäft abgewickelt. Der zweite Raum wird üblicherweise von Cornelia Mainl genutzt. Sie hat dort einen kleinen Schreibtisch mit PC und einen großen Tisch, der fast wie ein Schneidertisch aussieht. Dieser Tisch ist voll mit Prospekten, Stoffmustern und Angeboten. Direkt nebenan liegt das Büro von Herr Bono. Er kümmert sich um die Buchhaltung, die nicht außer Haus gegeben wird. Er ist auch zuständig für die Gehaltsabrechnungen der Angestellten.“

„Das heißt“, unterbrach Peter seine Kollegin „dass wir uns an Herrn Bono wenden können, wenn wir Zahlen brauchen, betriebswirtschaftliche Auswertungen oder Bilanzen.“

„Ja, das ist sein Ressort. Allerdings wird er sich sicher erst die Erlaubnis von Richard Mainl einholen, bevor wir etwas zu sehen bekommen.“

„Dagegen ist ja auch nichts einzuwenden. Richard Mainl muss ja das größtmögliche Interesse daran haben, uns zu unterstützen“, befand der Kommissar.

„Das vierte Büro ist das von Richard Mainl. Er hat die ganze Wand voll mit Plakaten. Werbung zu isotonischen Getränken und so weiter.“

„Wissen die Mitarbeiter im Laden und Büro Bescheid?“

„Andreas Mainl wollte sie informieren, sobald wir weg waren.“

„Okay, danke." Peter berichtete nun von ihren Besuchen auf der Dippemess, bei Herrn Mainl und im Fitnessstudio.

„Außer Benjamin Mainl scheint ja wirklich die ganze Familie in der Firma zu stecken", bemerkte Stefan.

„Ja, und das hält die Sache vermutlich am Laufen, Familienunternehmen haben viele Vorteile. Ich kenne noch keine Zahlen, darum werden wir uns morgen kümmern."

„Aber sie haben auch den Nachteil, dass man nicht so leicht aussteigen kann, weil man dann das Geschäft gefährden würde", warf Ralph ein.

„Und dieser Einwand bringt uns jetzt direkt zu Richard Mainls Geständnis", bemerkte der Kommissar.

„Ich bin ehrlich gesagt noch etwas erstaunt über Richard Mainl", gestand Regina. „Mit diesem Geständnis hätte ich nicht gerechnet."

„Wie kann ich denn jahrelang eine zweite Beziehung führen, eine zweite Familie haben, ohne dass die erste Familie davon etwas weiß?", fragte Selin in die Runde.

„Richard Mainl glaubt zumindest, dass außer seinem Bruder Andreas niemand etwas weiß. Wir wissen nicht, ob es tatsächlich so ist. Und das wirft ein ganz neues Licht auf die Entführung", antwortete Peter. „Auf jetzt! Einfach kreuz und quer. Jeder sagt bitte, was ihm spontan dazu einfällt!"

„Ja, vielleicht geht es doch nicht nur ums Geld." Das war Beate.

„Das frage ich mich sowieso die ganze Zeit schon: 200 000 Euro sind für Familie Mainl nicht zu viel Geld. Vermutlich könnte sie auch locker das Doppelte aufbringen. Vielleicht ist das Geld nur eine nette Dreingabe?", vermutete Ralph.

„Wir müssen unbedingt mit Hannah Bauer sprechen, uns ein Bild von ihr machen. Cornelia Mainl ist für sie ja eine Konkurrentin, und ich bin mir nicht so sicher, ob sie wirklich so zufrieden mit der Zwei-Familien-Lösung ist, wie Herr Mainl das behauptet", warf Regina ein.

So ging es noch eine Weile hin und her, dann fasste der Kommissar zusammen: „Richard Mainls Geständnis wirft ein ganz anderes Licht auf die Entführung. Jetzt haben wir konkret Personen, die einen Vorteil davon haben, wenn Cornelia Mainl verschwindet. Dazu passen würde, dass uns das Lösegeld nicht angemessen vorkommt. Der Grund hierfür könnte aber einfach darin zu finden sein, dass es sich nicht um Profis handelt, um jemanden, der nicht genau recherchiert hat.

Wir müssen unbedingt mit Hannah Bauer sprechen. Ich denke, ein persönliches Gespräch ist besser als das Telefon. Ich werde morgen oder übermorgen nach Traunstein fahren und nicht nur mit Frau Bauer sprechen, sondern mich dort auch ein bisschen umschauen.

Es werden hoffentlich viele Hinweise hier eingehen, wenn der Fall erst mal in den Fernsehnachrichten kommt. Stefan, Daniel und Selin, ihr bildet bitte das Team, das jedem Hinweis, auch wenn er noch so unbedeutend aussieht, nachgeht. Außerdem wendet ihr euch bitte an den Direktor des Helmholtz-Gymnasiums, wir müssen die drei Schüler, die gestern in der Geisterbahn Dienst hatten befragen. Beate und Regina, ihr haltet hier die Stellung und bringt bitte immer wieder alle auf den neuesten Stand."

Damit beendete Peter die Besprechung, und um 19 Uhr machten sich alle auf den Weg nach Hause.

6.

Zuhause empfing ihn laute Salsa-Musik, als er die Tür aufschloss. Paule kam ihm laut maunzend entgegengeschossen. Marlene war in der Küche und kochte. Er versuchte, sich bemerkbar zu machen und rief ein „hallo, ich bin´s“, doch offensichtlich hörte und sah sie ihn nicht. Er drehte den CD-Spieler leiser, und Marlene fuhr herum, das Tomatenmesser in der linken Hand.

„He, Papa, erschreck mich doch nicht so!“

„Tut mir leid, ich habe gerufen, aber du hast weder etwas gehört noch gesehen.“

„Ich hab auch noch gar nicht mit dir gerechnet.“

„Bekomme ich trotzdem was von deinem Essen ab, oder ist es nur für dich?“

„Nein, für uns alle. Ich habe doch Mama versprochen, in den Ferien auch mal zu kochen.“

„Sehr gut! Wo steckt Mama?“

„Hat noch Besprechung wegen ihrem neuesten Stück, wollte aber spätestens halb neun da sein.“

„Und was gibt es Leckeres?“

„Auberginen-Zucchini-Auflauf mit Kichererbsen und Schafskäse, dazu Basmati-Reis und Tomatensalat. Du wirst das Fleisch nicht vermissen!“

„Es riecht jedenfalls schon lecker!“

Marlene konnte sehr gut kochen, vor allen Dingen kreativ. Peter wunderte sich immer wieder über ihre Ideen. Oft kochte sie vegetarisch, und selbst Peter, der gerne Fleisch aß, musste zugeben, dass es ihm sehr gut schmeckte. Das Aufräumen der Küche war dagegen nicht so Marlenes Sache, aber auch da machte sie langsam Fortschritte. Man durfte ihr nur nicht ständig dazwischenfunken, sondern musste sie die Dinge in ihrer Reihenfolge machen lassen.

Es war kurz vor ach,t und Peter schaltete den Fernseher ein.

„Marlene, gleich kommt eine Reportage über die Entführung, willst du kurz mitschauen?“

„Ich komme. Der Auflauf muss erst in den Ofen, wenn Mama zur Tür hereinkommt. Ist die arme Frau noch nicht wieder aufgetaucht?“

„Nein, von ihr fehlt noch jede Spur.“

„Oh je … “

Gemeinsam saßen sie auf der Couch und verfolgten die Nachrichten. Paule war auf Marlenes Schoß gesprungen, hatte sich dort zusammengerollt und war eingeschlafen. Die Nachrichten waren ihm eindeutig lieber als Marlenes laute Musik. Der Entführungsfall kam als dritte Nachricht. Der Kommissar hatte sich aufmerksam nach vorne gebeugt und hörte sich den Bericht an.

„Seit Samstagabend gegen zweiundzwanzig Uhr wird die zweiundfünfzig Jahre alte Cornelia Mainl vermisst.“ Ein großes Bild von Frau Mainl wurde eingeblendet. „Cornelia Mainl wurde während ihrer Silberhochzeitsfeier entführt. Die Familie Mainl besitzt ein Sportartikelgeschäft in der Frankfurter Innenstadt sowie einen Internetversand und mehrere Fitnessstudios. Trotz der Zahlung eines Lösegelds fehlt bislang von der Gattin des Unternehmers jede Spur. Sachdienliche Hinweise nimmt jede Polizeidienststelle entgegen.“

„Dass sie noch nicht wieder aufgetaucht ist, ist kein gutes Zeichen, oder, Papa?“

„Nein, es ist kein gutes Zeichen. Je länger es dauert, umso mehr Sorgen mache ich mir.“

„Habt ihr denn gar keine Spur?“

„Es gibt ein paar, die wir jetzt verfolgen werden. Ich hoffe, dass uns das weiterbringt.“

Marlene stand auf und ging wieder in die Küche. „Ich mach hier mal weiter. Kannst du schon mal den Tisch decken?“ Sie schob ihm Teller und Besteck hin.

Peter deckte bereitwillig den Tisch. Kurz danach kam Marion zur Tür herein.

„Hm, hier riecht es aber schon lecker.“ Und als sie ihren Mann sah: „Ach, das ist aber schön. Konntest du heute mal früher weg?“

„Ja, momentan treten wir mit unserem Entführungsfall etwas auf der Stelle. Ich habe gerade mit Marlene die Nachrichten angesehen. Wir haben jetzt komplett die Öffentlichkeit eingeschaltet. Mal sehen, was sich tut."

Zwanzig Minuten später saßen sie beim Essen. Es duftete nicht nur lecker, sondern schmeckte auch so.

„Ich werde für zwei, drei Tage beruflich nach Traunstein fahren müssen", verkündete Peter, als sie alle satt waren.

„Hängt das mit der Entführung zusammen?", wollte Marion wissen.

„Ja, ich muss jemanden befragen. Herr Mainl hat noch ein Sportstudio in Traunstein, das ich mir mal anschauen möchte. Sicherlich werde ich nicht den ganzen Tag zu tun haben, möchte vielleicht eine von euch mit, oder alle beide?"

„Was kann man denn da so machen?", wollte Marlene wissen.

„Ich war noch nicht da, habe aber gelesen, dass Traunstein ein schönes Städtchen ist, in dem man auch ein bisschen bummeln kann. Außerdem kann man wunderbar wandern und natürlich fischen." Jetzt musste Peter leicht grinsen.

„Ach, Papa, dein Wandern und Fischen interessiert mich nicht. Das ist doch total langweilig! Und bummeln kann ich in den Ferien in Frankfurt bestimmt besser." Für Marlene war die Sache entschieden.

Marion konnte sich ein Lächeln nicht verkneifen. „Ist das Fischen der Grund, warum gerade du runterfährst?"

„Naja, ich wollte mir die Gegend sowieso mal anschauen. Jetzt kann ich das Angenehme mit dem Nützlichen verbinden."

„Wann willst du denn fahren?"

„Donnerstagmorgen, falls bis dahin Cornelia Mainl noch nicht wieder aufgetaucht ist."

„Und wenn sie wiederkommt, müsst ihr ja trotzdem noch die Entführer erwischen, oder?", meinte seine Tochter.

„Ja, das sollten wir. Ich meinte damit nur, dass dann vielleicht andere Dinge Vorrang haben. Wie sieht es mit dir aus, Marion?“

„Für mich ist es ein bisschen schwierig, so kurzfristig Urlaub zu nehmen.“

Sie überlegte. „Machen wir es doch so: Diesmal fährst du alleine, kümmerst dich um deinen Fall und schaust dir die Gegend an. Vielleicht können wir ja dann mal ein verlängertes Wochenende dort verbringen, wenn es wirklich so schön ist, wie du gelesen hast. Im Gegensatz zu Marlene wandere ich nämlich sehr gerne!“

„Das Chiemgau muss sehr schön sein. Ich habe viele tolle Bilder gesehen. Traunstein liegt ganz grob gesagt zwischen dem Chiemsee und Salzburg. Und es gibt jede Menge hohe Berge: den Rauschberg, den Hochfelln und die Kampenwand.“

„Und für dich jede Menge schöne Flüsse, oder?“

„Ja, die Traun ist voller Forellen, es gibt ein paar interessante Seen und gleich hinter der Grenze in Österreich zum Beispiel die Torrener Ache. Willst du wirklich nicht mit?“ Er sah seine Frau fragend an.

„Diesmal nicht. Erkunde du die Gegend, falls dir dein Fall dazu Zeit lässt, und dann planen wir ein langes Wochenende! Apropos planen: Wollen wir mal endlich über unseren Sommerurlaub sprechen? Ich weiß gar nicht, ob es nicht langsam ein bisschen zu spät wird. Es ist bestimmt schon vieles ausgebucht.“

„Was habt ihr denn vor?“, fragte Marlene die Eltern.

„Was heißt denn ihr? Schließt du dich von vorneherein aus?“ Peter sah Marlene fragend an.

„Kommt darauf an, was ihr so vorschlagt. Eventuell wollte ich mit Kerstin nach Barcelona.“

Peter war aufgestanden und hatte den offenen Rotwein vom Vortag geholt. „Wer mag noch einen Schluck?“

„Ich möchte mal probieren!“, sagte Marlene. Marion war schon aufgestanden und hatte drei Gläser geholt.

Peter schenkte ein und setzt sich wieder.

„Und wie gedenkst du, deinen Barcelona-Urlaub zu finanzieren, werte Tochter?“, fragte er.

„Na ja, es ist ja noch nicht fest. Ich dachte, ihr könntet mir vielleicht den Anteil geben, den ich auch brauchen würde, wenn ich mit euch fahre. Und Kerstin will da *Work and Travel* machen. Vielleicht ist das ja auch was für mich.“

„Ohne Sprachkenntnisse?“

„Das lerne ich doch da!“

„Aha.“ Peters Stimme klang etwas skeptisch, er sagte dazu aber nichts mehr.

„Was hältst du von Madeira, Marion?“

„Ja, das würde mir sehr gefallen. Wieder das kleine Hotel in der Altstadt von Funchal?“

„Wenn wir noch etwas bekommen.“

Vor fünf Jahren waren sie schon einmal auf Madeira gewesen und hatten tolle Wanderungen entlang der Levadas gemacht. Allerdings waren nicht alle für Peter geeignet, da er nicht ganz schwindelfrei war. Eigentlich waren Levadas schmale Pfade und Steinmauern, oft nur 30 Zentimeter breit. Madeira war eine Vulkaninsel mit Bergen, der Pico Ruivo war über 1800 Meter hoch. Die wenigsten wussten, dass die Felsen auch noch 2000 Meter unter die Wasseroberfläche reichten.

Ständig ging oder fuhr man auf und ab, immer wieder mussten Tunnel durchquert werden. Auch die Levadas führten immer wieder durch schmale, dunkle Tunnel, und ohne Stirnlampe ging gar nichts. Öfters mussten sie auch umkehren. Auf einer schmalen Mauer am Abgrund entlang zu balancieren, war nicht so sehr Peters Sache. Um den richtigen Weg zu finden, musste man die Wanderführer sorgfältig lesen. Das schönste aber war die tropische Vegetation: Blumen in Hülle und Fülle, Margeriten, die gut zwei Meter hoch wurden, Agapanthus in strahlendem Weiß und leuchtendem Blau; wo man auch hinschaute, ein Blütenmeer.

„Dir hat es in dem kleinen Hotel doch auch gefallen, oder, Marlene?“

„Ja klar, war mal etwas Anderes als die ewigen Ferienwohnungen, die wir sonst immer haben. Der Pool mit Blick aufs Meer war schön."

„Naja, du hast dich ja auch so oft ausgeklinkt, dass du von der Insel nicht so viel mitbekommen hast."

„Aber ich weiß noch, dass die Landebahn weit ins Meer hinaus gebaut ist und dass man mit dem Auto unter dem Flughafen durchfährt."

Marion musste lachen. „Na, das ist doch schon mal etwas! Lasst uns die Zeit, die dafür in Frage käme, heraussuchen, und dann rufe ich morgen im Reisebüro an."

„Mama, das kannst du doch selbst übers Internet!"

„Das weiß ich. Ich möchte aber dieses bestimme Hotel, den Leihwagen und den Flug als Gesamtpaket und nicht alles einzeln. Du kannst gerne das Internet bemühen, und dann vergleichen wir mal. Das letzte Mal war das Angebot vom Reisebüro günstiger, und wir mussten uns um gar nichts mehr kümmern."

Sie entschieden sich für zehn bis maximal vierzehn Tage im Juli, und Marlene sollte sich bis zum Wochenende überlegen, ob sie mit wollte oder nicht.

Marion gähnte: „Ich geh schon mal nach oben. Gute Nacht, ihr zwei!"

Marlene zog ihre Jacke an und verkündete, dass sie noch mal kurz zu Kerstin hinübergehen wollte.

Peter nahm sich noch einmal den gestern gelesenen Artikel aus der Fliegenfischerzeitung vor: Seit ein paar Tagen war die Saison an der Traun eröffnet. Man konnte Regenbogenforellen, Bachforellen und Äschen fangen. Die Regenbogenforelle war zwar nicht heimisch, aber wohl am stärksten vertreten. Und alle Fische oft in beachtlicher Größe! Da verstand es sich von selbst, dass man nach dem Fang die Tiere wieder schwimmen ließ. Siegsdorf war ungefähr sechs Kilometer von Traunstein entfernt, dort würde er vielleicht eine Angelkarte bekommen. Am Anfang der Saison machte es auch noch am meisten Spaß, weil die Fische noch nicht zu sehr an die Angler gewöhnt waren.

Er suchte sich noch ein paar Adressen zum Übernachten im Internet heraus. Am liebsten ein einfacher Gasthof oder eine Pension. Er notierte sich, was in Frage kam. Morgen würde er dort anrufen. Für heute ließ er es gut sein und folgte Marion nach oben.

Mittwoch, 20. April

Die Scheiben seines Volvos waren zugefroren, und Peter musste erst einmal kratzen, bevor er ins Kommissariat fahren konnte.

Es versprach aber ein schöner Tag zu werden. Der Himmel war blau, und die Sonne schien, sicherlich würde es im Laufe des Tages noch wärmer werden als die minus drei Grad jetzt in der Frühe.

Schon beim Frühstück hatte er im Radio gehört, dass das Hanauer Kreuz zu war: Irgendein LKW hatte einen Teil seiner Ladung verloren, und nun staute sich der Verkehr schon auf vierzehn Kilometern.

Deswegen fuhr Peter gar nicht erst auf die Autobahn auf, sondern über Langendiebach, Bruchköbel und Maintal nach Frankfurt. Die Tankstelle an der Friedberger Warte hatte immer ganz passable frische Croissants, zwar nicht zu vergleichen mit den Schoko-Croissants, die Regina ab und zu mitbrachte, aber trotzdem gut. Er erstand zehn Stück und eine Auswahl Frankfurter Tageszeitungen und kam so beladen wenig später im Kommissariat an.

Regina packte die Croissants aus und stellte ihm wenig später einen heißen Kaffee und ein Hörnchen an seinen Platz.

„Schon irgendwelche Reaktionen auf die Fernsehnachrichten?"

„Es gab einige Anrufe, wir gehen den Hinweisen gerade nach. Scheint aber bis jetzt noch kein Volltreffer zu sein."

„Naja, wir müssen halt in den Krümeln suchen. Ich buche mir jetzt ein Zimmer in Traunstein, und danach nehme ich mir die Zeitungen hier vor. Mal sehen, wie die Entführung dargestellt wird."

Wenig später hatte er seine Zimmerreservierung, vorerst für zwei Nächte, vorgenommen.

Dann widmete er sich den Pressemitteilungen.

Außer einer Zeitung, die ganz groß titelte: *Ist Cornelia Mainl noch am Leben?* berichteten alle ganz sachlich über die Entführung und baten um Hinweise. In einer der Zeitungen las er dann: *Wie uns ein Nachbar berichtete, hat er Cornelia Mainl noch am Samstagabend in ein Auto steigen sehen. Seitdem fehlt von der Unternehmergattin jede Spur.*

Peter griff zum Telefon und bat Regina und Stefan zu sich. Er zeigte ihnen die Zeitung: „Habt Ihr davon schon mal was gehört? Ein Nachbar, der Frau Mainl in ein Auto steigen sah?"

Beide schüttelten den Kopf.

Peter schaute ins Impressum der Zeitung, wählte die Nummer der Redaktion und schaltete den Apparat auf Mithören.

Es dauerte eine Weile, bis er den verantwortlichen Redakteur an der Strippe hatte.

„Moment, ich schaue in meinen Unterlagen nach", versprach dieser.

Es dauerte eine Weile, dann meldete er sich wieder: „Hier ist es. Ein Emil Neumann. Wohnt direkt im Haus gegenüber. Er hat das genauso behauptet, wie ich es aufgeschrieben habe."

„Danke!" Peter verabschiedete sich.

Regina suchte schon am PC nach der Telefonnummer von Herrn Neumann, schrieb sie auf und brachte sie Peter.

„Neumann", eine Frauenstimme meldete sich.

Peter nannte seinen Namen und bat, mit Emil Neumann zu sprechen.

„Mein Mann ist vor einer Stunde zu seiner Orchesterprobe gefahren. Ich kann Ihnen nicht sagen, wie lange es heute dauert."

„Wo findet denn die Probe statt? Es ist sehr wichtig!"

„Im Hessischen Rundfunk. Kann ich ihm etwas ausrichten?"

„Er soll sich bitte hier auf dem Revier melden, sobald er zurück ist. Es geht um die Entführung von Frau Mainl."

„Ach ja, die arme Frau. Ich war ein paar Tage bei meiner Schwester und habe es eben erst in der Zeitung gelesen."

Also hatte Herr Neumann wohl noch nicht mit seiner Frau über seine Beobachtung gesprochen.

Peter kam eine Idee: „Sagen Sie, Frau Neumann, in welchem Orchester spielt denn Ihr Mann?"

„Im Sinfonieorchester des Hessischen Rundfunks. Er spielt dort Kontrabass."

Der Kommissar verabschiedete sich.

„Was meint ihr?", wandte er sich an Stefan und Regina. „Darf man die Probe des Sinfonieorchesters des Hessischen Rundfunks stören?"

„In so einem Fall bestimmt", meinte Stefan. „Schließlich wollen wir Frau Mainls Leben retten."

„Das sehe ich auch so." Peter hatte sich schon seine Jacke geschnappt.

„Ich lauf mal schnell zum HR rüber", und schon war er zur Tür hinaus.

Das Gebäude des Hessischen Rundfunks war nur fünf Gehminuten vom Präsidium entfernt. Peter machte sich auf den Weg. Die Luft hatte sich dank der Sonne erwärmt, immerhin waren es nun schon acht Grad. Trotz der vielen Autos genoss Peter den Fußmarsch.

Er meldete sich beim Pförtner an und bekam den Weg zum Probensaal erklärt.

Vorsichtig öffnete er die Tür und war sofort von der Musik Johannes Brahms' umgeben. Eine Weile stand er da und hörte nur zu. Zum hundertsten Mal nahm er sich vor, endlich mal wieder zu einem klassischen Konzert zu gehen. Es war doch gar nicht so schwer, Karten zu besorgen, man musste sich nur aufraffen. Er beobachtete das Orchester. Ganz hinten rechts stand ein Kontrabassist, ob das Herr Neumann war?

Als der Dirigent eine kleine Pause machte, ging der Kommissar schnell zu ihm nach vorne und machte sich bemerkbar. Er trug kurz sein Anliegen und dessen Dringlichkeit vor.

„Also gut, wir machen jetzt zehn Minuten Pause. Herr Neumann, hier ist ein Herr, der mit Ihnen kurz sprechen möchte!"

Aus der Gruppe der Orchestermitglieder löste sich der Mann, den Peter schon ausgedeutet hatte. Er war groß, trug eine Brille mit dickem Rand und mochte Mitte vierzig sein.

Peter stellte sich vor und bat ihn nach hinten in den Saal.

„Herr Neumann, es geht um das Verschwinden von Cornelia Mainl. Sie haben einem Journalisten gegenüber erwähnt, dass Sie Frau Mainl in ein Auto einsteigen sahen?"

„Ja, das ist richtig. Das war Samstagabend, muss so gegen 22 Uhr gewesen sein."

„Was haben Sie gesehen?"

„Ich war mit unserem Hund noch mal vor der Tür. Als ich in unsere Straße einbog, habe ich ein Auto mit laufendem Motor mitten auf der Straße stehen sehen und Frau Mainl, die auf der Beifahrerseite einstieg, nachdem ihr der Fahrer oder die Fahrerin die Tür aufgehalten hatte."

„Sind Sie sicher, dass es Frau Mainl war?"

„Ziemlich sicher. Ihre roten, kurzen Haare konnte ich im Laternenlicht kurz sehen. Ebenso, dass Sie ein Kleid anhatte, und ich habe mich noch gewundert, dass sie bei der Kälte ohne Mantel weggeht."

„Hat Frau Mainl Sie auch gesehen und vielleicht gegrüßt?"

„Nein, sie konnte mich nicht sehen. An der Ecke Humboldtstraße ist die Laterne kaputt, und dort steht ein großer Baum. Gerade der Baum, den sich unsere Flocke ausgesucht hatte, um ihr Geschäft zu erledigen."

„Und denjenigen, der Frau Mainl die Tür aufhielt, konnten Sie nicht erkennen?"

„Nein. Der hatte nämlich eine dicke Jacke mit Riesenkapuze an."

„Konnten Sie das Auto erkennen?"

„Oh je, da erwischen Sie mich auf dem völlig falschen Fuß! Ich selbst fahre kein Auto, und anders als die meisten meiner Geschlechtsgenossen kenne ich mich auch überhaupt nicht damit aus. Am ehesten war es noch ein dunkler VW, aber das kann ich nicht beschwören. Es ging ja auch alles ganz schnell, und eigentlich war ich ja mit meinem Hund spazieren und habe das nur im Gedächtnis behalten, weil ich es mit Jacke schon kalt fand."

„Versuchen Sie sich bitte noch mal ganz genau daran zu erinnern: Könnte es sein, dass Frau Mainl nicht freiwillig in das Auto gestiegen ist?"

„Wie meinen Sie das?"

„Naja, könnte es auch sein, dass die Person, die Frau Mainl die Tür aufhielt vielleicht eine Waffe, in der Hand hatte und Frau Mainl so zum Einsteigen zwang?"

„Ich weiß nicht. Vielleicht wäre es möglich. Ich habe ja nur mal kurz hinübergeblickt und nicht die ganze Zeit zugesehen."

„Haben Sie mitbekommen, ob das Auto direkt losfuhr?"

„Ja, sofort, nachdem der Fahrer eingestiegen war. Halt, beim Vorbeifahren hat Frau Mainl sich noch die Nase geputzt, das konnte ich sehen. Als das Auto um die Ecke fuhr, kam das Taschentuch aus dem Fenster geflogen, und ich dachte noch, dass ich Frau Mainl so aber gar nicht eingeschätzt hätte."

Das Chloroform-Taschentuch. Für einen Spaziergänger, der an gar nichts Böses dachte, musste es wohl so ausgesehen haben.

Peter bedankte sich bei Herrn Neumann und gab ihm seine Karte, damit er sich bei ihm melden konnte, wenn ihm noch etwas einfiel.

„Noch eine letzte Frage: Wieso haben Sie das nur der Presse erzählt und nicht bei der Polizei angerufen, nachdem bekannt wurde, dass Frau Mainl verschwunden war?"

„Oh, ich habe bei der Polizei angerufen."

„Bei welcher Dienststelle haben Sie sich gemeldet?“

„Na bei der nächsten. Ich glaube, das ist das Zweite Polizeirevier. Ich hatte einen jungen Herrn am Apparat, der meinte, er würde es weiterleiten.“

„Dann werde ich da mal nachhaken. Vielen Dank!“

Der Dirigent hatte schon mit seinem Taktstock ungeduldig auf das Notenpult getrommelt, und Herr Neumann nahm eilig seine Position wieder ein.

Peter lauschte noch ein paar Minuten der Sinfonie von Brahms und machte sich dann auf den Rückweg.

Während er Richtung Präsidium ging, überlegte er, ob ihn die Beobachtungen von Herrn Neumann wirklich weiterbrachten. Jetzt wussten sie, dass Frau Mainl mit Chloroform betäubt auf dem Beifahrersitz in einem Auto weggebracht worden war.

Schade, dass Herr Neumann sich nicht die Automarke und Farbe hatte merken können.

Wieder zurück auf dem Kommissariat rief er Richard Mainl an und erzählte ihm von Neumanns Beobachtungen. Doch auch Herr Mainl konnte mit der ungenauen Autobeschreibung nichts anfangen.

Also widmete Peter sich erst einmal der liegengebliebenen Arbeit auf seinem Schreibtisch, die durchweg andere Fälle betraf.

Bis zum Abend gab es immer noch keine Nachricht von Cornelia Mainl.

Donnerstag, 21. April

Bei den vielen Taschen, die der Kommissar am nächsten Morgen ins Auto packte, hätte man meinen können, dass er zwei Wochen und nicht zwei Tage fortbleiben wollte. Seine normale Kleidung passte in eine kleine Sporttasche. Doch dann war da noch die große Tasche mit der Wathose und dem Extrafach für die Watschuhe – die man auch nass einpacken konnte. Darin fanden außerdem seine Fliegenfischer-Weste, die langen Unterhosen, der Fleecepullover, dicke Socken und seine atmungsaktive Regenjacke Platz. Und natürlich der Kescher. In einer weiteren Tasche hatte er einen kompletten Satz Ersatzkleider: Es war ihm mehr als einmal passiert, dass er beim Waten abgetaucht war. Ein falscher Schritt auf glatten Steinen im rauschenden Wasser, ein tiefes Loch, und schon ging man unter. Nicht ganz ungefährlich, denn in den Wathosen konnte sich die Luft fangen, und dann trieb man wie ein Michelin-Männchen auf dem Fluss, bekam die Beine nicht mehr nach unten und tauchte mit dem Kopf unter Wasser. Oder die Hose lief voll Wasser, und man ging wie ein Stein unter. So waren schon einige Angler ertrunken. Deswegen war der Gürtel der Wathose so wichtig: Er wurde festgezurrt, dass kein Wasser eindringen konnte und so kein Spielraum für Luft war.

Und dann durften natürlich seine Fliegenfischruten nicht fehlen. Drei Stück packte Peter ein. Als Letztes kam der Rucksack mit Laptop und seinen Arbeitsutensilien.

Peter verabschiedete sich von Marion, die ihm noch eine Tasche mit einer Thermoskanne Kaffee und zwei Äpfeln in die Hand drückte.

Marlene schlief noch, und er ließ ihr Grüße ausrichten.

Bis Würzburg brauchte er fast zwei Stunden. Eine Baustelle reihte sich an die andere auf der A3. Nach Nürnberg wechselte er auf die A9 Richtung München. Im Altmühltal fuhr er von der Autobahn ab und aß in einem Dorfgasthof zu Mittag: Schweinebraten, Knödel und Krautsalat. Danach machte er einen kleinen Spaziergang am Bach entlang. Der war nicht breiter als einen Meter, doch auch hier konnte er Forellen entdecken. Auf einmal hatte er es eilig, ans Ziel zu kommen.

Um München herum herrschte zwar viel Verkehr, er konnte aber trotzdem zügig fahren und erreichte gegen halb vier die A8. Vierzig Minuten später tauchte der Chiemsee links neben ihm auf. Peter war vorher gar nicht bewusst gewesen, wie groß dieser See tatsächlich war. Ausflugsschiffe, die die beiden Inseln anfuhren, waren ebenso zu sehen wie die Segelboote, die auf den Wellen mit den Möwen um die Wette tanzten.

Die Sicht war klar, und so konnte er auf der rechten Seite die Kampenwand aufragen sehen. Zwanzig Minuten später verließ er die Autobahn und kam um halb fünf, nach exakt 515 Kilometern, in Traunstein an.

Der Gasthof, in dem er untergebracht war, hatte einen eigenen Parkplatz. Peter entlud sein Auto – die wertvollen Angelsachen ließ er nie im Wagen – und bezog sein Zimmer: Doppelbett, Schrank, kleiner Tisch, zwei Stühle, Fernseher und Dusche mit WC.

Er fragte die Wirtin nach dem Fremdenverkehrsamt. Regina hatte ihm zwar einen Stadtplan aus dem Internet ausgedruckt, sodass er in etwa wusste, wo er Mainl-Sport finden würde, aber ein Faltplan war ihm lieber.

„Das ist hier direkt um die Ecke, am Stadtplatz. Es hat morgen früh von acht bis zwölf wieder auf. Heute hat es um 16 Uhr zugemacht."

„Wo könnte ich noch einen Stadtplan bekommen?"

„Wenn Sie nicht bis morgen warten möchten, dann bestimmt in der Buchhandlung Stiefl, ist auch direkt am Stadtplatz."

Der Kommissar bedankte sich und machte sich auf den Weg.

Durch den Torbogen eines Turms erreichte er den Marktplatz. Linker Hand stand eine große Kirche, rechts und links des Platzes befanden sich vierstöckige, farbig verputzte Häuser: lindgrün, gelb, ein warmer Rotton. In den unteren Stockwerken Bekleidungsgeschäfte, Restaurants, Bäcker und Metzger. Richtig beschaulich, irgendwie typisch bayerisch, fand Peter. In einem Durchgang entdeckte er die Buchhandlung. Er ließ sich Zeit und stöberte erst ein wenig durch das Sortiment. Vielleicht sollte er mal wieder ein Buch lesen und nicht immer nur seine Angelzeitschriften. Aber irgendwie konnte er sich nicht recht entscheiden und fragte dann doch nur nach dem Stadtplan. Anschließend setzte er sich in ein kleines Bistro, das nur wenige Schritte entfernt war. Von seinem Platz aus konnte er auf den wesentlich tiefer liegenden großen Parkplatz schauen, der durch einen Aufzug und Treppen mit dem Stadtplatz verbunden war.

Während er ein leichtes Hefeweizen trank (warum gab es eigentlich in Hessen kein leichtes Bier?), studierte er kurz den Stadtplan und überlegte dann, wie er am besten vorgehen sollte. Er hatte absichtlich noch keinen Kontakt zu Hannah Bauer aufgenommen, er wollte nicht, dass sie sich auf seinen Besuch einstellte.

Sicherlich hatte Richard Mainl ihr erzählt, dass er mit ihm über seine Zweitfamilie gesprochen hatte, aber dass der Kommissar nach Traunstein fahren wollte, wusste Herr Mainl nicht. Peter beschloss, am nächsten Morgen als erstes in das Fitnessstudio zu gehen. Dort würde er entweder auf Hannah Bauer treffen oder zumindest erfahren, wo sie gerade war. Richard Mainl hatte erzählt, dass sie vormittags gewöhnlich dort war, und vielleicht hatte er ja Glück.

Außerdem könnte er Felix Bauer, den Bruder von Hannah, kennenlernen und ihn fragen, was er davon hielt, dass seine Schwester mit einem Mann zusammen war, der noch eine Familie hatte. Doch sicher würde er nicht allzu viel gegen seinen Chef sagen. Eigentlich ging Richard Mainl ein großes Risiko ein, wenn er Felix Bauer auch in Frankfurt arbeiten ließ. Denn dort traf der Bruder von Hannah ja zwangsläufig auf Moritz Mainl, und die Gefahr, dass er etwas über das Verhältnis von Hannah und Richard und deren gemeinsame Tochter ausplauderte, war doch sehr groß. Diesen Aspekt hatte der Kommissar noch gar nicht bedacht. Richard Mainl musste sich sehr sicher sein, dass Felix nichts verraten würde. Ob Moritz Mainl wirklich nichts wusste?

Der Kommissar hatte sein Bier ausgetrunken, bezahlte und verließ das Bistro.

Bei einem Anruf im Kommissariat erfuhr er, dass es immer noch kein Lebenszeichen von Cornelia Mainl gab.

Freitag, 22. April

1.

Am nächsten Morgen stand Peter um halb zehn vor dem Fitnessstudio. Der kleine Parkplatz war voll, wahrscheinlich nutzten auch einige Mütter die Zeit, in der ihre Kinder in der Schule oder im Kindergarten waren. Ein silberner Porsche parkte direkt vor dem Eingang. An der Anmeldung stand eine kleine, zierliche Frau mit kastanienbraunen Haaren, die sie zu einem Pferdeschwanz zusammengebunden hatte. Ihre Augen waren von einem dunklen Braun und schauten ihn freundlich an. Auf einem Namensschild stand *Hannah*.

Der Kommissar stellte sich vor, und sie reagierte nicht überrascht.

„Können wir uns eine Weile irgendwo ungestört unterhalten?“

„Im Moment geht es schlecht. Gleich kommt der Kindergarten. Sie machen einen Ausflug, und die Kinder dürfen hier heute Vormittag ein bisschen Sport machen. Wie lange sind Sie denn in Traunstein?“

„Klappt es heute Nachmittag?“

„Warten Sie!“ Hannah schaute im PC nach. „Ist halb drei okay? Um halb vier habe ich eine Trainerstunde vereinbart, danach hole ich Franziska vom Kindergarten ab.“

„In Ordnung, dann bin ich um halb drei wieder hier. Noch etwas anderes: Ist Ihr Bruder hier?“

„Ja, er hat gerade drei Leistungssportler da und macht mit ihnen den Zirkel.“

„Zeigen Sie mir bitte, wo das ist? Ich werde Ihren Bruder nicht lange stören.“

„Was hat mein Bruder mit der Sache zu tun?“

„Das möchte ich herausfinden.“

Hannah Bauer hatte die Augenbrauen hochgezogen und sah ihn skeptisch an. Dann zuckte sie mit den Schultern. „Hier entlang!“

Sie öffnete die Tür am Ende eines langen Gangs.

„Felix, hier ist Besuch für dich!"

„Aber doch nicht mitten im Training." Felix Bauer sah seine Schwester verärgert an.

„Es dauert nur zehn Minuten. Kommissar Scheuermann von der Kripo in Frankfurt", stellte Peter sich vor. Felix hatte die gleichen braunen Haare und Augen wie seine Schwester.

„Das musste wohl so kommen!" Felix Bauer sah ihn etwas unschlüssig an. Dann drehte er sich zu den drei Sportlern um, zwei jungen Männern und einer jungen Frau.

„Macht bitte einfach weiter, den Zirkel kennt ihr ja, danach sprechen wir noch mal den Ernährungsplan durch."

Die Sportler nickten keuchend, und Felix führte Peter in ein kleines Büro auf der rechten Seite des Gangs.

„Bitte, nehmen Sie Platz!"

Peter setzte sich auf den Stuhl vor dem Schreibtisch, Felix dahinter.

„Also, worum geht's?" Mit einem Handtuch wischte er sich den Schweiß von der Stirn.

„Kennen Sie Cornelia Mainl?"

„Was heißt kennen? Ich habe sie einmal gesehen."

„Sie wissen, dass Frau Mainl entführt wurde?"

„Ja, Hannah hat es mir erzählt, und es kam gestern ja auch ganz groß in den Nachrichten."

„Herr Mainl hat Lösegeld für seine Frau bezahlt und trotzdem gibt es von ihr noch keine Spur."

„Tragisch, aber was hat das mit mir zu tun?"

„Wie denken Sie über die Beziehung Ihrer Schwester mit Herrn Mainl?"

„Sie ist erwachsen, sie kann machen, was sie will."

„Ja, sie ist erwachsen, aber deswegen können Sie doch trotzdem eine Meinung dazu haben?"

„Ich denke, das geht nur sie und Richard etwas an. Richard kümmert sich um seine Familie hier, vielleicht mehr als manch anderer Mann, der die ganze Woche über da ist."

„Glauben Sie, dass Ihre Schwester glücklich ist?“

„Was ist schon Glück?“ Peter wollte sich nicht auf eine philosophische Diskussion einlassen.

„Macht sie einen zufriedenen Eindruck?“

„Ich denke schon. Wenn es anders wäre, würde sie bestimmt etwas an der Situation ändern.“

„An zwei Tagen in der Woche sind Sie in Frankfurt. Dort arbeiten Sie ja auch mit Moritz Mainl zusammen. Hat Ihr Chef Ihnen vorher das Versprechen abgenommen, seinem Sohn nichts von Hannah und ihrer Tochter zu erzählen?“

„Richard Mainl ist nicht direkt mein Chef.“

„Aha, und indirekt?“

„Es ist richtig, dass ihm dieses Fitnessstudio hier gehört. Aber er hat es an Hannah verpachtet, und Hannah hat mich als Geschäftsführer eingestellt.“

„Dann ist also Frau Bauer Ihre Chefin?“

„Ja, so ist es. Ich arbeite aber auch noch freiberuflich. Ich erstelle Ernährungs- und Trainingspläne für Leistungssportler. Meine Gruppe von eben sind drei Radsportler, Denis, Andreas und Kim, die bei den Deutschen Meisterschaften mit auf dem Treppchen stehen werden.“

„Was für eine Ausbildung haben Sie?“

„Ich habe ein abgeschlossenes Sportstudium und eine Ausbildung zum Heilpraktiker.“

„Eine ungewöhnliche Kombination.“

„Nicht unbedingt. Mein medizinisches Wissen lässt sich sehr gut mit dem Sport vereinbaren.“

„Zu meiner Frage von vorhin: Hat Herr Mainl Ihnen das Versprechen abgenommen, Moritz Mainl oder wem auch immer in Frankfurt nichts von Hannah oder Franziska zu erzählen?“

„Ja, er hat mich darum gebeten. Wie bereits gesagt, es geht mich auch nichts an.“

„Und Moritz Mainl – glauben Sie wirklich, dass er nichts weiß?“

„Sie sind der Kommissar, das müssen Sie schon selbst herausfinden!“

„Und das werde ich auch!“ Peter hatte sich von seinem Stuhl erhoben und signalisierte so das Ende ihres Gesprächs.

Er ging zurück zu seiner Unterkunft und setzte sich mit seinem Laptop an den kleinen Tisch, um sich Notizen über das Gespräch mit Felix Bauer zu machen. Danach rief er im Kommissariat an. Immer noch keine Spur von Cornelia Mainl. Sie war nun schon den siebten Tag verschwunden, und seit dem Telefonat am Montag, an dem es um die Übergabe des Lösegeldes gegangen war, hatten sie nichts mehr von ihr gehört. Das war kein gutes Zeichen.

Peter überlegte, wer davon profitieren würde, wenn Cornelia Mainl verschwunden bliebe: Richard vielleicht, der lieber mit Hannah zusammenleben wollte? Aber was würde dann aus seinen beiden Söhnen werden? Würde er Hannah dann nach Frankfurt holen? Kaum vorstellbar, sie hatte hier das Studio. Es sei denn, sie überließ das Studio ihrem Bruder. Aber Hannah würde nicht in Richards Frankfurter Parallelwelt passen. Er konnte sich nicht vorstellen, dass sie Cornelias Arbeit übernehmen würde und mit den anderen Familienmitgliedern, den Söhnen, der Mutter Beatrice und dem Bruder, zurechtkommen und von ihnen akzeptiert würde. Eher würde Hannah hier in Traunstein bleiben.

Hannah hätte den Vorteil, dass sie sich Richard nicht mit einer anderen Frau teilen müsste. Sie könnte dann ganz offiziell seine Frau sein. Doch der Altersunterschied betrug 24 Jahre. Ob das ihrer Zukunftsvorstellung entsprach? Der Kommissar war gespannt auf das Gespräch am Mittag.

In Gedanken ging er die Mitglieder der Mainl-Familie durch: Beatrice, Andreas, Moritz und Benjamin. Letztlich wussten er und sein Team viel zu wenig, um den Entführern auf die Spur zu kommen. Vielleicht waren es auch völlig Fremde, nach denen sie suchen mussten.

Er sah auf die Uhr und stellte fest, dass ihm noch knapp drei Stunden bis zu seinem Treffen mit Hannah Bauer blieben. Er stieg in sein Auto und fuhr nach Siegsdorf.

Hier konnte man eine Angelkarte für einen Abschnitt der Traun erwerben. Vielleicht hatte er ja Glück und für den morgigen Samstag war noch eine frei. Er parkte sein Auto unweit der Brücke, die über die Traun führte. Mitten auf die Brücke blieb er stehen und hielt nach Fischen Ausschau. Der Fluss war klar und nicht zu hoch, die Schneeschmelze hatte noch nicht begonnen. Wenn der Schnee in den Bergen taute, gab es Tage, an denen das Wasser innerhalb von wenigen Stunden um bis zu einen Meter stieg. Dann wälzten sich milchige Wassermassen durch das Bett, das Angeln war zu gefährlich, und Fische konnte man auch keine entdecken. So hatte er es in seiner Angelzeitschrift gelesen.

Heute aber konnte der Kommissar drei schöne Futter suchende Regenbogenforellen, die gegen die Strömung standen, ausmachen. Immer wieder schoss einer der Fische nach vorne, um ein Insekt zu ergattern. Dann ließ er sich wieder an seine alte Stelle zurückfallen. Peter schaute ihnen eine Weile zu

Im ortsansässigen Angelgeschäft erstand er eine Angelkarte und den Fischmarker für den morgigen Tag. Mehr als ein Fisch durfte nicht gefangen werden, und man musste ihn mit einem Band, dem sogenannten Marker, kenntlich machen.

Peter hatte sowieso nicht vor, einen Fisch mitzunehmen, er wollte sie wieder zurücksetzen. Er ließ sich die hier gängigsten Köder empfehlen und nahm ein paar mit.

Auf der Fahrt von Traunstein nach Siegsdorf hatte er eine Pizzeria entdeckt. Dort ließ er sich Tagliatelle mit Steinpilzen schmecken. Sehr lecker!

Anschließend rief er Marion an und erzählte ihr, dass er am Samstag noch angeln und sich erst am Spätnachmittag auf den Rückweg machen würde.

2.

Pünktlich um halb drei hatte er sich wieder im Fitnessstudio eingefunden. Hannah Bauer führte ihn in das kleine Büro, in dem er am Morgen schon mit ihrem Bruder gesessen hatte, und schloss die Tür.

„Wie lange kennen Sie Herrn Mainl schon?"

„Das sind jetzt knapp fünf Jahre."

„Das heißt, Sie waren 23 Jahre alt, als sie sich kennenlernten."

„Ja, und er war 47."

„Hat er Ihnen von Anfang an gesagt, dass er verheiratet ist und Familie hat?"

„Ja, das wusste ich von Beginn an."

„Und Sie haben sich trotzdem auf eine Beziehung mit ihm eingelassen?"

„Ah, jetzt bin ich die Böse! Zu einer Beziehung gehören immer mindestens zwei Personen. Das ist keine Entscheidung, die man alleine trifft."

„In Ihrem Fall besteht die Beziehung aber aus drei Personen. Wie es aussieht, weiß Frau Mainl nichts von Ihrer Existenz. Stört es Sie nicht, dass sie sich Herrn Mainl teilen müssen?"

„Nein, momentan bin ich zufrieden so, wie es ist."

„Wie erklären Sie das später einmal Ihrer Tochter, dass ihr Vater noch eine andere Familie hat, die von ihr gar nichts wissen darf?"

„Meine Tochter weiß, dass ihr Papa noch eine Familie in Frankfurt hat. Sie hält das für völlig normal, und ein Stück weit ist es das ja auch."

„Trotz der Heimlichkeiten?"

„Richard möchte Cornelia nicht wehtun, und ich glaube nicht, dass es ihr etwas nutzen würde, von mir zu wissen. Richard warschon immer eine halbe Woche auf Geschäftsreise. Sie ist das so gewohnt."

„Ich glaube, da machen Sie es sich ziemlich einfach, aber ich will nicht den Moralapostel spielen."

„Kam mir aber gerade so vor."

„Sie würden davon profitieren, wenn Frau Mainl nicht mehr auftauchen würde."

„Wollen Sie mir unterstellen, dass ich mit der Entführung etwas zu tun habe?"

„Warum nicht? Es wäre doch denkbar?"

„Nein, ist es nicht! Die Beziehung mit Richard lässt mir genügend Freiraum, so zu leben, wie ich will. Durch das Studio bin ich finanziell gut abgesichert, ich habe eine Tochter, bin aber immer nur eine halbe Woche alleinerziehend. Richard bezahlt alles für seine Tochter. Es gefällt mir, wie es ist."

„Der Freiraum, so zu leben, wie Sie es wollen, wie sieht der denn aus?"

„Ich kümmere mich um mein Studio. Es macht mir Spaß. Es ist übersichtlich, Cornelia dagegen hat die ganze Firma zu managen. Das wollte ich gar nicht. Ich mag Richard sehr, er ist ein liebenswerter und aufmerksamer Partner. Doch ich kann Ihnen nicht sagen, ob ich für immer mit ihm zusammenbleiben möchte. Der Altersunterschied macht mir nichts aus, aber vielleicht ändert sich das auch."

„Es ist aber doch auch schön, einen festen Partner zu haben."

„Sicher, aber ich bin noch jung. Ich würde Richard nicht heiraten, selbst wenn er frei wäre. Davon abgesehen liebt er Cornelia wirklich. Er liebt uns beide."

„Ja, das hat er uns auch gesagt."

Schweigen breitete sich im Raum aus. Der Kommissar hatte die Erfahrung gemacht, dass die meisten Menschen nicht lange stumm im Raum sitzen konnten und irgendwann anfingen, von selbst Fragen zu stellen, manchmal sogar sehr interessante. Er tat so, als würde er seine Notizen kontrollieren und schwieg weiterhin. Hannah fing an, mit einem Stift auf die Schreibtischunterlage zu klopfen.

„Gibt es noch gar keine Spur von Cornelia?", unterbrach sie dann plötzlich die Stille.

„Nein, nichts Konkretes. Sie verschwand vor sieben Tagen, während der ihrer Silberhochzeit. Es wurde zwei Tage später Lösegeld gezahlt, doch sie ist nicht wieder aufgetaucht. Das wissen Sie bestimmt schon von Herrn Mainl und durch die Presse. Was denken Sie über den Fall?"

Hannah schaute ihn erstaunt an. „Ich? Was soll ich darüber denken?"

„Eine Frau, die sozusagen zur Familie gehört, wurde entführt."

„Sie gehört nicht zu meiner Familie!"

„Sie sind auch eine Frau von Richard Mainl, wenn auch nicht verheiratet. Ihr Lebensgefährte macht sich große Sorgen. Das ist sicherlich auch der Grund, warum er diese Woche nicht hier ist. Es betrifft Sie also auch."

„Natürlich haben wir darüber geredet, es gibt auch kein anderes Thema, wenn wir telefonieren. Aber ich war nicht dabei, ich kenne die Freunde nicht, die anwesend waren. Mir sind die finanziellen Verhältnisse der Familie nicht genau bekannt, es kann doch viele Gründe für eine Entführung geben."

„Beunruhigt Sie das nicht?"

„Vielleicht war sie auch einfach zur falschen Zeit am falschen Ort?"

„Unwahrscheinlich. Sie verschwand während einer Feier aus ihrer eigenen Wohnung. Jemand war sich ziemlich sicher, dass sie die Tür aufmachen würde, um die Überraschung für ihren Mann in Empfang zu nehmen."

Überraschung zeigte sich auch auf dem Gesicht von Hannah Bauer. Offensichtlich hatte sie davon nichts gewusst.

Peter fuhr fort: „Nur mal angenommen, Herr Mainl selbst hätte etwas mit der Entführung zu tun und seine Frau würde nicht mehr auftauchen?"

„Das ist doch völlig absurd! Ich sagte Ihnen schon, er liebt auch Cornelia."

Der Kommissar erwiderte nichts. Für einen kurzen Augenblick hatte er einen Funken Angst in Hannah Bauers

Augen gesehen. Das genügte ihm schon. Die Sache musste endlich in Bewegung kommen, die Ermittlungen drehten sich völlig im Kreis. Und mit jedem Tag, der verging, war die Wahrscheinlichkeit, Cornelia Mainl lebend zu finden, geringer.

„Hören Sie, ich weiß wirklich nichts von der Entführung."

„Was haben Sie am Samstagabend gemacht?"

„Ich war mit Franziska zu Hause."

„Irgendjemand, der das bezeugen kann?"

„Sie befinden sich total auf dem Holzweg!"

„Gibt es jemanden?"

Hannah Bauer schloss kurz die Augen und massierte mit den Fingern ihre Schläfe.

„Gegen halb neun hat mich Sabine zu Hause angerufen. Wir haben bestimmt zwanzig Minuten telefoniert. Danach habe ich noch mit meinem Bruder gesprochen."

„Wer ist Sabine?"

„Sabine Neumann. Sie arbeitet hier als Couch."

„Und was war der Grund ihres Anrufs?"

„Sie hat zehn Tage Urlaub, und wir hatten vorher noch ein paar Dinge zu besprechen."

„Haben Sie eine Handynummer von Frau Neumann?"

„Ja."

„Kann ich die bitte haben?"

Hannah Bauer schrieb die Nummer auf einen Zettel und reichte ihn dem Kommissar.

„Sie ist in der Karibik. Sie sollten vielleicht die Zeitverschiebung berücksichtigen!" Ihr Tonfall war sarkastisch.

„Danke, das werde ich. Ich lasse meine Karte hier, vielleicht fällt Ihnen noch irgendetwas ein, was nützlich sein könnte."

Sie stieß ein kurzes Schnauben aus, während der Kommissar sich erhob.

„Sie verschwenden hier Ihre Zeit!"

Als Peter das Studio verließ, sah er Felix Bauer im silbernen Porsche davonfahren.

3.

Sabine Neumann ging nicht an ihr Mobiltelefon. Vielleicht hatte sie es abgeschaltet. In der Karibik Anrufe zu empfangen, war nicht gerade billig.

Sei's drum. Sie war eine Angestellte des Studios und Hannah ihre Chefin. Vielleicht hätte der Kommissar keine ehrliche Antwort bekommen. Außerdem hätte Hannah auch die Telefonnummer ihres Hausapparates auf das Handy umleiten können. Selbst wenn Sabine Neumann Hannahs Festnetznummer gewählt hatte, war das also kein Beweis dafür, dass Hannah Bauer zu Hause gewesen war.

Peter rief im Kommissariat an und berichtete Regina von seinen Gesprächen.

„Habt ihr noch Neuigkeiten für mich?"

„Nicht wirklich. Wir gehen ein paar Hinweisen nach. Wir hatten ein paar Anrufe von Leuten, die meinten, sie hätten Cornelia Mainl letzte Woche gesehen. Ein Anruf kam sogar aus Berlin. Aber eine Spur haben wir immer noch nicht. Auch die Befragung der drei Helmholtz-Schüler hat nichts ergeben. Sie haben nichts gesehen, und es gibt keine Hinweise, dass sie irgendetwas mit dem Fall zu tun haben könnten." Reginas Stimme hörte sich resigniert an.

„Wir müssen eben in den wenigen Krümeln suchen, die wir haben. Wie geht es Herrn Mainl und seiner Familie?"

„Richard Mainl sieht ziemlich fertig aus. Bei den Söhnen kann ich das schlecht einschätzen. Sie sind sehr gefasst. Ebenso wie Beatrice Mainl. Bei ihr glaube ich aber, dass das perfekte Styling und ihr Pflichtbewusstsein alles zusammenhält. Sie ist eine Grande Dame, wenn du weißt, was ich meine. Die Contenance zu verlieren, wäre für sie gleichbedeutend mit Schwäche und Versagen. Aber ich glaube, es fehlt nicht mehr viel, die Anspannung ist deutlich zu spüren."

„Setz dich bitte noch einmal mit dem Rundfunk und

dem Fernsehen in Verbindung. Sie sollen heute Abend den Beitrag mit dem Hinweis wiederholen, dass wir einigen Anrufen nachgehen, aber uns noch immer eine konkrete Spur fehlt, und dass wir glauben, dass die Zeit gegen uns spielt."

Der Kommissar machte eine Pause und fuhr dann fort: „Wenn Frau Mainl noch lebt, muss sie ja irgendwo versteckt werden, sie braucht etwas zu essen und zu trinken. Das muss doch auffallen!"

„Und wenn sie nicht mehr lebt, gibt es eine Leiche. Auch die muss auffallen."

„Hoffen wir, dass Ersteres der Fall ist", entgegnete der Kommissar und beendete das Gespräch.

Anschließend rief er zu Hause an.

„Hi, Papa, und, hast du schon was herausgefunden?"

„Nein, leider noch nicht. Heute Abend wird die Entführung noch mal im Fernsehen gebracht. Ich hoffe, wir bekommen noch Hinweise."

„Ich drück die Daumen. Und warst du schon angeln?"

Oh, seine Tochter war gesprächig.

„Nein, noch nicht. Ich geh morgen und fahr dann Sonntagvormittag nach Hause."

„Cool, dann habe ich ja Samstag sturmfreie Bude!"

„Wieso? Wo ist Mama denn morgen Abend?"

„Irgendein spontanes Essen mit den Theaterleuten. Da wird es bestimmt spät."

„Aha!" Seine Begeisterung hielt sich in Grenzen. „Und was planst du dann für den Abend?"

„Ich werde mit Kerstin, Julia und Christa einen Fernsehabend machen. Sie können ja dann auch hier schlafen."

„Ich hab nichts dagegen, aber sprich das bitte noch mit deiner Mutter ab!"

„Deiner Mutter", ahmte Marlene ihn im gedehnten Tonfall nach. „Magst du es nicht, wenn sie mit den Theaterleuten essen geht? Schließlich bist du ja angeln!"

Marlene hatte ein sehr feines Gespür für Stimmungen.

„Doch, das ist vollkommen in Ordnung, es war nur neu für mich", beteuerte er. „Ist Mama da?"

„Nein, sie ist einkaufen. Aber sie hat ihr Handy dabei."

„Okay, ich versuch es. Falls wir uns vorher nicht mehr sprechen, viel Spaß bei deinem Fernsehabend!"

Marion ging gleich an ihr Telefon.

„Stör ich dich beim Einkaufen?"

„Nein, habe schon alles ins Auto geladen und wollte gerade losfahren. Wie läuft's bei dir?"

„Zäh, nichts Neues. Jedenfalls nichts, was mich momentan weiterbringt." Er machte eine kleine Pause. „Ich habe mir für morgen eine Angelkarte an der Traun besorgt und wollte dann Sonntag früh hier losfahren."

„Gut, du hattest ja schon angekündigt, dass du auch angeln willst."

„Marlene hat mir erzählt, dass du morgen Abend ja auch Beschäftigung hast."

„Ich habe immer eine Beschäftigung, so schnell wird mir nicht langweilig. Aber Karin hat heute Morgen angerufen und ein Essen mit der Theatergruppe arrangiert. Dann können wir in Ruhe über alles reden, was noch bis zur Aufführung erledigt werden muss."

„Wo geht ihr denn hin?"

„In die Brathähnchenfarm."

„Oh, da müsst ihr ja ganz schön fahren."

„Soweit ist nun auch wieder nicht. Man ist in 30 Minuten da, ist doch alles Autobahn. Silke hat es organisiert. Sie kommt doch aus Schlüchtern."

„Na dann, ich melde mich morgen nach dem Angeln noch mal. Wann fährst du weg?"

„Gegen 18 Uhr."

„Okay, also bis dann."

Samstag, 23. April

1.

Das Thermometer zeigte vier Grad an. Peter entschied sich, zusätzlich die langen Fleece-Unterhosen anzuziehen. Auch das Wasser würde sehr kalt sein. Aber die Sonne schien, es würde wieder ein schöner Tag werden.

Er fuhr nach Siegsdorf, stellte in der Nähe des Bahnhofs sein Auto ab und ging dann in seinen Wathosen, den Kescher auf dem Rücken, die Angel in der Hand, die Traun entlang Richtung Eisenärzt. Bis zum Höpflinger Wehr konnte er fischen, so war es auf der Karte eingezeichnet.

Er blieb stehen und beobachtete das Wasser. Um einen Fang zu machen, musste man zuerst das Wasser „lesen" lernen. Wie hoch war der Wasserstand? Gab es überhaupt Fischaktivität an dieser Stelle, oder hatte das letzte Hochwasser die Unterstände weggespült und diesen Teil des Fluss versanden lassen? Wie verhielten sich die Insekten? Wie hoch war der „Befischungsdruck"? Waren die Fische schon an Angler gewöhnt und deswegen entsprechend vorsichtig?

Es gab Gewässer, wie hier die Weiße Traun, in denen man „auf Sicht fischen" konnte, was bedeutete, dass man den Fisch im klaren Wasser stehen sah, wie er, immer entgegen der Strömung, auf Futter wartete.

Wenn man den Fisch an den Haken bekommen wollte, musste man sich ihm vorsichtig nähern. Schon ein Schatten auf dem Wasser machte ihn misstrauisch und verscheuchte ihn. Guten Schutz bot zum Beispiel eine Mauer, in deren Schatten man sich langsam dem Fisch von hinten nähern konnte. Dann warf man die Schnur mit dem Köder ein gutes Stück vor den Fisch und ließ die Nymphe oder Fliege mit der Strömung auf den Fisch zutreiben. Nur wenn alles genau stimmte, die Präsentation des Köders ganz natürlich aussah und direkt in den Fressbereich des Fischs trieb, würde er den Köder annehmen. Es war ein

Irrglaube zu denken, dass Fische, die man gezielt anwarf, aber nicht anbissen, einfach nicht hungrig waren. Sie waren immer hungrig, immer auf der Suche nach Nahrung. Wenn sie nicht anbissen, hatte man etwas falsch gemacht. Den falschen Köder gewählt, ihn falsch präsentiert, nicht exakt genug geworfen.

Genauso war es in seinem Beruf. Um ein Verbrechen aufzuklären, musste Peter zuerst die Umgebung sondieren, das Wasser studieren. Wenn er dann verdächtige Personen hatte, musste er sie einkreisen und beobachten. Nun hieß es, „auf Sicht" zu fischen. Was war der richtige Köder, wie musste er präsentiert werden, damit der Täter in die Falle ging? Und dann war da noch der Anhieb. Wenn der Fisch hervorkam und sich die Fliege schnappte, musste der wohldosierte Ruck ihn an den Haken bringen. Eine heikle Sache. Viele Tiere verlor man durch den falschen Anhieb. Auch hier war es leichter, wenn man sich von hinten an den Schuppenträger angeschlichen hatte, weil man dann den Haken automatisch in die Lippe zog. Näherte man sich dagegen dem Fisch von vorne, war nicht nur das Risiko größer, dass er einen zu früh bemerkte, sondern es bestand auch die Gefahr, dass man beim Anschlagen die Fliege mit dem Haken geradewegs wieder aus dem Maul zog. Der Fisch war dann gewarnt und würde nicht so schnell wieder anbeißen. Bei der Überführung eines Verbrechers war es ganz genauso.

Die Strömung war nicht allzu stark, und der Wasserstand mit 50 Zentimetern eher niedrig für diese Jahreszeit. Vielleicht konnte er es wagen, im Wasser zu queren, um auf die andere Seite zu gelangen. Vorsicht war immer geboten: Eine tiefe Gumpe, ein glitschiger Stein, und schon kam man ins Straucheln oder ging unter.

Mitten in der Strömung sah er einen schönen Fisch stehen. War das eine Äsche? Peter hatte schon lange keine mehr gefangen. Langsam watete er ins Wasser. Sobald das Wasser seine Kniekehlen erreicht hatte, wurde es schwieriger mit dem Waten. Nun konnte er die Strömung deutlich spüren. Er hätte seinen Watstock mitnehmen sollen, um den Grund vor sich abzutasten und so die Tiefe auszuloten. Doch der lag zu Hause, und er musste sich ohne Hilfsmittel so vorsichtig wie möglich vorwärtsbewegen. Die Sonne schien aufs Wasser, und er war froh über seine Sonnenbrille mit dem Polfilter. Der nahm die Spiegelungen weg, und so konnte er gut bis auf den Grund sehen. Trotzdem glitt er auf einem rutschigen Stein aus und konnte sich erst im letzten Moment mit einem lauten Platscher wieder fangen.

Er orientierte sich erst einmal wieder und watete dann langsam zur anderen Uferböschung. Die Äsche hatte er wohl vertrieben, er konnte sie jedenfalls nicht mehr an der alten Stelle sehen. Nach einer Weile entdeckte er eine Regenbogenforelle. Vorsichtig warf er sie von hinten an und ließ dann seine Fliege auf sie zutreiben. Doch leider beachtete der Fisch seinen Köder gar nicht. Nach dem fünften erfolglosen Wurf entschied er sich, anders zu montieren. Mit der neuen Fliege hatte er mehr Erfolg. Stück für Stück fischte er sich in Richtung Höpflinger Wehr und konnte sich am Schluss über drei schöne Regenbogenforellen freuen, eine sogar über sechzig Zentimeter, die er alle wieder zurücksetzte.

Inzwischen war es Mittag geworden, und er bekam Hunger. Er querte wieder die Traun und lief am Ufer zurück Richtung Siegsdorf und Auto. Ab und zu blieb er stehen und hielt nach Fischen Ausschau. Dabei fiel sein Blick auf den leicht erhöhten Waldweg auf der anderen Uferseite. Er sah ein Pärchen, das Hand in Hand spazieren ging. Eigentlich nichts Ungewöhnliches. Im Moment wurden sie gerade von den Ästen der Bäume verdeckt, aber gleich müsste er sie wieder sehen können. Peter blieb stehen, den Blick wie gebannt auf den Weg geheftet. Er hatte ein sehr gutes Personengedächtnis, prägte sich Gesichter, Figuren und Bewegungen immer ein. Und das war, trotz der Entfernung, eindeutig Hannah Bauer, die dort spazieren ging. Sie hatte ihm ja gesagt, dass das Leben, das sie mit Richard

Mainl führte, ihr genug Freiheiten ließ. Ihr Partner, den der Kommissar jetzt erkennen konnte, hätte jedoch nicht unerwarteter sein können: Hannah Bauer spazierte Hand in Hand mit Moritz Mainl.

Der gegenüberliegende Weg machte eine Biegung, und das Pärchen verschwand aus seinem Sichtfeld. Peter ging langsam weiter. Er wusste noch nicht, was das zu bedeuten hatte. Gesehen hatten die zwei ihn nicht, dazu waren sie viel zu sehr ins Gespräch vertieft gewesen. Hannah Bauer konnte auch nicht wissen, dass er noch hier in der Gegend war. Sicherlich hatte sie dem jungen Mainl erzählt, dass der Kommissar mit ihr gesprochen hatte. Da aber beide keine Ahnung von seinem Hobby hatten, rechneten sie nicht damit, dass er ausgerechnet im Flussbett zwischen Siegsdorf und Eisenärzt herumturnte.

Aber was war mit den heimischen Spaziergängern und Fahrradfahrern, die sie auf ihrem Weg trafen? Die machten sich doch bestimmt auch so ihre Gedanken, wenn sie Hannah Bauer mit einem jungen Mann sahen statt mit Franziskas Vater. Hier kannte man sich doch. Vielleicht war das aber genauso normal, wie es für Richard Mainl normal war, zwei Familien zu haben? Ob der Vater wusste, dass der Sohn Hannah kannte und in welcher Beziehung er zu ihr vielleicht stand? Ob der Sohn umgekehrt wusste, was den Vater mit Hannah verband? Sehr wahrscheinlich.

Der Kommissar seufzte: Das wurde ja immer komplizierter.

Peter hatte sein Auto erreicht. Er fuhr zur Pension und zog sich um. Fischen wollte er heute nicht mehr. Er hatte das dringende Bedürfnis, den ganzen Fall noch einmal in Ruhe durchzugehen und sich bei einem Mittagessen Notizen zu machen. An der Rezeption erkundigte sich, wo man gut Fisch essen konnte.

So landete er wenig später in Eisenärzt, ließ sich zuerst eine leckere Fischvariation schmecken und dann die in Bärlauchbutter gebackene Forelle. Fantastisch! In den Wartezeiten hatte er sich seine Notizen gemacht, und auf dem Rückweg von Eisenärzt nach Traunstein rief er Regina an und erzählte ihr, was er beobachtet hatte. Sie war genauso verblüfft wie er.

„Was machst du nun? Gehst du noch mal zu Frau Bauer und sprichst sie direkt auf Moritz Mainl an?"

„Darüber habe ich beim Essen auch schon die ganze Zeit nachgedacht. Ich glaube, das Beste ist es, wenn die zwei erst einmal nicht wissen, dass ich sie zusammen gesehen habe."

„Vielleicht gibt es aber auch eine ganz einfache Erklärung? Es wäre doch möglich, dass sich Moritz Mainl bereit erklärt hat, in Traunstein nach dem Rechten zu sehen, jetzt, wo sein Vater nicht kommen kann."

„Und dass Hannah Bauer ihn dann Händchen haltend tröstet, weil seine Mutter entführt wurde?"

„Naja, so etwas in der Art."

„Das halte ich für sehr unwahrscheinlich. Angeblich weiß Moritz Mainl ja gar nichts von der Existenz Hannah Bauers und der Verbindung zu seinem Vater."

„Vielleicht spielt Hannah ein doppeltes Spiel? Moritz hat sie bei seinem letzten Besuch in Traunstein kennengelernt. Nur die Verbindung zu Richard hält sie geheim."

„Dann müssten aber viele Menschen aus ihrem Umkreis den Mund halten: der Bruder, die Angestellten und die kleine Tochter. Das glaube ich nicht."

„Tja, vermutlich hast du recht. Bist du dir ganz sicher, dass es die beiden waren?"

Peter war nicht beleidigt. Umgekehrt hätte er das Regina auch gefragt.

„Ganz sicher!"

„Und immer noch kein Lebenszeichen von Cornelia Mainl. Wie wollen wir weitermachen?"

Peter warf einen Blick auf die Uhr, es war halb drei.

„Ich packe meine Sachen zusammen und fahre nach Hause. Das müsste in knapp fünf Stunden zu schaffen sein. Dann schaue ich noch mal bei den Mainls vorbei und frage sie, wo Moritz steckt. Ich bin gespannt auf die Antwort."

„Soll ich mitkommen zu Mainls?“

„Musst du nicht, solange es nicht weitere Neuigkeiten gibt. Aber ich hätte gerne morgen Vormittag um elf alle zusammen. Trotz Sonntag. Vielleicht müssen wir komplett anders denken.“

„Okay, ich sage den anderen Bescheid. Dann kann ich ja heute Abend das Essen von Juan genießen. Gute Fahrt!“

„Danke!“ Peter legte auf.

Er fuhr zurück in die Pension, packte, beglich seine Rechnung und rief dann zu Hause an, um anzukündigen, dass er früher heimkäme.

„Du weißt, dass ich in der Brathähnchenfarm bin und Marlene hier Fernsehabend macht?“, erinnerte ihn Marion.

Irgendwie kam er sich etwas unerwünscht vor.

„Ich muss trotzdem nach Hause. Morgen um elf haben wir eine Besprechung im Kommissariat, es gibt ein paar neue Punkte zu bedenken.“

„Habt ihr etwas von der armen Frau gehört?“

„Nein, leider noch gar nichts. Aber ich habe hier zwei Personen gesehen, die eigentlich gar nichts miteinander zu tun haben dürften, die immer den Anschein erweckt haben, als würden sie sich nicht kennen. Vielleicht wirft das ein völlig neues Bild auf unseren Fall.“

„Soll ich dir noch etwas zu essen auftauen? Wann wirst du da sein?“

„Nein, lass mal. Ich denke, ich brauche vier bis fünf Stunden, wenn kein Stau ist. Ich fahre noch mal direkt nach Frankfurt zu Herrn Mainl. Danach gehe ich irgendwo eine Kleinigkeit essen. Du kannst Marlene beruhigen, vor elf, halb zwölf werde ich nicht nach Hause kommen. Wann denkst du, dass du kommst?“

„Kann ich dir nicht so genau sagen, ich fahre mit Karin zusammen. Auf jeden Fall können wir Sonntag zusammen frühstücken, bevor du ins Kommissariat musst.“

Damit musste er sich zufriedengeben. Er wünschte Marion noch einen schönen Abend und legte auf.

2.

Um halb acht rief Peter bei Mainls an.

„Mainl!" Richard Mainls Stimme klang leise und resigniert.

„Kommissar Scheuermann, guten Abend. Haben Sie irgendetwas von Ihrer Frau gehört?"

„Nein." Die Stimme kippte, und er machte eine Pause. Nach einem Räuspern fuhr er fort: „Nein, sonst wüssten Sie das sofort."

„Herr Mainl, ich würde gerne heute Abend mal kurz vorbeikommen, ich möchte Sie noch etwas fragen."

„Nur zu, ich bleibe sowieso zu Hause. Wann sind Sie da?"

„In einer knappen halben Stunde."

Richard Mainl öffnete ihm die Tür. Wie immer war seine Erscheinung sehr gepflegt, doch sein Gesicht war grau, er sah aus, als habe er tagelang nicht mehr geschlafen.

„Bitte!" Er deutete auf die offen stehende Arbeitszimmertür, und der Kommissar ging voran. Sie nahmen wieder auf den Sesseln Platz.

„Herr Mainl, wie hat eigentlich Hannah Bauer auf die Entführung Ihrer Frau reagiert?"

„Sie war entsetzt, so wie es jeder gewesen wäre."

„Wie hat sie denn ihr Entsetzen zum Ausdruck gebracht?"

„Mit Worten." Mainls Stimme klang sarkastisch.

„Dann versuchen Sie doch mal, mir diese Worte zu schildern."

„Ja, was hat sie gesagt? ‚Mein Gott, das ist ja furchtbar, kann ich irgendetwas tun? Wie schrecklich, wie konnte das denn passieren? ' So in etwa."

„Und was haben Sie geantwortet?"

„Dass Cornelia plötzlich weg war und wir einen Zettel der Entführer gefunden haben. Wieso ist das so wichtig?" Ärgerlich sah Richard Mainl den Kommissar an.

„Weil für uns alles wichtig ist, jedes noch so kleinste Detail müssen wir bedenken."

„Aber die Entführung hat doch überhaupt nichts mit Hannah zu tun."

„Vielleicht doch, sie hätte zumindest einen Vorteil, wenn Ihre Frau verschwunden bliebe."

„Das ist doch absoluter Unsinn! Sie kennen Hannah nicht, sonst würden Sie so etwas nicht sagen."

„Da täuschen Sie sich. Ich habe Frau Bauer gestern kennengelernt."

„Gestern? Ist sie hier?" Herr Mainl war aufgesprungen und lief zum Fenster, als erwartete er, dort unten auf der dunklen Straße seine Freundin zu sehen. Dann drehte er sich mit fragendem Blick zu Peter um. Entweder war er ein sehr guter Schauspieler oder Hannah Bauer hatte ihm nichts von dem Besuch des Kommissars gesagt. Sehr interessant.

„Jetzt sagen Sie doch was!"

„Nein, sie ist nicht hier. Ich war für zwei Tage in Traunstein und wollte mir ein Bild von der Situation vor Ort machen. Aber das hat Frau Bauer Ihnen doch bestimmt erzählt?"

Richard Mainl ließ sich schwer in seinen Sessel fallen. Eine Weile schwieg er.

„Nein, sie hat mir gar nichts erzählt. Ich habe mich seit Mittwoch nicht bei ihr gemeldet. Irgendwie schien es mir falsch, solange Cornelia verschwunden ist."

„Reichlich spät für Gewissensbisse, oder?"

Der sonst so beherrschte Geschäftsmann verlor doch tatsächlich die Fassung: „Sie haben überhaupt keine Ahnung! Setzen sich hier hin und spielen den Moralapostel!"

Peter registrierte leicht belustigt, dass ihm, dem Kommissar, innerhalb von wenigen Stunden schon das zweite Mal der „Moralapostel" vorgeworfen wurde.

„Dann klären Sie mich doch mal auf, wenn ich keine Ahnung habe!"

„Ich habe es Ihnen schon einmal gesagt: Hannah wusste von Anfang an, worauf sie sich eingelassen hat. Sie ist zufrieden mit unserem Arrangement."

„Frau Bauer war dreiundzwanzig Jahre jung, als sie die Beziehung mit Ihnen begann. Inzwischen haben sie eine gemeinsame Tochter. Glauben Sie, dass man mit 23 schon die ganze Tragweite einer solchen Entscheidung überblickt? Immer die Nummer Zwei zu sein? Eine Familie zu haben, von der die andere Familie des Partners nichts wissen darf? Keine gesetzlichen Absicherungen, sondern nur die Freundin des verheirateten Mannes?"

„Jetzt übertreiben Sie aber! Ich habe nie meine Vaterschaft bestritten, es gibt sehr wohl gesetzliche Ansprüche. Sie machen aus unserer Beziehung irgendwie etwas Unrechtes, etwas Schmutziges. Ich liebe wirklich beide Frauen, und wenn das in Deutschland ginge, würde ich auch beide heiraten, was soll daran so verkehrt sein?"

„Sie sagen es. In Deutschland ist die Ehe mit mehreren Frauen nicht möglich. Es ist aber durchaus möglich, eine Frau und eine Freundin zu haben. Das ist nicht strafbar. Und darüber erlaube ich mir auch gar kein Urteil. Wenn das für alle Beteiligten so passt, warum nicht? In Ihrem Fall ist es aber so, dass Frau Bauer von Ihrer Frau Cornelia weiß. Umgekehrt, sagen Sie, hat aber Cornelia keine Ahnung von Hannah und Franziska. Wenn wirklich nur Ihr Bruder eingeweiht ist, dann wissen Ihre Söhne Moritz und Benjamin nicht einmal, dass sie eine Halbschwester haben, und Ihre Mutter nicht, dass es noch eine kleine Enkelin gibt."

Er machte eine Pause. Richard Mainl sank in sich zusammen.

„Wenn heute Ihre Frau Cornelia von Ihrer Zweitfamilie erfahren würde, was glauben Sie: Würde sie es als unrecht empfinden? Oder wäre es für sie okay, jahrelang belogen worden zu sein? Ist das die Liebe, die Sie nach 25 Jahren letzten Samstag zusammen gefeiert haben?"

„Hannah hat mit dieser Sache nichts zu tun!" Richard

Mainls Stimme war nur noch ein Flüstern. „Bitte, gehen Sie jetzt!“

„Herr Mainl, Ihre Frau ist seit acht Tagen verschwunden, es wurde das geforderte Lösegeld bezahlt, und dann haben wir nichts mehr gehört. Wir haben große Angst um Ihre Frau!“

„Ich auch, oh Gott, die habe ich auch!“

„Dann helfen Sie uns und denken Sie darüber nach, wer vielleicht außer Ihnen und Frau Bauer einen Vorteil davon hätte, wenn Ihre Frau verschwunden bliebe!“

Herr Mainl war zusammengezuckt, als hätte der Kommissar ihn geschlagen, sagte aber nichts mehr.

„Ich werde gleich gehen. Wo sind Ihre Söhne heute Abend?“

„Beide Jungs halten es hier zu Hause im Moment schwer aus. Sie haben ihre Handys dabei und sind jederzeit zu erreichen. Benjamin ist bei seiner Freundin hier in Frankfurt. Moritz ist übers Wochenende zu einem Freund gefahren.“

„Und der Freund wohnt in Traunstein?“

Ruckartig fuhr der Kopf von Richard Mainl hoch. „Wie kommen Sie denn darauf?“

„Weil ich ihn gestern dort gesehen habe.“ Der Kommissar hatte sich erhoben. „Bemühen Sie sich nicht, ich finde alleine hinaus!“ Damit ließ er einen völlig entgeistert blickenden Richard Mainl zurück.

3.

Vom Auto aus rief er Regina an.

„Störe ich schon beim Essen?“

„Noch nicht, aber es geht gleich los. Hast du mit Herrn Mainl gesprochen?“

„Ja, ich bin ihn ziemlich angegangen. Es war das erste Mal, dass er die Haltung verloren hat. Bei all diesen merkwürdigen Beziehungen glaube ich nicht mehr daran, dass ein Fremder Cornelia Mainl entführt hat. In dieser Familie gibt es genug Konfliktpotenzial.“

„Ja, das denke ich auch. Wie hat er darauf reagiert, dass Moritz Hand in Hand mit Hannah spazieren geht?“

„Ich habe ihm nur erzählt, dass ich Moritz in Traunstein gesehen habe, aber nicht, mit wem und wo. Er war völlig überrascht, zumindest war das mein Eindruck. Dann bin ich gegangen und habe ihn einfach so sitzen lassen. Mal sehen, ob jetzt Bewegung in die Sache kommt. Ich kann mir zumindest vorstellen, dass er Moritz anruft und ihn fragt, was er da macht.“

„Sollte der Sohn wirklich an Hannah Bauer interessiert sein und sie an ihm, wird es noch mächtige Konflikte zwischen Vater und Sohn geben. Ich glaube nicht, dass Herr Mainl noch lange alles geheim halten kann.“

„Bestimmt nicht. Ich habe das Gefühl, dass wir da immer tiefer im Sumpf rumstochern, und die Hoffnung, Frau Mainl noch lebend zu finden, habe ich fast aufgegeben.“

„Vielleicht sollten wir die Personen im Hause Mainl mal überwachen lassen. Du hast ja heute auch Herrn Mainl unterstellt, dass er etwas mit dem Verschwinden seiner Frau zu tun haben könnte. Wenn er das wirklich hat, verliert er womöglich die Nerven und reagiert unüberlegt.“

„Gute Idee. Ich habe ihn ja mit Absicht provoziert. Ich organisiere das jetzt noch, und du lässt dir erst mal dein Abendessen schmecken! Wir sehen uns morgen!“

Peter tätigte die nötigen Anrufe. In 30 Minuten würde ein Beamter in der Nähe des Hauses die Beobachtung übernehmen. Er fuhr aus der Parklücke heraus und bis zur Ecke mit dem Gebüsch. Hier musste der Musiker, Herr Neumann, mit seinem Hund gestanden haben. Die Ecke war wirklich so dunkel, dass man zwar selbst nicht gesehen wurde, dafür aber einen guten Blick auf die Haustür hatte.

Während der Wartezeit konnte er sich auch überlegen, was er mit dem Rest des Abends machen sollte. Es war 21 Uhr, und inzwischen hatte er richtig Hunger. Nach Hause wollte er nicht. Er wollte sich nicht wie ein Eindringling fühlen, nur weil Marlene mit ihren Freundinnen einen Fernsehabend machte. Also, wo bekam man gegen halb zehn, zehn noch etwas zu essen?

Er könnte es mal wieder mit dem Inder in Hanau versuchen. Er war lange nicht da gewesen. Das letzte Mal war schon fast zwei Jahre her. Er wartete, bis der Kollege eingetroffen war, und fuhr dann nach Hanau.

Der Chef persönlich führte ihn zu einem Tisch. Peter bestellte Huhn in Ingwersoße und ein Glas Wein und ließ seine Gedanken zu jenem Abend zurückschweifen, als er fremdgegangen war.

War er so viel besser als Richard Mainl? Gut, er hatte sie danach nie mehr getroffen. Doch ganz aus dem Kopf gegangen war ihm diese Frau nicht. Es waren einfach ein paar schöne und unkomplizierte Stunden gewesen. Welcher Mann fühlte sich nicht geschmeichelt, wenn ihn eine hübsche, sympathische Frau bat, mit ihm zu schlafen?

Und Marion? In diesem Moment hatte er auch nicht überlegt, was Marion empfinden würde, wenn sie es erfuhr. Es hatte damals oft Spannungen gegeben, und er war sich ja nicht mal sicher, ob sie nicht auch …

Sie hatten beide nicht darüber gesprochen. Seiner Meinung nach hatte das ihrer Ehe nicht geschadet, im Gegenteil. Ihm hatte es sogar die Augen dafür geöffnet, seine Beziehung nicht einfach als selbstverständlich zu betrachten, sondern wieder neu etwas dafür zu tun, mehr auf Marion einzugehen.

Es war eine Sache, einen One-Night-Stand zu haben, das konnte schon kränkend genug sein. Richard Mainl dagegen hatte eine komplette zweite Familie gegründet. Seine Beziehung zu Cornelia litt seit den letzten Jahren unter einer Lebenslüge. Das musste seiner Frau wehtun, wenn sie es erfuhr. Tja, wenn sie es jemals erfuhr, wenn sie überhaupt noch lebte.

Das Essen kam und unterbrach seine Gedanken. Peter war ganz froh darum. Irgendwie war er heute in einer komischen Stimmung. Die Entführung und die Beziehungen, die Herr Mainl pflegte, ließen ihn über Dinge nachdenken, die er einfach zur Seite geschoben hatte. Noch dazu war er früh aufgestanden, hatte einen langen Tag und eine Fahrt von mehr als fünfhundert Kilometern hinter sich.

Er versuchte, sich auf sein Essen zu konzentrieren, das wirklich sehr lecker war.

Zu Hause würde er unter die Dusche springen und es sich mit einem Glas Wein gemütlich machen. Wer weiß, vielleicht kam Marion ja auch bald und leistete ihm noch Gesellschaft? Ach, da musste er sich wohl an den Küchenblock setzen. Marlenes Fernsehabend war bestimmt noch nicht zu Ende … *Frauen!*

Um viertel nach elf schloss er die Haustür auf. Marlene, Kerstin, Julia und Christa hatten es sich auf der Couch gemütlich gemacht und schauten offensichtlich einen Actionthriller.

Er wurde mit einem „Hi“ begrüßt. „Lasst euch nicht stören! Ich lade das Auto schnell aus und trinke dann später in der Küche noch ein Glas Wein.“

„Alles klar!“ Diese Mitteilung war Marlene sehr recht. Mit ihrem Vater gemeinsam einen Actionfilm zu schauen, stand auf ihrer Hitliste ziemlich weit unten. Er konnte es nie lassen, auf völlig unrealistische Situationen hinzuweisen, sich über die vielen Waffen aufzuregen und den finalen Showdown dann sarkastisch zu kommentieren. Außerdem hatte sie ihre Freundinnen da.

Peter musste zweimal laufen, bis er alle Taschen aus dem Auto hatte. Dann fiel ihm ein, dass er ja im Boden der Angeltasche noch die nasse Wathose samt Schuhen hatte, und er machte sich auf den Weg in die Waschküche, um seine Sachen über die Leine zu werfen.

Dabei fielen ihm die knappen Höschen auf, die dort hingen. Er konnte nicht mit Sicherheit sagen, ob sie zu Marion oder Marlene gehörten. Marion trug immer schöne Wäsche, aber so knappe Teile? Trug sie die, wenn er nicht da war? Vermutlich gehörten sie Marlene. Er hatte sie schon öfter darauf hingewiesen, dass aus ihrer tief sitzenden Jeans die Unterwäsche herausschaute, ein kleines Dreieck nur, und dafür ein Achselzucken geerntet mit dem Kommentar: „Dir muss es ja nicht gefallen, man trägt das so!"

Jetzt zuckte er mit den Schultern und wandte sich den angenehmeren Dingen zu.

Er stellte sich vor das Weinregal und entschied sich für einen Rotwein: Baron Louis, ein kräftiger französischer Landwein.

In der Küche öffnete er ihn, damit er ein bisschen atmen konnte, und ging dann hoch zum Duschen. Kurz überlegte er, ob er nicht vielleicht doch einfach schlafen gehen sollte. Aber erstens hatte er nun schon den Wein geöffnet, und zweitens war es auch schöner, auf Marion zu warten. Und drittens ging ihm sowieso noch so viel im Kopf herum, dass er trotz Müdigkeit nicht einschlafen würde.

Nach dem Duschen zog er seine Lieblingsjeans und das obligatorische Holzfällerhemd an und machte sich wieder auf den Weg nach unten.

Der Film der Mädchen hatte wohl gerade seinen Höhepunkt erreicht, zumindest ließ der Geräuschpegel darauf schließen. Er bat Marlene, die Lautstärke etwas zu drosseln, und verzog sich mit den Tageszeitungen der letzten beiden Tage an den Küchenblock.

In der Freitagsausgabe war eine große Todesanzeige von Saskia Hentschel. Die Beerdigung würde am kommenden Montag stattfinden. Im Lokalteil fand er auch noch einen

Artikel über die Entführung von Cornelia Mainl. Im Wesentlichen wurde nichts Neues berichtet. Nur die bekannten Fakten wurden, anders gemischt, dem Leser erneut präsentiert. Zum Schluss noch einmal der obligatorische Satz, dass jede Polizeidienststelle Hinweise entgegennehmen würde. Dabei fiel Peter wieder ein, dass er noch nachfragen wollte, wer auf dem Zweiten Polizeirevier die Aussage von Emil Neumann aufgenommen und dann nicht an das Kommissariat weitergegeben hatte.

Er hörte die Haustür gehen und stand auf, um Marion zu begrüßen:

„Kommst du noch auf ein Glas Wein mit an den Block?"

„Ja, gern." Marion hatte ihm einen Kuss gegeben.

„Oh Gott, wie viel Knoblauch gab es denn bei euch heute Abend?"

„Portugiesisches Ofenfleisch, sehr lecker! Ist es so schlimm?"

„Ziemlich, wenn man selbst keinen Knoblauch gegessen hat. Komm, setz dich!" Peter grinste seine Frau an und schenkte ihr ein Glas Wein ein. Sie stießen an, und Marions Blick fiel auf die aufgeschlagene Zeitung.

„Konntest du in Traunstein was Interessantes erfahren?"

„Wie man´s nimmt. Es könnte wichtig werden. Ich habe Moritz Mainl, das ist einer der Söhne, Hand in Hand mit der Freundin des Vaters spazieren gehen sehen. Und Richard Mainl war sehr erstaunt darüber, dass sich sein Sohn in Traunstein befindet. Er wusste nur, dass Moritz bei irgendeinem Freund ist übers Wochenende."

„Das wird ja immer komplizierter. Jetzt haben Vater und Sohn auch noch die gleiche Freundin. Glaubst du, dass sie noch lebt, die arme Frau Mainl?"

Peter nahm einen Schluck Wein: „Ich hoffe es. Aber je länger sie verschwunden bleibt, umso unwahrscheinlicher wird es. Das Lösegeld wurde vor fünf Tagen bezahlt, und seitdem gibt es auch kein Lebenszeichen mehr von ihr."

„Und gar keine Idee, wer dahinterstecken könnte?"

„Ich glaube ja, dass es jemand aus der Familie war. Wir werden es hoffentlich herausbekommen. Ich habe Herrn Mainl heute Abend ziemlich provoziert, das Haus wird nun überwacht. Vielleicht tut sich endlich etwas."

„Ich drück die Daumen! Glaubst du, dass jemand für 200 000 Euro einen Mord begeht?"

„Es sind schon Menschen für ein Taschengeld ermordet worden. Lass uns lieber von angenehmeren Dingen reden. Wie war´s bei euch heute Abend?"

„Schön! Es läuft gut. Freitag ist Generalprobe und am Samstag die erste Aufführung. Sonntag die zweite. Zu welcher willst du mit Marlene kommen?"

„Wo hättest du mich denn lieber dabei?"

„Samstag, bei der ersten, da bin ich aufgeregter."

„Okay, dann bin ich Samstag dabei. Marlene bestimmt auch."

„Wohin soll ich kommen?" Marlene war aus dem Wohnzimmer in den offenen Küchen- und Essbereich gekommen.

„Zu meiner Aufführung am Samstag. Vielleicht haben deine Freundinnen ja auch Lust?"

„Lass mal, Mama. Ich glaube, es reicht, wenn ich kommen muss."

„Ist das so eine große Überwindung?" Peter hörte sich ärgerlich an.

„Naja, es gibt bessere Möglichkeiten, seinen Samstagabend zu verbringen."

„Da wir aber so etwas wie eine Familie sind, sollten wir uns auch dafür interessieren, was der andere tut!"

„Oh Papa, das mach ich ja. Ich gehe ja hin." Marlene klang genervt. „Ich denke, ich war schon öfter bei Mamas Aufführungen als du! Und ich weiß besser, was sie spielt, als du. Gute Nacht, wir gehen hoch!" Und damit verschwand sie mit den drei anderen Mädels auf der Treppe.

Peter war versucht, ihr noch etwas hinterherzurufen, ließ es dann aber bleiben.

„Glaubst du, sie hat recht?", fragte er dann etwas kläglich.

„Naja, zumindest nicht ganz unrecht. Ab und zu ist dir halt ein Fall dazwischengekommen."

„Das war aber nicht meine Schuld!"

„Das weiß ich. Ich habe dir keinen Vorwurf gemacht, und du musst auch nicht sauer werden!"

„Sauer bin ich nur darüber, dass Marlene es als großes Opfer hinstellt, zu deiner Aufführung zu gehen. Sie bekommt alles von dir hingestellt, die Wäsche gemacht, eingekauft, gekocht. Und wenn es sein muss, wird sie noch bei den Hausaufgaben unterstützt. Sie lebt nicht im Hotel Scheuermann. Auch wenn sie sich so verhält!"

„Wenn du dieses Thema jetzt anfangen willst, geh ich lieber ins Bett."

„Naja, ich muss ja auch mal sagen dürfen, was mich stört."

„Darfst du ja auch, haben wir auch schon oft diskutiert. Aber heute Abend mag ich einfach nicht mehr."

„Dann sag mir, wann es passt, damit ich es in meinem Kalender rot anstreichen kann."

„Du musst deine schlechte Laune nicht an mir auslassen!"

„Bis eben hatte ich keine schlechte Laune!"

„Dann ist ja gut. Dann schluck sie schnell wieder runter. Ich würde nämlich gerne noch ein Glas Wein trinken, das Bad wird die nächste halbe Stunde noch blockiert sein." Damit hielt sie ihm grinsend ihr leeres Glas hin und nahm Peter so den Wind aus den Segeln.

Immer klappte das nicht. Manchmal war Marion dann genauso sauer wie er, und das Ganze endete in einem handfesten Streit.

Sonntag, 24. April

1.

Sie frühstückten in Ruhe zu zweit, die vier Damen schliefen noch.

Peter schnappte seine Jacke und fragte im Hinausgehen: „Wollen wir heute Abend mal gemeinsam zu deinem Italiener in der Frankfurter Straße in Offenbach gehen?"

„Gerne, soll ich einen Tisch reservieren? Oder lieber abwarten, was eure Besprechung ergibt?"

„Ich schätze, dass wir in knapp zwei Stunden durch sind und ich spätestens um zwei wieder hier bin."

Doch das sollte nicht ganz gelingen.

Regina, Selin, Stefan, Beate und Ralph waren schon da, als der Kommissar kurz vor elf eintraf.

Niemand hatte in der Nacht das Haus der Mainls verlassen. Lediglich ein junger Mann mit längeren, roten Haaren war gegen kurz nach ein Uhr in der Nacht hineingegangen. Das musste Benjamin gewesen sein.

Peter erzählte seinen Kollegen von den Gesprächen mit Richard Mainl am vorigen Abend, von Felix und Hannah und dass er Moritz und Hannah Händchen haltend zusammen gesehen hatte.

„Ich finde es irgendwie merkwürdig, dass die Söhne im Fitness-Center arbeiten, am Wochenende bei der Freundin sind und sogar bis nach Traunstein fahren, während ihre Mutter verschwunden ist", meinte Beate.

„Vielleicht halten sie es einfach nicht mehr zu Hause aus? In dieser angespannten Atmosphäre", erwiderte Selin.

„Das ist gut vorstellbar. Trotzdem machen die beiden einen obercoolen Eindruck auf mich", bemerkte Stefan. „Wie übrigens die Mutter Mainl auch."

„Vielleicht hat es etwas mit der Disziplin zu tun, die in dieser Familie herrscht", wandte Regina ein.

„Stimmt, für Moritz Mainl war es selbstverständlich, in den Semesterferien im Studio zu arbeiten und sich auch sonst neben dem Studium um alles zu kümmern. So hat er es uns zumindest erzählt, als wir ihn dort trafen. Er soll das Studio bald komplett übernehmen. Das ist mit vierundzwanzig ja schon eine große Verantwortung", bemerkte Selin.

„Also halten wir zuerst einmal fest: Die ganze Familie ist relativ gefasst. Außer Richard Mainl scheint jeder weiter seine Aufgaben zu erledigen", meinte der Kommissar

„Richard Mainl bleibt halt immer in der Nähe des Telefons. In Traunstein bei seiner Freundin Hannah war er jedenfalls nicht."

„Dafür aber Moritz Mainl. Was denkt ihr darüber?"

„Also mit jemandem Hand in Hand spazieren zu gehen, lässt schon auf eine gewisse Vertrautheit schließen." Das war wieder Selin.

„Könnte es eine tröstende Geste gewesen sein? Will Hannah vielleicht den Sohn ihres Liebhabers trösten? Ihm beistehen, um mit dem Verschwinden der Mutter klarzukommen?", spekulierte Regina.

Der Kommissar erwiderte: „Ich war zu weit weg, um die Gesichter zu sehen. Das Einzige, was ich erkannt habe, ist, wer es war und dass die zwei Hand in Hand gingen." Er wandte sich zum Flipchart. „Ich habe hier noch einmal eine Liste mit den Namen aller Beteiligten. Lasst uns überlegen, wer von dem Verschwinden Cornelia Mainls einen Vorteil haben könnte. Zuerst Richard Mainl: Falls er plant, zukünftig mit seiner Freundin Hannah ganz zusammen zu sein, könnte ihm seine Frau im Weg sein."

„Aber dann wäre es doch viel einfacher, wenn er sich von ihr scheiden ließe", entgegnete Regina.

„Nicht unbedingt. Wir sollten ihn mal fragen, ob er einen Ehevertrag hat. Wäre ja möglich, dass finanziell sehr viel auf ihn zukäme bei einer Scheidung. Er ist seit fünfundzwanzig Jahren verheiratet. In diesen Jahren hat er die Firma ausgebaut, das Internetgeschäft eingeführt und Fitnessstudios gegründet. Kommt hinzu, dass Cornelia für ihn arbeitet und er sie bestimmt nicht so schnell vor die Tür setzen könnte."

„Wenn man aber Hannah Bauer Glauben schenken darf, möchte sie gar nicht ganz mit Richard zusammen sein."

„Das kann stimmen oder auch nicht. Und vielleicht ist das Herrn Mainl nicht so klar. Machen wir gleich mit Frau Bauer weiter. Sie könnte gelogen haben und sich stattdessen ein Leben mit Richard wünschen. Dann wäre ihr Cornelia im Weg."

„Falls sie aber irgendetwas mit Moritz Mainl haben sollte", meinte Regina, „wäre es ungünstig für sie, wenn Cornelia verschwunden bliebe. Dann kann sie Richard Mainl bestimmt nicht so schnell abservieren."

„Okay, kommen wir zu den Söhnen. Hier kann ich momentan keine Motive finden, die für eine Entführung der Mutter sprechen würden."

„Alle außer Richard Mainl haben das Motiv Geld", schaltete sich Stefan ein, „200 000 Euro mögen gemessen am Vermögen der Mainls nicht wahnsinnig viel sein. Aber 200 000 Euro an sich sind ein Haufen Zeug!"

„Da gebe ich dir recht!" Der Kommissar nickte. „Wenn wir in diese Richtung denken, sollten wir herausbekommen, ob einer der Leute auf unserer Liste dringend Geld benötigt. Und diese Entführung konnte nicht ohne Komplizen ablaufen, alle Personen haben die Feier, bei der Frau Mainl verschwand, nicht für längere Zeit verlassen."

„Vielleicht hat die Zeit, bis man das Verschwinden bemerkte, dafür aber gereicht?", meinte Selin.

Ralph schaltete sich ein: „Naja, es lagen wohl circa vierzig Minuten zwischen dem ominösen Klingeln und dem Zeitpunkt, an dem man anfing, sie zu suchen."

„Also trage ich jetzt bei den Söhnen als Motiv ‚Geld' ein." Peter übernahm wieder die Führung. „Was ist mit Andreas Mainl?"

„Er könnte eifersüchtig auf seinen erfolgreichen Bruder gewesen sein", meinte Beate.

„Er könnte nach seiner Scheidung in einem finanziellen Engpass stecken."

„Warum fragt er dann nicht einfach seinen Bruder, ob der ihm hilft?"

„Vielleicht zu stolz?"

„Aber dafür muss er sich nicht die Mühe machen, seine Schwägerin zu entführen, sie zu verstecken und das ganze Tamtam!" Alle Blicke richteten sich auf Selin. Sie beugte sich vor und fuhr fort: „Mir ist gerade aufgefallen, dass Andreas Mainl ja von Richards zweiter Familie weiß. Es wäre doch viel einfacher gewesen, ihn mit diesem Wissen zu erpressen. Ein anonymer Brief, *Zahle 200 000 Euro oder ich verrate alles Deiner Frau,* wäre doch viel bequemer gewesen, oder?"

„Stimmt!" Peter nickte zustimmend. „Das gilt natürlich auch für Felix Bauer und jeden, der davon eine Ahnung hatte. Machen wir bei ihm weiter: Wir müssen herausbekommen, was Felix so verdient mit seiner Arbeit als Geschäftsführer und seiner Freiberuflichkeit. Zumindest fährt er einen Porsche und trägt eine teure Uhr. Hätte er etwas davon, wenn Frau Mainl nicht mehr auftauchen würde?"

Das Klingeln seines Handys unterbrach ihn. Er nahm das Gespräch an.

Sekunden später sprang er auf. „Was? Das ist ja kaum zu glauben! Wie geht es ihr? Wo ist sie im Moment?"

Gespannt schauten ihn die anderen an, während er dem Anrufer zuhörte und sich schnell ein paar Notizen machte. Dann beendete er das Gespräch und atmete langsam aus. Er blickte in lauter erwartungsvolle Gesichter.

„Cornelia Mainl ist wieder zu Hause!"

Ein paar Sekunden stellten alle gleichzeitig Fragen, dann hob Peter die Hand:

„Herr Mainl berichtete, dass es geklingelt hätte und eine völlig durchgefrorene und sehr mitgenommene Cornelia im Treppenhaus stand. Jetzt befindet sie sich im Bürgerhospital. Körperlich scheint ihr außer einer Blase an der

Ferse und einer leichten Unterkühlung nichts zu fehlen. Sie wird eine Nacht zur Überwachung dableiben. Er hat geweint am Telefon."

„Ich hatte die Hoffnung schon aufgegeben, sie lebend zu finden", meinte Regina.

Die anderen nickten bestätigend.

„Na, dann können wir uns ja jetzt mit Vollgas auf die Suche nach den Entführern machen. Jetzt müssen wir keinerlei Rücksicht mehr nehmen", sagte Ralph.

„Was machen wir mit der Presse?", wollte Beate wissen.

„Ich schlage Folgendes vor: Regina, du kommst jetzt mit mir zum Bürgerhospital. Vielleicht können wir schon mit Cornelia Mainl sprechen, vielleicht hat sie ja sogar einen Hinweis für uns. Beate und Stefan, ihr informiert bitte die Presse. Kurze Pressekonferenz dann um zwei Uhr. Vorher organisiert ihr bitte einen Kollegen, der vor dem Krankenzimmer Position bezieht und ungebetene Besucher abweist. Selin, kannst du bitte alles, was wir eben besprochen haben, in die Akte aufnehmen? Ralph, du fährst bei Mainls zu Hause vorbei und sprichst mit denen, die da sind. Wer war zu Hause, als Cornelia heimkam?

Nach der Pressekonferenz fassen wir noch einmal alles zusammen, und dann darf jeder den Rest des Sonntags genießen."

2.

Zehn Minuten später standen sie an der Pforte des Bürgerhospitals und erkundigten sich nach dem Zimmer von Frau Mainl.

Sie lag privat, und als Peter an die Zimmertür klopfte, antwortete ihnen die Stimme Richard Mainls.

Der Kommissar und seine Kollegin traten ein.

Richard Mainl saß bei seiner Frau und hielt ihre Hand. Cornelia Mainl lehnte im Bett, zwei dicke Kissen in den Rücken gestopft und bis oben hin zugedeckt. Sie sah ihnen mit skeptischem Blick entgegen. Der Kommissar stellte sich und seine Kollegin kurz vor.

„Frau Mainl, zuerst einmal sind wir sehr froh, dass Sie wieder zurück sind."

„Ja, danke, das bin ich auch." Ihre Stimme war sehr leise.

„Wie geht es Ihnen?"

„Ich glaube, nicht schlecht. Sieht man von ein paar Blasen an den Füßen und der Kälte mal ab."

„Können Sie uns erzählen, was genau passiert ist?"

Eine Falte erschien auf Cornelia Mainls Stirn. „Ich versuche schon die ganze Zeit verzweifelt, mich daran zu erinnern, was passiert ist. Ich habe immer nur Bruchstücke im Kopf."

„Vielleicht können wir aus den Bruchstücken ein Ganzes machen?"

„Hat das denn nicht noch ein bisschen Zeit, bis es meiner Frau besser geht?" Richard Mainl hatte sich in das Gespräch eingemischt.

„Herr Mainl, wir suchen immer noch die Entführer und das Lösegeld."

„Lass nur, Richard, es ist in Ordnung. Ich versuche es." Cornelia Mainl machte eine Pause, dann fuhr sie fort: „Ich weiß noch, dass wir unsere Silberhochzeit gefeiert haben und ich nach unten gelaufen bin, um die Überraschung für Richard entgegenzunehmen. Dann habe ich einen

Filmriss. Ich weiß, ich war in einem dunklen Raum, und heute Morgen bin ich dann vor Kälte aufgewacht. Da habe ich bemerkt, dass ich in einem Park auf der Bank lag. Ich hatte eine Decke über meinem Kleid. Ich kenne den Park. Es war der Ostpark.

Ich kann Ihnen nur nicht sagen, wie ich da hingekommen bin. Ich stand auf und machte mich auf den Weg nach Hause."

„Warum sind sie gelaufen, statt jemanden um Hilfe zu bitten?"

„Wen denn? Ich hatte kurz überlegt, an der großen Tankstelle in der Rat-Beil-Straße darum zu bitten, zu Hause anzurufen. Aber ich hatte kein Geld dabei, sah unmöglich aus, in einem völlig verknitterten Seidenkleid mit einer Decke um die Schultern. Ich wusste weder, wie ich dort hingekommen war, noch, welcher Tag heute ist, noch, wie lange ich nicht zu Hause gewesen war. Und vor allen Dingen, warum ich nicht daheim war. Und das war das Einzige, was ich wollte: nach Hause. Also bin ich heimgelaufen."

Und niemandem war an einem Sonntagmorgen die Frau, die mit einer Decke um die Schultern vom Ostend bis ins Nordend lief, aufgefallen. Niemand hatte die Frau erkannt, deren Bild noch am Abend zuvor über die Fernsehschirme geflimmert war. Am ehesten hatte man sie in ihrem Aufzug vielleicht noch für eine Verrückte gehalten und lieber weggesehen. Da war sie wieder, die Wegsehmentalität, die für so viele Menschen bequemer war, als hinzusehen, ging es dem Kommissar durch den Kopf.

Richard Mainl unterbrach die aufgekommene Stille: „Ich habe die Tür aufgemacht. Sie stand unten und hat ‚Richard!' gerufen. Da bin ich sofort hinuntergerannt. Sie war einfach zu schwach für die Treppen. Ich habe sie hochgetragen und auf der Couch abgesetzt. Ich kann Ihnen gar nicht sagen, wie erleichtert, wie glücklich ich bin! Ich habe ihr einen heißen, starken Kaffee gemacht und den Kindern und meiner Mutter Bescheid gesagt. Benjamin und meine

Mutter kamen natürlich sofort hinauf, Moritz ist auf dem Weg hierher. Meine Mutter rief dann auch den Krankenwagen."

„Obwohl ich das gar nicht wollte", fiel Cornelia Mainl wieder ein. „Aber vielleicht ist es gar nicht so schlecht, mal einen Tag und eine Nacht einfach nur umsorgt zu werden."

Regina nickte zustimmend: „Sie waren eine Woche weg, Frau Mainl. Können Sie sich an gar nichts mehr erinnern, was in dieser Zeit passiert ist? An das Telefongespräch vor der Lösegeldübergabe vielleicht?"

Frau Mainl schüttelte den Kopf. „An fast nichts. Ich habe ein paar Bilder im Kopf, doch ich bringe nichts zusammen."

„Was für Bilder sind das?"

„Ein Raum, dunkel, aber nicht kalt. Mehr bekomme ich nicht zusammen."

Herr Mainl legte beschützend den Arm um seine Frau und drückte sie an sich.

„Jetzt ist wieder alles gut. Du bist hier, und nur das zählt!" Dann wandte er sich an die Beamten: „Ich glaube, meine Frau kann Ihnen jetzt nichts weiter sagen. Sie sollte sich ausruhen."

Dankbar sah Cornelia ihren Mann an.

„Frau Mainl, wir werden einen Beamten vor der Tür stationieren, damit Sie vorerst Ihre Ruhe haben. Bitte geben Sie uns sofort Bescheid, wenn Ihnen wieder etwas einfallen sollte!"

Damit verabschiedeten sich der Kommissar und seine Kollegin.

Bei einer Schwester erkundigten sie sich, welcher Arzt Frau Mainl aufgenommen hatte.

„Das war in der Ambulanz." Die Schwester wies ihnen den Weg.

Dort meldete sich Peter am Schalter. Ein Blick in das Wartezimmer hatte ihm gezeigt, dass mindestens zehn Leute darin saßen.

„Sie können Ihre Karte hierlassen, der Arzt ruft Sie dann zurück. Im Moment hat er zu tun“, erklärte ihm die Ambulanzschwester, nachdem er sein Anliegen vorgebracht hatte.

Der Kommissar unterstrich eine Nummer auf der Karte. „Dann am besten auf dem Handy. Es ist wichtig!“

Kaum saßen er und Regina im Auto, klingelte das Handy. „Dr. Schreiber. Sie wollten mich kurz sprechen, Herr Kommissar?“

Peter drückte auf die Lautsprechertaste, sodass Regina mithören konnte.

„Das ging aber schnell. Ich habe gerade noch in der Ambulanz gestanden.“

„Ja, die ist auch rappelvoll, ich muss sofort weitermachen. Aber Schwester Brigitte sagte mir, es sei dringend.“

„Sie haben heute Morgen Frau Cornelia Mainl aufgenommen.“

„Die entführte Geschäftsfrau, ja.“ Noch bevor Peter etwas dazu sagen konnte, sprach er weiter: „Ich hatte es in den Nachrichten gesehen, und Herr Mainl hat mich kurz ins Bild gesetzt.“

„Wie beurteilen Sie Frau Mainls Gesundheitszustand?“

„Körperlich fehlt ihr nicht viel. Sie ist etwas erschöpft und etwas unterkühlt. Zwei, drei Blasen an den Füßen, mehr nicht. Ich habe sie untersucht und sie dann noch kurz in die Gynäkologie geschickt. Keine Vergewaltigung oder sonstige Spuren.“

„Sie sagt, sie könne sich an nichts erinnern.“

„Ja, das kommt öfter vor. Eine Amnesie.“

„Und was bedeutet das genau?“

„Ein Gedächtnisverlust, der sich in Frau Mainls Fall ausschließlich auf ein bestimmtes Erlebnis bezieht. Bei einem Trauma, was die Entführung ja sicherlich war, spricht man dann auch von einer psychogenen Amnesie. Frau Mainl verdrängt unbewusst das ganze Erlebnis und kann sich an nichts mehr erinnern. Sie wird auf jeden Fall morgen noch einem Psychologen vorgestellt.“

„Können sich Menschen mit dieser Art von Amnesie später wieder an irgendetwas erinnern?"

„Mit der Zeit schon. Wenn das Erlebnis nicht zu traumatisch war, kommt Stück für Stück die Erinnerung zurück. Das kann aber lange dauern. Aber um da Genaueres zu erfahren, sollten Sie einen Psychologen fragen."

„Okay, vielen Dank für die Auskunft!"

Nachdenklich beendete Peter das Gespräch.

„Das kann jetzt natürlich ewig dauern, bis wir einen brauchbaren Hinweis von Frau Mainl bekommen", meinte Regina.

„Wenn überhaupt."

„Jetzt sind wir auch nicht viel schlauer als vorher."

„Das Wichtigste ist jetzt, dass sie wohlbehalten zurück ist. Gehen wir noch einen Kaffee trinken vor der Konferenz?"

Regina nickte zustimmend. Wenig später ließen sie sich bei Starbucks in der Großen Bockenheimer Straße nieder.

Der Kommissar bestellte einen doppelten Espresso und zwei Blaubeermuffins und seine Kollegin einen Latte Macchiato Karamell.

„Irgendetwas passt da überhaupt nicht zusammen", meinte Regina, an ihrem Kaffee nippend.

„Das Gefühl habe ich auch. Warum wird Frau Mainl so spät erst wieder freigelassen? Die Lösegeldübergabe war am Montagabend. Was spricht dann dagegen, sie am Dienstag freizulassen?"

„Zumal das Entdeckungsrisiko von Tag zu Tag größer wird."

„Genau. Brauchten der oder die Täter Zeit, sich aus dem Staub zu machen? Zeit, das Geld unterzubringen?"

„Vielleicht haben sie geglaubt, dass wir noch zurückhaltend agieren würden, solange Frau Mainl in ihrer Gewalt war?"

„Vielleicht waren es auch blutige Anfänger, die überlegt haben, noch eine zweite Summe zu fordern, weil das mit der ersten so gut geklappt hat."

Eine Weile hing jeder seinen Gedanken nach. Dann begann der Kommissar wieder:

„Stefan soll sich noch mal gründlich um die Micky-Maus-Stimme auf dem Band kümmern. Vielleicht bekommt er es so weit hin, dass Frau Mainl eine Stimme erkennt und sich erinnert."

„Oder dass ein anderer aus der Familie diese Stimme erkennt. Glaubst du eigentlich, dass sich an den Beziehungen von Herrn Mainl jetzt etwas ändert?"

„Inwiefern?"

„Naja, vielleicht hat er jetzt gemerkt, wie wichtig ihm seine Frau ist, und zieht unter die Affäre mit Hannah Bauer einen Schlussstrich."

„Hm. Das wird nicht ganz einfach sein. Schließlich haben die zwei ja eine gemeinsame Tochter."

„Er könnte ja zur Abwechslung seiner Frau mal alles erzählen. Sie hätte Ehrlichkeit verdient."

„Bist du sicher? Vielleicht möchte sie so etwas gar nicht hören?"

„Naja, eine Tochter wird er schwer sein ganzes Leben lang verschweigen können. Und wenn er jetzt einen Schlussstrich zieht und die Karten offen auf den Tisch legt, wird seine Frau besser damit zurechtkommen, als wenn sie es in ein paar Jahren durch Zufall erfährt."

„Was denken sich solche Menschen wie Richard Mainl eigentlich? Dass das immer gutgeht und niemals etwas herauskommt?"

„Ich glaube, dass viele übermütig werden, wenn es eine Weile problemlos funktioniert. Dann denken sie, das geht immer so."

„Wir werden Herrn Mainl morgen fragen, ob er etwas zu ändern gedenkt. Jetzt sollten wir los, sonst kommen wir zu spät zur Pressekonferenz!"

Der Kommissar stand auf, bezahlte und gemeinsam fuhren sie wieder zurück zum Präsidium.

3.

Gegen siebzehn Uhr schloss der Kommissar zu Hause die Haustür auf.

Marion marschierte durchs Wohnzimmer, ihr Theaterskript in der Hand. Sie konnte am besten auswendig lernen, wenn sie sich den Text laut vorlas und dabei hin- und herlief. Sie winkte ihrem Mann kurz zu und hielt fünf Finger in die Luft, was wohl so viel bedeuten sollte wie: Ich brauche noch fünf Minuten.

Peter nickte ihr zu und verschwand in der Küche. Dort schenkte er sich ein großes Glas Wasser ein und stürzte es hinunter.

Wenig später gesellte sich Marion zu ihm.

„Na, hat´s doch länger gedauert?"

„Ja, Frau Mainl ist heute Morgen wieder aufgetaucht."

„Na, das ist ja endlich mal eine positive Nachricht! Geht es ihr gut?"

„Ja, etwas unterkühlt und müde, aber sonst körperlich alles in Ordnung. Sie kann sich nur leider an nichts mehr erinnern."

„Oh, eine Amnesie?"

„Ja, ich hoffe, das gibt sich. Wir könnten ein paar Hinweise brauchen. Aber lass uns lieber von angenehmeren Themen sprechen. Konntest du einen Tisch reservieren?"

„Ja, für 19 Uhr. Ich dachte, wir gehen nicht so spät."

„Genau richtig, ich habe jetzt schon Hunger! Kommt Marlene auch mit?"

„Nein, sie ist bei Kerstin."

„Auch gut, dann müssen wir nicht auf die Uhr schauen, weil sie noch irgendetwas vorhat, und können das Essen in Ruhe genießen."

Peter ging nach oben und zog sich um. Dann machte er es sich mit einem Latte Macchiato und seinen Angelzeitschriften im Wohnzimmer bequem.

Marion ließ sich Zeit im Bad, er konnte das Badewasser einlaufen hören. Eine Stunde später kam sie in einem schmalen, kurzen, dunkelblauen Rock, einer weißen Bluse und High Heels zu ihm ins Wohnzimmer hinunter. Als sie sich bückte, um ihrem Mann einen Kuss zu geben, verrutschte der Rocksaum etwas, und Peter konnte sehen, dass sie halterlose Strümpfe trug. Sie hatte ihr derzeitiges Lieblingsparfum *One Million* aufgesprüht, und Peter fand sie zum Anbeißen.

„Du gefällst mir", sagte er und zog sie zu sich heran.

Marion lachte leise, sie wusste genau, womit sie ihren Mann reizen konnte.

Sie gab ihm einen Kuss und entzog sich ihm. „Ausgepackt wird erst nach dem Essen", sagte sie dann bestimmt. „Die Vorfreude ist doch die beste Freude, und ich will jetzt erst mal essen!"

Peter zog einen gespielten Flunsch und grinste. Wenn Marion richtig Hunger hatte, brauchte er nicht mit anderen Dingen zu kommen, dazu kannte er sie zu gut. Also stand er auf, sie schnappten sich ihre Jacken und fuhren los.

Pünktlich um 19 Uhr trafen sie im Restaurant in der Frankfurter Straße ein.

Peter studierte die umfangreiche Speisekarte. Sie war eindrucksvoll, aber noch besser waren die Empfehlungen, des Kellners. Marion wählte lauwarmen Spargelsalat mit Erdbeeren und Tagliatelle mit Garnelen. Der Kommissar entschied sich für eine Fischvariation aus Thunfisch-Tartar, Thunfisch-Tagliata, Oktopus-Salat, Jakobsmuschel und Lachs-Carpaccio, als Vorspeise und als Hauptgang für Seezunge mit frischen Kräutern, Kartoffeln und Gemüse. Dazu bestellten sie einen frischen Südtiroler Weißwein.

Hinter einer Scheibe konnte man dem Chef beim Kochen zuschauen. Eben nahm er einen Behälter aus der Kühlung, öffnete ihn und holte ein großes Stück Rinderfilet heraus, das er sorgsam säuberte und zuschnitt. Dann konnte Peter zusehen, wie er dem nächsten Behälter die Zutaten für die Fischvariation entnahm. Alles sah aus wie gemalt.

Er wandte sich wieder Marion zu: „Hat sich Marlene jetzt eigentlich wegen Madeira entschieden?"

Marion nickte, während sie ein Stück Brot mit Butter bestrich. „Sie möchte lieber Kerstin in Barcelona besuchen. Kerstin wohnt bei einer Cousine ihrer Mutter und macht einen sechswöchigen Sprachkurs."

„Und wie lange hat unsere Tochter vor, dort zu bleiben?"

„Eine Woche bis zehn Tage."

„Findest du das richtig, wenn die zwei Mädchen dann abends durch Barcelona ziehen?"

„Ich habe schon mit Kerstins Mutter gesprochen. Marlene wird in dieser Zeit ja auch bei der Cousine wohnen. Die hat einen Sohn in Kerstins Alter. Er hat zumindest versprochen, sich der Mädchen anzunehmen."

„Was auch immer das heißen mag." Peter blieb skeptisch.

„Ganz ideal finde ich das auch nicht, aber in sechs Monaten wird Marlene 18. Dann kann sie theoretisch eh tun und lassen, was sie will."

„Wenn sie das nötige Kleingeld dafür hat."

„Ich denke, wir sollten es ihr nicht verbieten. Eigentlich ist sie sehr vernünftig. Und wir können ja vorher noch mal mit ihr über mögliche Gefahren reden."

„Und den Job hast du mir zugedacht?"

„Ich sagte *wir*. Lass uns diese Woche abends alles mit ihr besprechen."

„Wie stellt sie sich denn die Finanzierung vor?"

„Sie vertraut darauf, dass wir ihr den Teil geben, den es gekostet hätte, wenn sie mit uns nach Madeira geflogen wäre."

„Aha."

„Findest du das nicht in Ordnung?"

Der Kellner kam und brachte die Vorspeise. Es duftete köstlich, und genau so schmeckte es auch. Eine Weile aßen sie schweigend.

Dann nahm Peter das Gespräch wieder auf: „Ich denke,

es ist schon irgendwie okay. Ich habe nur meine Schwierigkeiten damit, wenn alles immer als so selbstverständlich vorausgesetzt wird."

„Hat sie aber nicht, sie hat vorsichtig angefragt."

„Bei mir nicht."

„Dazu war ja auch kaum Gelegenheit. Du warst ja gar nicht da."

„Na, dann bin ich mal gespannt, ob sie mich noch fragt."

Marion verdrehte die Augen, gerade in dem Moment, als Peter aufschaute.

Ärgerlich runzelte er die Stirn: „Ist es so verkehrt, wenn ich möchte, dass unsere Tochter auch mich fragt? Schließlich will sie ja auch noch einen großen Teil ihres Führerscheins bezahlt haben."

„Nein, ist es nicht!", Marion musste lachen. „Ich dachte nur, dass es reicht, wenn sie mich fragt und ich dir davon erzähle. Wenn wir uns dann nächste Woche zusammensetzen, könnten wir darüber reden. Aber wenn du es noch mal persönlich von ihr hören möchtest …"

„Jetzt stell das nicht so hin, als ob es ein völlig blödes Ansinnen wäre."

„Lass uns einfach alle zusammen darüber reden!"

Marion hatte ja recht. Aber Peter fühlte sich etwas übergangen. Irgendwie schien es schon beschlossene Sache zu sein, dass Marlene nach Barcelona fuhr und Geld dafür bekam. War er wirklich so wenig zu Hause, dass man nichts mit ihm besprechen konnte? Vielleicht die letzen paar Tage, das brachte sein Beruf halt so mit sich. Aber im Großen und Ganzen … Im Großen und Ganzen bekam er sehr wohl nur die wichtigen Dinge zu Hause mit, musste er sich eingestehen. Oft hielt Marion ihm ja auch die Kleinigkeiten vom Hals, und darüber war er ganz froh, also sollte er sich lieber nicht wie ein kleiner beleidigter Junge aufführen.

„Hast du mir eben überhaupt zugehört?", fragte Marion.

„Sorry, ich war in Gedanken.“

„Soll ich dann morgen Madeira für uns beide buchen?“

„Lass uns erst noch mit Marlene sprechen, und dann kannst du übermorgen buchen!“

„Okay, auf einen Tag mehr oder weniger kommt es ja nicht an. Aber Marlene will so oder so nicht mit uns fahren.“

„Ich würde auf jeden Fall gerne eine Hochseeausfahrt machen. Vielleicht kann ich einen Marlin fangen.“

Der Kellner kam mit Marions Tagliatelle und zeigte Peter dann die ganze Seezunge, bevor er sie filetierte und auf dem Teller anrichtete.

Marion schaffte es sogar noch, eine gratinierte Zabaione mit Waldfrüchten zu essen. Zwei Espresso rundeten ihr leckeres Menü ab, und satt und zufrieden machten sie sich auf den Heimweg.

Für das Auspacken ließen sie sich dann noch reichlich Zeit.

Montag, 25. April

1.

Die Bild-Zeitung brachte es auf der ersten Seite: *Wieder in Freiheit!* Und daneben das Foto von Cornelia Mainl. Auch die anderen Zeitungen berichteten von dem glücklichen Ausgang der Entführung und stellten Fragen: *Wo konnte Frau Mainl unbemerkt so lange versteckt sein? Hat jemand etwas Ungewöhnliches bemerkt im Ostpark am frühen Sonntagmorgen? Wer waren die Entführer? Wo ist das Lösegeld?*

Das waren die Fragen, die an diesem Morgen nicht nur die Leser beschäftigten, sondern auch den Kommissar und sein Team. Ein Anruf im Bürgerhospital hatte ergeben, dass Frau Mainl noch zu Untersuchungen in der Klinik bleiben und aller Voraussicht nach am Dienstagmorgen entlassen werden würde. Ihr Erinnerungsvermögen war noch nicht zurückgekehrt. Geduld war angesagt.

Der Kommissar telefonierte mit Richard Mainl und kündigte seinen Besuch in der Humboldtstraße an.

Beatrice Mainl öffnete ihm die Tür. Sie trug ein dunkelgraues Kostüm mit einer weißen Bluse und eine breite Perlenkette. Ihrem Gesicht war die Anspannung der letzten Tage noch anzusehen.

„Mein Sohn erwartet Sie im Arbeitszimmer! Möchten Sie einen Kaffee oder etwas anderes zu trinken?"

„Nein, vielen Dank. Heute nicht."

Frau Mainl öffnete die Tür zum Büro ihres Sohns. Richard Mainl winkte den Kommissar herein. Er führte gerade ein Telefongespräch.

Peter blieb stehen, bis das Telefonat beendet war.

„Setzten Sie sich doch bitte. Was kann ich für Sie tun?"

Aha, aus dem verzweifelten Ehemann, der auf ihre Hilfe angewiesen war, war nun wieder der tüchtige Geschäftsmann geworden.

„Wie geht es Ihrer Frau heute Morgen?"

„Den Umständen entsprechend. Es quält sie, dass sie sich an nichts erinnern kann. Körperlich fehlt ihr aber Gott sei Dank nichts!"

„Sie hat großes Glück gehabt!"

„Ja, das hat sie. Ich kann Ihnen gar nicht sagen, was ich mir alles ausgemalt habe."

Es entstand eine kleine Pause.

„Werden Sie Ihrer Frau nun von Hannah Bauer erzählen?"

Richard Mainl stand auf und blickte zum Fenster hinaus. Nach einer Weile drehte er sich zum Kommissar um. „Ich weiß es nicht. Vielleicht besteht ja jetzt gar nicht mehr die Notwendigkeit?"

„Wie lange, glauben Sie, können Sie dieses Täuschungsmanöver noch aufrechterhalten?"

„Es hat bislang problemlos funktioniert."

„Es braucht aber nicht viel, dass es herauskommt."

„Naja, eine Entführung ist ja nicht gerade etwas Alltägliches."

„Herr Mainl, glauben Sie nicht, dass jetzt der richtige Zeitpunkt gekommen ist, Ihrer Frau reinen Wein einzuschenken?"

„Und dann? Wie geht es dann weiter?"

„Das kann ich Ihnen nicht sagen. Ich habe keine Ahnung, wie Ihre Frau auf eine Geliebte und eine Tochter reagiert. Ich kann mir aber vorstellen, dass es umso schlimmer für Ihre Frau wird, je länger Sie auf diese Weise zwei Familien haben."

„Eigentlich geht Sie das gar nichts an, oder?"

„Richtig, es geht mich nichts an, wann Sie sich outen. Was mich hingegen etwas angeht, ist die Suche nach den Entführern. Ihre Frau ist zurück, wir müssen nun nicht mehr Angst um ihr Leben haben. Wir können ganz offensiv vorgehen. Und ich werde nicht in Ihrem Lügengebäude mitmachen. Wenn es für den Fall erforderlich ist, dass wir Ihre Frau zu Hannah Bauer befragen, dann werden wir das tun!"

„Warum sollte das denn erforderlich sein? Sie kann Ihnen doch gar nichts dazu sagen." Richard Mainls Stimme war lauter geworden. Nur mit Mühe unterdrückte er seine Wut. Es schwang aber noch etwas anderes in seiner Stimme mit. Ein Hauch von Panik, den der Kommissar sofort spürte. „Wollen Sie mich etwa dazu zwingen, es meiner Frau zu sagen? So nach dem Motto: Wenn Sie es nicht tun, machen wir das?"

„Sie sind sich immer noch ganz sicher, dass Ihre Frau bislang nichts weiß?"

„Natürlich, sie hätte doch mit mir darüber gesprochen! Und jetzt ist für so etwas überhaupt kein guter Zeitpunkt. Sie hat ihr Gedächtnis verloren und muss sich erst einmal erholen."

„Ihre Frau hat nicht das Gedächtnis verloren! Sie hat eine psychogene Amnesie. Sie kann sich an nichts im Zusammenhang mit der Entführung erinnern. Alles andere weiß sie aber, das ist ein Unterschied."

„Kann ich Ihnen sonst noch irgendwie weiterhelfen? Ich habe nämlich viel zu tun, es ist Einiges liegengeblieben, wie Sie sich vielleicht vorstellen können." Richard Mainls Stimme klang kalt und abweisend.

„Wann fahren Sie denn wieder nach Traunstein?"

„Wenn Cornelia wieder zu Hause ist und es ihr gut geht, werde ich mich auch wieder um meine Geschäfte in Traunstein kümmern." Jetzt war die Stimme eisig.

„Und auch um Ihre Beziehung zu Hannah und Franziska Bauer?"

„Noch einmal: Das geht Sie nichts an!"

„Was hat eigentlich Ihr Sohn Moritz in Siegsdorf gemacht?"

Kurz stutzte Herr Mainl. „Er war in Traunstein. Er hat dort für mich nach dem Rechten gesehen. Er wird morgen noch einmal kurz für mich hinfahren. Außerdem ist er mit Felix Bauer befreundet."

„Und auch mit Hannah?"

„Wie kommen Sie denn darauf? Hannah und mein

Sohn haben sich wohl schon öfters gesehen. Das ist aber auch alles."

„Ich habe die beiden zwischen Siegsdorf und Eisenärzt gesehen. Hand in Hand, falls Sie das interessiert."

„Das ist eine Lüge! Das kann überhaupt nicht sein. Sie wollen mich nur provozieren." Herr Mainl war wieder ans Fenster getreten und versuchte, seiner Erregung Herr zu werden.

„Ich werde jetzt gehen und überlasse Sie Ihren Überlegungen." Der Kommissar war aufgestanden. In der Tür blieb er aber noch einmal stehen. Richard Mainl hatte die Fäuste in den Hosentaschen geballt und drehte ihm noch immer den Rücken zu.

„Vielleicht sollten Sie sich alle mal an einen Tisch setzen und offen miteinander reden, statt sich ständig gegenseitig etwas vorzulügen. Was ist nur los in Ihrer Familie? Ich glaube inzwischen nicht mehr daran, dass ein Fremder Ihre Frau entführt hat."

Damit ließ er den zur Salzsäule erstarrten Geschäftsmann stehen und verließ die Wohnung.

2.

Zurück im Kommissariat rief er Regina in sein Büro und erzählte ihr von dem Gespräch.

„Vielleicht sollten wir einfach mal Moritz Mainl fragen, was es damit auf sich hat?“, meinte sie.

„Tja, ich glaube auch, dass das langsam an der Zeit ist. Ich denke, wir bestellen die ganze Familie nacheinander hier ein. Wir müssen ja nicht immer in die Humboldtstraße. Allerdings fährt Moritz Mainl morgen noch einmal nach Traunstein. Vielleicht erwischen wir ihn heute noch.“

Der Kommissar öffnete ein Fenster auf seinem Monitor, dann nickte er: „Hier hab ich die Nummer vom Fitness-Center in Sachsenhausen.“ Er griff zum Telefon und wählte.

„Kommissar Peter Scheuermann, guten Tag! Ist Herr Moritz Mainl im Haus?“ Er wartete einen Moment, während er Regina mit einem Nicken zu verstehen gab, dass sein Gesprächspartner diese Frage mit einem *Ja* beantwortet hatte. Dann schaltete er den Apparat auf Mithören.

„Guten Tag, Herr Mainl, Kommissar Scheuermann hier! Ich würde Ihnen gerne noch ein paar Fragen stellen, bevor Sie morgen wieder nach Traunstein fahren.“

„Womit kann ich Ihnen denn helfen? Meine Mutter ist ja Gott sei Dank wieder zurück!“

„Ja, Gott sei Dank! Aber wir haben leider die Entführer noch nicht.“

„Und was möchten Sie mich fragen?“

„Es dauert nicht lange, können Sie kurz hier vorbeikommen?“

„Ich muss um 13 Uhr auf eine Beerdigung, dann habe ich noch einen Kurs, könnte aber danach so gegen 16 Uhr kommen.“

„Oh, hoffentlich nicht jemand, der Ihnen sehr nahe stand?“

„Saskia Hentschel ist Ihnen ja ein Begriff, wir haben viel zusammen hier im Studio trainiert.“

„Ich wusste nicht, dass Frau Hentschel bei Ihnen war."

„Bei Mainl-Sports trainieren viele begabte Leistungssportler. Das ist eines unserer Aushängeschilder. Aber ich muss jetzt aufbrechen. Ich komme dann gegen 16 Uhr vorbei."

„Okay, Sie wissen, wo Sie hin müssen?"

„Ja, ich habe Ihre Karte noch."

Der Kommissar verabschiedete sich und legte auf.

„So klein ist die Welt. Saskia Hentschel hat bei Mainl-Sports trainiert. Und Moritz Mainl geht heute auf ihre Beerdigung."

„Nicht unbedingt ungewöhnlich. Mainl-Sports gehört ja zu den führenden Studios in Frankfurt", meinte Regina.

Peter saß eine Weile in Gedanken versunken da. Dann stand er auf.

„Ich werde auch zu der Beerdigung gehen."

„Saskia Hentschel hatte doch einen Unfall." Regina sah ihn fragend an.

„Warte einen Moment, ich rufe mal Selin."

Eine Minute später betrat Selin das Zimmer.

„Soweit ich mich erinnern kann, hat Moritz Mainl uns erzählt, dass Felix Bauer sich um die Leistungssportler kümmert?"

„Ja, stimmt, das hat er gesagt."

„Hier in Frankfurt?", unterbrach Regina erstaunt.

„Ja, er ist zweimal in der Woche hier", bestätigte Selin. „Worum geht es denn?"

„Moritz Mainl geht um 13 Uhr auf die Beerdigung von Saskia Hentschel. Saskia hat bei Mainl-Sports trainiert. Es könnte ja gut sein, dass Felix Bauer auch dort ist, wenn er derjenige war, der Saskia betreut hat. Ich würde gerne sehen, was für ein Verhältnis Felix Bauer zu Moritz Mainl hat."

„Ob dafür eine Beerdigung der geeignete Rahmen ist?"

„Warum nicht? Eine Beerdigung ist etwas sehr Emotionales. Es wäre doch interessant, wenn Moritz Mainl mal seine kühle Beherrschung verliert. Vielleicht bringt uns das auf die Spur der Entführer von Cornelia Mainl. Ich glaube langsam nicht mehr, dass ein Fremder dafür verantwortlich ist. Dafür gibt es in den Familien Mainl und Bauer viel zu viel Konfliktpotenzial."

„Ja, da magst du recht haben" Regina nickte bestätigend.

„Soll ich mitkommen?", bot Selin an.

„Ja, vier Augen sehen mehr als zwei. Wir werden uns im Hintergrund halten." Peter griff nach der Zeitung, die noch auf seinem Schreibtisch lag. Nach kurzem Blättern hatte er die richtige Seite gefunden: „Hier steht es, Beerdigung Saskia Hentschel um 13 Uhr auf dem Hauptfriedhof."

Der Kommissar und seine Kollegin stellten sich in der Trauerkapelle ganz nach hinrten. Es war brechend voll, einen Sitzplatz hätten sie ohnehin nicht bekommen. Es waren auch sehr viele junge Menschen gekommen, um sich von ihrer Freundin oder Sportkameradin zu verabschieden.

Vorne in der Mitte stand der weiße Sarg, über und über mit weißen Lilien geschmückt. Peter spürte wieder die ersten Anzeichen von Kopfschmerzen, der Duft der Blumen war zusammen mit der Atmosphäre der Trauer erdrückend.

In der ersten Reihe saßen Isidor Hentschel, seine Frau und der Bruder von Saskia, Dorian Hentschel. Die älteren Leute daneben waren vielleicht die Großeltern.

Der Kommissar ließ seinen Blick schweifen. Nach kurzem Suchen entdeckte er Moritz Mainl und neben ihm tatsächlich auch Felix Bauer. Die beiden saßen ungefähr in der Mitte. Sie hatten Peter und Selin offensichtlich noch nicht bemerkt.

Der Gottesdienst begann mit dem Largo von Händel, und dann sprach der Pfarrer über das Leben von Saskia Hentschel, das viel zu früh geendet hatte. Man konnte das Schluchzen der Eltern und auch der Freunde hören. Peter blickte zur Seite und sah, dass auch Selin Tränen in den Augen hatte.

Es folgten noch eine kurze, sehr rührende Ansprache von Saskias bester Freundin und eine von ihrem Trainer, und danach machte sich die Trauergemeinde hinter dem Sarg auf den Weg zur letzten Ruhestätte.

Peter und Selin hielten sich weiterhin im Hintergrund.

Frau Hentschel wurde von ihrem Mann und ihrem Sohn gestützt. Sie konnte sich nur mit Mühe aufrecht halten. Der Sarg wurde hinabgelassen, der Pfarrer sprach noch ein Gebet, dann warf er die erste Hand voll Erde in das Grab. Anschließend ging er zur Familie und sprach ihr sein Beileid aus.

Isidor trat zusammen mit seiner Frau an das Grab. Sie nahmen stumm Abschied von ihrer Tochter und warfen Erde und eine kleine Rose hinab. Die Fassungslosigkeit stand ihnen ins Gesicht geschrieben.

Dorian trat alleine vor. Er hatte einen ganzen Strauß weißer Rosen in der Hand. Sein Gesicht zeigte Trauer und Verzweiflung, und er schien ein kurzes Zwiegespräch zu führen am Grab, vielleicht sprach er auch ein Gebet. Peter und Selin waren zu weit weg, um die leise gemurmelten Worte zu verstehen.

Langsam zog die ganze Trauergemeinde am Grab vorbei, warf Erde und Blumen hinab und kondolierte dann der Familie. Moritz Mainl umarmte Dorian Hentschel kurz, sie schienen sich gut zu kennen. Als Felix Bauer ihm die Hand geben wollte, blieb Dorian Hentschel jedoch mit ausdrucksloser Miene unbeweglich stehen. Einen kurzen Moment sahen sie sich in die Augen, dann senkte Felix Bauer den Blick und ging ohne etwas zu sagen davon.

Hoppla, da scheint die Chemie gar nicht zu stimmen, dachte der Kommissar. Und an Selins Blick erkannte er, dass sie dasselbe gesehen hatte.

Moritz Mainl strebte zusammen mit Felix Bauer dem Ausgang zu. Sie wechselten ein paar leise Worte, schienen aber im besten Einvernehmen zu sein.

Peter und Selin machten sich auf den Rückweg ins Kommissariat.

Wieder in seinem Zimmer versuchte Peter, die gedrückte Stimmung abzuschütteln. Es war für ihn immer besonders schlimm, wenn ein junger Mensch starb.

Er zwang sich, seine Aufmerksamkeit wieder dem Fall Mainl zuzuwenden. Schließlich musste er noch die Entführer finden.

Richard und Moritz Mainl, Vater und Sohn. Und vielleicht beide die Liebhaber von Hannah Bauer?

Richard Mainl schien völlig überrumpelt zu sein, als er ihm davon erzählt hatte, dass Hannah und Moritz Hand in Hand spazieren gingen. Ob der Vater seinen Sohn darauf ansprechen würde? Oder Hannah? Er, der Kommissar, würde Moritz Mainl jedenfalls davon berichten, dass sein Vater nun davon wusste. Vielleicht hatte ja auch Regina recht, und es gab eine völlig einfache und harmlose Erklärung. Er musste das Gespräch nachher abwarten.

Peter beschloss, sich eine Pause zu gönnen, und loggte sich im Fliegenfischer-Forum ein.

Dort öffnete er die Angelberichte und gab das Stichwort *Madeira* ein. Marion hatte nichts dagegen, wenn er auch einen Tag angeln ging, und vielleicht gab es ja eine Alternative zur Hochseeausfahrt, die nichts mit Fliegenfischen zu tun hatte. Obwohl er auch mal gerne einen Marlin fangen würde. Das letzte Mal hatte es nicht geklappt, da hatte er den ganzen Tag lang keinen Biss gehabt bei seiner Ausfahrt, obwohl laut Skipper die Bedingungen perfekt waren. Ein Blue Marlin konnte mehr als 450 Kilo auf die Waage bringen, ein Roter Thun 350 Kilo und ein Großaugenthun immerhin noch gut 115 Kilo. Das waren vielleicht Fische, nicht umsonst nannte man das Ganze ja „Big Game". Auch diese Fische wurden in der Regel wieder zurückgesetzt, außer wenn es sich um einen Weltrekordfisch handelte.

Nun las der Kommissar aber einen Artikel über das Fliegenfischen, und das schien richtig schwierig zu sein.

Am Atlantik keine Chance, da sollte es aussichtslos sein, mit der Fliege etwas zu bewirken. Im Landesinneren konnte man eine Monatskarte für 1,90 Euro erstehen, aber zu einem brauchbaren Gewässer zu gelangen, war wohl sehr schwierig. Wer einmal auf Madeira gewandert war, der wusste, wie mühsam das Gehen dort werden konnte: schmale, steile Pfade dicht am Abgrund waren nicht selten. Die Bäche konnte man meistens gar nicht sehen, so dicht waren sie von der üppigen Vegetation eingerahmt. Die Auffangbecken, in denen sich das Wasser der Bäche staute und Seen bildete, befanden sich hoch in den Bergen. Den schönsten See, den Ribeira Funda, konnte man wohl nur ohne Auto nach einem längeren Marsch und zuletzt über 450 Steinstufen erreichen, eine echte Herausforderung.

Peter besah sich noch eine Weile die Bilder und kehrte dann mit den Gedanken wieder zu seinem Fall zurück.

Was passte da bloß nicht zusammen? Immer wieder fragte er sich, warum der oder die Täter das Risiko eingegangen waren, Cornelia Mainl bis zum Sonntag in ihrer Gewalt zu behalten. Das Lösegeld war am Montagabend gezahlt worden. Was war in der Zeit von Dienstagmorgen bis Sonntagmorgen passiert? Wollten die Täter Richard Mainl und seine Familie einfach ängstigen? Wollten sie Zeit gewinnen, um sich zu verstecken? Das Land zu verlassen? Brauchten sie Zeit, um das Geld unterzubringen? Die Täter würden kaum so blöd sein, das Geld auf ein deutsches Bankkonto einzuzahlen. Und wenn es mehrere Entführer waren, musste das Geld noch aufgeteilt werden. Andererseits war es nicht schwer, 200 000 Euro oder einen Teil davon unauffällig verschwinden zu lassen. So oder so hatten sie ein sicheres Versteck für Frau Mainl gehabt. Schade, dass diese der Polizei im Moment so wenig helfen konnte.

Wie würde es wohl in dieser Familie weitergehen? Er hatte ernst gemeint, was er zu Richard Mainl gesagt hatte: Die Polizei würde bei ihren Ermittlungen keine Rücksicht darauf nehmen, ob Frau Mainl von Hannah und Franziska wusste oder nicht. Der Kommissar hatte keine Lust, sich in die Spielchen von Richard Mainl hineinziehen zu lassen. Seiner Meinung nach war es sowieso höchste Zeit, dass dieser seiner Frau, seinen Söhnen und seiner Mutter reinen Wein einschenkte. Eine Familie, die laut Beatrice Mainl noch die Familienwerte hochhielt, sich gegenseitig in Krisen half, geschäftlich miteinander verbunden, eigentlich verknotet war, konnte auf Dauer nur funktionieren, wenn man ehrlich war. Und was würde dann passieren? Würde sich Richard Mainl von Hannah trennen? Wäre das dann auch die Trennung von Franziska? Oder wäre Cornelia Mainl so verletzt, dass sie sich von Richard trennen würde? Sie war nicht nur das Entführungsopfer in dieser Geschichte. Würde Richard ganz nach Traunstein gehen? Würde Hannah das überhaupt wollen?

Der Kommissar hatte den Eindruck, dass Richard am liebsten gar nichts ändern wollte. Vielleicht war ja auch das möglich. Vielleicht würde Cornelia Mainl akzeptieren, dass ihr Mann eine halbe Woche zu ihr gehörte und die andere Hälfte in Traunstein bei einer anderen Frau, einer Tochter verbrachte. Peter hatte in seinem Beruf schon so viel gesehen, dass er darüber nicht erstaunt wäre. Jedenfalls würde er sich morgen zusammen mit Regina noch einmal in der Humboldtstraße einfinden. Sobald Cornelia Mainl zu Hause war. Bislang hatte er sich noch keine richtige Vorstellung von dieser Frau machen können. Sein Bild setzte sich aus dem zusammen, was die Familie und ihre Freundin Angelika über sie erzählt hatten, und dem kurzen Eindruck, den er in der Klinik von ihr bekommen hatte. Das reichte nicht aus.

Er griff zum Telefon und wählte die Nummer des Bürgerhospitals, die er sich gestern notiert hatte. Dort fragte er, ob ihn der Psychologe, dem Frau Mainl an diesem Morgen vorgestellt werden sollte, zurückrufen könnte. Man versprach es ihm für 15 Uhr, wenn die Visite und die Mittagspause vorüber wären.

Der Kommissar schaute auf seine Uhr. Eine halbe Stunde blieb ihm noch bis dahin. Er öffnete alle Fenster seines Büros und beschloss, sich einen Kaffee zu holen. Essen würde er das Brötchen, das Marion ihm heute Morgen gemacht hatte, ein Körnerbaguette mit Lachs und Ei. Dazu hatte sie ihm noch frische Ananas mitgegeben. Eigentlich viel besser als das schnelle Essen vom Thai-Imbiss oder die gelieferte und dann oft schon durchgeweichte Pizza.

Er öffnete seine Tür. Regina saß vor ihrem PC, Stefan war wohl unterwegs.

„Hast du schon gegessen? Mir hat Marion ein Brötchen mitgegeben."

„Ich habe noch Reste von meinem spanischen Essen von Samstagabend dabei. Wollen wir alles zusammen essen?"

„Gute Idee! Ich erwarte gegen drei einen Anruf, also am besten jetzt gleich!"

„Bin schon unterwegs. Drüben bei dir?" Peter hatte den größten Schreibtisch.

Er nickte. „Ich komme mit, wollte gerade noch Kaffee holen."

Fünf Minuten später hatten sie Teller und Besteck ausgebreitet, und Regina hatte ein paar Sachen in der Mikrowelle erwärmt.

Peter teilte das Baguette in Häppchen und stellte die geschnittene Ananas dazu. Einträchtig aßen sie dann Tortilla mit grünem Spargel, eingelegte Paprika, kleine Hackfleischbällchen und dazu das Lachsbaguette.

„Fehlt nur noch ein Schluck Rotwein, schade, dass wir im Dienst sind", bemerkte Regina.

In diesem Moment kam Stefan zurück.

„Oh, was feiert ihr denn hier für ein Fest?"

„Lass dich nieder, ich glaube, es reicht auch locker für drei!", lud Peter ihn ein.

„Musst dir nur noch Teller und Besteck holen", meinte Regina.

Eine Minute später saß Stefan bei ihnen und packte sich den Teller voll.

„Hm, lecker!"Das kam mit vollem Mund. „Reden wir auch über unseren Entführungsfall oder machen wir jetzt strikte Pause?"

„Wenn du es schaffst, erst einmal hinunterzuschlucken, was du im Mund hast, darfst du auch darüber reden. Ab fünfzig Gramm wird´s nämlich undeutlich", ergänzte der Kommissar.

„Tschuldigung!" Stefan schluckte runter und trank einen Schluck Wasser.

„Ich glaube, wir machen Fortschritte mit dem Band. Ich habe mir ein neues Programm heruntergeladen und werde heute Mittag weiter daran basteln, diese Micky-Maus-Stimme zu normalisieren."

„Würde so etwas auch als Beweis vor Gericht gelten?"

„Das weiß ich nicht sicher, da muss ich mich erkundigen. Aber vielleicht reicht es ja schon, wenn einer aus der Familie Mainl die Stimme erkennt."

„Ja, wenn wir erst einmal auf den Täter kommen, finden wir bestimmt noch andere Beweise. Vielleicht kriegen wir ja sogar ein Geständnis, und das Band muss nicht als Beweis vor Gericht herhalten", meinte Regina.

„Wie lange wirst du mit dem Band noch brauchen?", wollte der Kommissar wissen.

„Ich bin dicht dran. Ich kann dir morgen vielleicht schon eine Stimmprobe mitgeben. Wann willst du wieder zu Mainls?"

„Morgen zusammen mit Regina, sobald Cornelia Mainl entlassen wurde."

„Okay, bis dahin hab ich was Brauchbares."

Das Telefon klingelte, Peter hob ab.

„Vielen Dank für den Rückruf!" Er schaltete auf Mithören.

„Was kann ich für Sie tun?" Die Stimme klang ziemlich kurz angebunden.

„Es geht um eine Patientin, die Ihnen heute Morgen vorgestellt werden sollte, Frau Cornelia Mainl."

„Sind Sie mit Frau Mainl verwandt?"

„Nein, ich bin der Kommissar, der in dem Entführungsfall von Frau Mainl ermittelt."

„Ich kann Ihnen keine Auskunft über eine Patientin von mir geben. Sie wissen bestimmt, das wir Ärzte der Schweigepflicht unterliegen."

„Natürlich ist mir das bekannt. Aber ich suche den Verbrecher, der Cornelia Mainl das angetan hat. Vielleicht können Sie mir ja Auskünfte ganz allgemeiner Art geben?"

„Und was wären das für Auskünfte?"

„Frau Mainl sagte uns, dass Sie sich an die Entführung und damit an die ganze vergangene Woche nicht erinnern kann."

„Ja, und weiter?"

„Ist das wahrscheinlich?"

„Nach einem traumatischen Erlebnis kann es zu einer Amnesie kommen, das ist nicht ungewöhnlich."

„Und dann kann man sich an gar nichts mehr erinnern?"

„Ja, das Ereignis wird komplett ausgeblendet."

„Kommt die Erinnerung irgendwann wieder?"

„Das kommt auf viele Faktoren an. Die Art und Schwere des Traumas, der Zustand des Patienten, die Bereitschaft, sich noch einmal mit diesen Dingen auseinanderzusetzen."

„Wie schätzen Sie bei Frau Mainl die Chance ein, dass ihre Erinnerung zurückkommt?"

„Das ist keine allgemeine Frage, sondern eine Frage über meine Patientin."

„Ich bitte sie lediglich mündlich um eine Einschätzung, nicht um einen schriftlichen Befund. Wir wollen ein Verbrechen aufklären!" Regina und Stefan verdrehten beide gleichzeitig die Augen, und Peter unterstrich sein Anliegen mit einer ungeduldigen Geste, auch wenn sein Gegenüber die natürlich nicht sehen konnte.

„Ich habe Frau Mainl heute das erste Mal gesehen. Morgen will sie nach Hause gehen. Ich habe ihr dringend angeraten, sich weiterhin ambulant psychotherapeutisch betreuen zu lassen, aber ich hatte den Eindruck, dass sie darauf keinen großen Wert legt. Zwingen kann sie niemand dazu. Sollte sie also eine psychogene Amnesie haben, wovon momentan aufgrund ihrer eigenen Aussage auszugehen ist, kann ich keinerlei Diagnose erstellen, wie lange es dauert, bis sie sich erinnert. So und nun habe ich Ihnen schon mehr gesagt, als ich dürfte, und möchte Sie bitten, mir nicht weiter meine Zeit zu stehlen!"

Der Kommissar hatte kaum noch Zeit, sich für das Gespräch zu bedanken, geschweige denn, sich zu verabschieden. Sein Gegenüber hatte aufgelegt.

„Einer von der ganz freundlichen Sorte", meinte Stefan kopfschüttelnd.

„Wahrscheinlich müssen wir froh sein, dass er dich überhaupt zurückgerufen hat", bemerkte Regina und schnitt eine Grimasse.

„Und richtig schlauer sind wir nun auch nicht gerade", stellte Peter fest.

„Und was bedeutet: *Sollte sie also eine psychogene Amnesie haben, wovon momentan aufgrund ihrer eigenen Aussage auszugehen ist*? Ist euch dieser Satz auch aufgefallen?"

Regina nickte. „Er will sich auf gar keinen Fall irgendwie festlegen. Kann ich aber fast verstehen. Schlag doch mal die Zeitungen auf und schau dir an, wie oft die Ärzte angegriffen werden."

„Okay, wir halten fest, dass uns der Psychologe momentan nicht weiterhelfen konnte, und versuchen uns an das zu halten, was wir definitiv wissen. Ich schlage vor, wir beenden unsere Pause, räumen auf und machen uns wieder an die Arbeit. Es bleibt uns noch eine knappe Stunde, bis Moritz Mainl hier auftaucht. Danach setzen wir uns noch mal alle zusammen. Sagt ihr bitte den anderen Bescheid?"

3.

Moritz Mainl trug eine leuchtend grüne Outdoor-Jacke über seinem langärmeligen, roten Poloshirt, dazu Jeans und Turnschuhe. Offensichtlich hatte er sich nach der Beerdigung umgezogen, und offensichtlich war er mit dem Fahrrad unterwegs, denn an seinem Rucksack baumelte ein Fahrradhelm.

„Bitte!" Der Kommissar bot ihm einen der Stühle an, die vor seinem Schreibtisch standen. „Meine Kollegin Frau Kolb haben Sie ja bereits kennengelernt."

Moritz Mainl nickte: „Guten Tag, Frau Kolb!"

Sie nahmen Platz.

„Danke, dass Sie meiner Bitte, hierherzukommen, gleich Folge geleistet haben", eröffnete der Kommissar das Gespräch. „Sind Sie mit dem Fahrrad unterwegs?"

„Ja, in der Stadt ist das viel praktischer als mit dem Auto. Ich will auch anschließend noch meine Mutter im Krankenhaus besuchen, da gibt es eh kaum Parkplätze."

„Haben Sie ein eigenes Auto?"

„Ja, ich fahre einen Golf. Warum interessiert Sie das?"

„Ich habe mich gerade gefragt, wie Sie nach Traunstein kommen?"

Falls Moritz Mainl überrascht war, ließ er es sich nicht anmerken.

„Man kommt auch sehr gut mit dem Zug hin. Frankfurt–München und dann München–Traunstein. Dauert auch nicht länger als mit dem Auto. Aber so oft fahre ich ja gar nicht. Nur morgen, weil mein Vater noch bei meiner Mutter bleiben möchte und ich die neuen Produkte hinbringen soll."

„Und das konnten Sie nicht schon am Samstag alles mitnehmen?"

Moritz zuckte ein ganz klein wenig zusammen und zögerte kurz mit seiner Antwort. Einem weniger geübten Beobachter als dem Kommissar und seiner Kollegin wäre es vermutlich nicht einmal aufgefallen.

„Am Wochenende war ich in Traunstein, ohne meinem Vater zu sagen, wo ich hinfahren würde."

„Gab es einen Grund dafür?"

Moritz Mainl fuhr sich mit der Hand durch die Haare.

„Ich bin Freitagmittag einfach losgefahren und habe Freunde in München besucht. Ich wollte raus aus der Stimmung hier zu Hause. Abends sind wir dann auch in ein paar Kneipen gewesen, aber irgendwie hatte ich keine Lust mehr darauf, und deswegen bin ich Samstag ganz früh nach Traunstein weitergefahren."

„Und dort haben Sie sich mit Hannah Bauer getroffen."

„Sie leitet ja das Studio dort zusammen mit ihrem Bruder Felix, der auch hier bei uns Kurse gibt. Wir arbeiten zusammen."

„Herr Mainl, ich habe Sie zufällig am Samstag mit Frau Bauer Hand in Hand an der Traun entlangspazieren sehen."

Diesmal konnte Moritz Mainl seine Überraschung nicht verbergen.

„Und wenn es so wäre, dann ist das doch nicht verboten, oder? Was hat das überhaupt mit der Entführung meiner Mutter zu tun?"

„Was für eine Beziehung haben Sie zu Frau Bauer?" Der Kommissar ging nicht auf Moritz Mainls Fragen ein.

„Wir sind befreundet."

„Als wir Sie neulich im Fitnessstudio hier in Frankfurt trafen, haben Sie meiner Kollegin Frau Cipa und mir erzählt, Sie hätten keine Freundin, weil Sie dafür bis jetzt noch keine Zeit gefunden hätten."

„Wenn man sich alle zwei Monate einmal sieht, verstehe ich darunter auch nicht *Zeit haben.*"

„Dann beschreiben Sie uns doch bitte mal genauer, was Sie unter ‚wir sind befreundet' verstehen."

„Wenn Sie mir sagen, was das mit der Entführung zu tun hat."

Regina, die bis dahin stumm zugehört hatte, schaltete sich nun ein: „Herr Mainl, wir müssen uns alle Menschen, die mit Ihrer Familie im Zusammenhang stehen, genauer ansehen, einen anderen Anhaltspunkt haben wir bisher nicht." Sie verschwieg, dass Stefan vielleicht kurz davor war, die Stimme auf dem Band herauszufiltern. „Also sind wir auch auf die Mithilfe der Familie angewiesen."

„Am Wichtigsten ist es doch erst einmal, dass meine Mutter wieder gesund zurückgekehrt ist."

„Sicher, das ist das Allerwichtigste. Aber noch immer laufen ihre Entführer frei da draußen herum, von dem Lösegeld einmal ganz abgesehen."

Moritz Mainl schwieg eine Weile. Man konnte ihm ansehen, dass er darüber nachdachte, ob er dazu noch mehr sagen sollte oder nicht. Ein Schulterzucken deutete an, dass er wohl zu einem Entschluss gekommen war. Er lehnte sich auf seinem Stuhl zurück und sah den Kommissar direkt an.

„Okay, ich mag Hannah Bauer, ich habe die Hoffnung, dass aus uns vielleicht etwas werden könnte", gestand er.

„Und wie sieht Frau Bauer das?", wollte Peter wissen.

„Sie mag mich auch, will aber nichts überstürzen."

„Frau Bauer ist vier Jahre älter als Sie und hat eine kleine Tochter."

„Das ist doch heute kein Hindernis mehr für eine Beziehung."

„Haben Sie Frau Bauer mal gefragt, wer der Vater ihrer Tochter ist?"

Moritz Mainl antwortete nicht. Er blickte auf seine Hände. Nach einer Weile fragte er:

„Hätte ich das tun sollen?" Er sah weder Peter noch Regina an, sondern starrte immer noch auf seine Hände.

„Wollen Sie hier weiter wie die Katze um den heißen Brei herumschleichen oder versuchen, ein paar Fragen zu beantworten?" Peter wurde ungeduldig. Plötzlich war er sich sicher, dass Moritz Mainl über die Beziehung seines Vaters Bescheid wusste.

„Ich könnte Ihnen jetzt sagen, dass es mich nicht interessiert, wer der Vater von Franziska ist, aber ich weiß es."

„Dann sagen Sie es uns!"

„Franziska ist meine Halbschwester. Ich vermute mal, dass mein Vater die Polizei eingeweiht hat, bevor die ganze Geschichte mit der Entführung im Fernsehen kam, und Sie das nicht überrascht."

„Ja, er erzählte uns, dass er noch eine zweite Familie in Traunstein hätte, von der aber niemand etwas wüsste." Der Kommissar unterschlug, dass der Onkel von Moritz sehr wohl eingeweiht war.

„Er weiß auch nicht, dass ich es weiß."

„Und von wem wissen Sie es?"

Moritz lachte trocken auf: „Von Hannah selber. Sie hat es mir gesagt, als sie merkte, dass ich nicht nur ein rein berufliches Interesse an ihr hatte."

„Waren Sie geschockt?"

Moritz blickte auf und sah den Kommissar jetzt direkt an. „Wie würden Sie sich denn fühlen, wenn Sie sich in eine Frau verguckt hätten, die Ihnen dann erklärt, dass sie eigentlich mit dem eigenen, glücklich verheirateten Vater zusammen ist?"

„Also waren Sie geschockt", stellte Regina fest.

„Naja, angenehm war die Entdeckung nicht."

„Und, haben Sie mit jemandem darüber geredet?"

„Nur mit Felix und Hannah."

„Und wie geht es jetzt weiter?"

Moritz zuckte mit den Schultern. „Wenn ich das wüsste! Mein Vater sollte meine Mutter endlich einweihen. Sie liebt ihn wirklich und wird ihm bestimmt verzeihen. Letztendlich ist es aber Hannas Entscheidung, mit wem Sie zukünftig zusammen sein möchte."

„Und egal, wie sie sich entscheidet, Sie akzeptieren es?"

„Habe ich eine andere Wahl?"

„Vielleicht ist ihr die ganze Geschichte aber auch zu kompliziert, und sie entscheidet sich für keinen von Ihnen beiden."

„Auch gut möglich." Es entstand eine Pause. „Sind wir dann fertig, kann ich gehen?"

„Eine Sache noch. Ich habe Ihrem Vater gesagt, dass ich Sie in Traunstein Hand in Hand mit Hannah Bauer spazieren gehen gesehen habe."

Moritz Mainls Gesicht wurde völlig ausdruckslos. „Meinen verbindlichsten Dank! War´s das dann?"

„Ja, Sie können jetzt gehen."

Grußlos verließ Moritz Mainl das Büro.

Die Blicke des Kommissars und seiner Kollegin trafen sich.

„Au weia, da gibt es jetzt ein richtig großes Konfliktpotenzial", meinte Regina. „Ich schreib schnell noch alles zusammen vor unserer Besprechung." Damit verließ sie das Zimmer.

4.

Pünktlich begannen sie ihr Meeting. Stefan war noch nicht ganz fertig mit dem Band, versprach aber, weiterzumachen. Der Kommissar informierte über alles Neue.

„Hoffentlich geraten Vater und Sohn jetzt nicht komplett aneinander", meinte Selin.

„Und wenn, dann können wir auch nichts dafür. Es wäre über kurz oder lang sowieso passiert, vielleicht haben wir die Sache nur ein wenig beschleunigt", erwiderte der Kommissar.

„Vielleicht sollten wir mal Frau Bauer fragen, wie sie ihre Beziehung zu Moritz Mainl sieht?", überlegte Regina laut.

Der Kommissar machte sich eine Notiz. „Ich werde sie nachher anrufen. Ich möchte auch wissen, was sie ihrem Bruder als Gehalt bezahlt. Immerhin scheint er auf recht großem Fuß zu leben."

„Er hat ja auch noch eigene Einkünfte, als Trainer und Heilpraktiker, oder?", fragte Stefan.

„Ja, das stimmt. Aber ob man da so viel verdient?"

„Wenn er richtig gut ist, kann er die Stunde 150 Euro verlangen. Frag mal Richard Mainl, was er hier für die Kurse bekommt."

Wieder machte sich der Kommissar eine Notiz.

„Also, wir werden morgen versuchen, noch mal mit Cornelia Mainl zu sprechen, werden Andreas Mainl einbestellen und auch Benjamin Mainl noch mal befragen. Hat noch jemand irgendwelche brauchbaren Ideen?"

Allgemeines Kopfschütteln. Peter beendete die Besprechung.

Wieder in seinem Büro griff er zum Telefon und wählte die Nummer in Traunstein.

Eine junge Frauenstimme meldete sich, der Kommissar fragte nach Hannah Bauer und erhielt die Auskunft, dass sie das Studio schon verlassen hatte.

Peter erinnerte sich, dass Frau Bauer ihm erzählt hatte, sie hole am Nachmittag ihre Tochter aus dem Kindergarten ab, um danach ganz für Franziska da zu sei.

Er bat die junge Stimme um die Privatnummer von Frau Bauer.

„Ich kann Ihnen die Festnetznummer geben, weil die auch im Telefonbuch steht, aber nicht die Handynummer, die darf ich nicht herausgeben."

„Vielleicht habe ich ja Glück." Peter notierte sich die Nummer.

Zwei Minuten später hatte er Hannah Bauer am Telefon. Ihre Stimme klang gedrückt.

„Frau Bauer, ich habe Sie am Samstagmorgen mit Moritz Mainl Hand in Hand spazieren gehen sehen."

„Er hat es mir erzählt." Sie seufzte. „Und weiter?"

„Wie würden Sie Ihre Beziehung zu Moritz Mainl beschreiben?"

„Genau so, wie er das getan hat. Wir sind befreundet. Ich weiß, dass er gerne mit mir zusammen wäre. Aber ich weiß noch nicht genau, was ich will, ich möchte nichts überstürzen."

„Haben Sie auch schon mit Richard Mainl darüber gesprochen?"

„Heute Morgen, ja. Ich habe ihm gesagt, dass ich seinen Sohn getröstet habe, weil er Angst um seine Mutter hatte, und das stimmt auch."

„Und das hat er Ihnen so abgenommen?"

Wieder seufzte Hannah Bauer, eine Weile blieb es still in der Leitung. Dann sagte sie müde: „Es war auch schon kompliziert genug ohne Ihre Einmischung. Ich habe mir nun von beiden Mainls eine Auszeit erbeten. Ich muss auch für Franziska mitdenken. Am Mittwoch fahre ich alleine für ein verlängertes Wochenende nach Österreich, ich muss den Kopf mal wieder freibekommen."

Das hörte sich ganz anders an als die selbstbewusste, etwas schnippische Frau, mit der er am vergangenen Freitag gesprochen hatte.

„Geben Sie mir bitte Ihre Handynummer, damit ich Sie erreichen kann, falls wir noch Fragen haben."

„Von mir aus." Sie sagte ihm die Nummer. „Sind wir dann fertig? Ich möchte gerne das Abendessen für Franziska machen."

„Eine letzte Sache noch. Was verdient Ihr Bruder Felix bei Ihnen?"

„Dreitausend Euro brutto, wieso interessiert Sie DAS denn?"

„Er fährt einen Porsche und trägt eine teure Uhr."

„Ist das verboten?" Etwas von der alten Schärfe kehrte zurück.

„Nein, aber von einem Monatsgehalt von dreitausend Euro kann man das nicht bezahlen."

„Sie wissen doch, dass er auch noch andere Dinge macht. Und den Porsche hat er sich vom Erbe unserer Eltern gekauft. Sie sind vor fünf Jahren bei einem Unfall gestorben."

„Das tut mir leid! Was haben Sie damals geerbt?"

„Mir gehört die Wohnung hier. Ich lege nicht so viel Wert auf Autos. Aber wenn es um das Geld meines Bruders geht, fragen Sie ihn wirklich am besten selbst."

Sie beendeten das Gespräch.

Nur Stefan war noch da, alle anderen aus Peters Team hatten inzwischen das Kommissariat verlassen, und auch der Kommissar machte sich nun auf den Heimweg.

5.

Als Peter die Haustür aufschloss, kam Marlene gerade die Treppe herunter.

„Hi, Papa. Mama hat gesagt, wir besprechen heute Abend meinen Urlaub, wollen wir das gleich machen? Ich will danach noch mal weg."

„Vielleicht lässt du mich erst mal zur Tür hereinkommen?" Er mochte es nicht, wenn er gleich so überfallen wurde. „Wenn du es heute so eilig hast, verschieben wir es lieber auf morgen."

„Ich will aber heute Abend mit Kerstin den Flug buchen."

„Du kannst mit Kerstin Flüge im Internet heraussuchen, aber das Buchen machen wir hier zusammen. Zuerst wollten wir doch darüber sprechen, oder hab ich da irgendetwas nicht mitbekommen?"

„Ja, über das Wie und die Finanzierung, aber doch nicht über das Ob."

„Also pass auf, Marlene. Ich werde jetzt zu allererst deiner Mutter guten Abend sagen und danach unter die Dusche springen. Dann decken wir gemeinsam den Tisch und essen. Wenn es dir danach zu spät ist, weil du unbedingt noch weg möchtest, verschieben wir es ganz einfach auf einen anderen Abend. Ich werde jetzt nicht Gewehr bei Fuß stehen, nur weil du gerade im Moment mal ein bisschen Zeit aufbringen kannst. Du möchtest hier etwas von uns. Also nimm dir auch Zeit dafür!" Jetzt war er richtig ärgerlich.

Marlene zuckte mit den Schultern. „Dann halt nicht!" Beleidigt verzog sie sich wieder nach oben.

Marion stand am Block und schnipselte Zutaten für eine große Salatplatte.

„Hi, du bist schön früh heute", begrüßte sie ihren Mann lächelnd.

„Na, für Marlene anscheinend nicht früh genug."

„Wieso das?"

„Weil sie mich schon an der Haustür überfallen hat, sie möchte jetzt sofort über ihren Urlaub sprechen, weil sie dann noch weg möchte."

„Aha."

„Aha, mehr fällt dir dazu nicht ein?"

„Wie habt ihr das Problem gelöst?"

„Gar nicht! Ich habe ihr gesagt, wenn sie heute keine Zeit dafür hat, besprechen wir es ein anderes Mal, und sie ist beleidigt nach oben verschwunden. Wo sind wir denn eigentlich hier, dass jeder sofort springen muss, wenn das Fräulein ein Begehren hat?"

„So hat sie das bestimmt nicht gemeint. Sie war halt ganz enthusiastisch wegen des Urlaubs und konnte es nicht abwarten."

„Genau so wie sie es nicht abwarten kann, heute Abend wegzugehen. Ich dusche schnell. Und pfeif Marlene runter! Solange sie noch da ist, kann sie dir auch helfen."

Damit verschwand er nach oben. Irgendwie fühlte er sich müde. Diese kleinen Reibereien fand er manchmal anstrengender als seinen Arbeitstag, zumal sie meistens damit endeten, dass er auch noch mit Marion aneinandergeriet. Er blieb länger unter der Dusche als normal, das heiße Wasser tat ihm gut.

Als er zwanzig Minuten später wieder unten erschien, deckte Marion den Tisch, und Marlene schmeckte gerade den Salat ab.

„Geht doch!", konnte er sich nicht verkneifen zu sagen und erntete von Marlene einen vorwurfsvollen Blick. Das wiederum ärgerte ihn.

„Ihr begrabt jetzt euer Kriegsbeil!" Marion hatte sie beobachtet.

„Marlene, du setzt jetzt mal eine freundliche Miene auf, und du, mein Lieber", damit wandte sie sich an Peter, „hörst auf, sie zu provozieren! Sei so lieb und mach die mal auf!" Sie hielt ihrem Mann eine Flasche Wein hin.

Peter verzichtete auf weitere Bemerkungen und öffnete den Rosé.

„Wann möchtest du denn weg?“, fragte Peter seine Tochter beim Essen.

„Ich gehe morgen zu Kerstin, hab schon abgesagt.“

Ein warnender Blick von Marion und er sagte lediglich: „Okay, sehr gut, dann können wir ja deinen Urlaub in Ruhe besprechen.“

Sie einigten sich darauf, dass Marlene das Geld bekommen würde, das sie auch für Madeira gebraucht hätte. Falls das nicht reicht, musste sie an ihr Sparbuch gehen. In den Sommerferien würde sie außerdem drei Wochen als Kellnerin beim Italiener am Kinzigsee arbeiten. Das machte sie jetzt schon manchmal am Wochenende. Eigentlich mochte sie den Job nicht, aber mit Trinkgeld kam ganz gut was zusammen, und sie hatte versprochen, einen Teil des Führerscheins selbst zu bezahlen. Wenn alles gut ging, würde sie Anfang Mai ihre Prüfung machen und dann noch ein knappes halbes Jahr, bis zu ihrem 18. Geburtstag, in Begleitung fahren.

Der Kommissar und seine Frau leerten noch die Flasche Wein und gingen dann nach oben. Dick und fett thronte Paule auf Peters Kopfkissen. Der Kommissar hatte vergessen, die Schlafzimmertür zu schließen, als er sich nach dem Duschen wieder angezogen hatte.

„Na super, jetzt habe ich wieder die ganzen Haare im Bett.“ Er setzte Paule vor die Tür. Marion drückte ihm kommentarlos einen frischen Kissenbezug in die Hand, bevor sie ins Bad ging.

Irgendwie war das früher anders. Da hatte ich eine Frau, die mit mir kuscheln wollte, und keinen Kater im Bett, schoss es ihm durch den Kopf. Dass sie ja gestern nicht nur gekuschelt hatten, blendete er aus.

Dummerweise war diesmal er schon eingeschlafen, als Marion aus dem Bad zurückkam.

Dienstag, 26. April

1.

Als der Kommissar am nächsten Morgen um kurz nach acht das Büro betrat, hatte Regina schon Kaffee gekocht und ihm ein Schoko-Croissant an seinen Platz gestellt.

Sie kam zu ihm, kaum dass er seine Jacke weggehängt hatte, und lächelte ihn an.

„Überraschung!"

„Ja, so kann der Morgen beginnen!" Peter deutete auf das Croissant.

„Das meine ich nicht." Ihr Grinsen wurde breiter, und Stefan kam zur Tür herein.

„Stefan, so früh? Okay, DAS ist eine Überraschung!"

„Die eigentliche Überraschung ist das Band. Ich glaube, wir kennen die Stimme, die darauf zu hören ist."

„Seit wann weißt du das?"

„Seit einer Stunde. Du bist nicht an dein Handy gegangen."

Peter zog sein Handy aus der Tasche. Der Akku war leer. Das passierte ihm selten.

„Mea Culpa, schieß los!"

„Selin und Ralph sind auch schon da", schaltete sich Regina ein.

„Okay, sag ihnen Bescheid, wir treffen uns alle in meinem Büro."

Als der Kommissar seinen PC hochgefahren hatte, waren alle versammelt.

„Gestern Abend war ich schon ganz dicht dran. Ich hatte die Stimme ziemlich klar herausgefiltert, konnte sie aber erst einmal nicht erkennen", begann Stefan und schaute den Kommissar dabei an. „Da ich sie dir heute mitgeben wollte, wenn du mit Regina zu Frau Mainl fährst, war ich schon um halb acht im Büro und wollte einfach noch ein bisschen ausprobieren. Das ist dabei herausgekommen."

Stefan spielte die Stimme mit der Lösegeldforderung ab, die nun eindeutig als Männerstimme zu erkennen war. Peter kam sie bekannt vor, doch er kam nicht sofort darauf, woher, ebenso wenig wie die anderen Kollegen.

„Wartet, so ging es mir zunächst auch. Als ich aber heute Morgen anfing, habe ich aus Versehen das Band zu weit zurückgespielt und kam zu einer anderen Aufnahme. Peter, du erinnerst dich vielleicht, dass Beate, als wir Aufnahmen von den Telefonanrufen gemacht haben, auch mal diesen Herrn hier am Apparat hatte. Da es aber nicht die Entführer waren, hatte sie wieder abgeschaltet, aber wohl vergessen, den Abschnitt zu löschen."

Stefan startete die Aufnahme, und das war nun ganz sicher die gleiche Stimme. Und diese Stimme meldete sich auch mit Namen.

„Unglaublich! Schickt sofort zwei Beamte zu ihm nach Hause! Ich möchte ihn hier haben!"

Die nächste Stunde verging mit angespanntem Warten. Selbst das Fliegenfischforum konnte den Kommissar heute nicht fesseln. Immer wieder sah er auf seine Uhr.

Dann, nach einer gefühlten Ewigkeit, ging endlich die Tür auf, und die zwei Beamten führten Andreas Mainl zur Tür hinein.

Der Kommissar bedeutete ihm, Platz zu nehmen, und rief Regina zu sich.

„Darf ich fragen, was das Ganze soll? Warum lassen Sie mich wie einen Verbrecher von zu Hause abholen?"

„Vielleicht können Sie uns das ja erklären?"

Andreas Mainl schwieg. Der Kommissar hatte sich eine Taktik überlegt und begann:

„Was hat zur Trennung zwischen Ihnen und Ihrer Frau geführt?"

„Sie haben mich hierher geholt, um mich das zu fragen?"

„Das und noch ein paar andere Sachen. Würden Sie bitte meine Frage beantworten?"

Andreas Mainl schwieg sekundenlang. Er schien nach den richtigen Worten zu suchen. Dann zuckte er resigniert die Schultern.

„Was glauben Sie, wie oft ich mich das schon gefragt habe? Vielleicht war Maras und meine Liebe einfach nicht stark genug für das, was das Schicksal für uns vorgesehen hatte."

„Und was hatte das Schicksal für Sie vorgesehen?"

Plötzlich sah der Bruder Richards viel älter aus. „Wir haben unseren damals vierjährigen Sohn bei einem Unfall verloren."

„Oh Gott, das tut mir sehr leid!"

„Nach Jans Tod war nichts mehr so, wie es vorher war. Während Mara darüber reden wollte, konnte ich das nicht. Es tat mir viel zu weh. Ich wollte nicht dauernd daran erinnert werden. Jedes Kind auf der Straße schien uns mit riesengroßen Augen anzusehen und uns zu fragen: Warum habt ihr auf Jan nicht besser aufgepasst? Mara wollte unbedingt wieder ein Kind haben. Aber ich weigerte mich. Es ging einfach nicht. Dieser Schmerz vergeht nicht, nie. Und ich kann ihn kein zweites Mal mehr aushalten. Es schien, als würde Mara eine unsichtbare Mauer um sich herum aufbauen. Ich konnte nicht mehr zu ihr durchdringen, sie nicht mehr erreichen. Irgendwann war die Trennung das Einfachste." Erschöpft hielt er inne.

„Haben Sie sich psychologische Unterstützung geholt?", fragte Regina leise.

„Mara ja, sie ist lange bei einem Seelenklempner gewesen. Für mich ist das nichts. Ich mag nicht mein Innerstes vor irgendjemand Fremdem ausbreiten. Davon kommt Jan ja nicht wieder."

„Nein, natürlich nicht. Aber ein Psychologe kann helfen, schlimme Dinge zu verarbeiten. Das ist sein Job. Nicht immer kann man alles mit sich alleine ausmachen. Manchmal braucht man vielleicht Hilfe."

„Ich habe überhaupt keine Hilfe verdient. Ich habe einen Fehler gemacht, den man nicht mehr rückgängig machen kann. Dafür muss ich nun büßen, das ist nicht mehr als gerecht."

„Was für einen Fehler?"

„Ich habe Jans Hand losgelassen, und da ist er einfach auf die Straße in das Auto gerannt."

„Und alle Menschen, die Sie gerne haben, leiden nun mit Ihnen. Ist das gerecht?"

„Sie verstehen überhaupt nichts. Sie haben ja leicht reden." Aufgebracht war Andreas Mainl aufgesprungen.

„Sie haben Ihre Schwägerin Cornelia entführt, stimmt's?" Peter ging direkt in medias res.

Andreas Mainl blieb abrupt stehen. Dann ließ er sich wieder in den Sessel fallen.

„Nein, das habe ich nicht."

„Dann hören Sie sich doch bitte einmal diese zwei Aufnahmen an!"

Der Kommissar ließ das vorbereitete Band laufen, und man hörte die Micky-Maus-Stimme, die die Lösegeldforderung stellte.

Als Andreas Mainl etwas sagen wollte, hob Peter abwehrend die Hand.

„Warten Sie bitte einen kurzen Moment, und hören Sie sich nun die bearbeitete Aufnahme an."

Jetzt kam der Teil, den Stefan herausgefiltert hatte. Und das war eindeutig Andreas Mainls Stimme.

Einen Moment war es still im Raum. Dann seufzte Andreas Mainl schwer.

„Ich kann Ihnen versichern, ich habe Cornelia nicht entführt!"

„Ist das Ihre Stimme auf dem Band?"

Andreas Mainl nickte müde: „Ja, das ist sie!"

„Dann haben Sie zumindest bei der Entführung von Frau Mainl geholfen."

„Ja, sie und ihre beste Freundin Angelika haben mich darum gebeten."

Regina war ein Laut der Überraschung entschlüpft. Auch der Kommissar war überrascht.

„Können Sie das bitte noch einmal wiederholen?“

„Cornelia hat mich darum gebeten.“

„Warum das?“

„Vielleicht fragen Sie das meine Schwägerin am besten selber.“

„Sie können sich darauf verlassen, dass wir das tun werden. Aber zuerst möchten wir gerne Ihre Version hören.“

Eine Weile war es ganz still im Raum. Andreas Mainl sah aus dem Fenster und schien in Gedanken weit weg zu sein. Dann blickte er den Kommissar an und nickte leicht:

„Cornelia hatte herausgefunden, dass Richard noch eine zweite Familie hat. Es war ein blöder Zufall, aber das ist es ja meistens bei solchen Sachen. Das kann sie Ihnen ja selbst erzählen.“

„Wie hat sie es aufgenommen? Herr Mainl glaubte, dass seine Frau nichts wüsste.“

„Sie war völlig daneben. Und sie wollte Richard damit nicht konfrontieren.“

„Warum?“

„Auch das sollten Sie sie selber fragen.“

„Dann können Sie uns vielleicht sagen, warum Sie mitgemacht haben.“

„Tja, sie hat mir leidgetan.“

„Und aus purem Mitleid begehen Sie eine Straftat?“

„Nein, das tue ich nicht. Es sollte ja gar nicht an die große Glocke gehängt werden. Von der Polizei war nie die Rede. Wir wollten das in zwei bis drei Tagen erledigen, ganz ohne Aufsehen.“

„Wenn Ihnen das gelungen wäre, hätte Herr Mainl doch bestimmt hinterher die Polizei informiert.“

„Nein, hätte er nicht! Cornelia wollte nämlich die Karten auf den Tisch legen. Ihm sagen, dass sie von seiner Zweitfamilie weiß, und ihn vor eine Entscheidung stellen.“

„Aber dann wurden wir eingeschaltet. Warum haben Sie uns nicht die Wahrheit gesagt? Warum haben Sie uns verzweifelt suchen lassen und Herrn Mainl, seine Söhne und Ihre Mutter so in Angst versetzt?“

„Der Einzige, den wir in Angst versetzt haben, war Richard und notgedrungen auch meine Mutter. Die Söhne wussten davon."

„Wie bitte?" „Was?" Der Kommissar und Regina sprachen gleichzeitig, völlig überrascht.

„Ja, Sie haben richtig gehört!"

Peter brauchte eine Weile, um das zu verdauen: „Wollen Sie damit andeuten, dass die Familie und auch die Freunde, die auf der Hochzeit waren, eingeweiht waren?"

„Die Söhne ja, von den Freunden nur Angelika."

„Respekt! Sie haben alle dichtgehalten. Wir haben uns schon gewundert, warum jeder so gefasst ist, haben das aber auf die Disziplin zurückgeführt, die in Ihrer Familie zu herrschen scheint. Hassen Sie alle Herrn Mainl so?"

„Das hat nichts mit Hass zu tun. Das hat damit zu tun, wie selbstgefällig Richard sich zwei Familien zugelegt hat und wie sehr er alle damit gekränkt hat."

„Sie auch? Hat er Sie auch gekränkt?"

„Mich auch! Er hatte alles, was man sich wünschen konnte! Eine Frau, die zu ihm passt, und zwei gesunde Söhne. Eine Firma, die gut läuft. Das sollte er achten und nicht als selbstverständlich nehmen. Ich habe mein Kind und danach auch noch meine Frau verloren. Beim Malen habe ich eine Blockade und muss mich stattdessen um das Internetgeschäft der Firma meines Bruders kümmern, um meine kleine Wohnung zu bezahlen. Da fand ich Cornelias Idee, meinem Bruder mal einen Denkzettel zu verpassen, gar nicht so schlecht."

Er schwieg, und genau in diesem Moment klingelte das Telefon. Peter hob nicht ab, er wollte nicht gestört werden. Wenig später steckte Selin den Kopf zur Tür herein. „Entschuldige bitte. Ich glaube, du solltest das Gespräch annehmen, es ist wichtig."

Wenn Selin das sagte, musste es wohl stimmen.

„Ich komme raus, leg es bitte auf Reginas Apparat."

Immerhin, ein Geständnis von Andreas Mainl hatten sie ja schon.

Zwei Minuten später kam er wieder in sein Büro zurück.

„Sie sagten, Sie fanden die Idee, Ihrem Bruder einen Denkzettel zu verpassen, gar nicht so schlecht."

„Ja, das denke ich immer noch."

„Und deswegen haben Sie nicht nur bei der Entführung mitgespielt, sondern auch noch Geld erpresst?"

„Mit dem Geld habe ich nichts zu tun. Benjamin war in der Geisterbahn und hat sich die Tasche geholt. War ja so abgesprochen, und Cornelia hat dann das Geld bekommen."

„Na, dann bleibt ja alles in der Familie", meinte der Kommissar trocken.

„Wo hat sich denn Frau Mainl so lange aufgehalten?"

„Ihre Freundin Angelika hat ein kleines Wochenendhaus im Spessart, im Hafenlohrtal. Dorthin hat sie sich zurückgezogen."

„Ich werde jetzt Frau Mainl anrufen und mir Ihre Aussage bestätigen lassen. Falls das so zutrifft, wie Sie es eben geschildert haben, können Sie vorerst gehen. Aber sobald Ihr Neffe Moritz aus Traunstein zurück ist, dürfen Sie hier alle zusammen antanzen."

Der Kommissar ging in Selins Büro, um zu telefonieren.

Fünf Minuten später kam er wieder ins Zimmer zurück: „Frau Mainl hat leider Ihre Aussage nicht bestätigt."

Andreas Mainl fuhr hoch: „Das kann ja gar nicht sein! Ist die wahnsinnig geworden? Überredet hat sie mich! Fragen Sie ihre Freundin Angelika, fragen Sie Moritz oder Benjamin!" Aufgeregt lief er hin und her.

Peter hob beschwichtigend die Hände: „Beruhigen Sie sich. Ich habe nicht gesagt, dass Frau Mainl etwas anderes behauptet als Sie. Ich sagte lediglich, sie hat es nicht bestätigt."

„Was ja wohl aufs Gleiche hinausläuft, oder?"

„Ich konnte Frau Mainl nicht sprechen. Sie hat gestern Abend auf eigenen Wunsch das Krankenhaus verlassen. Wie mir Ihre Mutter Beatrice Mainl mitteilte, ist Ihre Schwägerin über Nacht mit ihrem Mann fortgefahren, um sich zu erholen."

Andreas Mainl ließ sich kraftlos auf seinen Stuhl zurücksinken. „Na, da hat sie ja den Zeitpunkt klasse gewählt."

„Der Meinung bin ich auch."

„Bitte fragen Sie Angelika, sie wird meine Geschichte bestätigen."

„Hab ich. Ihre Version der Geschichte stimmt weitgehend mit Ihrer Aussage überein. Sie können jetzt gehen, halten sich aber bitte zu unserer Verfügung. Und sollte sich Ihre Schwägerin melden, können Sie ihr ausrichten, dass Sie sofort hier anrufen soll."

Andreas Mainl erhob sich schwerfällig und verließ wortlos das Revier.

Der Kommissar und seine Kollegin sahen sich an. „Ich fasse es nicht!" Peter stand auf und ging ans Fenster. „Sei so lieb und ruf alle in Stefans Zimmer zusammen, ich mache mir nur noch ein paar Notizen und komme dann."

2.

Erwartungsvoll saßen sie alle zusammen: Stefan, Selin, Ralph, Beate und natürlich Regina, die ja schon Bescheid wusste.

Der Kommissar berichtete von dem Gespräch mit Andreas Mainl.

Selin fand als erste ihre Sprache wieder: „Das heißt, es hat nie eine Entführung gegeben? Es war alles nur inszeniert, um Richard Mainl zu Tode zu erschrecken?"

Peter nickte.

„Ja, glaubt Cornelia Mainl denn wirklich, mit so einer Aktion kann sie ihren Mann zurückgewinnen?" Ralph schüttelte ungläubig den Kopf.

„Offensichtlich tat sie das. Aber ich bin auch nicht so sehr von der Idee überzeugt", zweifelte Regina.

„Nun wird sie wohl schnellstmöglich mit ihrem Mann reden müssen. Denn jetzt wissen wir über alles Bescheid, und sie muss sich vor der Polizei verantworten. Es werden einige Kosten auf sie zukommen, und sie kann von Glück sagen, wenn die Kosten das Einzige sind", meinte Peter. „Ich hoffe, dass Cornelia und Richard Mainl spätestens morgen wieder auftauchen. Ich möchte zuerst mit Frau Mainl sprechen, dann werden wir die Presse informieren. Kümmern wir uns so lange mal um unsere anderen Sachen!" Damit war die Besprechung zu Ende und jeder kehrte an seinen Platz zurück.

Der Kommissar verspürte Unmut. Er hatte genug Fälle auf dem Schreibtisch liegen, doch die Entführung hatte er natürlich als am dringlichsten eingestuft. Immerhin hatte er es da nicht von Anfang an mit einem Toten zu tun gehabt, sondern mit einer Lebenden, die noch gerettet werden konnte. Und jetzt stellte sich heraus, dass sie die ganze Zeit einem Schwindel aufgesessen waren.. Alle in der Familie außer Richard und Beatrice Mainl hatten ihm und seinen Kollegen eine Komödie vorgespielt. Und sie waren darauf hereingefallen. Wussten die Mainls eigentlich, wie viele Sorgen sich alle gemacht hatten? Nicht nur Richard Mainl und seine Mutter, auch Freunde, das Team vom Kommissariat, die Nachbarn und sogar die Leser der Tageszeitungen und die Fernsehzuschauer, alle hatten mit der Familie gehofft und gebangt. Wenn die Wahrheit an die Öffentlichkeit kam, hatten sich die Mainls bestimmt einige Sympathien verscherzt. Und was die Beziehung von Richard und Moritz Mainl betraf, konnte es ja noch richtig spannend werden. Für wen würde sich Hannah Bauer entscheiden? Was würde passieren, wenn Cornelia Mainl ihrem Mann ein Ultimatum stellte, sich für eine seiner Familien zu entscheiden?

Aber das war dann nicht mehr Sache der Polizei. Ihren zwischenmenschlichen Kuddelmuddel musste die Familie Mainl schon selber lösen.

Der Kommissar kämpfte sich durch die Aktenberge. Um 16 Uhr beschloss er, für heute Schluss zu machen. Es konnte nicht schaden, wenn er mal ein bisschen früher Feierabend hatte.

3.

Im Auto war es richtig warm, was an der Sonne lag, die den ganzen Tag geschienen hatte. Das Thermometer zeigte 15 Grad, es wollte wohl endlich richtig Frühling werden. Der Kommissar fuhr nicht auf direktem Weg nach Hause. Er beschloss, einen kurzen Abstecher in die Bulau zu machen, sich ein bisschen die Füße zu vertreten, einen Blick aufs Wasser zu werfen und nachzusehen, ob es schon Bärlauch zu ernten gab.

Dafür verließ er die A 66 an der Anschlussstelle Hanau Nord, fuhr die Oderstraße entlang und bog kurze Zeit später in die Feuerbachstraße ein. Über eine schmale Brücke, die über die B 8 führte, erreichte er einen kleinen Parkplatz und stellte den Wagen ab. Hier war er schon in der Bulau, einem ehemals zusammenhängenden Waldgebiet nordöstlich von Hanau. Ein schmaler Stichweg führte ihn durch den sehr naturbelassenen Wald am Unterlauf der Kinzig. Zwanzig Minuten später hatte er den Fluss, der sich hier in vielen Windungen durch den Wald schlängelte, erreicht.

Die Kinzig führte viel Wasser, war aber nur leicht angetrübt, und so entdeckte er ein paar schöne Forellen. Eine Weile sah er ihnen beim Fressen zu, sie waren geschickt und schnell und erwischten die Insekten.

Und wie immer am Wasser kam er langsam zur Ruhe und hatte Gelegenheit, den Entführungsfall aus anderer Sicht zu betrachten: Wie verzweifelt musste Frau Mainl sein, um so eine Geschichte zu inszenieren? Wie verletzt musste sie sich von ihrem Mann fühlen, wenn sie ihn auf diese Weise leiden lassen wollte? Was war mit dem Rest der Familie? Auch sie hatte sich gegen Richard Mainl verschworen, selbst die eigenen Söhne waren eingeweiht in das Spiel. Worum ging es hier? Andreas Mainl war erbost darüber, dass sein Bruder, der aus seiner Sicht doch alles hatte, was man sich nur wünschen konnte, noch die Dreistigkeit besaß, ganz nebenher eine zweite Familie zu gründen. Er war neidisch. Und Moritz? Tja, der hatte wohl sein ganz eigenes Motiv. Wenn er wirklich in Hannah verliebt war, musste er alles daransetzten, dass sein Vater wieder ganz zu seiner Mutter zurückkehren würde und Hannah für ihn frei wäre. Tja, und nun kam es wieder darauf an, wie Richard Mainl reagieren würde. Cornelias Rechnung war nicht aufgegangen. Durch das Einschalten der Polizei würde Richard erfahren, dass alles nur Theater war. Fraglich, ob ihn das bei seiner Frau halten würde. Konnte eine Ehe solche Vertrauensbrüche verkraften?

Und dann waren da ja auch noch Hannah Bauer und ihre Tochter Franziska. Frau Bauer hatte sich eine Auszeit erbeten, die ja wohl erst morgen beginnen würde, da Moritz Mainl heute in Traunstein war. Kaum anzunehmen, dass sie sich nicht trafen. Die ganze Familie konnte einem einfach nur leidtun, jeder war irgendwie Opfer und Täter gleichzeitig.

Der Kommissar spürte die warme Sonne auf seinem Rücken und empfand wieder einmal Dankbarkeit für seine kleine Familie. Reibereien gab es immer, das war ganz normal. Aber im Großen und Ganzen fühlte es sich gut an, wie es war. Die entscheidende Frage war doch, ob man für einander da war, wenn es darauf ankam. Er hoffte, dass das bei Marion, Marlene und ihm der Fall war, und riss sich vom Anblick des Wassers los. Er fühlte sich nicht mehr ärgerlich und demotiviert, eher auf eine seltsame Art getröstet. Die Natur hatte sein inneres Gleichgewicht wiederhergestellt.

Auf dem Rückweg pflückte er jede Menge Bärlauch, immer darauf achtend, nicht die Blätter am Wegrand zu nehmen, schließlich gab es hier Spaziergänger mit Hunden.

Als er zu Hause die Tür aufschloss, war alles ruhig und still. Nicht einmal Paule kam ihm wie sonst maunzend entgegen. Peter legte den Bärlauch auf der Spüle ab und hielt nach einem Zettel auf dem Esstisch Ausschau. Normalerweise schrieben Marion und Marlene immer eine kurze

Nachricht, wenn sie weggingen. Heute war kein Zettel da, aber vor 19 Uhr rechnete aus seiner Familie auch niemand mit ihm. Weit konnten sie nicht sein, zumindest war der Kaminofen noch an, und er musste nur schnell ein Stück Buche nachlegen, um das Feuer am Brennen zu halten.

Er machte sich gleich daran, den Bärlauch zu waschen, die Stängel abzuschneiden und die Blätter mit Küchenpapier trocken zu tupfen. Die Herstellung des Pesto war sein Metier. Wenn er die Zeit dazu fand, kochte er auch gerne. Am liebsten samstags abends zusammen mit Marion bei einem Glas Wein.

Marion behauptete, dass das Kochen am Wochenende, nicht das schnelle Kochen unter der Woche, eine ähnlich entspannende Wirkung auf sie habe wie für ihn das Fischen.

Peter dachte darüber nach und kam zu der Erkenntnis, dass all diese Dinge etwas mit Genuss zu tun hatten und damit, sich auf sinnliche Erlebnisse einzulassen. Beim Fischen kam es ja nicht nur auf den Fang an, vielmehr war ein freier Tag, in der Natur verbracht, ein Erlebnis für die Sinne. Ins Wasser zu schauen und Fische zu entdecken, zu verstehen, wie sie ihre Beute machten, die Sonne oder auch den Regen auf der Haut zu spüren, seltene Pflanzen zu entdecken, den Frühling zu riechen oder sich an den bunten Blättern im Herbst kaum sattsehen zu können, das waren nur einige Dinge, die ihm dazu spontan einfielen. Jede Jahreszeit hatte ihren eigenen Reiz, ob es im Winter das Knacken der gefrorenen Pfützen unter seinen Stiefeln war, die weichen Schneeflocken, die ihn langsam durchnässten, oder die Hitze im Sommer, er war froh, all das so bewusst wahrzunehmen. Und auch, um gut zu kochen, musste man genießen können und seine Sinne gebrauchen.

Marion und er hatten mal die Theorie aufgestellt, dass man auch nur dann guten Sex haben konnte, wenn man in der Lage war, in den kleinen Dingen des Alltags die Schönheiten zu entdecken, wenn man offen war und genießen konnte, und, ganz wichtig, sich selber mochte. Dazu gehörte auch, dass man vom Partner positiv bestärkt wurde.

Peter musste wieder an seinen One-Night-Stand denken. SIE wollte in dieser einen Nacht von ihm geliebt und bestätigt werden. Davon abgesehen, dass sie eine hübsche Frau war, hatte ihn jedoch am meisten an ihr angezogen, dass sie so deutlich zeigte, wie sehr sie genießen konnte, und dass an ihr nichts gekünstelt oder irgendwie gespielt war. Für Spielchen fühlte er sich zu alt, hatte sie noch nie leiden können. Das hatte nichts mit einem gekonnten Flirt zu tun. Ein Flirt war kein Spiel, eher das Werben umeinander. SIE hatte das perfekt beherrscht.

Früher hatte Peter auch viel mit Marion geflirtet, doch mit der Zeit hatte das nachgelassen. Nach jener Nacht hatte er viel nachgedacht und auch bemerkt, was er vermisste. Er war im Alltag vielleicht genauso nachlässig geworden wie Marion. Deswegen versuchte er nun wieder bewusst, ihr zu sagen, dass er sie mochte, dass ihm gefiel, was sie anhatte, wenn sie miteinander ausgingen, dass er sie begehrte. Und Marion zeigte wieder ihre frivole Seite, schickte ihm mitten am Tag plötzlich eine anzügliche SMS oder überraschte ihn mit schönen Dessous. Im Gegensatz zu ihrer Anfangszeit hatten sie den großen Vorteil, dass sie sich gut kannten, einander so vertrauten, dass sie sich fallenlassen konnten, und dass es eine Herausforderung geworden war, immer wieder neue Dinge zu entdecken.

Das hieß nicht, dass Peter für die Ausstrahlung anderer Frauen unempfänglich geworden wäre, genauso wenig wie Marion für die Reize anderer Männer. Es war vielmehr so, dass man die Anziehung genießen konnte, kanalisieren konnte, ohne ihr zu erliegen.

Ob ihm noch einmal so ein One-Night-Stand passieren würde? Vielleicht ja, vielleicht nein, aber momentan hatte es keine Bedeutung.

Inzwischen war der Bärlauch trocken getupft. Peter legte ihn auf ein großes Brett, nahm ein scharfes Küchenmesser aus der Schublade und schnitt die Blätter sehr fein. Wenn es keinen Bärlauch gab, nahm er auch gerne Rucola oder natürlich das klassische Basilikum. Nie jedoch zerkleinerte er das Grün mit der Küchenmaschine, er bildete sich ein, dass der Geschmack so intensiver war. Bei ihm kamen nur die Nüsse, der Parmesan und das Olivenöl in die Maschine, damit eine gleichmäßige Paste entstand.

Heute entschied er sich für eine Mischung, die zur Hälfte aus Pinienkernen, zur Hälfte aus Cashewkernen bestand, röstete sie leicht in einer Pfanne ohne Fett an, gab sie dann zusammen mit ein paar Stücken Parmesan und bestem Olivenöl in die Maschine und fertigte so seine Paste. Darunter mischte er dann vorsichtig die geschnittenen Blätter. Auf Knoblauch konnte er verzichten, da dem Bärlauch ja dieser intensive Knoblauchgeschmack eigen war. Zum Schluss schmeckte er das Pesto mit Salz, Pfeffer und ein bisschen Zitronensaft ab. Zitronenschalenabrieb wäre ihm lieber gewesen, aber er war sich nicht sicher, ob die Zitronen, die in dem Körbchen auf dem Küchenblock standen, unbehandelt waren.

Als er mit seinem Abschmeckergebnis zufrieden war, füllte er das Pesto in ein Glas mit Deckel um und gab noch einen Schuss Olivenöl oben drauf. Mit diesem Spiegel würde es sich im Kühlschrank auf jeden Fall eine Woche halten.

Er machte Ordnung, spülte die Maschine und ging nach oben, um eine schnelle Dusche zu nehmen und sich in Jeans und Holzfällerhemd zu werfen.

Die Tür ging. Gerade als er wieder unten war, kamen Marion und Marlene herein.

„Hi!“ Marion kam zu ihm und gab ihm einen Kuss. „Du bist aber früh heute.“

„Und nicht nur das! Ich habe Bärlauch gepflückt und ein Pesto daraus gemacht.“

„Sensationell!“ Marlene lief gleich in die Küche. „Wo?“

„Ich hab es gerade in den Kühlschrank gestellt. Wie wäre es mit Spaghetti und Pesto heute Abend?“

„Sehr gute Idee. Marlene, bist du zum Essen da?" Marion sah ihre Tochter fragend an.

„Kommt darauf an, wann wir essen. Gegen neun wollte ich zu Kerstin rüber und dann dort übernachten."

„Das schaffen wir, ich hab jetzt schon Hunger."

Eine halbe Stunde später saßen sie einträchtig beim Essen. Das Pesto war wirklich superlecker, eines der wenigen Gerichte, bei denen der Kommissar kein Fleisch vermisste.

Nachdem Marlene gegangen war, machte Marion zwei Espresso und setzte sich ihrem Mann wieder gegenüber.

„Und wie weit bist du mit deinem Entführungsfall? Ich hätte dich heute eher bis spät abends im Kommissariat vermutet."

„Das wäre wohl auch der Fall gewesen, wenn sich nicht alles schon aufgeklärt hätte."

„So schnell jetzt?"

„Tja, Frau Mainl konnte ich dazu noch nicht befragen. Sie macht einen Kurzurlaub mit ihrem Mann. Aber wir konnten die Erpresser-Stimme auf dem Band eindeutig identifizieren, und nun wissen wir von ihm, dass Frau Mainl selbst die Entführung vorgetäuscht hat."

„Und man kann dem Erpresser glauben?"

„Zumindest bestätigt die beste Freundin von Frau Mainl seine Aussage."

„Warum tut eine Frau so etwas?"

Der Kommissar erzählte Marion in groben Zügen die ganze Geschichte, er wusste, sie würde darüber mit niemandem reden.

Marion schüttelte ungläubig den Kopf. „Das ist schon ziemlich unverfroren von Herrn Mainl. Feiert Silberhochzeit, als ob nichts wäre, hat aber zwei Familien gleichzeitig."

Peter schilderte seiner Frau die Gedanken, die ihm an der Kinzig durch den Kopf gegangen waren, und Marion stimmte ihm zu.

„Ja, Frau Mainl muss sehr verzweifelt sein. Trotzdem

frage ich mich, warum sie ihren Mann nicht einfach zur Rede gestellt hat, nachdem sie es wie auch immer erfahren hat."

„Das werde ich sie fragen, sobald sie zurück ist."

Eine Pause entstand.

„Marion, als ich heute am Wasser stand und mir all diese Dinge durch den Kopf gegangen sind, war ich richtig froh über unsere Familie."

Marion blickte ihn erstaunt an. Dann griff sie über den Tisch nach seiner Hand.

„Ja, ich bin auch froh über unsere Familie. Auch wenn es hier und da bestimmt noch etwas zu verbessern gibt."

„Da bin ich vermutlich der Erste, dem dazu einige Dinge einfallen. Aber im Großen und Ganzen …" Er ließ den Satz unfertig im Raum stehen, und Marion griff das Stichwort auf:

„Im Großen und Ganzen passt es. Das empfinde ich genauso." Eine Weile hingen sie beide ihren Gedanken nach. Dann meinte Marion: „Wie meilenweit voneinander entfernt müssen die Mainls sein. Nach Vertrauen und Liebe sieht das nicht aus. Herr Mainl ist am Überangebot des Lebens gescheitert."

„Noch sieht er das nicht so", entgegnete Peter. „Zumindest bis gestern hat er noch geglaubt, er könne so weitermachen wie bisher, jetzt, wo seine Frau zurück ist."

„Da macht er es sich aber sehr einfach!"

Als sie später im Bett lagen, rutschte Marion zu ihm herüber.

„Leg deine Angelzeitschrift weg", bat sie ihren Mann.

Peter ließ die Zeitschrift neben seinem Bett fallen und wandte sich Marion zu.

„Wie wär´s, wenn du mal zur Abwechslung mich ködern würdest?", schlug sie vor.

„Ach ja? Und was genau muss ich dafür tun?" Er legte den Arm um sie und zog sie zu sich heran.

Sie kam ihm entgegen, und sie küssten sich. Langsam

schob er ihr einen Träger ihres Nachthemds von der Schulter, um so an ihre Brust heranzukommen. Er ließ die Zunge spielen.

„Das zum Beispiel", beantwortete sie seine Frage von vorhin mit belegter Stimme und ließ sich eine Weile verwöhnen.

Dann setzte sie sich auf und streifte das Nachthemd über den Kopf.

Peter stellte wieder fest, dass ihm seine Frau so gefiel, wie sie war. Er begehrte sie. Und am meisten gefiel es ihm, wenn er sah, dass er ihr Begehren entfachen und steigern konnte. Er wollte sich wieder über sie beugen, doch sie schob ihn sachte zurück.

„Zieh dich aus! Jetzt bist du dran!", forderte sie mit Verlangen in der Stimme.

Er ließ sich in die Kissen zurücksinken und Marion kam über ihn. Erst küsste sie ihn lange, dann wanderte sie mit ihrer Zunge weiter nach unten. Lange hielt er das nicht aus: „Gönn mir eine Pause, jetzt darf ich wieder."

Sie lachte leise. „Schade, es hat gerade so viel Spaß gemacht."

„Das wird dir jetzt bestimmt auch Spaß machen!", versprach er und widmete sich ganz der Aufgabe, ihre Lust zu steigern.

„Ich kann nicht mehr warten." Marion zog ihn auf sich und sie liebten sich mit einer Intensität, als wollten sie damit das Einvernehmen, das zwischen ihnen herrschte, besiegeln.

Mittwoch, 27. April

1.

Um vier Uhr morgens klingelte das Diensthandy des Kommissars.

Peter war sofort hellwach. Er nahm das Handy vom Nachttisch und verließ das Schlafzimmer, um Marion nicht ganz aufzuwecken. Inzwischen war sie zwar an nächtliche Anrufe gewöhnt, aber sie sollte schnell wieder einschlafen können.

„Scheuermann! “ Er setzte sich im Bad auf den Wannenrand.

Man konnte heftiges Atmen auf der anderen Seite hören, dann ein Räuspern.

„Hier ist Felix Bauer. Sie haben mir Ihr Kärtchen dagelassen.“ Die Stimme klang kurzatmig.

„Was ist passiert?“ Herr Bauer würde ihn wohl kaum um diese Zeit anrufen, wenn es nicht dringend wäre.

„Es ist wegen Hannah. Hannah ist ...“ Er kam ins Stocken.

„Was ist mit Ihrer Schwester?“

„Sie ist gestern Abend nicht vom Joggen zurückgekommen. Ihre Freundin Steffi hat mich angerufen, die, bei der Franziska auch während Hannahs Kurzurlaub bleibt. Hannah hat Franziska zu ihr gebracht und wollte nach dem Joggen noch den Abend mit den beiden verbringen.“

„Haben Sie die Polizei verständigt?“

„Ja, haben wir. Ich kenne die Strecke, die Hannah läuft. Ich bin sie mit der Taschenlampe abgegangen, zusammen mit der Polizei. Erst beim zweiten Mal hab ich sie gesehen. Sie lag im Wasser. Sie muss gestürzt sein. Sie ist tot!“

Der Kommissar konnte Felix Bauer schluchzen hören. Seine Gedanken rasten. Hannah Bauer war tot. Ein Unfall? Und warum rief Felix Bauer ihn an, wo er doch die örtliche Polizei schon verständigt hatte? Da musste noch mehr dahinterstecken.

Laut sagte er: „Herr Bauer, das tut mir sehr, sehr leid. Haben Sie eine Ahnung, wie das passieren konnte?"

Felix Bauer schien sich etwas zu fassen. „Sie läuft immer den Traunsteig entlang von Eisenärzt nach Ruhpolding. Es gibt Stellen, da ist er sehr schmal und steil und führt direkt am Wasser entlang."

„Sie glauben, sie ist ausgerutscht und ins Wasser gestürzt?"

„Das ist das, wovon die Polizei hier im Moment ausgeht. Aber Hannah kennt diese Strecke in- und auswendig. Sie läuft sie so oft. Ich verstehe das nicht."

„Haben Sie das auch den Kollegen gesagt?"

„Nein, es wurde mir eben erst bewusst, als ich nach Hause kam. Steffi hat mir erzählt, dass Hannah sehr aufgeregt war. Vielleicht hat sie deswegen nicht auf den Weg geachtet. Sie hat sich vorher mit Moritz gestritten, ich konnte ihre Stimmen aus dem Büro hören und hab sie gebeten, woanders weiterzumachen, damit nicht das ganze Studio mithört. Hätte ich ihn doch einfach rausgeworfen!" Felix' Stimme klang verzweifelt.

Das warf ein anderes Licht auf die Sache. Zumindest sollte man mal genauer nachhorchen, was passiert war.

„Herr Bauer, können Sie mir die Namen der Beamten geben, die mit Ihnen an der Unfallstelle waren?"

„Eine Frau Klein und ein Herr Stiegel, ich habe die Kärtchen hier."

Der Kommissar ließ sich die Telefonnummern geben und drückte nochmal sein Beileid aus.

„Ich werde mich mit Frau Klein und Herrn Stiegel in Verbindung setzen. Es tut mir wirklich leid."

Nach dem Gespräch blieb er noch minutenlang auf dem Wannenrand sitzen.

Diese Familie kam auch nie zur Ruhe. Ob Moritz Mainl Hannah Bauer so aufgeregt hatte, dass sie beim Joggen nicht aufgepasst hatte und ausgerutscht war? Was würde nun aus der kleinen Franziska werden? Was passierte mit [illegible]d, Cornelia und Moritz Mainl? Was konnte er als

Kommissar jetzt tun? Zuerst musste er sich mit den Kollegen in Traunstein in Verbindung setzen. Dann musste er mehr über die Todesursache erfahren. Gut möglich, dass es kein tragischer Unfall, sondern Mord war.

Der Kommissar ging nach unten in die Küche und schaltete die Kaffeemaschine an. Er machte sich einen Cappuccino, holte Papier und Stift und wählte die Nummer, die ihm Felix Bauer genannt hatte.

„Isabella Klein?" Die Kollegin aus Traunstein meldete sich mit einer warmen Altstimme.

„Kommissar Peter Scheuermann aus Frankfurt, guten Morgen!"

Falls Frau Klein erstaunt war, so früh einen Anruf aus Frankfurt zu bekommen, ließ sie es sich nicht anmerken. Sie erwiderte nur: „Guten Morgen, was kann ich für Sie tun?"

„Ich hatte vor ein paar Minuten einen Anruf von Herrn Felix Bauer, der mir vom Tod seiner Schwester berichtet hat."

Nun war doch Erstaunen in der Stimme der Kommissarin zu hören: „Warum ruft Herr Bauer deshalb einen Kommissar aus Frankfurt an?"

„Er sieht einen Zusammenhang mit einem Entführungsfall, den wir gerade aufgeklärt haben. Sind Ihnen die Familienverhältnisse von Frau Bauer bekannt?"

„Ich weiß, dass sie eine kleine Tochter hatte und der Vater des Kindes nicht mit ihr verheiratet war. Er wohnt zum Teil hier und zum Teil in Frankfurt. Wir haben schon versucht, ihn zu erreichen, aber unter der angegebenen Nummer war niemand zu Hause."

„Ja, Herr Mainl ist ein paar Tage weggefahren, nachdem seine Frau wieder aufgetaucht ist, von der er und wir annehmen mussten, dass sie entführt worden war."

Der Kommissar setzte Isabella Klein in groben Zügen von den Ereignissen der vergangenen Tage ins Bild.

„Herr Bauer hat mir nur berichtet, dass seine Schwester nicht vom Joggen zurückkam und tot im Wasser lag. Und dass er meinte, sie müsse sehr aufgeregt gewesen sein, sonst wäre sie niemals abgerutscht, sie kenne die Strecke sehr gut. Wissen Sie schon etwas Näheres zur Todesursache?"

„Sie lag im Wasser, aber für mich sah es nicht so aus, als sei sie ertrunken, vielmehr so, als hätte sie sich bei dem Sturz das Genick gebrochen. Wir werden heute im Laufe des Tages mehr von der Gerichtsmedizinerin erfahren."

„Sieht es für Sie wie ein Unfall aus?"

Isabella Klein zögerte mit der Antwort. „Die Stelle, an der der Sturz passiert ist, ist wirklich sehr heikel."

„Ich war letztes Wochenende in Traunstein und bin von Siegsdorf nach Eisenärzt an der Traun, genauer gesagt im Flussbett entlanggelaufen, aber den Traunsteig kenne ich nicht."

„Sind Sie Fliegenfischer?"

„Ja, ich habe im Zusammenhang mit der Ermittlung im Entführungsfall einen Vormittag in der Traun gefischt."

„Und Erfolg gehabt?"

„Beim Fischen?", fragte der Kommissar vorsichtshalber zurück.

„Klar, beim Fischen!", Isabella Klein lachte.

„Ja, drei schöne Regenbogenforellen. Interessieren Sie sich fürs Fischen?"

„Ich fische selber. Und interessiere mich immer dafür, was die Konkurrenz so fängt. Leider bin ich diese Saison noch gar nicht dazu gekommen, aber sie beginnt ja erst, und ich habe das Wasser vor der Haustür. Doch zurück zu Frau Bauer: Der Traunsteig ist teilweise so schmal, dass man keine zwei Füße nebeneinandersetzen kann. Er führt mal bergauf, mal bergab, und manche Stellen sind sehr nah am Wasser gelegen. Ihn als Joggingpfad zu nutzen, ist schon im Trockenen nicht ungefährlich. Man muss sehr genau hinsehen, um nicht über Steine oder eine Wurzel zu stolpern. Gestern war der Pfad auch noch zusätzlich rutschig vom Regen."

„Und die Stelle, an der Frau Bauer gefunden wurde?"

„An dieser Stelle geht es steil bergab, und der Pfad macht eine Kehrtwendung um 180 Grad. Es sieht so aus, als hätte sie die Kurve nicht bekommen, vielleicht ist sie auf dem Abhang ins Rutschen gekommen und geradeaus in die Traun gestürzt."

„Felix Bauer sagte mir, dass seine Schwester erst beim zweiten Ablaufen der Strecke gefunden wurde."

„Er ist die Strecke zuerst alleine gelaufen. Dachte wohl, seine Schwester könnte sich den Fuß gebrochen haben und festsitzen. Auf Anrufe auf ihrem Handy hat sie nicht reagiert. Das ist aber auch nicht verwunderlich, denn man hat dort unten nur an wenigen Stellen Empfang. Erst als er Frau Bauer nicht gefunden hat und sie auch bis Mitternacht nicht bei der Freundin auftauchte, kam er zu uns. Wir hatten große Lampen dabei, und selbst damit wären wir an ihr vorbeigelaufen, denn wenn Sie um die scharfe Linkskurve biegen, liegt die Tote mehr oder weniger zwei Meter tiefer und hinter ihnen. Es lässt sich schwer beschreiben, Sie müssten sich die Stelle anschauen. Letztendlich hat unser Suchhund angeschlagen, und so haben wir sie entdeckt."

„Das sieht erst einmal alles nach einem tragischen Unfall aus. So oder so müssen wir warten, was die Gerichtsmediziner dazu sagen."

„Ja, und selbst wenn sie sich vorher mit diesem Moritz Mainl gestritten hat, ist das ja nicht strafbar. Dann war es einfach unglücklich."

„Wir sollten auf jeden Fall Felix Bauer nochmals zu dem Streit befragen und natürlich auch Moritz Mainl selbst."

„Ich kenne Moritz Mainl nicht. Denken Sie, er ist Frau Bauer nach dem Streit hinterhergelaufen? Trauen Sie ihm einen Mord zu? Hätte er denn ein Motiv?"

„Spontan gesagt traue ich ihm keinen Mord zu. Aber da irrt man sich ja häufig. Momentan sehe ich auch kein Motiv. Im Gegenteil, er wollte Frau Bauer für sich gewinnen. Er wollte, dass sie ihre Beziehung zu Richard Mainl, zu seinem Vater, beendet, um mit ihm zusammen zu sein."

„Er wäre nicht der erste Mann, der einen Mord begeht, weil er die Angebetete nicht haben kann, damit sie auch kein anderer bekommt", erwiderte Frau Klein trocken und fuhr dann fort: „Vielleicht ist er ja noch in Traunstein? Ich werde Herrn Bauer fragen, ob er weiß, wo Moritz Mainl abgestiegen ist und wie lange er bleibt. Dann können wir ja direkt mit ihm sprechen."

„Uns hat er erzählt, dass er lediglich einen Tag in Traunstein sein wollte und heute zurück sei. Ich werde es hier unter seiner Telefonnummer versuchen. Sollte er zurückgefahren sein, dürfte er auch noch nichts von Hannah Bauers Tod wissen. Dann könnte uns eine Reaktion auch etwas verraten."

„Gut, also, wie wollen wir verbleiben?"

„Ich informiere meine Kollegen hier, und wir werden bei Moritz Mainl vorbeifahren. Ich werde mich auch mit der Mutter von Richard Mainl in Verbindung setzen, sie leben alle in einem Haus. Sicherlich hat Frau Mainl eine Handynummer von ihrem Sohn, er weiß ja auch noch nicht, was passiert ist. Haben Sie zufällig Herrn Bauer nach Richard Mainls Handynummer gefragt?"

„Ja, natürlich, das Handy ist ausgeschaltet. Aber vielleicht hat er ja noch eine zweite Nummer."

„Gut möglich. Was passiert nun mit der kleinen Tochter, Franziska?"

„Sie bleibt erst einmal bei der Freundin von Frau Bauer, bis Herr Mainl sich meldet."

„Also machen wir es so: Wer zuerst etwas herausfindet, meldet sich!"

Der Kommissar gab Isabella Klein noch seine Handynummer und beendete das Gespräch.

Inzwischen war sein Cappuccino kalt geworden. Er stand auf und ließ noch einen Espresso dazulaufen, so war der Kaffee wenigstens wieder lauwarm. In Gedanken versunken stand er am Küchenblock und trank in kleinen Schlucken.

Dann sah er auf seine Uhr. Es war zwanzig vor fünf.

Schlafen konnte er nun nicht mehr. Er beschloss, erst einmal zu frühstücken, bevor er Regina anrufen würde. Fünf Minuten später saß er mit der Zeitung und zwei dick bestrichenen Nutellabroten am Küchenblock. Andere Ereignisse hatten den Fall Mainl von der Titelseite verdrängt. Das würde sich morgen wieder ändern, wenn die Presse davon erfuhr, dass alles nur eine Täuschung gewesen war.

Der Kommissar überlegte, wie viele Informationen die Presse erhalten sollte. Wenn man jetzt von der Zweitfamilie erzählte und dann herauskam, dass Frau Bauer tot war, würde der Unfall bestimmt auf jeder Titelseite gebracht werden. Und jedermann würde sich in Spekulationen ergehen. Nachdenklich blieb er sitzen. Manchmal war das gar nicht so schlecht. Auf diese Weise kamen Dinge zutage, die man sonst nie beachtet hätte. Zuallererst aber musste man die Obduktion von Hannah Bauer abwarten.

Peter beendete sein Frühstück und ging duschen. Als er danach seine Kleider leise aus dem Schlafzimmer holen wollte, war Marion wach.

„Ist etwas Neues passiert?“

„Ja, ich erzähl es dir heute Abend. Ich habe schon gefrühstückt und fahre in zehn Minuten ins Kommissariat.“

Marion warf einen Blick auf ihren Wecker und gähnte. „Ich bleib noch einen Moment liegen.“

Peter nickte und verabschiedete sich mit einem Kuss.

2.

Als er leise die Haustür hinter sich ins Schloss zog, registrierte er, dass sein Auto fort war.

Besser gesagt, es war so neblig, dass man kaum die Hand vor Augen sehen konnte. Der Nebel hatte seinen Wagen, der gerade mal zehn Meter entfernt stand, einfach verschluckt. Die Feuchtigkeit umfing ihn wie ein nasses Handtuch. Langsam fuhr er los und kämpfte sich mühsam bis zur Autobahnauffahrt. Da musste er wohl heute mit 20 Stundenkilometern über die A 45 schleichen. Kaum hatte er jedoch das Hanauer Kreuz erreicht, stellte er fest, dass sich der Nebel lichtete und wohl nur wie eine dicke Suppe in Langenselbold hängen geblieben war. Wenn der Nebel sich ganz verzog, würde es sicherlich ein schöner Tag werden.

Über die Freisprechanlage rief er Regina an und erzählte ihr, was passiert war.

„Ach herrjeh, diese Familie hat aber wirklich kein Glück!"

„Sieht im Moment ganz so aus! Ich bin schon unterwegs ins Büro. Gegen acht werde ich bei Mainls vorbeifahren. Falls ich weder Vater noch Sohn antreffe, klingele ich bei Beatrice Mainl und frage sie nach ihrem Sohn und nach ihrem Enkel. Kannst du mich begleiten?"

„Ja, ich bin rechtzeitig im Kommissariat. Willst du Beatrice Mainl vom Tod Hannah Bauers erzählen?"

„Nein, noch nicht. Ich möchte zuerst die Reaktion von Vater und Sohn sehen."

„Na, da kann man nur hoffen, dass beide bald wieder auftauchen."

Regina traf um halb acht, zeitgleich mit Selin, im Büro ein. Fünf Minuten später wusste auch Selin über alles Bescheid.

„Stefan wird bestimmt nicht vor neun erscheinen, halte du hier bitte die Stellung!", wandte sich der Kommissar an seine jüngste Kollegin. „Sollte jemand von der Familie Mainl hier anrufen, stell ihn bitte auf mein Handy durch."

Selin nickte zustimmend, und der Kommissar und Regina verließen das Büro.

Kaum waren sie losgefahren, klingelte Peters Handy. Er nahm das Gespräch an, das automatisch über die Freisprechanlage im ganzen Auto zu hören war.

Isabella Klein, die Kollegin aus Traunstein, war am Apparat.

„Wir haben nochmals mit Herrn Bauer gesprochen. Er wusste nicht, wann Moritz Mainl heimfahren wollte, hat uns aber dessen Adresse gegeben. Es ist ein Einzimmerappartement in Eisenärzt."

Jetzt erinnerte sich Peter, dass Richard Mainl ihm einmal erzählt hatte, Moritz würde in dessen altem Appartement übernachten, wenn er in Traunstein war.

„Und konnten Sie ihn dort antreffen?"

„Leider nein, deswegen rufe ich auch an. Die Vermieterin war so nett, uns zu sagen, dass Herr Mainl gegen sieben Uhr aufgebrochen ist. Sie hatte sich noch geärgert, weil er wohl direkt unter ihrem Fenster den Motor hat laufen lassen, während er die Scheiben frei gekratzt hat."

„Ende April Scheiben kratzen?"

Isabella Klein lachte: „Im Gegensatz zu Frankfurt liegen wir hier 600 Meter hoch und haben auch noch ein bisschen anderes Wetter als Sie."

„Wir hatten dafür heute Morgen Nebel vom Feinsten. Zumindest ist Moritz Mainl dann noch die Nacht über dageblieben. Und vielleicht ist er jetzt auf dem Weg nach Hause. Meine Kollegin Frau Kolb und ich sind gerade unterwegs zur Familie Mainl, ich melde mich bei Ihnen, wenn wir etwas erfahren haben." Sie beendeten das Gespräch.

„Also brauchen wir es bei Moritz Mainl erst gar nicht zu versuchen", meinte Regina. „Fünfhundert Kilometer kann man nicht in einer Stunde schaffen."

„Vielleicht haben wir Glück bei Richard Mainl."

„Falls Felix Bauer ihn noch nicht erreicht hat, sind wir die Überbringer der schlechten Nachricht."

„Ja, wie leider so oft."

„Wirst du ihm dann sagen, dass Hannah wohl einen Streit mit Moritz hatte?"

„Ich weiß es noch nicht, das mache ich ganz von der Situation abhängig. Ich habe auch keine Ahnung, ob Moritz vielleicht am Montagabend noch mit seinem Vater gesprochen hat und ihm von seiner Liebe zu Hannah Bauer erzählt hat."

Den Rest der Fahrt schwiegen sie.

Gerade als der Kommissar mit seiner Kollegin aus dem Auto stieg, sah er Richard und Cornelia Mainl vor der Haustür parken. Offenbar hatten sie ihren Kurzausflug beendet. Er machte Regina ein Zeichen, doch auch sie hatte das Ehepaar schon gesehen. Sie hielten sich etwas abseits und ließen die Mainls aussteigen.

Noch bevor Herr Mainl die Tür aufschließen konnte, waren der Kommissar und Regina hinter ihm.

„Guten Morgen!"

Erschrocken drehten sich Richard und Cornelia Mainl um. Beide hatten tiefe Schatten unter den Augen. Ihre Gesichter waren sehr blass. Sie sahen aus, als hätten sie in der Nacht nicht geschlafen, was vermutlich auch der Fall war, falls sie sich endlich einmal ausgesprochen hatten.

„Herr Scheuermann, Frau Kolb!" Richard Mainl nickte ihnen knapp zu und sagte dann ärgerlich: „Gibt es einen Grund, uns so zu erschrecken?"

„Sie zu erschrecken war nicht unsere Absicht. Wir sind nur gerade zeitgleich mit Ihnen hier eingetroffen."

„Und was wollen Sie von uns?" Jetzt, da seine Frau wieder da war, merkte man ihm deutlich an, dass ihm die Beamten einfach nur lästig waren.

„Wir müssen dringend mit Ihnen beiden sprechen. Aber nicht hier auf der Straße!" Die Stimme des Kommissars war freundlich, aber bestimmt.

Nun schaltete sich Frau Mainl in das Gespräch ein: „Natürlich, ich hatte das schon erwartet. Andreas hat mich gestern Abend noch angerufen. Es stimmt, was er Ihnen berichtet hat, es gab keine Entführung. Bitte kommen Sie mit nach oben!“ Ihre Stimme war leise, aber fest.

Dann wusste Cornelia Mainl also, dass die Polizei über ihr Täuschungsmanöver im Bild war, und hatte vermutlich auch mit ihrem Mann darüber gesprochen.

Schweigend folgten Peter und Regina den Mainls in den zweiten Stock.

„Ich mache uns noch einen Tee, oder möchten Sie lieber Kaffee?“

„Kaffee wäre uns am liebsten, vielen Dank!“ Regina hatte für sie beide gesprochen, und Cornelia Mainl nahm Kurs auf die Küche.

Richard Mainl ging voran ins Wohnzimmer. Seinen Mantel legte er achtlos über die Sessellehne.

„Bitte, nehmen Sie Platz!“ Er deutete vage auf die anderen Sessel und die Couch. In Gedanken schien er weit weg zu sein.

Der Kommissar und seine Kollegin setzten sich in einen Sessel.

Richard Mainl drehte ihnen den Rücken zu, stand am Fenster und starrte hinaus.

Der Kommissar sah zu seiner Kollegin und legte den Zeigfinger an die Lippen. Regina nickte verstehend.

Die Stille schien den Raum auszufüllen. Man konnte nur Frau Mainl in der Küche mit dem Geschirr klappern hören.

Richard Mainl drehte sich nicht um, als er zu sprechen begann.

„Meine Frau hat mir erzählt, dass die ganze Entführung nur vorgetäuscht war.“

Peter und Regina schwiegen.

„Ich kann es noch nicht ganz fassen. Ich habe solche Ängste ausgestanden. Sie hat mich dem einfach ausgesetzt. Und alle haben mitgemacht.“

„Das zeigt vielleicht, wie sehr Sie Ihre Familie verletzt haben", entgegnete der Kommissar nun doch.

Richard Mainl drehte sich um und sah den Kommissar an: „Sehr drastische Methode, um Rache zu nehmen, finden Sie nicht auch?"

In diesem Moment kam Cornelia Mainl zur Tür herein. Sie hatte die letzten Worte ihres Mannes noch gehört.

„Es geht nicht um Rache. Ich habe versucht, dir das heute Nacht zu erklären."

Sie stellte das Tablett auf dem kleinen Tischchen ab und goss den Kaffee in die vier Tassen. Dann zeigte sie auf Zucker, Milch und Löffel und bat die Beamten, sich zu bedienen.

„Richard, sei so lieb und setzte dich hier zu mir auf die Couch, damit wir in Ruhe mit Herrn Scheuermann und Frau Kolb reden können."

Zögernd ließ sich Herr Mainl auf dem Zweisitzer neben seiner Frau nieder.

„Frau Mainl, Sie haben uns unten an der Haustür schon gesagt, dass es keine Entführung gegeben hat. Dazu werden wir Sie noch eingehend befragen. Sie werden sich auch für die Täuschung zu verantworten haben", begann Peter.

„Ja, das weiß ich. Sie können mich jetzt alles fragen."

„Ich muss meine Fragen erst noch zurückstellen. Es ist ein Ereignis eingetreten, über das wir zuerst sprechen sollten."

Leicht erstaunt blickten beide Mainls den Kommissar an. Peter wandte sich an Richard Mainl: „Herr Mainl, die Polizei in Traunstein hat versucht, Sie zu erreichen, ebenso wollte Felix Bauer Sie anrufen."

„Ich habe mein Handy ausgeschaltet, wollte nur für Cornelia da sein. Was ist denn los?"

„Hannah Bauer ist gestern Abend nicht vom Joggen zurückgekommen. Sie wurde in der Nacht tot in der Traun aufgefunden."

„Was? Was sagen Sie da?" Richard Mainl war aufgesprungen. „Nun reden Sie schon! Das kann doch gar nicht sein!“ Beim letzten Satz war er laut geworden.

„Es ist leider die Wahrheit. Der Pfad, den sie entlanglief, ist an dieser Stelle wohl sehr schmal. Derzeit gehen wir davon aus, dass sie ins Wasser gestürzt ist und sich das Genick gebrochen hat.“

Richard Mainl blieb wie zur Salzsäule erstarrt stehen. Seine Frau war noch blasser geworden. Sie biss sich auf die Lippen und sah ihren Mann unverwandt an.

„Hannah! Aber sie geht doch immer joggen, das ist doch nicht gefährlich. Ich glaube Ihnen nicht. Überhaupt nicht! Sie haben sich mit meiner Familie verschworen! Sie wollen mir alle eins auswischen. Sie sind neidisch, weil ich zwei Familien habe!“ Herr Mainls Stimme überschlug sich.

Regina und Peter hatten sich erhoben. Regina trat zu Richard Mainl. „Herr Mainl, mit so etwas würden wir niemals Scherze machen. Es ist leider wahr. Hannah Bauer ist tot.“

„Nein! Ich will das einfach nicht glauben!“ Richard Mainls Stimme war nur noch ein Flüstern.

Cornelia Mainl stand auf und ging auf ihren Mann zu. Sie machte Anstalten, ihn in die Arme zu nehmen, doch er stieß sie heftig weg.

„Lass mich, lasst mich alle in Ruhe! Das ist doch das, was du wolltest! Hannah ist tot! Bist du nun glücklich?“

„Richard! Das habe ich nie gewollt. Und das weißt du auch.“ Cornelias Stimme war das Entsetzen anzuhören.

Richard Mainl ließ sich auf den noch freien Sessel fallen, das Gesicht hatte er in den Händen verborgen. Leises Schluchzen war zu hören.

Frau Mainl starrte blicklos aus dem Fenster. Peter und Regina blieben abwartend stehen.

Plötzlich hob Herr Mainl seinen Kopf und wischte sich energisch seine Tränen ab.

„Wo ist Franziska jetzt?“

Cornelia Mainl zuckte leicht zusammen.

Der Kommissar antwortete: „Bei einer Freundin von

Frau Bauer. Dort hätte sie auch bleiben sollen, während Frau Bauer ihren Kurzurlaub macht."

„Steffi", Herr Mainl nickte. „Ja, sie muss bei Steffi sein." Er machte eine Pause. „Weiß Franziska es schon?"

„Das kann ich Ihnen nicht sagen. Da setzen Sie sich am besten mit dieser Steffi oder Felix Bauer in Verbindung."

„Mein Gott, was soll jetzt nur werden? Sie ist doch noch so klein und hat keine Mutter mehr."

Herr Mainl hatte wieder das Gesicht in den Händen vergraben. Es war still im Raum, niemand sprach. Der Straßenverkehr drang nur ganz leise zu ihnen herauf. Die Beamten ließen den Mainls Zeit, das Gehörte zu erfassen.

Plötzlich drehte Cornelia Mainl sich vom Fenster weg und sagte bestimmt: „Aber Franziska hat einen Vater!" Sie stellte sich neben den Sessel ihres Mannes. Er beachtete sie nicht.

„Richard, bitte hör mir zu und sieh mich an!"

Widerstrebend drehte er den Kopf in ihre Richtung. Er ließ es sich sogar gefallen, dass sie seine Hand nahm. Cornelia fuhr fort: „Es stimmt, Franziska hat nun keine Mutter mehr. Aber sie hat dich, und sie wird dich brauchen. Ich werde dir nicht im Weg stehen. Es war falsch, dich auf diese Weise zurückgewinnen zu wollen, das weiß ich jetzt. Ich bin traurig und verletzt, und ja, ich wollte dich ängstigen. Ich dachte, wenn du erst einmal richtig Angst um mich hast, erkennst du, dass du in Wirklichkeit nur mich liebst. Doch nun ist alles anders gekommen …"

„Ach, Cornelia!", Richard Mainl schüttelte den Kopf, doch er zog seine Hand nicht weg. „Irgendwie haben wir wohl alle etwas falsch gemacht."

„Fahr nach Traunstein, Richard! Kümmere dich um Franziska!"

Richard Mainl nickte zögernd. Eine Weile blieb es still im Raum.

„Herr Mainl", schaltete sich Peter nun wieder in das Gespräch ein, „Wir würden auch gerne mit Ihrem Sohn Moritz sprechen. Haben Sie eine Handynummer für uns?"

„Ach Gott, Moritz! Er war ja gestern in Traunstein, er wollte heute Vormittag zurückfahren. Sicher weiß er noch nicht, was passiert ist."

„Er ist wohl heute Morgen um sieben aufgebrochen. Hat er mit Ihnen am Montagabend noch gesprochen?"

„Montagabend? Wieso, was war denn da?"

„Wir hatten mit Ihrem Sohn Moritz nochmal auf dem Revier gesprochen. Und ich hatte ihm, genauso wie ich es Ihnen am Morgen erzählt habe, gesagt, dass ich gesehen habe, wie er Hand in Hand mit Hannah Bauer am Ufer der Traun spazieren ging."

Cornelia sah den Kommissar erstaunt an.

Ihr Mann antwortete: „Ach das! Ja, darüber haben wir gesprochen. Er mag Hannah Bauer, sie ist ihm sympathisch. Sie hat ihn getröstet, weil Cornelia verschwunden war."

„Da Ihr Sohn aber in das Spiel eingeweiht war, hat er sich wohl kaum Sorgen um seine Mutter gemacht."

„Das wusste ich zu diesem Zeitpunkt noch nicht. Und jetzt …", er machte eine Pause, dann fuhr er leise fort, „jetzt ist es irgendwie nicht mehr von Belang, oder?"

„Wir würden trotzdem gerne noch mal mit ihm sprechen. Haben Sie seine Handynummer für uns?"

Cornelia Mainl hatte die Nummer schon auf einen kleinen Zettel geschrieben und reichte ihn dem Kommissar.

„Ich verstehe nicht ganz, was Moritz damit zu tun hat."

„Nun, er stand zumindest auch in engem Kontakt zu Frau Bauer. Felix Bauer hat berichtet, dass Ihr Sohn Moritz wohl einen kleinen Streit mit Hannah Bauer im Studio hatte. Ich möchte ihn dazu einfach befragen."

Ruckartig war Richard Mainl aufgestanden. „Was soll das? Was hat der Streit mit Hannahs Unfall zu tun?"

„Wahrscheinlich gar nichts. Solange aber noch nicht alle Fakten geklärt sind, müssen wir uns für alles interessieren", entgegnete der Kommissar ruhig.

„Ich werde Moritz jetzt anrufen und ihm von Hannah

erzählen. Das muss er ja nicht unbedingt von der Polizei erfahren. Danach können Sie mit ihm sprechen", entschied Richard Mainl.

Peter nickte zustimmend.

Mainl hatte schon das Telefon in der Hand und wählte.

„The person you have called is temporarily not available" ertönte eine monotone Stimme, so laut, dass es alle im Raum hören konnten.

Richard Mainl schnitt eine Grimasse: „Er hat gerade keinen Empfang, ich werde es später wieder versuchen. Sind wir soweit fertig? Ich würde gerne meine Sachen für Traunstein packen."

Der Kommissar nickte: „Wir werden es später auch noch probieren." Er wandte sich an Cornelia Mainl: „Sie möchte ich bitten, nachher auf das Kommissariat zu kommen, wir müssen Ihre Aussage noch aufnehmen! Sagen wir, gegen zwölf Uhr?"

Frau Mainl nickte zustimmend, und der Kommissar und seine Kollegin verließen die Wohnung.

3.

Draußen auf der Straße meinte Regina: „Dafür, dass Herr Mainl seiner Frau solche Vorwürfe gemacht hat, hat sie aber sehr großzügig reagiert, was die kleine Tochter ihres Mannes angeht."

Peter schloss den Wagen auf, und sie setzten sich hinein.

„Ja, diese Kehrtwendung hat mich auch etwas gewundert", musste der Kommissar zugeben.

„Vielleicht hat sie sich in der Woche genug Gedanken gemacht und nach ihrer Rückkehr gemerkt, dass sie so ihren Mann nicht für sich gewinnt."

„Vermutlich. Und sie hat nun nicht mehr Hannah als Konkurrentin. Franziska ist noch sehr klein, sie wird ihren Vater brauchen."

Das Klingeln des Mobiltelefons unterbrach ihre Betrachtungen. Peter drückte die Freisprechtaste, die Kollegin aus Traunstein meldete sich:

„Ich wollte Sie auch gerade anrufen", meinte Peter. „Wir haben Herrn und Frau Mainl angetroffen. Herr Mainl hat erwartungsgemäß sehr heftig auf den Tod von Frau Bauer reagiert. Er packt jetzt gerade seine Sachen und will nach Traunstein fahren, um sich um seine Tochter zu kümmern."

„Gut, ich habe auch neue Informationen für Sie."

„Okay?"

„Die ersten Ergebnisse der Obduktion von Frau Bauer haben ergeben, dass sie tatsächlich einen Genickbruch erlitten hat. An den Armen hatte sie tiefe Kratzer, ebenso am Hals."

„Striemen, Würgemale?"

„Eher nicht vom Würgen, tiefe Kratzer."

„Könnten die von dem Sturz stammen? Ist sie an Ästen hängen geblieben?"

„Möglich wäre es. Unsere Gerichtsmedizinerin hat aber auch noch eine Quetschung am Oberarm entdeckt. Und da handelt es sich eindeutig um den Abdruck starker Finger. Deswegen werden jetzt die Schrammen genau untersucht."

„Irgendwelche Hautrückstände unter den Fingernägeln der Toten?"

„Das wird alles noch genau geprüft, vielleicht wurde nicht alles vom Wasser weggespült."

„Also wäre es auch möglich, dass es einen Kampf am Wasser gegeben hat?"

„Ja, das wäre möglich. Vielleicht entdeckt die Spurensicherung noch etwas. Allerdings könnte der Abdruck am Arm ja auch schon etwas früher entstanden sein, zum Beispiel bei dem Streit mit Moritz Mainl im Studio."

„Wir haben versucht, Moritz Mainl über sein Handy zu erreichen. Es war abgeschaltet, wir werden es aber weiter versuchen."

„Jetzt kommen wir zur zweiten Information. Moritz Mainl weiß, dass Hannah Bauer tot ist."

„Woher wissen Sie das?"

„Wir waren bei der Freundin von Frau Bauer, die auf Franziska aufpasst, Steffanie Albrecht. Sie hat uns berichtet, dass Moritz Mainl um kurz nach sieben heute Morgen geklingelt hat. Er hätte sich von Hannah verabschieden wollen. Als Frau Albrecht ihm dann gesagt hat, was passiert war, wäre er völlig fassungslos in Tränen ausgebrochen und hätte immer nur gesagt: *Und wir haben noch gestritten. Was bin ich für ein blöder Idiot!*"

„Und dann?"

„Dann sei er in sein Auto gesprungen und mit quietschenden Reifen davongefahren."

„Und nun hat er sein Handy ausgeschaltet."

„Sollen wir ihn zur Fahndung ausschreiben, was meinen Sie?"

Peter überlegte einen Moment. Regina neben ihm nickte heftig.

„Lassen Sie uns mal kurz zusammenfassen: Es ist durchaus möglich, dass Hannah Bauer nicht einfach einen

Unfall hatte. Der Mann, der sie liebt, hat kurz vorher mit ihr einen Streit. Das behauptet zum einen Felix Bauer, der Bruder der Toten, zum anderen Moritz Mainl selbst. Er spricht davon, als er die Todesnachricht erhält. Falls Moritz Mainl Hannahs Tod bewusst herbeigeführt hat, ist er ein guter Schauspieler. Er bleibt die Nacht noch in Eisenärzt, taucht morgens bei Frau Albrecht auf und tut so, als wüsste er von nichts. Dann fährt er unter laut geäußerten Selbstvorwürfen panikartig davon.

Falls er nicht unmittelbar etwas mit Frau Bauers Tod zu tun hat, macht er sich vielleicht Vorwürfe, mit ihr gestritten zu haben. Vielleicht glaubt er, sie sei, weil sie so aufgeregt über den Streit war, gestürzt, ähnlich wie Felix Bauer das vermutet. Wenn Moritz Mainl sich nun also die Schuld gibt, fluchtartig davonfährt, sein Handy ausschaltet, könnte er auch stark suizidgefährdet sein. Ja, lassen Sie die Fahndung nach ihm anrollen. Ich schick Ihnen gleich vom Büro aus eine Mail mit dem Link zu dem Fitnessstudio, das Moritz Mainl hier neben seinem Studium leitet. Daraus können Sie ein Bild und alle Informationen entnehmen."

„Gut, ich werde Sie auf dem Laufenden halten."

Das Gespräch mit der Kollegin aus Traunstein war beendet.

4.

„Lass uns kurz hier nebenan beim Metzger Frühstück holen, meins liegt schon so lange zurück“, schlug Peter Regina vor.

„Sehr gute Idee, meins hat noch gar nicht stattgefunden.“

Sie stiegen noch mal aus dem Auto und holten für alle Mettbrötchen, nur für Selin erstanden sie ein Käsebrötchen.

„Besprechung in fünf Minuten, mit Frühstück!“, verkündete Peter beim Betreten des Büros.

Dann setzten sie Selin, Stefan, Ralph und Beate über die neuesten Geschehnisse ins Bild.

„Hältst du Moritz Mainl wirklich für einen Mörder?“, fragte Selin ihren Chef.

Peter zuckte mit den Schultern. „Wenn ich das wüsste, wären wir schon einen Schritt weiter. Was denkt ihr?“ Er sah auffordernd in die Runde.

„Ich schätze ihn nicht so abgebrüht ein, dass er den Mord begeht und dann morgens seelenruhig bei der Freundin auftaucht“, meinte Selin.

„Verliebte Männer kann man nur schwer einschätzen“, entgegnete Stefan.

„Aber warum sollte er sie umbringen? So lange sie lebt, kann er doch noch die Hoffnung haben, sie umzustimmen“, kam es von Beate.

„Es könnte eine Kurzschlussreaktion gewesen sein“, erwiderte Ralph.

„Noch wissen wir gar nicht, ob es Mord war. Gut möglich, dass Frau Bauer sich die Kratzer beim Sturz zugezogen hat, die Stelle ist ja wohl mitten im Wald. Der Abdruck am Arm könnte ihr ja schon vorher zugefügt worden sein. Sie hatten Streit, Moritz Mainl packt sie zu fest am Arm. Sie trennen sich. Hannah Bauer gibt ihre Tochter bei der Freundin ab, sagt, sie geht joggen und würde dann nochmal vorbeikommen. Sie ist aufgeregt, achtet nicht auf den

Weg, stürzt unglücklich und bricht sich dabei das Genick", gab Regina zu bedenken.

„Wir sollten unbedingt ad eins mit Felix Bauer sprechen, ad zwei mit Steffi Albrecht und uns ad drei auch noch mal im Studio in Traunstein umhören, ob noch irgendjemand von dem Streit etwas mitbekommen hat. Felix Bauer hat mir heute früh berichtet, dass er Hannah und Moritz gebeten hätte, ihren Streit woanders weiterzuführen, damit nicht das ganze Studio zuhören müsste", schaltete sich Peter wieder ein.

„Klären *wir* das, oder machen das die Kollegen aus Traunstein?", fragte Regina.

„Vielleicht sollten wir das zusammen machen. Wir kennen nun die Familie Mainl schon ein wenig. Ich denke, wir sollten vor Ort sein!"

„Zu zweit?"

„Ja, und das am besten so schnell wie möglich. Ich würde mir gerne um zwölf Uhr noch Cornelia Mainls Aussage anhören, danach könnte ich meine Tasche packen und gegen fünfzehn Uhr starten."

Sie einigten sich darauf, dass Selin den Kommissar begleiten sollte. Regina hätte Schwierigkeiten gehabt, die Betreuung ihres Sohnes so spontan zu organisieren.

Peter ging in sein Büro und rief Marion an, um ihr zu sagen, dass er noch einmal für ein paar Tage nach Traunstein fahren würde.

„Sehen wir uns heute Mittag noch kurz?", fragte er sie dann.

„Ich bin gegen zwei Uhr zu Hause, wenn du erst um drei fährst, sehen wir uns."

„Sehr schön, ich hoffe, ich bin bis zum Wochenende wieder zurück."

„Das hoffe ich auch, denn sonst verpasst du meine Aufführung." Marions Stimme hörte sich leicht frustriert an.

„Ich werde alles daran setzen, dass es klappt", versprach Peter und legte auf.

Ein ungutes Gefühl breitete sich in seiner Magengegend aus. Hoffentlich klappte das wirklich! Er beruhigte sich mit dem Gedanken, dass heute ja erst Mittwoch war. Sie konnten den ganzen Donnerstag und den Freitag ermitteln. Dann wurden sie vor Ort vielleicht gar nicht mehr gebraucht, und die Aufführung war ja erst am Samstagabend.

Er rief Isabella Klein an, um ihr zu sagen, dass er heute Abend zusammen mit seiner Kollegin Selin Cipa eintreffen würde.

„Prima, soll ich Ihnen hier zwei Zimmer reservieren?"

„Ja, gerne!" Der Kommissar nannte ihr den Gasthof, in dem er in der vergangenen Woche gewesen war.

„Mit Ihrer Erlaubnis würde ich bei einem anderen Gasthof anfragen. Ist acht Kilometer von Traunstein entfernt, aber näher an der Unfallstelle und, was vielleicht ganz interessant für Sie ist, hat Fischereirechte in einem Stück der Traun. Vielleicht haben wir ja zwischendurch mal zwei, drei Stunden Zeit, und ich zeige Ihnen ein paar schöne Stellen."

„Solange ich Samstagabend spätestens um neunzehn Uhr zu Hause bin, damit ich die Theateraufführung meiner Frau nicht verpasse, lasse ich mich sehr gerne auf Ihr Angebot ein."

„Also abgemacht! Ich maile Ihnen die Adresse gleich nach der Reservierung zu. Fischt Ihre Kollegin auch?"

„Nein, sie ist eher der Radfahrprofi."

„Na, dann haben wir hier auch die idealen Strecken für sie. Sie kann sich im Fitnessstudio von Herrn Bauer garantiert ein Bike ausleihen, wenn sie mag."

„Ich werde es ihr berichten. Erreiche ich Sie heute Abend noch telefonisch?"

Isabella Klein gab dem Kommissar ihre Handynummer. „Klingeln Sie mich an, wenn Sie die Autobahn verlassen. Wenn es nicht zu spät ist, können wir in Ihrem Gasthof noch zusammen etwas essen und uns gegenseitig auf den neuesten Stand bringen."

Fünf Minuten später hatte Peter die Reservierungsbestätigung für zwei Zimmer und eine Anfahrtskizze per Mail erhalten. Er druckte alles aus und legte es zum Mitnehmen zurecht.

5.

Punkt zwölf erschien Cornelia Mainl auf dem Kommissariat.

Sie war nun dezent geschminkt, sodass man die Schatten unter den Augen nur noch erahnen konnte. Frau Mainl trug eine schmal geschnittene Jeans, Wildleder-Ballerinas und eine leuchtend blaue Seidenbluse.

Der Kommissar bat sie, Platz zu nehmen, und rief Regina zu sich ins Zimmer.

„Frau Mainl, Sie haben uns schon gesagt, dass Sie die Entführung nur vorgetäuscht haben. Jetzt möchten wir wissen, wie Sie auf die Idee gekommen sind und wie Sie das alles geplant haben. Ihr Mann war der festen Überzeugung, sie wüssten nichts von Hannah Bauer und Franziska."

„Bis vor zwei Monaten wusste ich auch wirklich nichts davon", entgegnete Cornelia Mainl mit leiser Stimme.

„Wie haben Sie dann davon erfahren?"

Cornelia Mainl räusperte sich: „Kann ich vielleicht ein Glas Wasser haben? Es ist eine längere Geschichte."

Regina füllte ein Glas mit Wasser und stellte es kommentarlos vor sie hin.

„Danke! Also es war einfach ein blöder Zufall, wie das manchmal so ist im Leben." Sie holte tief Luft und fuhr fort: „Franziska, die uneheliche Tochter meines Mannes, hatte einen kurzen Krankenhausaufenthalt, und man hat die Rechnung dafür versehentlich hierher geschickt. Da ich immer die Post öffne und mich um die ganzen Finanzen kümmere, habe ich die Rechnung in die Hände bekommen. Ich rief sofort im Krankenhaus an und sagte, dass wir keine Tochter hätten. Dort bekam ich dann die Auskunft, dass in der Krankenakte aber Richard als Vater vermerkt sei. Mit zwei Adressen, und man habe es versehentlich an die zweite Adresse geschickt. Ich habe einen Detektiv engagiert und nach und nach bekam ich alles heraus."

„Warum haben Sie Ihren Mann nicht direkt gefragt?"

„Weil das Ganze so unglaublich war, dass ich nicht die Kraft dazu hatte."

„Und warum dann die selbst inszenierte Entführung?"

„Heute kann ich sagen: eine Kurzschlussreaktion. Ich war, nein, ich bin so verletzt von der Tatsache, dass Richard neben mir noch eine Frau hat. Also habe ich Kriegsrat mit meinen Söhnen und meiner Freundin Angelika gehalten. Mit Angelika habe ich auch den Plan entworfen. Dann haben wir Andreas eingeweiht. Er war dagegen, aber wir konnten ihn überreden. Wir entwickelten den Plan. Benjamin hatte die Idee mit der Lösegeldübergabe auf der Dippemess, er hat dort vor zwei Jahren mal gejobbt und weiß, wie das funktioniert in der Geisterbahn. Da ich die ganze Silberhochzeit organisiert habe, konnte ich das mit der Überraschung ganz einfach tricksen. Ich bestellte die Torte ab und wusste, dass stattdessen Angelikas Freund Stefan klingeln würde. Ich tat so, als wollte ich unten aufmachen, und klemmte den Zettel in die Tür. Dann stieg ich zu Stefan ins Auto, warf das von ihm vorbereitete Taschentuch zum Fenster hinaus, und er fuhr mich zu Angelikas Haus im Hafenlohrtal.

Ich habe die ganze Nacht geweint und wäre am liebsten sofort zurückgefahren. Doch dann kam die Wut in mir hoch: Wir reden hier nicht von einer Affäre. Nein, mein Mann hat neben mir noch eine komplette Beziehung aufgebaut. Waren wir ihm nicht genug? Ich habe gehofft, dass Richard merkt, wen er wirklich liebt, zu wem er gehört, wenn ich eine Woche verschwunden bin und er sich Sorgen machen muss."

„Aber das hat nicht funktioniert, oder?"

„Einen kurzen Augenblick dachte ich, er weiß nun, wo er hingehört. Doch dann haben Sie herausbekommen, dass Andreas das Band besprochen hat. Da musste ich es Richard sagen."

„Wie hat er reagiert?"

„Fassungslos! Wir haben die ganze Nacht diskutiert.

Ich hoffe, dass er eines Tages versteht, warum ich das getan habe."

„Was haben Sie mit dem Lösegeld gemacht?"

„Das sollen Moritz und Benjamin bekommen. Wer weiß, wie viel Geld er für diese Hannah und ihre Tochter ausgegeben hat."

Sie schwieg, in Gedanken versunken. Dann fuhr sie fort, die Verzweiflung in ihrer Stimme war deutlich zu hören: „Richard wollte nie ein drittes Kind haben. Ich schon, wir haben oft darüber diskutiert. Aber eine solche Entscheidung sollte man zu zweit treffen, und irgendwann habe ich nicht mehr davon gesprochen. Und dann geht er her und bekommt mit einer Frau, die fast seine Tochter sein könnte, ein Kind! Wissen Sie, wie schlimm das ist? Bei mir ist die biologische Uhr abgelaufen, jetzt ist das vorbei."

„Das muss Sie sehr gekränkt haben", warf Regina ein. „Aber haben Sie einmal überlegt, wie viele Ängste ihr Mann ausgestanden hat, und nicht nur er?"

„Ich wollte, dass er Angst um mich hat. Das habe ich doch schon erklärt."

„Die hatten aber nicht nur Ihr Mann und Ihre Schwiegermutter, Frau Mainl. Die Leser der Zeitungen, die Fernsehzuschauer, unser Team: Alle haben um Ihr Leben gefürchtet."

Frau Mainl sank ein Stück in sich zusammen: „Ich kann es nun nicht mehr rückgängig machen, und mein Mann trägt mindestens genauso viel Schuld an der Situation wie ich", verteidigte sie sich dann lahm.

Eine Weile schwiegen sie. Nur das Ticken der Wanduhr war zu hören.

„Und wie soll es nun weitergehen?", fragte der Kommissar.

„Ich weiß es nicht, mal sehen, was die Zeit bringt. Richard soll sich um seine Tochter kümmern. Vielleicht gewinne ich ihn am ehesten zurück, wenn ich die Tatsachen akzeptiere. Vielleicht geht er nun aber auch ganz, obwohl er mir erst vor zwei Wochen bei der Silberhochzeit seine

Liebe beteuert hat.“ Nun konnte Frau Mainl ihre Tränen nicht mehr zurückhalten.

„Wo haben Sie beide eigentlich die vergangene Nacht verbracht?“, fragte der Kommissar schließlich.

„Im Spessart, im Haus meiner Freundin Angelika, ist das wichtig?“

„Kann das jemand bezeugen? Hat sie dort jemand gesehen?“

„Wir haben in Rohrbrunn heute Morgen getankt. Den Beleg kann ich Ihnen zeigen.“ Frau Mainls Stimme klang erstaunt.

„Und hat Sie dort im Hafenlohrtal gestern Abend jemand gesehen?“

Frau Mainl schüttelte irritiert den Kopf. „Was soll das? Warum muss uns jemand gesehen haben? Angelika hat mir den Schlüssel ins Krankenhaus gebracht, und Richard und ich sind direkt losgefahren, um uns in Ruhe auszusprechen.“

„Und Sie haben wann ungefähr getankt?“

„Gegen sieben Uhr heute Morgen.“

„Gut, dann nur noch eine Frage: Hat sich Ihr Sohn Moritz bei Ihnen in der Zwischenzeit gemeldet?“

„Nein , noch nicht.“

„Wussten Sie, dass Moritz in Hannah verliebt war?“

Frau Mainl gab keine Antwort, sie starrte nur blicklos vor sich hin.

„Frau Mainl, könnten Sie bitte die Frage meines Kollegen beantworten!“, forderte Regina bestimmt.

Cornelia Mainl stützte den Kopf in die Hände. Dann schien sie sich einen Ruck zu geben. „Ja, er hat es mir diese Woche gesagt. Er hat mich im Hafenlohrtal besucht. Zuerst fühlte ich mich ein zweites Mal hintergangen. Auch mein Sohn war auf diese Schlange hereingefallen. Wir haben uns heftig gestritten. Doch schließlich kam ich zu der Erkenntnis, dass das vielleicht sogar die Lösung für unser Problem sein könnte. Altersmäßig passte Hannah Bauer viel besser zu meinem Sohn. Auch er könnte ein guter Vater für Franziska sein. Irgendwie hätte alles in der Familie bleiben können, ohne dass es groß auffiel."

„Aber nur unter der Bedingung, dass Ihr Ehemann seine Beziehung zu Hannah Bauer aufgeben würde."

„Das hätte ja klappen können."

Solche Arrangements klappten selten, doch das behielt Peter lieber für sich.

„Falls Ihr Sohn Moritz sich bei Ihnen meldet, richten Sie ihm bitte aus, dass er hier anrufen soll", bat der Kommissar. Dann erhob er sich, um das Ende des Gesprächs zu signalisieren.

Nachdem Frau Mainl gegangen war, blieb Peter nachdenklich am Fenster stehen.

„Was denkst du?", fragte Regina ihn.

„Falls Hannah Bauer wirklich einen Schubs bekommen hat, hätten theoretisch auch Cornelia und Richard Mainl zu der Zeit im Chiemgau sein können. Die Tankquittung besagt gar nichts. Auf dem Rückweg hätten sie genau da tanken können."

„Bisschen unwahrscheinlich, oder?"

„Ja, schon, immerhin hat Richard Hannah ja geliebt. Es ging mir nur darum, alle Möglichkeiten aufzuzeigen."

Regina nickte zustimmend: „Ja, das kann noch spannend werden. Wann brecht ihr auf?"

„Ich fahre jetzt heim und hole um 15 Uhr Selin zu Hause ab, dann geht's los."

6.

Peter holte Selin pünktlich ab. Er hatte seine Angelsachen dabei, sie hatte eine Tasche mit ihren Fahrradklamotten gepackt. Vielleicht ergab sich ja wirklich die Möglichkeit für eine Tour.

Die A 3 war, wie so oft nachmittags, brechend voll. An einer der vielen Baustellen war ein Lastwagen auf der rechten Spur liegen geblieben und verursachte einen zehn Kilometer langen Stau.

Peter schwärmte Selin von der Landschaft an ihrem Fahrtziel vor. Auch wenn sein Augenmerk eher auf das Wasser gerichtet war, konnte er doch ein gutes Bild von der Umgebung Traunsteins vermitteln.

„Hoffen wir, dass noch ein wenig Zeit dafür übrig bleibt!", meinte Selin.

Ab und zu versuchte sie, Moritz Mainl anzurufen. Doch sein Handy war nach wie vor abgeschaltet.

Auf der A 9 kamen sie dann zügig voran. Um München herum war zwar viel los, aber kein Stau, und gegen 20 Uhr verließen sie die Autobahn.

Der Kommissar rief seine Kollegin in Traunstein an, und sie verabredeten, sich in dreißig Minuten in der Gaststube des Hotels zu treffen.

Peter und Selin saßen an einem Vierertisch in der rustikalen Stube, als die Tür aufging und eine auffallend große Frau hereinkam. Die langen, blonden Haare hatte sie zu einem Zopf geflochten. Ihre braunen Augen blickten sich suchend um. Sie grüßte kurz zum Nebentisch hinüber, wo offenbar Bekannte saßen. Dann fand sie in dem Kommissar und seiner Kollegin die Gesuchten, und sie ging geradewegs auf ihren Tisch zu.

Sie hat etwas von einer Raubkatze an sich, musste Peter unwillkürlich denken. Sie machte große, federnde Schritte. Alles an ihr war schnell und zielstrebig. Sie schien den ganzen Raum zu beherrschen.

Ihr Mund verzog sich zu einem herzlichen Lächeln: „Guten Abend! Elfi hat mir schon gesagt, dass ich hier im Raum die Kollegen aus Frankfurt finde. Ich bin Isabella Klein, auch wenn mein Nachname nicht ganz zu mir passen möchte.“ Damit streckte sie zuerst Selin die Hand entgegen und schüttelte dann die von Peter kräftig. Zudrücken konnte die Raubkatze also auch.

Peter stellte sich und Selin vor, und Isabella Klein nahm Platz.

„Haben Sie schon etwas zu essen ausgesucht? Ich kann die Forellen hier sehr empfehlen.“

Sie bestellten, dann wandte sich ihre Unterhaltung dem Fall Hannah Bauer zu.

Mit leiser Stimme begann die Kommissarin: „Von Moritz Mainl haben wir noch keine Spur. Richard Mainl hat sich inzwischen mit uns in Verbindung gesetzt. Er ist heute Nachmittag in Traunstein eingetroffen und hat seine Tochter Franziska bei Frau Albrecht abgeholt. Er wird noch mindestens bis zum Wochenende in Hannah Bauers Wohnung bleiben, die er ja immer eine halbe Woche mit bewohnt hat. Morgen Mittag bekommen wir noch genauere Details, was die Obduktion von Hannah Bauer betrifft. Und davor sollten wir uns vielleicht mal die Unfallstelle genauer ansehen.“

Der Kommissar nickte zustimmend und zusammen mit Selin stellten sie ein paar Mutmaßungen an, wie es nun mit der Familie weitergehen würde.

Zwischendurch kamen ihre köstlichen Forellen, und das Gespräch verstummte, während sie es sich schmecken ließen.

„Noch können wir nicht sagen, ob Hannah Bauer getötet wurde oder wirklich nur einen tragischen Unfall hatte“, nahm Isabella Klein das Gespräch nach dem Essen wieder auf.

„Hoffentlich können wir das überhaupt herausfinden“, stimmte Peter zu. „Es ist immer ein unbefriedigendes Gefühl, wenn alles nur eine vage Ahnung bleibt.“

Sie verabredeten, dass der Kommissar und seine Kollegin am nächsten Morgen zunächst versuchen würden, mit Felix Bauer und Steffi Albrecht zu sprechen. Isabella Klein gab ihnen die Adressen. Danach würden sie sich auf dem Revier in Traunstein treffen.

Gerade als Isabella Klein sich verabschieden wollte, kam der Wirt zu ihnen an den Tisch, um sie zu fragen, ob sie noch irgendwelche Wünsche hätten.

„Hier kommt der richtige Mann für unsere Angelkarten." Isabella stellte ihnen Xaver Leitner vor und fragte, ob sie vielleicht mal zwei, drei Stunden fischen gehen könnten.

„Morgen nicht, da ist alles voll. Aber Freitag würde es schon passen", bekamen sie zur Antwort.

„Was denken Sie?" Mit einem Augenzwinkern sah Isabella Klein ihren Kollegen aus Frankfurt an. „Deckt sich das mit Ihrer Arbeitsauffassung? Ich zeige Ihnen ein paar schöne Stellen, und jeder von uns hängt ein bisschen seinen Gedanken nach, so habe ich schon manchen Fall gelöst."

„Ich bin dabei, vorausgesetzt, es kommt nichts Dringendes dazwischen."

„Natürlich! Das immer vorausgesetzt!" Isabella wandte sich wieder an den Wirt: „Also dann bitte zwei Karten für Freitag!"

„Und die Kollegin? Fischen Sie auch, oder müssen Sie dann die Arbeit machen?" Xaver Leitner hatte sich an Selin gewandt.

„Fürs Angeln bin ich leider völlig unbegabt. Falls ich mir hier irgendwo ein Mountainbike leihen kann, würde ich gerne wieder mal fahren."

„Sie ist früher sogar Rennen gefahren", fühlte sich Peter bemüßigt zu sagen.

„Wenn Sie möchten, frage ich meine Nichte Lena, ob sie am Freitagmorgen mit Ihnen eine Tour unternimmt. Sie macht neben ihren Abiturvorbereitungen nichts anderes als Radfahren."

„Ja, gerne“, nahm Selin das Angebot an. „Es sei denn, ich halte sie dann vom Lernen ab.“

„Nein, bestimmt nicht, das passt schon. Sie könnte mal ein bisschen Ablenkung vertragen. Sie ist eigentlich immer mit einem Freund, Sebastian Fischer, zusammen gefahren.“

„Oh, Sebastian. War er ihr Freund?“, schaltete sich Isabella Klein in das Gespräch ein.

„Nicht *ihr* Freund, aber ein Freund. Er hatte einen anderen Trainer und auch einen anderen Trainingsplan. Aber am Wochenende sind sie, wann immer es ging, zusammen gefahren. Bis er letzten Sonntagmorgen tot in seinem Bett gefunden wurde. Tragisch, ganz tragisch.“

„Oh, das ist ja schrecklich! Wie alt war er, was ist passiert?“

„Neunzehn Jahre jung. Sie haben irgendetwas von Thrombose gesagt“, beantwortete Xaver Leitner Selins Frage.

Die Kommissarin aus Traunstein nickte bestätigend. „Ja, das hat die Untersuchung ergeben. Er hatte wohl vor einiger Zeit eine Verletzung und hatte gerade erst wieder langsam mit dem Training angefangen.“

„Mag Ihre Nichte denn dann im Moment überhaupt Rad fahren?“, wandte Peter sich an den Wirt.

„Ich frage sie. Aber ich denke schon. Radfahren ist für sie die beste Medizin.“

„Okay, also abgemacht.“ Isabella Klein hatte sich nun endgültig erhoben, gab Peter und Selin die Hand, winkte Xaver noch einmal zu. „Ich geh in die Küche und zahle bei Elfi, Sie sind heute Abend meine Gäste“, und damit verließ sie mit ihren federnden Schritten den Raum, noch bevor Peter und Selin sich bedanken konnten.

Peter unterdrückte mühsam ein Gähnen. „Ich bin jetzt bettreif. Meine Nacht war heute früh um vier zu Ende. Wenn es nicht unhöflich ist, lasse ich dich jetzt hier alleine und gehe schlafen!“

„Geh nur! Ich habe draußen im Flur für die Gäste noch ein paar Tageszeitungen liegen sehen, die nehme ich mir mit nach oben zum Lesen."

Beide standen auf und gingen in ihre Zimmer.

Peter schlief sofort ein, vom leisen Murmeln der Traun begleitet.

Donnerstag, 28. April

1.

Selin brachte um acht Uhr morgens eine der Zeitungen mit hinunter zum Frühstück.

Während sie ihren Kaffee tranken und ihre Brötchen aßen, zeigte sie Peter den Artikel, der sich mit dem tragischen Tod des jungen Sebastian befasste.

„Er war supergut im Radfahren, hat hier und in Österreich fast alle Rennen gewonnen. Und dann stirbt er an einer Thrombose, irgendwie merkwürdig."

„Isabella Klein hat erzählt, dass er zuvor eine Verletzung hatte. Das könnte doch die Thrombose erklären, oder?", entgegnete der Kommissar.

„Bist du fertig mit dem Frühstück?"

Der Kommissar nickte.

„Dann lass uns draußen noch einen Kaffee trinken, ich möchte dir gern etwas erzählen."

Sie schnappten sich ihre Fleecejacken und die Tassen und gingen vor die Tür.

Hier waren sie ungestört, wenn man vom leisen Rauschen der Traun einmal absah.

„Wenn es dir nichts ausmacht, würde ich heute gern Isabella Klein fragen, ob bei der Obduktion von Sebastian Fischer herausgekommen ist, was die Thrombose ausgelöst hat."

„Das macht mir nichts aus, hat aber weniger mit unserem Fall zu tun, oder?"

„Eigentlich überhaupt nichts. Es ist mehr mein privates, sportliches Interesse. Wenn ein junger Ausdauersportler stirbt und man diesen Sport einmal selbst betrieben hat, berührt einen das irgendwie. Und da ja eine Thrombose festgestellt wurde, muss es eine Obduktion gegeben haben. Hier in diesem Artikel geht der Journalist sogar so weit, etwas von EPO anzudeuten."

„EPO?"

„Ja, die Abkürzung für Erythropoetin, wird gerade bei den Ausdauersportlern gerne als Dopingmittel benutzt."

„Weißt du mehr darüber?"

Selin nickte. „Ich habe mich immer für den Radsport interessiert. Erst im März wurden Medienberichte über ein ganzes Doping-Netzwerk in Österreich veröffentlicht."

„Wie wirkt EPO?"

„EPO gehört zu der Gruppe der Blutdoping-Substanzen. Es kann künstlich zugeführt werden und erhöht den Anteil der roten Blutkörperchen, der Erythrozyten eben. Dadurch kann mehr Sauerstoff im Blut angereichert werden, und die Leistungsfähigkeit steigt. Es hat auch psychische Auswirkungen; es löst eine höhere Kampfmoral und unterschwellige Aggressionen aus."

Peter schaute seine Kollegin verblüfft an: „Du kennst dich aber wirklich gut damit aus."

„Ja, ich habe mich damit befasst. Wenn du Rennen fährst, kommst du kaum an dem Thema vorbei. Auch ein Grund, warum ich keine Lust mehr hatte."

„Aber wie sieht es mit dem Nachweis aus? Heute macht doch die nationale Anti-Doping-Agentur lauter Tests."

„Ja, klar, die NADA macht Tests. Aber das kann sie ja nicht bei jedem Sportler tun. Und Sebastian Fischer gehörte ja noch nicht international zu den ganz Großen. Und selbst bei denen hat es ja lange gedauert. Kaum eine Tour de France in den letzten Jahren, die im Nachhinein keinen EPO-Skandal hatte. Doch der Nachweis ist nicht ganz einfach, deswegen würde ich gerne noch mal die Rechtsmedizinerin hier fragen."

„Hm, und die Nebenwirkungen?"

„Wenn der Anteil der Blutkörperchen im Verhältnis zum Plasma steigt, wird das Blut dicker. Es kann zu einer Thrombose kommen. Vielleicht ist aber gar nichts festgestellt worden bei Sebastian Fischer, und die Thrombose hat wirklich etwas mit seiner Verletzung zu tun. Ich kam nur darauf, weil der Verfasser des Artikels das so provozierend zum Abschluss gefragt hat."

ach ruhig, ich lerne auch immer noch gerne etwas !", unterstützte der Kommissar das Ansinnen seiner egin.

Beide tranken gedankenversunken ihren Kaffee. Das Wetter schien freundlich zu werden. Strahlend blauer Himmel wölbte sich über dem Rauschberg, die Sonne zeichnete glitzernde Muster auf das Wasser unter ihnen, und Peter hatte bei seinem Spaziergang zur Brücke vor dem Frühstück schon die eine oder andere Forelle in einer Gumpe stehen sehen.

„Statten wir zuerst Felix Bauer unseren Besuch ab?", schlug der Kommissar vor.

Selin nickte zustimmend, und eine Viertelstunde später saßen sie im Auto, um nach Traunstein zu fahren.

2.

Das Fitnessstudio war geöffnet, der Porsche stand auch vor der Tür.

Das junge Mädchen an der Anmeldung hatte rot geweinte Augen.

Der Kommissar stellte sich und seine Kollegin vor.

„Wir möchten zu Felix Bauer, ist er da?“

„Kommen Sie, ich bring Sie zu ihm!“ Sie stand auf und ging vor ihnen in Richtung Büro. Sie klopfte an, und Peter und Selin konnten ein müdes „Herein!“ vernehmen.

Das Mädchen öffnete die Tür, vermied aber den Blickkontakt mit Felix Bauer. Vermutlich hatte sie nicht die Kraft, ihn anzusehen, sicherlich eine schwierige Situation für alle. Felix Bauer saß hinter dem kleinen Schreibtisch. Er war sehr blass, sah müde und übernächtigt aus. Die Haare fielen ihm unordentlich in die Stirn, die Bartstoppeln zeugten davon, dass er sich die letzten Tage nicht mehr rasiert hatte. Als er aufstand, um dem Kommissar und Selin, die Peter kurz vorstellte, die Hand zu geben, fehlte ihm die leicht arrogante Dynamik, die er bei ihrem ersten Treffen an den Tag gelegt hatte.

Die junge Frau kehrte zur Anmeldung zurück. Peter schloss die Tür, und er und Selin nahmen Platz.

„Sie sind extra aus Frankfurt hierhergekommen“, stellte Felix Bauer fest.

„Ja!“, der Kommissar nickte bestätigend. „Noch einmal unser Beileid zum Tod Ihrer Schwester.“

„Danke!“ Felix Bauer machte eine Pause. Niemand sagte etwas. Nach einer Weile fuhr er fort: „Um mir Ihr Beileid auszusprechen, sind Sie sicherlich nicht nach Traunstein gereist. Was kann ich also für Sie tun?“

„Kommissarin Klein hat ja gestern auch noch mal mit Ihnen gesprochen“, begann Peter. „Momentan warten wir auf genauere Obduktionsergebnisse. Ihre Schwester hatte Kratzer an Armen und Hals und einen Abdruck am linken Oberarm.“

„Was für einen Abdruck?"

„So als habe sie jemand fest am Arm gepackt."

„Ich hatte Ihnen ja erzählt, dass sie sich mit Moritz Mainl heftig gestritten hat. Haben Sie ihn dazu befragt?"

„Noch nicht! Wir wissen momentan nicht, wo er sich aufhält."

„Moritz? Ist er denn nicht nach Frankfurt heimgefahren?" Felix Bauer sah sie fragend an.

„Erst einmal nicht. Erzählen Sie uns bitte von dem Streit! Meine Kollegin, Frau Cipa, wird sich ein paar Notizen machen."

Selin hatte ihr kleines Büchlein schon in der Hand, und Felix Bauer begann: „Ich hatte drüben im Spinning-Raum meine Mittagsgruppe."

„Um wie viel Uhr war das?", unterbrach der Kommissar ihn gleich wieder.

„Dienstags ist meine Gruppe von drei bis vier."

„Okay, fahren Sie fort!"

„Als die Musik von einem Lied zum anderen wechselte, konnte ich Moritz' und Hannahs Stimmen deutlich hören. Dass sie sich stritten, wusste ich sofort. Ein paar der Kunden haben das auch bemerkt und mich angegrinst. Ich stellte die Musik etwas lauter, bedeutete meiner Gruppe weiterzumachen und ging zu den beiden Streithähnen."

„Wo fand der Streit statt?"

„Hier im Büro."

„Haben Sie mitbekommen, worum es ging?"

Felix Bauer nickte: „Das war nicht zu überhören. Moritz verlangte von ihr, sich nicht mehr mit seinem Vater zu treffen, und Hannah sagte ihm, dass sie ein paar Tage ganz alleine wegfahren wolle und ihm danach ihre Entscheidung mitteilen würde."

„Und was passierte, als Sie dazukamen?"

„Ich hab einfach die Tür aufgerissen, ich war verärgert, dass die zwei so etwas im Studio diskutieren mussten. Beide standen sich gegenüber. Hannah hatte die Arme unter der Brust verschränkt und sah ziemlich sauer aus. Moritz machte auf mich einen eher verzweifelten Eindruck. Ich habe ziemlich barsch gesagt, sie sollten aufhören, hier das ganze Studio zu unterhalten, und ihren Streit lieber draußen bei einem Spaziergang fortsetzen oder noch besser, sich bei einem Eis wieder vertragen."

„Und wie haben die zwei reagiert?"

„Moritz ist knallrot angelaufen, ich glaube, es war ihm peinlich, dass alle mithören konnten. Hannah meinte, es gäbe nichts mehr zu sagen im Moment. Ich hab irgendwas gesagt wie ‚Na, dann ist es ja gut' und die Tür wieder geschlossen. Dann bin ich zu meiner Gruppe zurück und habe weitergemacht. Das ist alles, mehr weiß ich nicht."

„Und haben Sie später noch einmal mit Ihrer Schwester oder mit Moritz über den Streit gesprochen?"

„Nein!" Felix Bauer schüttelte den Kopf. „Hannah geht gegen vier und holt dann Franziska aus dem Kindergarten ab, Moritz hat sich nicht mehr blicken lassen."

„Und am frühen Abend ist Ihre Schwester dann joggen gegangen?"

„Ja, sie läuft dreimal die Woche."

„Und was, denken Sie, ist da passiert?"

Felix Bauer fuhr sich mehrmals durch sein Haar. Seine Bewegungen wirkten fahrig.

„Sie kennt den Weg gut, das habe ich Ihnen ja bereits gesagt."

„Und halten Sie es nicht für möglich, dass sie unglücklich gestolpert ist?"

Felix Bauer dachte eine Weile nach.

„Doch, das ist natürlich immer möglich. Vielleicht war ich etwas voreilig gestern Nacht. Es muss nichts mit dem Streit zu tun haben. Tatsache ist aber wohl, dass sie sehr aufgeregt war."

„Ja, so könnte es zu einem tragischen Unfall gekommen sein. Wir wissen noch nicht, ob mehr als ein Unfall dahintersteckt."

„Es ist mehr so ein Gefühl, eine Ahnung, dass es kein Unfall gewesen sein könnte."

„Eine ungeheuerliche Anschuldigung!", entgegnete der Kommissar.

„Ja, ich weiß. Ich habe natürlich auch keinerlei Beweise. Aber immerhin sind da noch die Kratzer an Armen und Hals und der Abdruck." Er machte eine Pause. Dann sah er den Kommissar und seine Kollegin bittend an: „Ich möchte ja nur, dass nichts außer Acht gelassen wird."

„Wie geht es nun mit dem Studio hier weiter?" Der Kommissar lenkte das Gespräch in eine andere Richtung.

„Ich habe nachher um zwölf eine Besprechung mit Richard Mainl. Wie spät ist es jetzt eigentlich?" Er sah sich suchend auf dem Schreibtisch um.

Selin blickte auf ihre Uhr. „Gleich zehn, also in zwei Stunden."

„Ja, wir hatten schon kurz am Telefon gestern Abend darüber gesprochen. Hannah hatte ja das Studio von Richard gepachtet. Ich werde ihn fragen, ob er es an mich verpachtet. Man kann ja zunächst mal einen Zweijahresvertrag abschließen und schauen, wie es läuft."

Das ging ja schnell, dachte der Kommissar. Aber Richard Mainl war Geschäftsmann durch und durch. Laut sagte er: „Okay, dann machen wir jetzt mal weiter unsere Runde."

Er und Selin verabschiedeten sich von Felix Bauer.

Im Wagen schwiegen sie eine Weile. Dann fragte der Kommissar Selin: „Was hältst du von dem Gespräch?"

„Ich finde, Felix Bauer ist ziemlich davon besessen, dass seine Schwester keinen tragischen Unfall hatte."

„Ja, das kommt mir auch so vor. Vielleicht hat er doch noch mehr gehört bei dem Streit, als er uns erzählt."

„Aber was für einen Grund hätte er denn, uns irgendetwas zu verschweigen?"

„Ich weiß es nicht", sagte Peter nachdenklich. „Vielleicht sucht Felix Bauer nur nach einer Erklärung, nach einem Schuldigen, an dem er seine Wut und Trauer auslassen kann. Er steht unter Schock, das sollte man berücksichtigen."

„Und dieser Schuldige ist dann Moritz Mainl. Schon komisch, dass es seit gestern gar kein Lebenszeichen mehr von ihm gibt."

Isabella Klein hatte ihnen am Abend zuvor erzählt, dass die Fahndung bislang erfolglos verlaufen sei.

3.

Zehn Minuten später standen sie bei Steffanie Albrecht vor der Tür und klingelten. Der Kommissar hatte sie nach dem Frühstück angerufen und ihren Besuch angekündigt.

Die Freundin von Hannah Bauer wohnte im dritten Stock eines kleineren Wohnblocks und stand schon in der offenen Tür, als Peter und Selin um die letzte Biegung der Treppe kamen.

Auch ihre Augen waren rot geweint. Unter der Solariumbräune war das Gesicht blass und fleckig. Die braunen, kurzen Haare ringelten sich feucht um das Gesicht, und sie hielt ein Handtuch in der Hand.

„Bitte kommen Sie herein, ich trockne mir gerade noch die Haare. Ich war schwimmen. Das lenkt mich am besten ab." Sie trat zur Seite und gab den Beamten den Weg ins offene Wohnzimmer frei.

Peter stellte sich und Selin vor.

„Nehmen Sie schon mal Platz, der Kaffee läuft gerade durch, und ich bin sofort bei Ihnen."

Sie verschwand in einem Raum, der offensichtlich das Badezimmer war, denn man konnte kurze Zeit später einen Föhn hören.

Vom Zimmer zweigte eine winzige Küche ab, aus der es schon nach Kaffee duftete. Drei Stühle standen um einen kleinen Esstisch im Wohnzimmer, und Peter und Selin nahmen Platz. Steffanie Albrecht kam wenige Minuten später zu ihnen.

Sie holte aus der Küche den Kaffee und stellte jedem einen Becher voll hin.

Dann sprang sie noch mal auf. „Sorry, ich trinke Kaffee immer ganz schwarz. Möchten Sie Milch oder Zucker?"

Sie holte beides und nahm dann Peter gegenüber Platz.

„Frau Albrecht, in welchem Verhältnis standen Sie zu Hannah Bauer?"

Sofort füllten sich ihre Augen wieder mit Tränen, und sie musste sich räuspern, bevor sie antworten konnte.

„Sie war meine beste Freundin. Schon als Kind haben wir viel gemeinsam gemacht. Während meines Studiums hatte ich sie ein wenig aus den Augen verloren, doch seit vier Jahren bin ich wieder in Traunstein, und wir haben uns jede Woche mindestens einmal gesehen."

„In dem Teil der Woche, in dem Richard Mainl nicht da war?"

„Ja, richtig. Ich habe aber auch das ein oder andere Mal Babysitter bei Franziska gemacht, wenn die zwei ausgehen wollten. Manchmal haben wir auch alle etwas gemeinsam unternommen."

„Was halten Sie von Richard Mainl?"

„Er ist nett und war sehr in Hannah verliebt, das ist zumindest mein Eindruck."

„Glauben Sie, dass Hannah glücklich war?"

Steffanie Albrecht ließ sich eine Weile Zeit mit ihrer Antwort.

„Ich denke, ja. Sehen Sie, Hannah hat mit zwanzig schon beide Eltern bei einem Autounfall verloren und stand plötzlich mit ihrem Bruder Felix alleine da. Außer einem Bruder ihrer Mutter, der irgendwo in Kanada lebt, gibt es keine Verwandtschaft. In der schweren Zeit nach dem Unfall hat sie Richard kennengelernt. Richard hat ihr von Anfang an die Wahrheit über seine Familienverhältnisse gesagt. Und er hat ihr trotzdem den Hof gemacht. Hannah war einsam, und ich bin mir nicht sicher, ob sie neben dem Liebhaber nicht auch ein bisschen die Vaterfigur in Richard gesehen hat. Das Entscheidende aber war, dass sie glücklich war. Sie sagte mir mal, dass sie es viel besser finden würde, einen Mann zu haben, der sich drei Tage intensiv um sie kümmern würde, als einen, der zwar täglich nach Hause käme, aber nicht so aufmerksam wäre."

„Und hat sich das irgendwie geändert, als Franziska kam?", fragte Selin

„Nein!" Entschieden schüttelte Steffanie Albrecht ihren Kopf.

„Franziska war ein absolutes Wunschkind von Hannah. Die Schwangerschaft war nicht ungeplant, sondern sie hatte das vorher mit Richard besprochen. Alles eine Frage der Organisation. Hannah hatte es um Längen besser als eine alleinerziehende Mutter. Und Richard war an den drei Tagen hier ein sehr liebevoller Papa. Ich habe es nie anders erlebt."

„Hatte sich in der letzten Zeit irgendetwas verändert?"

Frau Albrecht zögerte etwas mit der Antwort. „Ja, ich glaube schon. Diese Entführungsgeschichte hat sie unheimlich belastet. Sie hatte plötzlich ein schlechtes Gewissen. Kommt dazu, dass sie Moritz Mainl kennengelernt hat. Moritz hat sich in Hannah verliebt, und Hannah wusste nicht recht, wie sie sich verhalten sollte, sie war zumindest nicht abgeneigt, mit ihm eine Beziehung einzugehen."

„Hat sie darüber mit Ihnen gesprochen?"

„Ja, ein paarmal. Kennen Sie Richard und Moritz Mainl?"

„Ja, wir haben sie beide ziemlich gut kennengelernt bei der Entführungsgeschichte."

Oder was man auch immer unter *gut* verstehen konnte, dachte Peter, schließlich hatten beide Mainls einige Überraschungen parat gehabt, die man ihnen nicht unbedingt zugetraut hätte.

„Dann haben Sie vielleicht auch bemerkt, dass es eine gewisse Ähnlichkeit zwischen Richard und Moritz gibt. Moritz ist genauso verantwortungsbewusst und zielstrebig wie sein Vater, sie sehen sich sogar ziemlich ähnlich, nur dass er eben 28 Jahre jünger ist. Die paar Jahre, die er jünger als Hannah war… Entschuldigung!"

Steffanie Albrecht kramte ein Taschentuch aus ihrer Jeans und wischte sich die Tränen ab, die ihr nun übers Gesicht liefen. Dann nahm sie einen großen Schluck Kaffee, behielt die Tasse in ihren Händen, als wolle sie sich daran wärmen, und fuhr fort: „Moritz ist zwar ein wenig jünger als Hannah, aber das macht er mit seinem ganzen

Auftreten wieder wett. Er wirkt älter, so wie er sich gibt und handelt."

Der Kommissar nickte „Ja, das ist uns auch aufgefallen. Er hat ein sehr sicheres Auftreten."

„Und Geschäftssinn! Ich denke, er ist vielen Vierundzwanzigjährigen weit voraus", meinte Steffanie. „All das zusammen hat ihn nicht unattraktiv für Hannah gemacht. Und die Entführung von Frau Mainl hat ihr gezeigt, dass Richard immer bei seiner Familie bleiben wird und sich jetzt vielleicht sogar von Hannah getrennt hätte."

„Das ist einleuchtend. Also erbittet sie sich eine Auszeit von beiden Mainls und fragt Sie, ob Sie Franziska so lange zu sich nehmen könnten."

„Genau. Das ist auch kein Problem. Ich bin freiberuflich tätig und konnte mir das einteilen."

„In welcher Stimmung war Hannah, als sie Dienstagabend vor dem Joggen Franziska bei Ihnen abgegeben hat?"

„Sie war aufgebracht, wütend. Ich hab sie gefragt, was los ist, und sie sagte nur: ‚Männer, alles Idioten! Ich geh erst mal laufen, das hilft mir beim Nachdenken. ' ‚Ärger mit Richard oder Moritz?', hab ich sie gefragt. Und sie antwortete: ‚Mit allen Männern in meinem Leben ist es schwierig im Moment. Lass uns nachher drüber reden, ich brauche wirklich deinen Rat.' Und ich sagte ihr: ‚In Liebesdingen geht es oft turbulent zu' oder irgend so einen blöden Spruch und war erstaunt, als sie dann sagte: ‚Das hier hat nichts mit Liebe zu tun!' Ich wollte nicht weiter in sie dringen. Wir hatten eh verabredet, dass sie bei mir übernachten würde, und dann hätten wir ja alle Zeit der Welt zum Quatschen gehabt. Wenn ich doch nur geahnt hätte, dass sie viel zu aufgeregt zum Laufen war. Ich hätte sie überredet, hier zu bleiben. Wir hätten Franziska zusammen ins Bett bringen und dann alles besprechen können." Steffanie Albrecht hatte wieder angefangen zu weinen.

„Sie fehlt mir jetzt schon so, es ist alles ganz schrecklich."

Selin legte ihr mitfühlend die Hand auf den Arm.

„Wieso interessiert sich eigentlich die Kriminalpolizei aus Frankfurt für Hannahs Unfall?", fragte Steffanie Albrecht plötzlich.

„Wir sind dabei, die Entführung von Frau Mainl aufzuklären. Und deswegen untersuchen wir alles, was mit der Familie Mainl irgendwie zu tun hat."

„Richard hat mir heute Morgen erzählt, dass alles nur vorgetäuscht worden sei von seiner Frau."

„Das ist richtig. Und alle außer ihm wussten es."

„Moritz auch? Moritz wusste, dass alles gespielt war?" Steffi Albrechts Stimme klang völlig erstaunt.

„Ja, auch er wusste es."

„Na, dann kann ich nur sagen, dass er Hannah ganz schön etwas vorgespielt hat."

„Die ganze Familie hat gespielt", bemerkte Peter trocken.

Es entstand eine Pause, die Selin schließlich unterbrach:

„Frau Albrecht, wann haben Sie sich am Dienstagabend Sorgen um Ihre Freundin gemacht?"

„Na ja, das erste Mal habe ich gegen neun Uhr versucht, sie anzurufen. Franziska schlief, und ich hatte angefangen, eine große Schüssel mit Salat zu machen, und wollte wissen, ob Hannah noch mitessen wollte. Aber sie ging zu Hause nicht ans Telefon. Ihr Handy war abgeschaltet. Das ist nicht ganz ungewöhnlich, Hannah vergisst oft, es rechtzeitig zu laden."

„Und wann haben Sie gemerkt, dass etwas nicht stimmt?"

„Als sie um halb elf immer noch nicht aufgetaucht war, habe ich Felix auf dem Handy angerufen. Er war mit einem Freund was trinken, hat aber versprochen, gleich bei Hannah vorbeizuschauen. Er hat mich noch ausgelacht. Ich hätte ja normalerweise selbst hinfahren können, wollte aber nicht gerne Franziska aus dem Bett holen und ins Auto packen."

„Und dann?"

„Vielleicht eine Viertelstunde später rief Felix zurück und sagte, Hannah sei nicht da, und auch ihre Reisetasche stehe noch ungepackt im Wohnzimmer. Da haben wir dann beide angefangen, uns richtig Sorgen zu machen. Felix ist mit seinem Freund die Strecke, die Hannah joggt, abgelaufen, doch sie haben sie nicht gefunden. Dann hat er die Polizei benachrichtigt. Mit einem Hund haben sie Hannah dann gefunden. Es war drei Uhr nachts, als Felix anrief und mir die schlimme Nachricht brachte." Steffi Albrecht hatte wieder angefangen zu schluchzen.

Der Kommissar und seine Kollegin ließen ihr ein wenig Zeit, sich wieder zu fassen.

„Frau Albrecht, von Kommissarin Klein weiß ich, dass Moritz Mainl am nächsten Morgen gegen sieben Uhr hier war, um sich von Hannah zu verabschieden. Können Sie uns das bitte noch kurz schildern?"

„Er stand um sieben Uhr plötzlich hier und sagte: ‚Hallo Steffi, ich will nur kurz Hannah Tschüss sagen, bevor sie wegfährt. Sie wollte doch hier schlafen. Ist was? Ist alles okay mit dir?' Ich hatte die ganze Nacht geweint, das sah man mir an. Ich zog ihn in die Wohnung, schließlich konnte ich ihm schlecht im Treppenhaus von Hannahs Unfall erzählen."

„Wie hat er reagiert?"

„Er wollte es gar nicht glauben. Er sagte immer nur: ‚Nein! Nein, das kann nicht sein! Und ich Idiot hatte noch Streit mit ihr!' Dann ist er plötzlich aufgesprungen, die Treppen hinuntergerannt und mit quietschenden Reifen davongefahren."

So hatten sie es auch schon von Isabella Klein geschildert bekommen.

„Und hat er sich seitdem noch mal bei Ihnen gemeldet?"

„Nein, ich habe nichts mehr von ihm gehört."

„Sollte sich Moritz Mainl bei Ihnen melden, sagen Sie uns bitte Bescheid. Wir möchten ihn dringend sprechen!"

„Ja, ist er denn nicht nach Hause, nach Frankfurt gefahren?“ Hannahs Freundin stellte die gleiche Frage wie Felix Bauer.

„Nein, wir wissen nicht, wo er im Moment ist, sein Handy ist abgeschaltet.“

„Wie merkwürdig. Aber er war ziemlich aufgelöst.“

„Glauben Sie“, fragte Selin, „dass er sich irgendwie die Schuld an Hannah Bauers Unfall gibt?“

„Ich weiß nicht, das wäre ja furchtbar. Sicher, Hannah war aufgeregt, aber sie hat sich ja nicht nur über Moritz geärgert.“

„Hatte Hannah Bauer lange Ärmel an, als sie sich zum Laufen verabschiedete?“ Selin war plötzlich wieder der Abdruck an Hannahs linken Oberarm eingefallen.

„Komisch, dass Sie mich das fragen“, wandte sich Steffie an Peters Kollegin. „Sie hatte ihr kurzes blaues Poloshirt an und vor lauter Ärger ihre Jacke zu Hause vergessen. Ich habe ihr eine Trainingsjacke von mir geliehen.“

„Hatte Hannah Bauer am linken Oberarm einen Abdruck?“

„Was für einen Abdruck?“ Steffi Albrechts Stimme klang erstaunt.

„Als man Hannah Bauer gestern fand, hatte sie am linken Oberarm einen Abdruck, der von einem festen Griff stammt.“

„Nein, da war nichts! Da bin ich ganz sicher! Was wollen Sie denn damit sagen?“

„Vielleicht ist sie auf dem Weg zum Joggen ja noch einmal jemandem begegnet, der mit ihr gestritten hat.“

„Oder, es hat sie jemand gepackt und ins Wasser gestoßen.“ Steffi Albrechts Stimme klang völlig tonlos. „Ist das der Grund, warum Sie alles so genau wissen möchten.“

„Ja, das ist der Grund. Wir können noch nicht sicher sagen, dass es nur ein Unfall war“, bestätigte der Kommissar.

„Entschuldigung! Jetzt wird mir schlecht!“ Hannahs Freundin rannte ins Bad, und man konnte hören, dass sie sich übergab. Selin war hinter ihr hergelaufen. Sie drehte den Wasserhahn auf, griff nach einem kleinen Handtuch, machte es nass und legte es Steffi Albrecht in den Nacken. Dann half sie ihr wieder hoch.

„Kommen Sie, legen Sie sich einen Moment hin!“

Steffi ließ sich auf die Couch sinken, Selin blieb neben ihr stehen. Peter hatte sich erhoben und trug die Kaffeetassen in die kleine Küche.

„Geht es wieder?“, fragte Selin nach ein paar Minuten.

„Ja, danke, es geht. Zu denken, dass es vielleicht Mord war, hat mir einen richtigen Schock versetzt.“

„Verständlich. Ob es Mord war, wissen wir aber noch nicht.“ Peter hielt kurz im Sprechen inne, dann fuhr er fort: „Frau Albrecht, haben Sie schon einmal darüber nachgedacht, was Hannah mit Ihnen besprechen wollte?“

„Einmal? Ich habe es Hunderte von Malen überlegt, aber ich weiß es nicht.“

Mühsam rappelte sie sich wieder von der Couch hoch. „Sie hat nicht mehr gesagt, als ich Ihnen schon erzählt habe.“

Dann ging sie zu einem kleinen Rolltischchen, das vor einem Sessel stand, und suchte aus der unteren Ablage zwischen einigen Zeitungen etwas heraus. Als sie es gefunden hatte, reichte sie es dem Kommissar.

„Hier, das hat sie mir noch in die Hand gedrückt, das sollte ich mal lesen.“

Der Kommissar blickte auf den Zeitungsartikel in seiner Hand. Es war der Bericht über den Tod von Sebastian Fischer.

Selin gab einen erstaunten Laut von sich.

„Hat sie noch irgendetwas dazu gesagt?“

„Nein. Gar nichts. Ich hatte schon von dem Radsportler gehört. Ich glaube, er trainierte bei Hannah im Studio. Ich weiß aber nicht, was er mit Hannah zu tun hatte. Sie war am Montag furchtbar niedergeschlagen, als sein Tod bekannt wurde. Ich dachte, das liegt daran, dass er so jung war und sie ihn eben kannte. Aber vielleicht war sie doch nicht nur flüchtig mit ihm bekannt. Vielleicht war es das, was sie mir erzählen wollte. Vielleicht hatte sie sich einfach in einen ganz anderen Mann verliebt, einen Mann, der endlich mal nichts mit den Mainls zu tun hatte."

„Hätte Sie Ihnen das nicht sofort erzählt?"

„Möglich, dass sie sich in ihrem Kurzurlaub erst sicher werden wollte. Oder sie wollte es mir nach dem Joggen sagen, ich weiß es wirklich nicht, ich habe so viele Fragen und so wenig Antworten."

Peter legte Steffi Albrecht seine Visitenkarte auf den Tisch und notierte darauf auch seine Handynummer.

„Bitte rufen Sie uns an, falls Ihnen noch etwas einfällt oder Sie irgendetwas von Moritz hören. Um ihn machen wir uns langsam auch richtige Sorgen."

Damit verabschiedeten sie sich von Steffi Albrecht.

4.

„Ich habe den Eindruck, dass Steffi Albrecht richtig um Hannah Bauer trauert", begann Selin kaum dass sie im Auto saßen.

„Ja, man merkt es ihr deutlich an. Es kann aber sein, dass Richard Mainl genauso trauert, vielleicht zeigt er es nur nicht so", meinte der Kommissar.

„Und Moritz? Wir wissen jetzt, dass Hannah Bauer der Abdruck am Arm nicht im Studio beim Streit mit Moritz Mainl zugefügt wurde."

„Ja, das war eine geniale Idee von dir, Frau Albrecht danach zu fragen. Ich hatte gar nicht daran gedacht. Aber Moritz Mainl hätte ihr ja beim Joggen nachlaufen und sie dann am Arm packen können."

„Hältst du ihn für einen Mörder? Glaubst du, er ist deswegen verschwunden?"

„Tja, das könnte ein Schuldeingeständnis sein, aber eigentlich besagt es nichts weiter. Gut möglich, dass Moritz Mainl wirklich erst am Morgen von Hannahs Tod erfahren hat und dann unter Schock davongelaufen ist."

„Und falls das der Fall ist, hat er sich hoffentlich nicht irgendetwas angetan", meinte Selin.

Peter drückte die Kurzwahltaste des Kommissariats in Frankfurt und fragte Regina, ob sie etwas Neues von Moritz Mainl gehört habe.

„Bis jetzt noch nicht. Sowohl Cornelia Mainl als auch Richard Mainl haben heute Morgen schon angerufen und wollten das Gleiche wissen."

Also Funkstille auf allen Kanälen.

Wenig später trafen sie auf dem Revier in Traunstein ein.

Sie erzählten Isabella Klein von ihren Besuchen bei Felix Bauer und Steffanie Albrecht.

„Ja, ich hatte auch den Eindruck, dass Frau Albrecht sehr mitgenommen ist. Richard Mainl aber ebenso. Wollen wir uns zunächst mal die Unfallstelle anschauen?"

:er und Selin nickten zustimmend.

'ir nehmen meinen Wagen. Haben Sie festes Schuhwerk an? Wir werden von der Straße aus noch ein Stück laufen müssen."

Sowohl Peter als auch Selin trugen feste Turnschuhe, und der Besichtigung stand nichts im Wege. Sie fuhren zurück nach Eisenärzt, und die Kommissarin parkte den Wagen oberhalb des Ortes.

„Ab hier geht's zu Fuß weiter!"

Die Sonne schien, und die Luft hatte sich auf 14 Grad erwärmt. Peter genoss den Fußmarsch. Anfangs sah man die Traun weit unter ihnen durch die Bäume schimmern. Doch dann ging der Weg steil nach unten und wurde immer schmaler, ein Steig eben. Dieser Steig führte nun direkt an der Traun entlang, die ihnen entgegenströmte. Peter blieb stehen, um einen Blick ins Wasser zu werfen und nach Fischen Ausschau zu halten. Isabella hatte sich neben ihn gestellt und deutete auf einen großen Stein, der in der Mitte des Flusses aufragte.

„Hinter diesem Stein, da stehen sie gerne."

Peter hatte seine Sonnenbrille dabei. Sein geübter Blick hatte sofort zwei schöne Regenbogenforellen erfasst. Die Kommissarin hatte ebenfalls ihre Brille aufgesetzt und beide beobachteten eine Weile die schönen Tiere.

„Die rechte hat bestimmt sechzig Zentimeter", vermutete Isabella Klein.

„Beeindruckend, wie groß die Fische hier sind."

„Ja, es sind wunderschöne Tiere. Aber bitte alle wieder zurücksetzen!"

Peter lächelte leicht. Auch wenn das in Deutschland eigentlich verboten war, hier wurde es auch so praktiziert. „Ich setze fast alle Fische zurück. Was würde passieren, falls ich morgen Mittag mit einer Forelle ins Hotel käme?"

„In diesem Fall wären Sie, glaube ich, sofort Ihr Zimmer los. Und um eine Angelkarte müssten Sie sich an dieser Strecke auch nie mehr bemühen. Wäre nicht das erste Mal, dass Xaver jemanden rauswirft." Isabella schaute ihn grinsend an.

„Dann werde ich das natürlich tunlichst unterlassen. Aber ich hatte es eh nicht vor."

„Peter, sei so lieb und leih mir mal deine Sonnenbrille! Ich sehe nur glitzerndes Wasser", bat Selin, die bis jetzt stumm neben ihnen gestanden hatte und keinen Fisch entdecken konnte.

Peter gab sie ihr und erklärte ihr, wo sie Ausschau halten sollte. Ihr fehlte das geübte Auge von Peter und Isabella. Erst nach einer ganzen Weile hatte sie die zwei dunklen Schatten tatsächlich entdeckt.

„Wenn Sie genau hinschauen, können Sie sehen, wie die Fische fressen. Da! Eben zum Beispiel", erklärte Isabella Klein.

Eine der Forellen hatte sich ein bisschen zur Seite treiben lassen, um ein Insekt im Wasser zu fressen. Nach erfolgreicher Jagd ließ sie sich dann hinter den Stein zurückfallen und nahm ihre Lauerstellung wieder auf.

Eine Weile blieben sie noch an dieser Stelle stehen, dann marschierten sie im Gänsemarsch weiter.

Zum Nebeneinandergehen war der Pfad zu schmal geworden. Isabella ging mit ihren langen, federnden Schritten voran, nach ihr kam Selin, Peter bildete den Abschluss.

„Wir haben noch circa fünfzehn Minuten zu laufen." Die Kommissarin hatte sich zu ihnen umgedreht. „Aber ab hier bitte gut auf den Boden schauen, denn jetzt kommen überall Wurzeln und kleine Steine."

Aufmerksam wanderten sie immer weiter in den Wald hinein. Der Pfad führte im Wechsel bergauf und bergab, machte Kurven, die vom Wasser weg und später mit einer scharfen Biegung zum Wasser zurückführten. Große und kleine Wurzeln ragten aus der Erde heraus, und man musste wirklich aufpassen, um hier nicht ins Stolpern zu geraten.

„Keine ideale Joggingstrecke!", konnte sich Selin nicht verkneifen zu sagen.

„Eigentlich überhaupt nicht zum Rennen geeignet", stimmte ihr Peter zu.

„Aber sie liegt wunderschön und ist sehr einsam", bemerkte Isabella. „Achtung, gleich sind wir da!"

Der Weg hatte sie in paar Meter von der Traun weggeführt und verlief nun vier Meter oberhalb des Flusses. Plötzlich machte er eine scharfe Rechtskurve und führte anschließend ein paar Meter steil bergab, bevor er mit einer Linkskurve im 180-Grad-Winkel, sich immer noch steil nach unten schlängelnd, wieder ganz nah an die Traun herankam.

Von dort ging es ebenerdig weiter.

Das ganze Stück war mit Bändern abgesperrt. Isabella blieb bei der scharfen Linkskurve stehen.

„Ich gehe gleich ein Stück weiter, damit Sie sich das ansehen können. Die Vermutung geht dahin, dass Hannah Bauer an dieser Stelle nicht nach links abgebogen ist, sondern geradeaus weitergelaufen oder gestürzt und nach dem Sturz auf diesem steilen Stück in die Traun gerutscht ist."

Die Kommissarin ging ein Stück weiter, und Peter betrachtete die Stelle. Hier ging es zwei Meter steil bergab, Wurzeln, Sträucher, Bäume, fast ein Dickicht. Wenn man auf der abschüssigen Strecke und mit viel Schwung durch das Joggen auf diese Kurve traf, konnte es einen leicht darüber hinausheben.

Aber Felix Bauer hatte gesagt, dass Hannah diese Strecke immer lief und in- und auswendig kannte. Ganz sicher war sie hier nicht in Full Speed hinuntergerannt. Auf Strecken, die man immer wiederholte, bildete sich so etwas wie ein Automatismus, man musste gar nicht mehr darüber nachdenken, wo man schnell und wo man langsam laufen konnte, man tat es einfach. Gleichzeitig ließ dann aber auch die Aufmerksamkeit für die Umgebung nach.

Möglich, dass Moriz hinter Hannah hergelaufen war, die beiden ihren Streit beim Joggen fortgesetzt hatten und

Hannah deswegen so unaufmerksam war, dass sie stürzte – ein Unfall eben.

Der Kommissar schaute sich intensiv um. Gab es hier die Möglichkeit, sich zu verstecken? Genügend Bäume boten Sichtschutz. Einige Meter vom Pfad entfernt den Berg hinauf wäre das durchaus möglich.

Falls Hannah Bauer wirklich gestoßen worden war, hatte ihr Mörder sich vielleicht aber gar nicht verstecken müssen. Wenn sie ihn kannte und er hinter ihr herlief und vorgab, noch einmal kurz mit ihr sprechen zu wollen, hatte sie möglicherweise einfach nur genervt gewartet, bis er bei ihr war.

Aber wie konnte er sich dann sicher sein, dass Hannah durch den Sturz sterben würde? Vielleicht hatte er nur geplant, sie bewusstlos zu machen, damit sie dann in der Traun ertrank. Oder es war eine Affekthandlung und gar nicht geplant gewesen.

Selin war ein paar Meter zurückgelaufen und betrachtete die beiden Kurven, die nun wie eine Acht vor ihr lagen, von oben. Sie kletterte sogar noch ein gutes Stück die Böschung hinauf und drehte sich dann wieder zum Weg. Plötzlich kam sie ins Rutschen und landete unsanft auf ihrem Po. Instinktiv hielt sie sich an einem der Sträucher fest und bremste so ihre Schlitterpartie.

Der Kommissar und die Kommissarin waren sofort bei ihr.

„Hast du dich verletzt?"

Selin stand auf und rieb sich den Schmutz von ihrer Jeans.

„Nein, alles bestens, das gibt höchstens ein paar blaue Flecke und an der Hand ein paar Abschürfungen. Aber wir werden noch mal da rauf müssen."

„Hast du etwas entdeckt?" Peter war sofort alarmiert.

„Seht ihr den Busch da oben?" Selin bezog Isabella einfach in ihr kollektives „Du" mit ein.

Beide nickten.

„Daran habe ich mich eben kurz festgehalten, deswegen

ging er auseinander. Da liegt etwas Schimmerndes drin, ich war aber zu schnell vorbei, um es genauer zu sehen. Vielleicht hat auch nur irgendjemand seinen Abfall dort entsorgt."

Isabella Klein krabbelte schon auf allen Vieren nach oben. Am Busch angekommen, bog sie die Zweige vorsichtig auseinander.

„Ich hab es!", rief sie triumphierend. „Ein Schlüssel!"

Sie streifte einen der Handschuhe über, die sie immer in ihrer Jacke mit sich führte, und barg das Kleinod.

„Sollen wir hochkommen, gibt's noch mehr zu sehen?", wollte Peter wissen.

Isabella schaute sich gründlich um, dann schüttelte sie den Kopf.

„Nein, ich sehe keine weiteren Fundstücke. Auf jeden Fall schicken wir die Spurensicherung noch mal her. Ihre Kollegin ist nicht die erste, die hier gerutscht ist." Sie zeigte auf weitere Spuren. „Das kann aber auch einfach ein Wildschwein gewesen sein, wir lassen das untersuchen."

Sie setzte sich hin und rutschte langsam wieder herunter. Unten angekommen, betrachteten alle drei den Fund.

Ein einzelner Sicherheitsschlüssel, wie er für Haustüren gefertigt wurde, an einem kleinen Anhänger von Aigner. Sehr edel, aber auch leicht aus einer offenen Jackentasche zu verlieren.

„Tja, jetzt würde ich doch zu gerne wissen, wer diesen Schlüssel vermisst", meinte Isabella.

„Den könnte auch jemand beim Pilzesammeln verloren haben", schlug Selin vor.

Peter schüttelte den Kopf. „Das glaube ich nicht. Jetzt ist noch nicht die richtige Jahreszeit für Pilze, und dieser Schlüssel sieht nicht so aus, als würde er seit dem letzten Herbst im Wald liegen."

Das stimmte tatsächlich. Er war kaum verdreckt und schon gar nicht rostig.

„Wir geben ihn ab, mal sehen, was meine Kollegen dazu

herausfinden." Mit diesen Worten versenkte die Kommissarin den Schlüssel in einer kleinen Plastiktüte.

„Von hier oben kann ich Ihnen vielleicht auch am besten beschreiben, wo Hannah Bauer genau lag, als wir sie gefunden haben", fuhr sie dann fort.

Sie zeigte mit dem ausgestreckten Arm auf den Weg unter ihnen, der in die scharfe Linkskurve mündete. „Hier geradeaus weiter. Sie sehen, es geht dort gut zwei Meter hinunter. Es ist steil, und von hier oben sehen sie auch die abgeknickten Äste, es ist fast wie eine Schneise, die sie heruntergerutscht sein muss. Ihr kompletter Oberkörper lag merkwürdig verdreht im Wasser. Ich konnte an der unnatürlichen Kopfhaltung sofort den Genickbruch sehen. Ihr Unterkörper wurde von den Ästen dieser Hainbuche komplett verdeckt, deswegen wären wir an ihr vorbeigelaufen, wenn der Hund nicht angeschlagen hätte. Es war ja auch stockdunkel."

Peter und Selin betrachteten eine Weile die Stelle.

„Wenn Sie nachher die Aufnahmen sehen, können Sie sich besser vorstellen, wo das ist", ergänzte Isabella Klein.

Sie liefen den Weg ganz hinab und schauten sich aufmerksam um, ohne noch irgendetwas zu entdecken. Dann machten sie sich schweigend auf den Rückweg.

5.

„Wie wäre es mit einer Kleinigkeit zu essen?“, schlug Isabella Klein vor, als sie wieder im Auto saßen.

„Gute Idee! Mein Magen knurrt schon.“ Erstaunt stellte Peter fest, dass es schon ein Uhr mittags war.

Selin nickte zustimmend.

„Dann schlage ich den Italiener in Siegsdorf vor. Es liegt auf dem Weg und hat immer ein preisgünstiges Mittagsangebot. Pizza und Salat oder Nudeln und Salat plus Espresso für sechs Euro fünfzig. Wollen wir?“

„Unbedingt! Da war ich das letzte Mal auch essen, und es war sehr, sehr lecker“, stimmte Peter sofort zu.

Wenig später fiel Isabella Klein über eine große Pizza mit Rucola, Parmesan und Parmaschinken her. Selin hatte sich für Penne arrabiata und Peter für Spaghetti mit Meeresfrüchten entschieden. Alles superlecker!

Isabella Klein prostete den Kollegen aus Frankfurt mit ihrem Wasserglas zu:

„Ich schlage vor, wir gehen zum Du über. Ich bin Isabella.“

„Ist mir vorhin eh schon rausgerutscht. Ich bin Selin.“ Sie stieß mit Isabella an.

„Und ich Peter! Unter Fliegenfischern duzt man sich sowieso immer“, meinte er lächelnd.

Beim abschließenden Espresso besprachen sie die weitere Vorgehensweise.

„Mal sehen, ob die Gerichtsmedizinerin noch ein paar genauere Hinweise für uns hat, wenn wir jetzt aufs Kommissariat kommen“, bemerkte Isabella.

„Ah, da gibt es noch etwas, was mich interessieren würde“, begann Selin. „Es geht um den Tod des jungen Radfahrers, Sebastian Fischer. Gestern Abend hatten wir davon gesprochen, dass er eine Thrombose hatte. Weiß man genauer, was diese Thrombose ausgelöst hat?“

„Du spielst auf den Doping-Vorwurf an, stimmt’s?“ Isabella war sofort im Bilde.

„Ja, ich bin früher selbst Radrennen gefahren und weiß, dass es ein großes Thema ist."

„Wir werden Dr. Michele Reul, die Medizinerin, dazu auch befragen, vielleicht hat sie Antworten für uns."

Sie bezahlten und waren zehn Minuten später in Traunstein im Kommissariat.

Isabella Klein stellte den Apparat auf Mithören.

„Hallo Michele, hier ist Isabella. Ich habe den Apparat auf Lautsprecher, zwei Kollegen aus Frankfurt sind bei mir." Sie stellten sich kurz vor.

„Hast du schon etwas Neues für uns im Fall Hannah Bauer?", fragte die Kommissarin.

„Warte einen Moment, ich muss schauen, ob mein Assistent schon alles in den PC eingegeben hat, dann brauche ich nur abzulesen. Ansonsten spiele ich das Diktiergerät noch einmal ab."

Sie klickte sich offensichtlich durch die Programme.

„Hier ist es, schon fertig!", meldete sie sich dann wieder. „Also, was haben wir da? Von den Kratzern am Hals und Arm wisst ihr. Ich konnte inzwischen feststellen, dass der Kratzer am Hals von einer Hainbuche verursacht war, wir haben winzige Partikel gefunden. Anders sieht es mit der Schramme am Arm aus: Hier gibt es gar keine pflanzlichen Spuren. Mag sein, dass das Wasser alles weggespült hat, die Verletzung ist nur ganz oberflächlich, nicht tief. Interessant ist dagegen ein tiefer Kratzer am Bauch."

„Von dem wussten wir bisher noch gar nichts", unterbrach Isabella.

„War unter dem T-Shirt versteckt. Bei einem Kampf zum Beispiel kann das ja hochrutschen."

„Gab es einen Kampf?", fragte Peter gespannt.

„Ich tippe auf Ja", antwortete Michele Reul. „Der Kratzer am Bauch ist ziemlich tief. Und er stammt meiner Meinung nach von einem metallischen Gegenstand."

„Einem Messer vielleicht?", fragte Selin.

„Nein, stumpfer. Ich dachte schon an ein scharfkantiges

Uhrenarmband oder an eine Gürtelschließe. So etwas in der Art. Bei einem Kampf kann man sich daran auf jeden Fall verletzen."

„Okay, was noch?", fragte Isabella weiter.

„Kommen wir zum Armabdruck. Der Größe nach tippe ich auf eine Männerhand. Aus der Form der Abdrücke schließe ich, dass der Täter dem Opfer gegenüberstand. Da die Abdrücke am linken Oberarm zu sehen sind, stand ihr also jemand gegenüber, der mit der rechten Hand zugedrückt hat, wahrscheinlich ein Rechtshänder. Und sie hat ein Hämatom am Unterbauch. Das könnte gut der Abdruck eines Knies sein."

Dr. Reul machte eine kurze Pause, dann fuhr sie fort: „Ein mögliches Szenario wäre also, dass Täter und Opfer sich streiten, es kommt zu einem Handgemenge, Hannah Bauer zieht sich den Kratzer am Bauch zu. Der Täter packt sie am Arm, rammt ihr sein Knie in den Unterleib und lässt sie zeitgleich los. Sie verliert den Halt, stürzt kopfüber die Böschung hinunter, bricht sich dabei das Genick und rutscht ins Wasser."

Während dieser Schilderung hatten sich die drei Beamten gespannt über das Telefon gebeugt, jetzt richteten sie sich wieder auf.

„Okay, dann schließen wir einen bloßen Unfall aus", meinte Isabella Klein.

„Ja, ich glaube, das könnt ihr."

„Michele, meine Kollegin Selin möchte dich noch ein paar Sachen zu Sebastian Fischer, dem Radfahrer, fragen."

„Soll losschießen!"

„Sebastian Fischer starb an einer Thrombose?"

„Ja, das ist richtig!"

„Weiß man schon, was die Thrombose verursacht hat?"

„Da gibt es mehrere Möglichkeiten. Fischer hatte ungefähr drei Wochen vor seinem Tod einen Blinddarmdurchbruch. Er wurde im Klinikum in München operiert. Danach hat er ziemlich lange gelegen. Man hat ihm für die ersten Tage vorbeugende Thrombose-Spritzen mitgegeben, vielleicht war das bei ihm nicht ausreichend."

„Okay, das ist eine Möglichkeit, und die anderen?", fragte Peter.

„Blutdoping, wäre auch eine Möglichkeit."

„Ja, das wurde sogar in der Zeitung angedeutet."

„Nicht unüblich im Ausdauersport. Wir hatten erst im März große Medienberichte über dieses Thema, deswegen ist es der Presse geläufig. Und auch der Staatsanwalt ging mit seinen Vermutungen in diese Richtung, als er die Obduktion angeordnet hat."

„Und haben Sie etwas in dieser Richtung finden können?", fragte Selin gespannt.

„Die Problematik für den Nachweis von EPO-Missbrauch liegt in der deutlich kürzeren Halbwertszeit des Hormons im Blut", begann Michele Reul.

„Entschuldigung, ich verstehe nicht ganz", unterbrach Peter die Ärztin, „kürzer als was?"

„Sie haben recht, ich habe mich ungenau ausgedrückt. Im Vergleich zur Dauer der künstlichen Leistungssteigerung. Das verabreichte EPO ist bereits nach wenigen Tagen völlig abgebaut und nicht mehr nachweisbar, während der Doping-Effekt noch Tage und Wochen anhalten kann. Wenn EPO im Urin nicht mehr nachweisbar ist, geben Verlaufsprotokolle verschiedener Blutparameter Aufschluss über einen möglichen Missbrauch, zum Beispiel über die Höhe des Hämatokritwerts."

„Und dieser Hämatokritwert ist was genau?", wollte Isabella wissen.

„Er drückt den Anteil der Blutkörperchen am Gesamtvolumen des Blutes aus. Die Blutkörperchen sind die festen Bestandteile des Blutes, und der Rest besteht aus Plasma. Erythropoetin, also EPO, ist ein körpereigenes Hormon, das in der Niere gebildet wird. Dieses Hormon regt die Bildung roter Blutzellen, sprich Erythrozyten, in den Stammzellen des Knochenmarks an. Erythrozyten binden in der Lunge Sauerstoff und transportieren diesen zur Versorgung der Zellen in die verschiedenen Körperregionen wie die Muskulatur.

Seit 1983 ist es möglich, EPO synthetisch herzustellen. Wenn man durch die zusätzliche Einnahme von EPO das Blutvolumen, also die Erythrozyten- und damit die Hämoglobinkonzentration zur Steigerung der Sauerstoffkapazität erhöht, bewirkt dies eine deutliche Leistungssteigerung. Allerdings lässt sich die Zahl der roten Blutkörperchen nicht unbegrenzt steigern. Sie erinnern sich? Die Blutkörperchen bilden die festen Bestandteile des Blutes. Wenn es also zu einer starken Bluteindickung kommt, wird die Transportkapazität des Herzens eingeschränkt und eine Thrombose oder ein Kreislaufversagen werden wahrscheinlich."

Die drei Beamten ließen diese Ausführungen kurz auf sich wirken.

Dr. Reul sprach weiter: „Bei Sebastian Fischer habe ich eine erhöhte EPO-Konzentration festgestellt. Für die Durchführung des Tests benötigen wir ungefähr drei Tage. Dafür ist ein Immunaffinitätsverfahren nötig. Um Doping aber sicher nachzuweisen, helfen uns nur Verlaufsparameter der verschiedenen Blutentnahmen, EPO kommt ja auch natürlich im Körper vor. Man kann diese natürliche Konzentration auch steigern, durch ein Training im Gebirge beispielsweise. Im Zusammenhang mit seiner Operation wurde Sebastian Fischer ja Blut abgenommen. Ich habe die Blutwerte aus dem Klinikum in München angefordert. So hoffe ich, den Verlauf darzustellen und das Doping nachzuweisen. Isabella, du solltest auf jeden Fall die NADA informieren, das ist eigentlich deren Aufgabe."

„Glückwunsch, Selin! Du hattest den richtigen Riecher." Der Kommissar klopfte seiner Kollegin auf die Schulter.

„Wieso verbietet man dann nicht einfach die Herstellung von künstlichem EPO?", wollte Isabella Klein von Michele Reul wissen.

Diese lachte: „EPO hat durchaus seine Berechtigung. Patienten mit einer bestimmten Art der Anämie oder zum

Beispiel einer Tumoranämie sind auf EPO angewiesen. Es gibt auch Behandlungsansätze bei psychiatrischen Erkrankungen. Patienten mit Schizophrenie erreichten eine leichte Verbesserung der kognitiven Fähigkeiten. Nicht zuletzt ist es ein Riesenmarkt für die Pharmaindustrie: Bis 2004 gehörte EPO zu den zehn weltweit erfolgreichsten Medikamenten überhaupt. Eine Pharmafirma konnte damit in 2004 bis zu 3,6 Milliarden US-Dollar Umsatz erzielen, nur mal so für deine Vorstellung. Inzwischen gibt es Nachahmerpräparate, sogenannte EPO-Biosimilars, die wesentlich günstiger sind."

Sie bedankten sich für die Informationen und beendeten das Gespräch.

„Ich fasse mal zusammen", begann Isabella Klein: „Hannah Bauer wurde vermutlich ermordet. Jeder, der ihre Joggingstrecke kennt, kommt theoretisch dafür in Frage. Bleibt das Motiv zu klären. Verschmähte Liebe? Geld? Gefährliches Wissen?

Sebastian Fischer starb an einer Thrombose, die Vermutung geht dahin, dass diese durch eine erhöhte EPO-Konzentration verursacht wurde. Wir brauchen mehr Informationen. Ich werde Sebastians Eltern anrufen und fragen, wer sein Trainer war. Kaum vorstellbar, dass Sebastian ohne sein Wissen gedopt hat."

Noch während sie sprach, hatte sie die Telefonnummer herausgesucht und wählte.

„Es geht niemand dran, wir versuchen es später noch mal."

Kaum hatte sie aufgelegt, klingelte Peters Handy.

Ein aufgeregter Richard Mainl war am Apparat: „Herr Scheuermann, Moritz hat sich soeben bei mir gemeldet."

Peter machte den beiden Kolleginnen ein Zeichen, schrieb *Richard* auf einen Zettel, und sie versuchten gespannt, etwas von dem Gespräch mitzubekommen.

„Wo ist Ihr Sohn, Herr Mainl?"

„Das wollte er mir nicht sagen, es war ganz merkwürdig. Er sagte mir, er habe nichts mit dem Tod von Hannah zu tun, und das könne ich Ihnen auch ruhig sagen. Er bräuchte noch ein paar Beweise, dann würde er zurück nach Traunstein kommen. Und dann hat er aufgelegt."

„Irgendwelche Nummern auf dem Display?"

„Nein, das habe ich sofort geprüft, die Nummer war unterdrückt. Aber ich verstehe nicht, wieso Moritz glaubt, dass jemand an Hannahs Tod schuld ist. Es war doch ein Unfall?"

„Wohl nicht ganz. Derzeit vermuten wir, dass es einen Kampf am Wasser gegeben hat."

Peter konnte Richard Mainl schwer atmen hören. „Ich habe Steffi nicht geglaubt, sie hat auch so etwas Verrücktes gesagt. Hannah tut doch niemandem etwas, was soll das?"

„Wir sind gerade dabei, das herauszufinden. Wie lange bleiben Sie noch in Traunstein?"

„Auf jeden Fall so lange, bis Moritz wieder auftaucht. Ich habe schon mit meiner Frau gesprochen, sie kommt heute Abend mit dem Zug. Es gibt ja jetzt auch keinen Grund mehr, warum sie Franziska nicht kennenlernen sollte."

„Und wie verlief Ihre Besprechung mit Felix Bauer?"

„Mit Felix? Ach so, Sie meinen, wegen des Studios. Die nächsten Wochen bleibt erst mal alles, wie es ist. Felix weiß ja, wie der Laden läuft. Ich habe mir seine Vorstellungen angehört und werde das mit meiner Familie besprechen. Ich habe mir vorgenommen, nichts mehr im Alleingang zu unternehmen."

„Bitte rufen Sie mich sofort an, wenn Moritz sich meldet, egal wann, auch nachts."

Richard Mainl versprach es, und Peter legte auf.

Dann fasste er für die beiden anderen das Gespräch zusammen.

„Scheidet Moritz Mainl damit für uns als Verdächtiger aus?", überlegte Selin laut.

„Es könnte auch ein kluger Schachzug sein, um Zeit zu gewinnen", schlug Isabella vor.

Sie überlegten noch eine Weile hin und her, erstellten eine Liste aller Personen, die von der Joggingstrecke Hannah Bauers wussten, unabhängig davon, ob ein Motiv erkennbar war oder nicht.

Selin schrieb auf ihrem Laptop den Bericht und mailte ihn gleich an Regina.

Peter telefonierte danach ausgiebig mit seinen Frankfurter Kollegen. Manchmal sah jemand, der nicht so nah dran war, eher das große Ganze. Aber diesmal kamen auch die Kollegen nicht auf neue Ideen.

In Traunstein beendeten sie den Arbeitstag, und der Kommissar und seine Kollegin fuhren in ihr Hotel zurück.

Freitag, 29. April

1.

Pünktlich um acht Uhr morgens stand Isabella Klein am Frühstückstisch von Peter und Selin.

„Ich muss mich nur noch umziehen, dann kann es losgehen“, sagte sie gut gelaunt zu Peter. „Und ich habe schon mit Xaver gesprochen“, fuhr sie in Selins Richtung fort, „Lena hat noch ein zweites Rad, das müsste von der Größe her passen. Sie kommt in einer halben Stunde rüber und freut sich schon auf die Tour.“

„Prima, dann gehe ich schon mal hoch und zieh meine Fahrradklamotten an. Wann treffen wir uns wieder?“

„Wir könnten hier um zwölf zu Mittag essen. Dann hat jeder gut drei Stunden, um beim Sport den Kopf freizubekommen.“

„Okay, dann springe ich jetzt in meine Wathosen, bin in zehn Minuten wieder unten“, verkündete Peter.

Oben in seinem Zimmer zog Peter zusätzlich zu den Wathosen die langen Fleece-Hosen an, das Wasser war noch empfindlich kalt. Seine Watschuhe hatte er heute Morgen schon im Wasser eingeweicht, damit sie nicht so starr und spröde waren. Er ließ das Wasser aus dem Becken und packte die Schuhe in einen Beutel. Schließlich konnte er ja nicht mit nassen Schuhen durchs Hotel laufen. Dann schnappte er sich noch seine Softshelljacke und den Fleecepullover und machte sich mit seiner Ausrüstung auf den Weg nach unten.

Isabella Klein stand schon fertig angezogen bereit und montierte ihre erste Nymphe. Sie zeigte Peter, welchen Köder sie ausgewählt hatte. „Xaver empfiehlt heute diese Goldkopfnymphen. Das Wasser ist ein bisschen angestaubt, doch die Fische beißen gut. Wir können hier direkt am Haus beginnen und fischen uns dann langsam zur Brücke hinunter, würde ich vorschlagen.“

Peter nickte. „Du kennst dich hier am besten aus.“

Er montierte ebenfalls eine Goldkopfnymphe.

Selin kam aus dem Haus. In ihrem Fahrraddress sah sie richtig gut aus. Sie hielt ihr Handy in der Hand und fragte Peter: „Hast du deins einstecken?“

Peter klopfte auf seine Brustasche. „Ich hab meins hier, aber auf lautlos. Ich werde alle Stunde einmal draufschauen.“

„Okay, dann nehme ich meins auch mit“, entschied Selin.

Eine junge Frau kam die Auffahrt hinauf gelaufen. Sie schob rechts und links ein Mountainbike und hatte genau wie Selin einen Fahrraddress an.

„Hallo, ich bin Lena. Du musst Selin sein.“ Große, blaue Augen lächelten Selin fragend an. Unter Lenas Fahrradhelm konnte man blonde, kurze Haare hervorschauen sehen.

„Hi, grüß dich! Ja, ich bin Selin. Schön, dass du heute mit mir fährst!“

„Wie fit bist du? Ich habe zwei verschiedene Touren herausgesucht.“

„Also ich habe drei Stunden Zeit, bin ganz gut im Training, alpine Strecken vielleicht nicht so gewöhnt, würde es aber gerne einmal versuchen.“

„Dann probieren wir es mit der Zinnkopfrunde! Wir können jederzeit umkehren. Alles kann, nichts muss!“

Sie hielt Selin das Fahrrad hin. „Hier, stell es dir erst mal ein. In der kleinen Tasche da vorne sind isotonische Getränke und ein Schokoriegel. Und ich würde eine Regenjacke mitnehmen, es ist Gewitter gemeldet.“

Selin hielt ihr Pack-Jackett hoch. „Das passt noch locker in die Tasche.“

Zehn Minuten später verabschiedeten sich die zwei Fahrradfahrerinnen von Peter und Isabella und starteten mit ihrer Tour.

2.

Der Kommissar und die Kommissarin liefen zur Brücke hinunter und beobachteten eine Weile das Wasser.

Es war leicht gestiegen, und Peter war sich nicht sicher, ob sie es gefahrlos queren konnten, um auf die andere Seite zu kommen und im Schatten der Mauer zu fischen.

Isabella schien seine Gedanken zu erraten. „Wir müssen nicht queren. Da drüben an der Mauer ist eine Leiter!"

Und tatsächlich, auf der anderen Seite lehnte eine drei Meter lange Leiter an der Mauer, die senkrecht nach unten führte.

Isabella ging über die Brücke voran und hangelte sich dann vorsichtig auf dem Mauerrand bis zur Leiter. Peter war dicht hinter ihr. Isabella ging in die Hocke. „Wenn du die Leiter festhältst, schwinge ich mich jetzt über den Rand. Wenn ich unten angekommen bin, halte ich von dort die Leiter für dich."

Schon war sie über dem Rand verschwunden und kletterte nach unten.

„Jetzt du!", rief sie hinauf. Peter tat es ihr nach, auch wenn es bei ihm bestimmt nicht so elegant aussah. Er stellte wieder einmal fest, dass ihm die Höhe mit den Jahren immer mehr ausmachte. Einen kurzen Augenblick hatte er sich unsicher gefühlt, als seine Beine über dem Rand baumelten und Halt auf der Leiter suchten. Marion wäre genauso schnell wie Isabella unten gewesen, sie war ja auch in Madeira durch nichts zu beeindrucken gewesen …

Eine Weile standen beide nebeneinander und blickten ins Wasser.

Isabella hatte zuerst eine schöne große Regenbogenforelle ausfindig gemacht.

„Siehst du, wie sie frisst?"

Peter nickte. „Ein großes, schönes Tier!"

„Ja, und je größer sie sind, umso besser kennen sie unsere Tricks. Jetzt zu Saisonbeginn geht es noch, aber am Ende sind sie oft durch das plumpe Vorgehen der vielen

Anfänger so schlau geworden, dass sie kaum noch zu fangen sind. Von Leuten, die hier durchs Wasser trampeln, die Fische von vorne anwerfen und, und, und. Willst du es mit ihr versuchen?"

„Es ist doch deine Entdeckung!"

„Mach ruhig, es gibt bestimmt noch mehr, und ich habe hier oft die Gelegenheit zum Fischen."

Peter beobachtete noch eine Weile die Forelle, dann machte er seinen ersten Wurf.

Die Nymphe trieb direkt auf die Forelle zu, doch das Tier zeigte keine Regung.

Der Kommissar warf ein bisschen weiter nach vorne, doch auch diesmal wollte es nicht gelingen. Nach fünf erfolglosen Würfen zuckte er resigniert mit den Schultern.

„Was gefällt ihr nicht? Haben wir vielleicht doch den falschen Köder?"

Isabella schüttelte den Kopf. „Das glaube ich nicht. Das Tier ist einfach gewitzt. Es hat gemerkt, dass da irgendetwas nicht stimmt. Was sagt dir das Stichwort ‚Tote Drift'?"

„Dass ich die Nymphe im Wasser so präsentieren muss, dass es aussieht, als hinge sie nicht an einer Schnur, als wäre sie nicht geführt", erwiderte Peter prompt.

„Genau, spannungsfrei abdriften ist hier das Stichwort", bestätigte Isabella.

„Und das habe ich nicht gemacht?", fragte Peter.

„Nein, nicht ganz. Soll ich es dir zeigen? Ich mache das seit meinem vierten Lebensjahr und glaube, ich kann es ganz gut." Isabella lächelte ihn an.

„Auf jeden Fall! Ich bin immer lernbereit", versicherte der Kommissar.

„Also, schau genau hin. Dein Fehler war, dass du zu wenig Schnur auf dem Wasser hattest. Du musst den Bogen größer spannen. Dann bleibt die Nymphe auch mit der Strömung unter Wasser. Die Forelle steht circa zwanzig Zentimeter tief. Deine Nymphe ist zwar mit der Strömung auf die Forelle zugetrieben, aber kurz bevor sie den

Jagdbereich erreichte, hat sich deine Schnur gespannt. Und was passiert, wenn die Schnur sich spannt?"

„Sie zieht die Nymphe nach oben. Aber ich dachte, da war sie schon am Fisch vorbei."

„Ja klar, als sie ganz oben ankam, war sie längst am Fisch vorbei. Ich rede hier nur von ein paar Zentimetern. Kurz bevor die Nymphe bei der Forelle ankam, ging sie schon ein paar Zentimeter ruckartig nach oben. Das reicht schon, der Fisch ist ja nicht blöd. Du brauchst das perfekte Timing."

„Wie in unserem Beruf."

„Ja, da gibt es viele Gemeinsamkeiten. Jetzt schau genau hin! Ich werde ein Stück weiter nach rechts vorne werfen als du. Die Strömung wird die Nymphe erfassen und sie im Bogen auf die Forelle zutreiben lassen. So habe ich genug Schnur auf dem Wasser, dass die Tiefe stimmt, aber nicht zu viel, dass man nicht mehr anschlagen kann."

Isabella holte mit einer weichen Bewegung aus. Der Bogen war perfekt, die Nymphe setzte genau an der richtigen Stelle auf. Peter beobachtete gebannt die Forelle. Die Nymphe trieb nach links versetzt auf sie zu. Der große Fisch verließ seine schützende Deckung hinter dem Stein und bewegte sich mit weit geöffnetem Maul nach vorne. Dann schnappte er zu, und Isabella, die genau auf diesen Moment vorbereitet war, schlug an. Auf ihrem Gesicht lag ein zufriedenes Lächeln, als sie den Fisch zu sich heranzog.

„Jetzt auf jeden Fall die Spannung behalten. Wenn die Forelle es schafft, sich flussabwärts hinter die Steine zu stellen, werden wir sie verlieren. So oder so müssen wir nun ins Wasser."

Peter lief ein Stück flussabwärts an der Mauer entlang und stieg dann vorsichtig ins Wasser. Isabella hatte es ihm gleichgetan, immer darauf achtend, der Regenbogenforelle nicht zu viel Spiel zu lassen.

Der Kommissar nahm seinen Kescher vom Rücken, überholte die Forelle und ging ihr dann langsam entgegen. Vorsichtig schob er seinen Kescher unter das schöne Tier und hob ihn an.

„Da ist sie! Glückwunsch!", rief er seiner Kollegin zu.

Isabella watete zu ihm und drückte ihm eine Kamera in die Hand.

„Du kannst die Kamera unter Wasser halten bei der Aufnahme."

Sie machte ihre Hände nass und löste vorsichtig den widerhakenlosen Haken aus der Lippe des Fisches. Dann legte sie ihn am Uferrand ins Wasser und maß mit dem Rollband, das an ihrer Hose befestigt war, schnell die Länge des Fisches.

„Neunundsechzig Zentimeter!"

„Wahnsinn, was für ein großer Fisch!" Peter stand mit der Kamera bereit.

Isabella ging wieder in die Hocke und hielt den Fisch unter Wasser an der Schwanzflosse und unter dem Kiemenbogen fest. Der Kommissar machte drei schöne Bilder, und schon durfte die Regenbogenforelle wieder schwimmen. Vom Drill über die Landung bis zum Freilassen hatten sie höchstens vier Minuten gebraucht.

„Du könntest als Guide arbeiten", bemerkte Peter. „Ein perfekter Wurf!"

„Danke!" Isabella lachte. „Aber das Fischen ist nur ein Hobby. Ich bin gerne bei der Polizei, das ist auch um Einiges einträglicher."

Langsam fischten sie sich nach unten bis zur zweiten Brücke. Peter bekam immer wieder gute Tipps von Isabella, und um elf Uhr hatte er fünf schöne Forellen und eine Äsche gefangen und natürlich wieder freigelassen. Er war sehr zufrieden.

Isabella warf einen Blick auf ihre Uhr. „Eine Stunde hätten wir noch! Wollen wir mal die Stelle wechseln?"

„Eigentlich habe ich alles gefangen, was ich wollte. Mir ist gerade eine Idee gekommen. Was hältst du davon, wenn wir noch mal schnell zu der Unfallstelle fahren, so wie wir sind, und uns die Sache vom Wasser aus anschauen?"

„Gute Idee. Aber in Watschuhen müssen wir sehr gut auf dem Weg aufpassen."

Sie verließen das Wasser, sagten Xaver kurz Bescheid, dass sie sich mit dem Auto noch ein paar Stellen anschauen würden, und fuhren los.

In der nächsten Kurve kam ihnen ein Wagen fast auf ihrer Spur entgegen. Peter steuerte ganz an den rechten Rand und entging so einem Unfall.

„Der hat sie ja nicht mehr alle! Einfach so die Kurve zu schneiden!", entrüstete sich Isabella. Dann grinste sie. „Der kam aus Frankfurt, fährt man da so?"

Peter war wieder auf seine Spur eingeschwenkt und schüttelte den Kopf. „Aus Frankfurt? Bist du sicher?"

„Ja, ganz sicher."

„Irgendwie kam mir das Gesicht bekannt vor. Ich weiß nur nicht, wo ich es hinstecken soll."

„Also der Wagen hatte definitiv ein Frankfurter Kennzeichen. F-DH 410. Meinst du, du kommst noch drauf? Männlich oder weiblich?"

„Männlich mit Mütze auf dem Kopf. Ich habe die Haare nicht sehen können, nur den restlichen Teil des Gesichts, und das alles ja nur in Bruchteil von Sekunden."

„Ist schon komisch, wie viel Frankfurter hier in der letzten Zeit auftauchen", meinte Isabella nachdenklich.

Sie waren an der Stelle, an der sie das Auto abstellen mussten, angekommen und stiegen aus. Peter zog sein Handy aus der Tasche und wählte Reginas Nummer.

„Sei so lieb und überprüfe mal eine Autonummer für mich. Kann völlig unwichtig sein, aber sicher ist sicher."

Er nannte ihr das Kennzeichen. „Ich bin hier im Wald an einer Stelle, wo nicht überall Empfang ist. Wenn du den Halter herausgefunden hast, sprich mir einfach auf die Mailbox." Er beendete das Gespräch, und sie marschierten los.

Kurz vor der Stelle, an der Hannah Bauers Leiche gelegen hatte, hielt Isabella an.

„Wir sollten hier schon ins Wasser steigen und uns von

unten an die Stelle heranarbeiten", schlug sie vor. „Dann müssen wir nicht die steile Böschung hinunterkraxeln."

Sie kletterten ins Wasser, Isabella vorneweg, und arbeiteten sich langsam gegen die Strömung vor. Das kostete viel Kraft, und sie mussten öfter stehen bleiben.

Der Kommissar blickte ins Wasser. Man musste schon genau hinschauen, um nicht auf den glitschigen Steinen auszurutschen. Plötzlich glitzerte etwas direkt vor ihm am Grund. Es sah aus wie eine Uhr. Er blieb stehen und bückte sich. Die Polbrille leistete ihm wieder gute Dienste: Ja, es war tatsächlich eine Uhr, eine relativ große Armbanduhr. Vielleicht hatte ein Fischer oder ein Kanufahrer sie verloren.

Er rief Isabella „Stopp!" zu, doch sie hatte ihn wohl nicht gehört und watete langsam weiter.

Ins Wasser greifen konnte Peter nicht, er war nun an der tiefsten Stelle. Er suchte sich einen sicheren Stand und schob dann vorsichtig seinen linken Schuh unter die Uhr in das weiche Kiesbett. Nun lag sie auf seinem Fuß. Er hob ihn langsam an und griff nach ihr. Dabei kam er ins Straucheln und konnte sich erst im letzten Moment wieder fangen. Peter ärgerte sich über sich selbst. Wie bescheuert war er denn? Riskierte, wegen irgendeiner blöden Uhr ins Wasser zu fallen und sich vielleicht die Knochen zu brechen oder unterzutauchen. Und wofür hatte er eigentlich seinen Kescher auf dem Rücken?

Isabella drehte sich zu ihm um und rief: „Alles okay? Bist du ausgerutscht?"

Peter machte ihr mit Gesten verständlich, dass sie zurückkommen sollte.

Dann zog er am Kescher, der mit einem starken Magnet an seinem Rücken befestigt war, und hatte dreißig Sekunden später die Uhr in der Hand. Er stieß einen kleinen Pfiff aus. Wenn das kein Fake war, dann hielt er gerade eine Rolex in der Hand.

Eine Rolex, wie er sie vor Kurzem schon einmal gesehen hatte. Nur wo?

Isabella war bei ihm angekommen. Er zeigte sein Fundstück.

„Ich weiß nicht, wie viele Stücke davon so verkauft werden, aber ich bin mir ziemlich sicher, dass ich dieses Modell erst vor einiger Zeit an einem Arm gesehen habe."

„Das mag es ja öfter geben. Dreh sie doch mal um!", schlug seine Kollegin vor. „Teure Uhren haben oft eine Gravur."

Und tatsächlich! Da waren zwei Buchstaben eingraviert. Peter und seine Kollegin schnappten nach Luft. Ihnen war sofort klar, zu wem diese Initialen passen würden. Aber wie passten die einzelnen Teile nur zusammen?

Sie sahen sich sekundenlang schweigend an, dann meinte Peter: „Da wir nun mal hier sind, schauen wir uns noch weiter gründlich im Wasser um, würde ich vorschlagen. Dann machen wir uns so schnell wie möglich auf den Rückweg ins Hotel und besprechen das mit Selin."

Die Kommissarin nickte.

„Ja, ich durchschaue auch noch nicht ganz die Zusammenhänge. Aber auf jeden Fall sollten wir prüfen, ob der Besitzer der Uhr nicht auch der Besitzer des Haustürschlüssels ist."

Sie suchten noch ein paar Minuten das Wasser ab, ohne noch etwas zu finden, und machten sich dann eilig auf den Rückweg.

Kurz bevor sie am Auto ankamen, piepste Peters Handy. Regina hatte eine Nachricht auf seiner Mailbox hinterlassen.

„Das Auto ist auf einen Dorian Hentschel zugelassen. Er muss der Bruder von dieser tödlich verunglückten Schwimmerin, Saskia Hentschel, sein. Hilft euch das irgendwie weiter? Ruf mich zurück, wenn ihr noch etwas braucht!" Regina teilte ihm außerdem mit, dass sie diese Information auch Selin durchgegeben hatte.

Der Kommissar ließ sein Handy sinken. Nachdenklich blickte er vor sich hin.

„So viele Zufälle kann es gar nicht geben."

Isabella schaute ihn fragend an.

„Der junge Mann in dem Frankfurter Auto, der uns vorhin fast über den Haufen gefahren hat, ist Dorian Hentschel. Seine Schwester starb vor zehn Tagen. Sie war die hessische Schwimmmeisterin und ist im elterlichen Pool ertrunken. Sie war kurz zuvor krank gewesen und bis oben hin vollgepumpt mit Erkältungsmitteln." Peter machte ein Pause und meinte nachdenklich: „Auch sie hat bei Mainl-Sports trainiert, im Frankfurter Studio."

Als sie am Hotel ankamen, war es kurz nach halb eins. Isabella ging zu ihrem Auto, um sich umzuziehen, und auch Peter legte wieder normale Kleidung an. Dann machten sie sich auf die Suche nach Selin, aber sie war nirgends zu finden.

Peters Handy klingelte wieder. Selin war dran, etwas außer Atem.

„Peter, ich bin weiter nach Traunstein gefahren mit dem Rad. Dein Wagen war nicht da, und dein Handy hatte keinen Empfang. Lena hat mir von einem weiteren Streit erzählt, den Hannah an ihrem Todestag hatte, und Regina hat mir gesagt, dass du Dorians Wagen hier gesehen hast. Überleg mal! Jetzt macht alles einen Sinn." Sie berichtete ihm kurz, welche Zusammenhänge sie sah.

Der Kommissar erzählte ihr von der Uhr.

„Ja, auch das passt."

„Wo bist du jetzt?", fragte Peter.

„Ich bin noch ungefähr hundert Meter vom Studio entfernt. Ich bin mir sicher, dass Dorian Hentschel hier aufkreuzt."

„Warte auf uns! Wir fahren sofort los. Wir müssen jetzt gut überlegen, in welcher Reihenfolge wir vorgehen." Peter beendete das Gespräch und atmete einmal tief durch. Nun kam es auf die richtige Vorgehensweise an.

Das Zielobjekt hatten sie im Visier. Jetzt mussten sie sich im Bogen nähern, langsam, mit dem richtigen Köder, an genügend langer Schnur, damit der Köder nicht zu früh nach oben stieg und der Täter dadurch wusste, dass hier an Fäden gezogen wurde. Die *Tote Drift*, genau hier und jetzt war das Kunststück gefragt.

Im Laufschritt eilte er zu Isabella. „Wir müssen sofort nach Traunstein, ins Fitnessstudio. Ich erklär dir alles unterwegs."

Die Kommissarin startete sofort den Motor. Peter nahm auf dem Beifahrersitz Platz, als sein Handy wieder klingelte.

Regina war noch einmal am Apparat.

„Peter, seid bitte vorsichtig! Ich habe gerade einen Anruf von Isidor Hentschel bekommen. Seine Schrotflinte ist aus dem Waffenschrank verschwunden, und Dorian hat ihm einen Brief hinterlassen, in dem steht, dass er Saskias Tod rächen will."

„Danke für die Info!", sagte er mit grimmiger Stimme. „Auch das passt." Er legte auf.

„Dorian Hentschel ist vermutlich mit einer Schrotflinte bewaffnet."

Peter wählte schon Selins Nummer. Sie ging nicht an ihr Handy.

„Scheiße, warum geht sie nicht dran? Hast du deine Waffe dabei?", fragte er Isabella Klein.

Diese klappte ihre Jacke auf. Das Halfter mit der Dienstpistole war zu sehen.

„Meine liegt im Auto! Ganz große Klasse! Gut gemacht!", ärgerte sich der Kommissar über sich selbst.

„So oder so, ich fordere Verstärkung an. Wir müssen damit rechnen, dass Kunden vor Ort sind. Möglicherweise kommt es auch zu einer Geiselnahme." Isabella hatte schon das Funkgerät in der Hand und gab Anweisungen.

„Bitte auch zwei Rettungswagen, aber rückt bloß nicht mit Blaulicht und Sondersignal hier an!" Sie gab durch, wo sich die Autos positionieren sollten, und dann waren sie auch schon vor dem Studio angekommen.

Weit und breit keine Spur von Selin. Peter ging vorsichtig auf die Eingangstür zu, Isabella gab ihm unauffällig Deckung.

An der Tür klebte ein großes Schild: „Wegen Trauerfall heute geschlossen!“. Trotzdem stand der Porsche vor der Tür. Peter zog vorsichtig an der Tür, sie war versperrt.

Isabella war nun auch bei der Eingangstür angelangt. „Wenigstens haben wir dann heute keine Kunden hier“, flüsterte sie ihm zu.

Peter nickte. An der Seite hatte er eine kleine Klingel entdeckt.

„Sobald die Verstärkung hier ist, klingeln wir“, entschied er. „Wo steckt bloß Selin? Warum geht sie nicht an ihr Handy?“

Sie traten ein paar Schritte von der Tür zurück und verbargen sich hinter zwei großen Buchen.

Plötzlich zerriss ein Schuss die Stille. Peter und Isabella blickten sich an. Die Kommissarin hatte die Hand an der Waffe. Aus dem Inneren des Gebäudes konnte man laute Stimmen hören. Peter erkannte Selins Stimme. Gott sei Dank, sie lebte!

„Ich muss da jetzt rein. Selin ist da drin und hat in ihrem Fahrraddress bestimmt keine Waffe.“

„Die Verstärkung müsste sofort da sein.“

„Das dauert mir zu lange. Gib mir deine Waffe. Ich gehe vorsichtig um das Gebäude. Vielleicht finde ich ein offen stehendes Fenster.“

„Wir gehen zusammen. Ich behalte meine Waffe und gebe dir Deckung“, entschied Isabella.

Sie bewegten sich zügig auf die Schmalseite des Gebäudes zu. Hier gab es keine Fenster, aber die Rückseite, das wusste Peter, hatte viele Fenster.

So weit kamen sie allerdings nicht. Als sie um die Ecke biegen wollten, wären sie fast mit einer Gestalt, die ihnen gebückt entgegenkam, zusammengestoßen. Peter reagierte blitzschnell. Zwei Sekunden später lag der Unbekannte am Boden, den Arm nach hinten gedreht, und Peter kniete auf seinem Rücken.

„Nicht, lassen Sie mich! Ich bin der Falsche!“

Verblüfft ließ Peter Moritz Mainl los. „Ja, ich glaube

auch, dass Sie der Falsche sind. Was um Himmels Willen tun Sie hier?" Er half ihm wieder auf die Beine.

„Ich war mit Dorian hier verabredet. Aber er ist schon ohne mich rein. Haben Sie den Schuss gehört?"

„Ja, wir haben schon Verstärkung angefordert, suchen aber gerade nach einer Einstiegsmöglichkeit. Meine Kollegin Frau Cipa ist auch da drin, und ich fürchte, sie ist nicht bewaffnet."

Moritz deutete auf eine kleine Treppe. „Das ist der Kellereingang. Ich habe die Schlüssel. Kommen Sie!"

An der Tür blieben sie lauschend stehen. Jetzt drangen keine Stimmen mehr zu ihnen heraus. Isabella informierte ihre Kollegen telefonisch darüber, dass ein Schuss gefallen war, dass sich vermutlich drei Personen im Gebäude aufhielten und dass sie und Peter nun hineingehen würden.

„Was befindet sich hinter der Tür?", wollte sie von Moritz Mainl wissen.

„Das ist das Lager mit den Getränken und Klamotten. Von dort aus gelangt man in einen Gang. Vom Gang gehen noch zwei Türen ab. Toiletten und kleine Küche. Dann führt eine schmale Treppe nach oben."

„Wo endet die Treppe?", fragte Peter flüsternd.

„In einem kleinen Gang zwischen dem Spinning-Saal und dem Büro."

„Hat der Spinning-Saal die lange Fensterfront?", wollte Isabella wissen.

„Ja!" Moritz Mainl schloss vorsichtig die Tür auf.

„Okay, wir gehen jetzt da hinein. Sie bleiben besser hier", bestimmte Peter.

„Nein, ich komme mit. Sie werden mich brauchen, ich kenne jeden Zentimeter in diesem Studio. Und ich war es, der Dorian hierhergebeten hat."

„Er hat eine Schrotflinte, also passen Sie gut auf!" Isabella nickte ihm zu, und sie betraten den Lagerraum.

Es dauerte eine Weile, bis sich die Augen an das Dämmerlicht gewöhnt hatten. Eine schmale Reihe Glasbausteine an der Längsseite ließ ein wenig Licht herein.

Plötzlich konnten sie von oben Selins Stimme hören.

„Bitte seien Sie vernünftig und geben Sie mir Ihre Waffe, bevor noch jemand zu Schaden kommt!"

Ein höhnisches Lachen war die Antwort, dann eine Männerstimme: „Sie beide bleiben genau da stehen, wo Sie jetzt sind. Ich habe keine Skrupel, eine Waffe zu benutzen."

Wieder konnte man Selins ruhige Stimme hören, sie versuchte es mit Deeskalation:

„Sie machen die Sache nur schlimmer. Legen Sie die Waffe wenigstens hin und lassen Sie uns über alles reden!"

„Über alles reden", kam es wütend zurück. „Ja, da seid ihr Frauen groß drin, was? Hannah wollte auch immer über alles reden. Nur dass mir beim letzten Mal ihr Thema nicht ganz gefallen hat." Die Stimme war nun laut und zornig.

Moritz machte mit Handzeichen auf sich aufmerksam: „Die Stimmen kommen aus dem Spinning-Saal, nicht aus dem Büro. Wir können vorsichtig nach oben gehen", flüsterte er.

Ganz langsam, jedes Geräusch vermeidend, gingen sie auf die Treppe zu.

Moritz hielt Peter am Arm zurück. Isabella war auch stehen geblieben.

„Der Spinning-Saal hat eine Spiegelwand gegenüber der Tür! Wir müssen im Gang stehen bleiben. Sobald wir durch die Tür schauen, kann man uns sehen."

Der Kommissar und seine Kollegin nickten, und alle drei schlichen vorsichtig die Treppe hoch.

„Und das war der Grund, warum Hannah sterben musste, oder?" Wieder Selins Stimme.

„Diese blöde Kuh! Sie hätte schön mit mir verdienen können. Stattdessen macht sie so einen Aufstand, weil Sebastian gestorben ist."

„Sebastian hatte eine Thrombose. Und Sie haben das zu verantworten", sagte Selin fest.

„Ha, passen Sie schön auf, was Sie da sagen! Dafür haben Sie gar keine Beweise! Sie haben überhaupt für gar nichts Beweise! Sebastian hatte eine Blinddarmoperation. Da kann es schon mal zu einer Thrombose kommen."

Der Kommissar, Isabella und Moritz waren oben an der Treppe angelangt. Rechter Hand befand sich der Spinning-Saal. An die Wand gedrückt blieben sie stehen. Isabella hatte die Waffe im Anschlag.

Wieder war Selins Stimme zu hören: „Sie haben gutes Geld mit Doping verdient, stimmt's? Sebastian hatte eine hohe Konzentration von EPO im Blut. Viel zu hoch. Den Nachweis haben wir schon. Und Sie waren als Heilpraktiker in der Lage, an alles heranzukommen. Blutdoping ist doch für Sie eine Kleinigkeit."

„Auch dafür haben Sie überhaupt keinen Beweis. Ich frage mich gerade, wie lange ich mir Ihre Anschuldigungen noch anhören soll."

„Aber ich habe Beweise!" Das war die Stimme von Dorian Hentschel.

„Du?", kam es wütend zurück. „Was will ein Knirps wie du mir schon beweisen? Schau dich doch an! Kommst mit einer Schrotflinte hier reinspaziert und weißt nicht mal, wie man sie benutzt. Und deine kleine Freundin von der Polizei stolpert gleich hinterher. Da lach ich ja."

„Das Lachen wird dir vergehen! Du hast meine Schwester Saskia umgebracht. Ich habe Briefe gefunden." Aus Dorians Stimme war Triumph und Angst zu spüren.

„Was für Briefe?" Die Stimme war nun wieder zornig.

„In ihrem PC. Sie hat alle Briefe, die sie an dich geschrieben hat, gespeichert und war sogar so schlau, deine Briefe einzuscannen! Nach der Beerdigung habe ich sie gefunden. Soll ich zitieren?" Er wartete die Antwort seines Gegenübers nicht ab und begann mit zittriger Stimme.

„Hallo Felix, zurzeit habe ich ein Leistungstief, vielleicht bedingt durch die starke Erkältung, die ich letzte Woche hatte. Wie viele von den Tabletten soll ich nun nehmen? Können wir noch mal steigern? Habe von meiner

Tante Geld zum Geburtstag bekommen, kann dich gleich bar bezahlen, wenn du nach Frankfurt kommst. Nächste Woche ist der Wettkampf, und ich möchte gewinnen." Dorian machte eine Pause.

Felix Bauer schnaubte zornig. „Und? Bist du damit gleich zu Papi gerannt?"

„Heute Abend wird die Polizei alle Briefe haben. Moritz Mainl weiß Bescheid."

„Du miese kleine Kröte. Du weißt gar nichts. Moritz Mainl hat meine Schwester Hannah umgebracht."

Isabella legte Moritz beschwichtigend die freie Hand auf den Arm.

„Das ist nicht ganz richtig", war Selin wieder zu vernehmen. „Von Lena Berger weiß ich, dass Sie am Dienstagabend einen heftigen Streit mit Hannah hatten. Sie hat gedroht, zur Polizei zu gehen, wenn Sie nicht endlich mit Ihren Dopingmitteln aufhören würden."

„Tja, das war dumm, sehr dumm", erwiderte Felix „Dabei kann man nämlich ganz wunderbar verdienen."

„Auf Kosten der Gesundheit von Unschuldigen."

„Ach, kommen Sie mir doch nicht mit so einem Quatsch! Welcher Sportler, der dopt, ist denn unschuldig? Ich stelle nur die Substanzen zur Verfügung. Einnehmen tun sie das alle selber, weil sie nämlich grenzenlos ehrgeizig sind."

„Und Hannah? Was war sie für Sie?"

„Sie war mir lästig. Ich kann das Studio viel besser führen. Gott sei Dank hat Moritz sie hinabgestoßen."

Noch bevor der Kommissar und die Kommissarin eingreifen konnten, war Moritz Mainl mit einem Riesensatz durch die Tür gehechtet. Peter und Isabella sprangen hinterher.

Sie mochten den Überraschungseffekt auf ihrer Seite haben und in der Überzahl sein, aber Felix stand am anderen Ende des Raums und sah sie kommen. Mit einer blitzschnellen Bewegung zog Felix Bauer die überraschte Selin in seinen Arm und hielt ihr die Schrotflinte unter das Kinn.

Isabella zielte mit ihrer Waffe auf Felix Bauer.

„Ergeben Sie sich! Lassen Sie die Waffe fallen!"

Felix lachte hässlich. „Haben Sie schon einmal ein Gesicht gesehen, das von einer Schrotflinte zerfetzt wurde?"

„Das wäre dann auch Ihr Tod", entgegnete die Kommissarin.

„Was habe ich schon zu verlieren? Nein, nein, Sie werden mir nichts tun, solange Ihre hübsche Kollegin in meiner Gewalt ist. Das Problem ist doch immer das Gleiche. Ich werde unterschätzt."

„Und Ihre Schwester hat Sie auch unterschätzt, stimmt's?", fragte Peter. Er wollte Zeit gewinnen. Die Verstärkung stand draußen schon bereit.

„Ja, das hat sie, in der Tat."

„Sie haben oben am Hang auf sie gewartet", fuhr der Kommissar fort.

Aus den Augenwinkeln konnte er sehen, dass sich Moritz Mainl langsam bewegte.

„Halt! Du bleibst da stehen!", herrschte Felix Bauer Moritz an. Dann veränderte er seine Position. Immer noch Selin im Arm haltend, drehte er sich mit dem Rücken zur Fensterfront.

„Ja, ich habe da oben auf sie gewartet. Sie ist schön erschrocken, als ich plötzlich den Hang hinuntergerutscht bin zu ihr. Sie wollte nicht zur Vernunft kommen." Er schwieg nachdenklich.

Der Kommissar fuhr für ihn fort: „Und Sie haben oben auf dem Hang Ihren Haustürschlüssel verloren, den wir dann gefunden haben. Es gab einen Kampf, und Sie haben Ihre Schwester mit Ihrer Uhr verletzt. Dann gaben Sie Hannah einen kräftigen Stoß in den Unterleib mit Ihrem Knie und ließen sie fallen. Das Ergebnis ist bekannt. Dummerweise hatte sich das Armband Ihrer Uhr geöffnet, und die Uhr flog in die Traun, wo wir sie heute gefunden haben."

„Oh, da bin ich Ihnen aber zu Dank verpflichtet! Sie ist nämlich ziemlich viel wert", höhnte Felix Bauer. „Doch nun genug geplaudert", sagte er dann unwillig. „Ich werde jetzt mit Ihrer hübschen Kollegin im Porsche davonfahren, und wenn mich irgendeiner daran hindert, ist sie tot."

Isabella hatte schon eine Weile die Schatten vor den Fenstern gesehen. Sie hatte Selin Handzeichen gegeben, die Felix Bauer nicht bemerkt hatte, während er in sein Gespräch mit Peter vertieft war. So war Selin nicht überrascht, als die Fensterfront laut klirrend zerbarst, und ließ sich sofort zur Seite fallen. Felix Bauer wurde mitgerissen, ein Schuss löste sich, und Sekunden später befanden sich sechs Beamte bei dem verletzten Mörder, zwei von ihnen fixierten ihn.

Peter half Selin auf.

„Puh, das Gesicht sieht nicht schön aus." Sie deutete auf den bewusstlosen Felix Bauer.

„Wieso bist du denn ohne Waffe da reinspaziert? Du wusstest doch, dass wir unterwegs sind." Peter machte seiner aufgestauten Angst Luft.

„Dorian hat an der Tür geklingelt, und ich war mir plötzlich sicher, dass er eine Waffe in seiner Sporttasche hatte. Da bin ich auch zum Eingang gelaufen. Ich wollte die beiden so lange in ein Gespräch verwickeln, bis ihr da sein würdet. Felix hat aufgemacht und hinter uns wieder zugeschlossen, und während er zum Saal hier vorausging, hatte Dorian plötzlich die Waffe in der Hand. Noch bevor ich reagieren konnte, hat Felix sich umgedreht und Dorian die Schrotflinte weggerissen, er hatte sie nämlich im Spiegel gesehen, und dabei hat sich ein Schuss gelöst. Ich habe versucht, Herrn Bauer mit Reden hinzuhalten, dabei hat er das Doping zugegeben."

Peter nickte: „Wir haben schon eine ganze Weile mitgehört. Falls er das überlebt, wird er sich da nicht mehr rausreden können."

Inzwischen bemühte sich auch ein Notarzt um Felix Bauer. Isabella hatte die Schrotflinte sichergestellt.

„Wo haben Sie die Waffe her, Herr Hentschel?"

„Mein Vater ist Jäger, ich habe sie aus seinem Waffenschrank genommen. Ich wollte gar nicht schießen, ich kann das gar nicht richtig. Ich wollte dem Schwein nur Angst einjagen. Moritz und ich wollten ihn so zu einem Geständnis zwingen und ihn dann der Polizei übergeben."

„Sie wissen aber schon, dass Geständnisse, die mit vorgehaltener Waffe erpresst werden, vor Gericht nicht zählen?", bemerkte die Kommissarin trocken.

Dann wandte sie sich an den Notarzt: „Können Sie schon etwas sagen, wird er es überleben?"

„Ich arbeite daran. Wie Sie sehen, fehlt ihm die Hälfte des Gesichts. Gott sei Dank war die Körnung klein. Munition für die Hasen- oder Fasanenjagd. Nicht auszudenken, wenn er ein Kaliber benutzt hätte, mit dem man auf Wildschweinjagd geht." Der Notarzt arbeitete konzentriert weiter, und Isabella wandte sich Dorian Hentschel und Moritz Mainl zu.

„Sie beide kommen bitte mit uns aufs Kommissariat. Hier stehen wir momentan nur im Weg. Gehen wir!"

3.

„Na dann wollen wir mal!“ Isabella zeigte einladend auf die beiden Stühle vor ihrem Schreibtisch. Dann bat sie einen Kollegen um weitere Stühle, sodass auch Peter und Selin Platz nehmen konnten.

„Herr Mainl, ich möchte gerne bei Ihnen anfangen.“

Moritz Mainl nickte.

„Erzählen Sie uns bitte, was von Dienstagnachmittag bis heute geschah.“

Moritz Mainl holte tief Luft. „Dass ich einen Streit mit Hannah im Studio hatte, wissen Sie bestimmt, wir waren nicht gerade leise. Ich bat sie, sich nicht mehr mit meinem Vater zu treffen. Sie sagte etwas davon, dass sie langsam aber sicher genug von allen Mainls habe und ich sie nun erst einmal in Ruhe lassen sollte. Na ja, und so gab halt ein Wort das andere. Wir waren auch beide nicht gut drauf. Hannah war irgendwie furchtbar niedergeschlagen, wollte mir aber nicht sagen, warum. Und ich war total nervös, weil Herr Scheuermann meinem Vater erzählt hatte, dass er uns gesehen hat. Dann hat mich noch mein Onkel Andreas angerufen und mir gesagt, dass Sie über die Entführung Bescheid wüssten, was meine Stimmung nicht gerade verbessert hat. Nach dem Streit bin ich heim ins Appartement. Ich habe mir eine Pizza bestellt und zu viel Wein getrunken. Dorian Hentschel rief mich an und erzählte mir von den Briefen. Ich habe es als Unsinn abgetan, nie hätte ich Felix das zugetraut. Außerdem dachte ich, dass ich das in Frankfurt doch hätte merken müssen, so direkt vor meiner Nase. Dorian sagte, dass er herkommen will, um Felix zur Rede zu stellen. Er würde um halb sechs morgens losfahren. In meinem etwas berauschten Zustand sagte ich ihm noch, dass er tun soll, was er nicht lassen kann, und bin dann auf der Couch einfach eingeschlafen, ohne mich auszuziehen.Vermutlich, weil es so unbequem war, wachte ich um halb fünf auf. Ich ging duschen, kochte mir eine Kanne Kaffee und hatte dann Zeit zum Nachdenken.

„Warum haben Sie sich dann nicht sofort an uns gewandt?“, wollte Peter wissen.

„Das hatte ich sogar vor. Aber zuerst wollte ich mich noch von Hannah verabschieden, mich für den Streit entschuldigen und eine ganz vorsichtige Andeutung bezüglich Felix fallen lassen. Ich kam zu Steffi und …“ Moritz Mainl versagte die Stimme.

Isabella, Peter und Selin ließen ihm Zeit, sich wieder zu fassen.

Mit tränenerstickter Stimme fuhr er fort: „Plötzlich war mir klar, dass ich ja einen Streit mit Hannah gehabt hatte, von dem jeder wusste. Wenn Felix vielleicht so weit gegangen war, dass er Hannah etwas angetan hatte, würde er alles daran setzen, das mir in die Schuhe zu schieben.“

„Aber Steffi Albrecht ging zu der Zeit noch davon aus, dass Hannah einen Unfall gehabt hat“, unterbrach ihn Selin.

„Ja, sie wusste aber nicht, was ich nun wusste. Ich konnte nicht an einen Unfall glauben und hielt es für das Beste zu verschwinden. Ich schaltete das Handy aus und rief von meinem anderen Handy aus Dorian an. Wir haben uns dann am Mittag getroffen und die weitere Vorgehensweise besprochen. Ich wusste, dass heute das Studio geschlossen sein würde.“

„Von wem wussten Sie das?“, fragte Isabella.

Moritz fuhr sich mit der Hand müde über seine Augen. „Mein Vater hat es mir gesagt.“

„Ihr Vater? Hatten Sie beide etwa ständig Kontakt? Er hat doch sogar noch in Frankfurt angerufen, weil er Sie für vermisst hielt?“, wollte Peter wissen.

„Ja, weil ich ihn darum gebeten hatte. Ich rief ihn Mittwochnachmittag von meinem Handy aus an. Ich habe ihm alles erzählt und bat ihn, bis heute Abend zu warten. Ich wollte unbedingt noch mit Sebastians Vater, der ja auch sein Trainer ist, sprechen, um sicher zu sein. Ich habe meinen Vater auch gebeten, noch nichts auszumachen, was die Leitung des Studios in Traunstein betrifft.“

„Okay, jetzt langsam zum Mitschreiben. Sie rennen am Mittwochmorgen weg. Am Mittwochmittag treffen Sie sich mit Dorian Hentschel. Heute, am Freitag, tauchen Sie im Studio auf. Wo waren Sie und Herr Hentschel so lange?"

„Auf der Nesslaualm. Ich kenne das Ehepaar, das sie dieses Jahr bewirtschaftet, und sagte ihnen einfach, dass ich zwei Tage mit einem Freund in diesem Gebiet wandern will."

„Aber es lief eine Fahndung nach Ihnen", meinte Selin.

Isabella schaltete sich ein. „Die Nesslaualm liegt ziemlich abgelegen und hat bestimmt keinen Fernseher. Sehr wahrscheinlich, dass die Wirte von gar nichts wussten."

„Ja, das stimmt", bestätigte Moritz Mainl. „Ich war also mit Dorian da oben, und wir überlegten, wie wir vorgehen konnten. Leider kam das Telefonat mit Herrn Fischer erst heute Morgen zustande. Er erzählte, dass Sebastian viel Höhentraining gemacht hat, aber seit der Operation nicht mehr, dazu war er noch nicht fit genug. Und dass Sebastian zuerst einmal auf Krafttraining im Studio gesetzt hätte. Ich habe ihn nicht direkt nach EPO gefragt, aber nach dem Gespräch war mir die Sache klar. Jetzt wollten wir nur noch das Geständnis haben.

Ich musste kurz im Appartement vorbei, die Schlüssel fürs Studio holen, und verabredete mich mit Dorian vor dem Studio. Doch als ich dort war, war er nirgends zu sehen. Ich hörte plötzlich den Schuss, und dann traf ich auf Sie. Den Rest kennen Sie."

Wussten Sie, dass Ihr Freund eine Waffe dabeihatte?", fragte Peter.

„Ja, ich wusste es."

„Das hätte ganz schön schiefgehen können."

„Ich weiß, aber darüber habe ich vor Wut gar nicht nachgedacht. Immerhin haben wir jetzt alles auf Band", triumphierend holte Moritz ein kleines Aufnahmegerät heraus. „Vom Betreten des Kellers bis zum Schluss ist alles da drauf." Er übergab den überraschten Beamten das Band.

Dorian Hentschel bestätigte die Ausführungen Moritz Mainls. Er sagte, er habe Felix Bauer schon immer im Verdacht gehabt, unter der Hand mit irgendwelchen Mitteln zu handeln, aber nicht gewusst, dass sie so gefährlich sein könnten. Er hätte ihn eher für einen geschäftstüchtigen Spinner gehalten, der irgendeinen Fake verkaufte. Erst nach Saskias Tod machte er sich mehr Gedanken und durchforstete schließlich ihren PC. Danach meldete er sich bei Moritz Mainl, und der Rest war ja bekannt.

Die Beamten nahmen alles ins Protokoll auf, ließen die beiden unterschreiben, und danach durften sie gehen.

Eine ganze Weile saßen alle schweigend da. Peter rekonstruierte in Gedanken nochmals die Zusammenhänge. Bilder zogen an seinem inneren Auge vorbei. Felix Bauer bei der Beerdigung von Saskia Hentschel, Dorian, der Felix nicht die Hand geben wollte.

Felix Bauer, der in der Nacht anrief, um ihm vom Streit zwischen Hannah und Moritz zu erzählen, und dass Hannah tot sei.

Felix Bauer, der mit aller Macht den Verdacht auf Moritz lenken wollte.

Felix Bauer, der Peter und Selin fragte, wie viel Uhr es sei. Da war seine Uhr nämlich schon am Grund der Traun.

Felix Bauer, der nicht nur eine teure Uhr, sondern auch einen Porsche besaß.

Felix Bauer, der, im Gegensatz zu Moritz Mainl, Rechtshänder war und Hannah Bauer die Abdrücke am Arm zugefügt hatte.

Felix Bauer, der es ziemlich eilig hatte, mit Richard Mainl einen neuen Studiovertrag abzuschließen.

Ja, es passte alles. Und Selin hatte es sofort erkannt. Die Zusammenhänge zwischen Saskia Hentschel, Sebastian Fischer und Felix Bauer waren ihr, die viel von Doping verstand, viel schneller klar gewesen als ihm.

Er fragte sich, wie es nun weitergehen würde mit der Familie Mainl und vor allen Dingen mit Franziska, und wieder einmal war er froh über seine Familie.

Zurück im Hotel rief er zu Hause an. Marlene nahm ab.

„Papa, ich hab jetzt keine Zeit, ich will ins Kino."

„Gib mir mal schnell Mama!"

„Mama ist doch bei ihrer Generalprobe, das weißt du doch", kam es vorwurfsvoll zurück.

Wusste er das? Ja, irgendwo ganz weit unten konnte er da etwas hervorkramen. Die letzten Stunden hatte er sich nur auf den Fall konzentriert, da schaltete er immer alle anderen Dinge weg.

„Ja, stimmt …" Bevor er weitersprechen konnte, fiel ihm Marlene ins Wort:

„Du warst mitten im Fall. Schreib Mama doch 'ne SMS, die kann sie nachher lesen. Und denk dran, morgen Abend ist die Aufführung! Ich muss jetzt weg, tschüüüüs!", und damit hatte sie aufgelegt.

Verblüfft schaute Peter das Telefon in seiner Hand an. Wäre zur Abwechslung mal ganz schön gewesen, wenn Marlene ihn gefragt hätte, ob er erfolgreich gewesen war.

EPILOG

Felix Bauer hat überlebt. Es dauerte aber mehr als ein Jahr, bis er verhandlungsfähig war. Sein Anwalt plädierte auf verminderte Schuldfähigkeit, da er eine schwierige Kindheit gehabt und die Eltern schon früh verloren hätte. Das Urteil wird mit Spannung erwartet.

Moritz Mainl beendete sein Studium und führt nun sowohl das Studio in Frankfurt als auch das in Traunstein. Benjamin Mainl hat sein Abitur bestanden und geht wie vorgesehen aufs Musikkonservatorium.

Richard und Cornelia Mainl haben Franziska zu sich nach Frankfurt geholt. Richard arbeitet nur noch halbtags, um sich besser um seine Tochter kümmern zu können.

Cornelia Mainl hat auf einer Kreuzfahrt mit ihrer Freundin Angelika einen attraktiven Vierzigjährigen kennengelernt und sich auf eine Affäre mit ihm eingelassen. Man darf gespannt sein, wie es ausgeht.

Andreas Mainl hat die Firma verlassen und auch seiner Familie den Rücken gedreht. Er gibt jetzt Zeichenkurse in der Toskana und will so wieder zu sich selbst finden.

Beatrice Mainl versucht weiterhin, die Firma zusammenzuhalten. Das gelingt ihr auch. Gelernt ist gelernt.